GILBERT KEITH CHESTERTON

Die besten
Pater-Brown-Geschichten

Pater Brown gehört zu den unsterblichen Detektiven der Weltliteratur. Der katholische Geistliche mit dem schwarzen Regenschirm stolpert von einem Kriminalfall zum nächsten und treibt damit seinen oberen Dienstherren, den Bischof, zur Weißglut. Doch hinter der scheinbaren Unbeholfenheit verbirgt sich ein scharfer Blick für alles Menschliche. Woher hat Pater Brown seine verblüffenden Kenntnisse von Kriminellen und ihren geheimen Abgründen? Aus dem Beichtstuhl natürlich. Die besten der zwischen 1911 und 1935 entstandenen Pater-Brown-Geschichten, die den streitbaren Schriftsteller und Publizisten Gilbert Keith Chesterton (1874–1936) unsterblich machten, finden sich hier versammelt.

GILBERT KEITH
CHESTERTON

Die besten Pater-Brown-Geschichten

Ausgewählt und übersetzt von
Stefanie Kuhn-Werner

RECLAM

Das blaue Kreuz

Zwischen dem silbernen Band des Morgens und dem grünen, glitzernden Band des Meeres legte der Dampfer in Harwich an und entließ einen Menschenschwarm wie Fliegen, in dem der Mann, dem wir folgen müssen, keineswegs auffiel – was er auch gar nicht wollte. Er hatte nichts Bemerkenswertes an sich außer einem leichten Gegensatz zwischen seiner legeren Ferienkleidung und seiner würdevollen Amtsmiene. Seine Kleidung bestand aus einem leichten blassgrauen Jackett, einer weißen Weste und einem silbernen Strohhut mit graublauem Band. Sein hageres Gesicht dagegen war dunkel und endete in einem kurzen, schwarzen Bart, der spanisch aussah und zu einer elisabethanischen Halskrause gepasst hätte. Mit dem Ernst eines Müßiggängers rauchte er eine Zigarette. Nichts an ihm deutete darauf hin, dass das graue Jackett einen geladenen Revolver, die weiße Weste eine Polizeimarke und der Strohhut einen der genialsten Köpfe Europas verbargen. Denn es war Valentin höchstpersönlich, der Chef der Pariser Polizei und der berühmteste Detektiv der Welt, und er kam aus Brüssel nach London, um den größten Fang des Jahrhunderts zu machen.

Flambeau war in England. Der Polizei dreier Länder war es schließlich gelungen, die Spur des berühmten Verbrechers von Gent nach Brüssel und von Brüssel nach Hoek van Holland zu verfolgen; und man vermutete, dass er sich das Gedränge und Durcheinander des Eucharistischen Kongresses zunutze machen würde, der gerade in London stattfand. Wahrscheinlich würde er als kleiner Kirchenbeamter oder Sekretär getarnt reisen; aber natürlich konnte Valentin nicht ganz sicher sein. Kein Mensch konnte bei Flambeau sicher sein.

Es ist jetzt viele Jahre her, dass dieser Goliath des Verbrechens plötzlich damit aufhörte, die Welt in Aufruhr zu versetzen; und als er damit aufhörte, herrschte – so wie es nach dem Tod Rolands hieß – eine große Stille auf Erden. Aber zu seiner besten Zeit (ich meine natürlich seiner schlimmsten) war Flambeau eine so wohlbekannte internationale Persönlichkeit wie Kaiser Wilhelm II. Beinahe jeden Morgen meldete die Zeitung, dass er sich den Folgen eines außergewöhnlichen Verbrechens durch das Verüben eines neuen entzogen hatte. Er war ein Gascogner von hünenhafter Gestalt und wahrhaft verwegen. Über die Ausbrüche seines athletischen Temperaments erzählte man sich die wildesten Geschichten: wie er einmal den *juge d'instruction* auf den Kopf gestellt hatte, um dessen »fünf Sinne zu ordnen«; oder wie er, einen Polizisten unter jedem Arm, die Rue de Rivoli entlanggelaufen war. Zu seiner Entschuldigung muss man anführen, dass er seine sagenhaften physischen Kräfte normalerweise nur bei solch unblutigen, wenn auch unrühmlichen Begebenheiten einsetzte; seine wahren Verbrechen bestanden überwiegend in genialen Raubzügen großen Stils. Aber jeder seiner Diebstähle war geradezu eine neue Sünde und gäbe Stoff für eine eigene Geschichte ab. Er war es, der die große Tiroler Molkerei-Gesellschaft in London leitete, ohne Molkerei, ohne Kühe, ohne Wagen, ohne Milch, aber mit ein paar tausend Kunden. Diese belieferte er ganz einfach dadurch, dass er die kleinen Milchflaschen, die vor den Haustüren der Leute standen, wegnahm und sie vor die Türen seiner eigenen Kunden stellte. Er war es, dem es auf rätselhafte Weise gelang, einen heimlichen Briefwechsel mit einer jungen Dame zu unterhalten, deren gesamte Post abgefangen wurde: indem er zu der außergewöhnlichen List griff, seine Botschaften unendlich klein auf die Objektträger eines Mikroskops zu fotografieren. Typisch für viele seiner Unternehmen jedoch war ihre überwältigende Schlichtheit. Angeblich veränderte er einmal des Nachts alle Hausnummern in einer Straße, nur um einen einzigen Reisenden in die Falle zu locken. Verbürgt ist, dass er einen transportablen Briefkasten erfand, den er in ruhigen Vororten an einer Straßenecke aufstellte in der Hoffnung, dass unkundige Fremde Postanweisungen hineinwürfen. Und schließlich war er als überraschend geschickter Akrobat bekannt; trotz seiner riesigen Gestalt konnte er wie ein Grashüpfer springen und wie ein Affe in den Baumwipfeln verschwinden. Darum wusste der große Valentin, als er sich aufmachte, Flambeau zu finden, nur zu gut, dass seine Abenteuer noch längst nicht zu Ende wären, wenn er ihn erst einmal gefunden hätte.

Aber wie konnte er ihn finden? Dieses Problem wälzte der große Valentin unaufhörlich in seinen Gedanken.

Etwas allerdings gab es, was Flambeau auch mit all seiner Verkleidungskunst nicht verbergen konnte: und das war seine außergewöhnliche Körpergröße. Hätten Valentins scharfe Augen eine große Obstfrau, einen großen Grenadier oder auch nur eine leidlich große Herzogin erspäht, er hätte sie vielleicht auf der Stelle verhaftet. Aber im ganzen Zug befand sich niemand, der ein verkleideter Flambeau hätte sein können, wie eben eine Katze auch keine verkleidete Giraffe sein kann. Über die Leute auf dem Dampfer hatte er sich bereits ein Bild gemacht; nicht mehr als sechs Leute, so viel stand fest, waren in Harwich oder später zugestiegen: als Erstes ein kleiner Bahnbeamter, der bis zur Endstation fuhr; nach zwei Stationen drei ziemlich kleine Gemüsegärtner; in einer kleinen Stadt in Essex eine sehr kleine Dame in Witwenkleidung, in einem kleinen Dorf in Essex schließlich ein sehr kleiner römisch-katholischer Priester. Als sein Blick auf diesen fiel, gab Valentin auf und wäre fast in Lachen ausgebrochen. Der kleine Priester war geradezu der Inbegriff des Einfaltspinsels aus dem Osten: Sein Gesicht war so rund und glatt wie ein Norfolk-Knödel, und seine Augen blickten naiv in die Welt. Er trug mehrere in braunes Papier gewickelte Pakete, die er vergeblich beieinander zu halten versuchte. Zweifellos hatte der Eucharistische Kongress viele solcher Geschöpfe aus ihrer ländlichen Abgeschiedenheit hervorgelockt, blind und hilflos wie plötzlich ans Tageslicht geratene Maulwürfe. Valentin war ein Skeptiker der strengen französischen

Denkweise und mochte daher auch keine Priester. Aber er konnte sie bemitleiden, und dieser hier hätte wohl in jedem Menschen Mitleid erweckt. Er hatte einen großen, abgenutzten Regenschirm bei sich, den er ständig zu Boden fallen ließ, und wusste offenbar nicht, welches der richtige Abschnitt seiner Rückfahrkarte war. Mit der Einfältigkeit eines Mondkalbes erklärte er jedem im Abteil, dass er gut aufpassen müsse, weil er etwas aus echtem Silber »mit blauen Steinen« in einem seiner braunen Pakete habe. Die kuriose Mischung aus Essexer Weltfremdheit und heiliger Einfalt amüsierte den Franzosen die ganze Zeit über, bis der Priester – wer hätte es gedacht? – in Stratford mit all seinen Paketen den Zug verließ, gleich darauf jedoch zurückkehrte, um seinen Schirm zu holen. Bei dieser Gelegenheit erwies sich Valentin sogar als so gütig, ihn davor zu warnen, vor lauter Sorge um das Silber jedermann davon zu erzählen. Doch mit wem er auch sprach, immer forschte Valentins Blick nach einem anderen; unausgesetzt hielt er Ausschau nach jemandem, der, ob reich oder arm, männlich oder weiblich, an die sechs Fuß hoch war; denn Flambeau maß noch zehn Zentimeter mehr.

Als er jedoch in Liverpool Street ausstieg, war er absolut sicher, dass ihm der Verbrecher bis jetzt nicht entkommen war. Er suchte Scotland Yard auf, um seine Machtbefugnisse zu klären und die eventuell nötige Hilfe anzufordern, zündete sich daraufhin erneut eine Zigarette an und begab sich auf einen langen Spaziergang durch die Straßen von London. Als er die Straßen und Plätze jenseits von Victoria Station durchstreifte, blieb er plötzlich stehen. Er stand vor einem altmodischen, friedlichen, für London sehr typischen Platz, über dem eine wundersame Stille lag. Die hohen Wohnhäuser ringsum sahen wohlhabend und unbewohnt zugleich aus; das mit Büschen bestandene Viereck in der Mitte wirkte so verlassen wie ein grünes Inselchen im Pazifik. Eine der vier Seiten lag wie eine Art Podium sehr viel höher als die drei anderen, und die Harmonie dieser Zeile wurde unvermittelt und in unverwechselbar Londoner Manier unterbrochen: durch ein Restaurant, das sich dem Aussehen nach von Soho hierher verirrt hatte. Es war ein ungemein ansprechendes Gebäude, mit zwergwüchsigen Topfpflanzen und langen, zitronengelb und weiß gestreiften Markisen; es lag ganz besonders hoch über der Straße, und entsprechend dem üblichen Flickwerk der Londoner Bauweise führte eine Treppe direkt von der Straße zur Eingangstür, fast wie eine Feuerleiter zu einem Fenster im ersten Stock. Valentin stand rauchend vor den gelb-weißen Markisen und sah sie lange nachdenklich an.

Das Unglaublichste an Wundern ist, dass sie geschehen. Ein paar Wolken am Himmel verschmelzen miteinander zu der Gestalt eines menschlichen Auges. Auf einer Reise ins Ungewisse sieht man mitten in der Landschaft einen Baum emporragen, der genau die Gestalt eines Fragezeichens hat. Ich selbst habe während der letzten Tage beides gesehen. Nelson stirbt im Augenblick des Sieges, und ein Mann namens Williams ermordet rein zufällig einen Mann mit dem Namen Williamson; es klingt wie Kindesmord. Kurzum, es gibt ein Element märchenhaften Zufalls im Leben, das die Menschen, die nur an Alltägliches glauben, fortwährend übersehen. Wie es Poes Paradox so schön formuliert: Wahre Weisheit rechnet stets auch mit dem Unvorhergesehenen.

Aristide Valentin war durch und durch französisch; und der französische Verstand ist eine besondere Spielart des Verstandes: ist Verstand ausschließlich und total. Valentin war keine »Denkmaschine«, denn das ist eine geistlose Wortschöpfung des modernen Fatalismus und Materialismus. Eine Maschine *ist* schließlich nur eine Maschine, weil sie nicht denken kann. Aber er war ein denkender Mensch, und ein einfacher Mensch dazu. All seine wunderbaren Erfolge, die wie Zauberei erschienen, hatte er durch zähe Logik, durch klares, schnörkelloses französisches Denken errungen. Die Franzosen versetzen die Welt nicht in Aufregung, indem sie eine paradoxe Theorie aufstellen, sondern indem sie eine Binsenweisheit in die Tat umsetzen. Und dies sehr gründlich, wie in der Französischen Revolution. Aber eben weil Valentin wusste, was Vernunft ist, kannte er auch die Grenzen der Vernunft. Nur jemand, der nichts von Motoren versteht, spricht vom Autofahren ohne Treibstoff; nur jemand, der nichts von Vernunft versteht, spricht von Beweisführung ohne handfeste, unwiderlegbare Beweise. Hier gab es keine handfesten Beweise. Flambeau war in Harwich entwischt; falls er überhaupt in London war, konnte er in Gott weiß welcher Verkleidung auftreten: als großer Landstreicher im Park von Wimbledon ebenso wie als großer Zeremonienmeister im Hotel Metropol. In einem derartigen Zustand gänzlicher Unwissenheit hatte Valentin seine eigene Sicht- und Vorgehensweise.

In solchen Fällen verließ er sich auf das Unvorhergesehene. In solchen Fällen, in denen er nicht der Spur des Vernünftigen folgen konnte, folgte er kühl und bedacht der Spur des Unvernünftigen. Anstelle der richtigen Orte, wie Banken, Polizeistationen, beliebte Treffpunkte, suchte er bewusst die falschen auf; er klopfte an jedes leerstehende Haus, lief jede Sackgasse hinunter, jede mit Abfall verstopfte Gasse hinauf, bog in jede Straße ein, die ihn mit Sicherheit ins Abseits führte. Er rechtfertigte diese verrückte Methode ganz logisch. Seiner Ansicht nach war es am schlechtesten, wenn man einen Anhaltspunkt hatte; am besten, man hatte überhaupt keinen Anhaltspunkt, denn möglicherweise bestand die Chance, dass irgendetwas Merkwürdiges, das dem Verfolger auffiel, auch dem Verfolgten aufgefallen war. Irgendwo musste man anfangen, und vielleicht am besten gerade dort, wo ein anderer aufhören würde. Irgendetwas am Verlauf der Treppe, die in das Gebäude führte, irgendetwas an der Stille und dem altmodischen Aussehen des Restaurants erregte das Quäntchen romantischer Phantasie, über das der Detektiv immerhin verfügte, und hieß ihn, aufs Geratewohl einen Versuch zu machen. Er eilte die Treppe hinauf, nahm am Fenster Platz und bestellte eine Tasse schwarzen Kaffee.

Es war bereits später Vormittag, und er hatte noch nicht gefrühstückt. Auf dem Tisch waren die Spuren eines vorausgegangenen Frühstücks zu erkennen, was ihm seinen Hunger zum Bewusstsein brachte; er bestellte noch ein pochiertes Ei und schüttete gedankenverloren etwas weißen Zucker in seinen Kaffee. Die ganze Zeit dachte er an Flambeau. Er rief sich ins Gedächtnis, auf welch unterschiedliche Weise Flambeau bisher schon entkommen war: einmal zum Beispiel aufgrund einer Nagelschere und einmal wegen eines brennenden Hauses; einmal, weil er für einen unfrankierten Brief bezahlen musste, und einmal, indem er die Leute durch ein Teleskop einen Kometen betrachten ließ, der vielleicht die Welt zerstören würde. Er hielt seinen Detektivverstand für ebenso fähig wie den des Verbrechers, was der Wahrheit entsprach. Aber er war sich des eigenen Nachteils deutlich bewusst. »Der Verbrecher ist der schaffende Künstler, der Detektiv dagegen nur der Kritiker«, sagte er mit einem bitteren Lächeln und führte seine Kaffeetasse langsam zum Mund, setzte sie jedoch sehr schnell wieder ab. Er hatte Salz hineingestreut.

Valentin besah sich das Gefäß, das den silbrigen Puder enthalten hatte; es war zweifellos eine Zuckerdose und so eindeutig für Zucker bestimmt wie eine Champagnerflasche für Champagner. Er fragte sich, warum man wohl Salz darin aufbewahrte. Er sah sich suchend um, ob es auch Gefäße von der üblichen Sorte gab. Ja, da standen zwei bis oben gefüllte Salzstreuer. Vielleicht hatte auch der Inhalt der Salzstreuer eine besondere Würze. Er kostete; es war Zucker. Daraufhin blickte er mit dem Ausdruck neu erwachten Interesses in dem Restaurant umher, ob vielleicht noch weitere Spuren jener einzigartigen, künstlerischen Eigenart auszumachen waren, die Zucker in Salzstreuer und Salz in Zuckerdosen füllt. Doch bis auf einen merkwürdigen Spritzer, den irgendeine dunkle Flüssigkeit an einer der weißen Wände hinterlassen hatte, machte der Raum im Ganzen einen sauberen, freundlichen und normalen Eindruck. Er läutete nach dem Kellner.

Als dieser dienstbare Geist, mit wirren Haaren und – ob der frühen Stunde – noch leicht verschlafenen Augen herbeieilte, bat ihn der Detektiv, der für die schlichten Formen des Humors durchaus etwas übrig hatte, den Zucker zu kosten und zu prüfen, ob er dem guten Ruf des Hotels gerecht werde. Die Folge davon war, dass der Kellner plötzlich gähnte und von einer Sekunde zur anderen aufwachte.

»Spielen Sie Ihren Gästen jeden Morgen diesen reizenden Streich?«, fragte Valentin. »Verliert es niemals seinen Reiz für Sie, Salz und Zucker zu vertauschen?«

Als ihm die Ironie der Frage aufgegangen war, versicherte ihm der Kellner stammelnd, dass nichts dergleichen in der Absicht der Hotelleitung liege, es müsse sich um ein höchst merkwürdiges Versehen handeln. Er hob die Zuckerdose hoch und betrachtete sie; er hob den Salzstreuer hoch und betrachtete diesen, wobei der Ausdruck seines Gesichts immer verwirrter wurde. Schließlich entschuldigte er sich abrupt, eilte hinaus und kehrte nach ein paar Sekunden mit dem Besitzer zurück. Auch der Besitzer betrachtete eingehend Zuckerdose und Salzstreuer; auch der Besitzer blickte verwirrt drein.

Plötzlich stieß der Kellner einen Schwall unartikulierter Worte hervor.

»Ich glaub«, sagte er heftig stotternd, »ich glaub, die zwei Priester warn's.«

»Welche zwei Priester?«

»Die zwei Priester«, sagte der Kellner, »die die Suppe an die Wand geschmissen ha'm.«

»Suppe an die Wand geschmissen?«, wiederholte Valentin, überzeugt, dass es sich hierbei um einen metaphorischen Ausdruck aus dem Italienischen handeln müsse.

»Ja, ja«, sagte der Kellner aufgeregt und zeigte auf den dunklen Spritzer auf der weißen Tapete, »da drüben an die Wand ha'm sie sie geschmissen.«

Valentin sah den Besitzer fragend an, der ihm mit einem etwas ausführlicheren Bericht zu Hilfe kam.

»Ja, Sir«, sagte er, »das stimmt schon, obwohl ich nicht glaube, dass es etwas mit der Zucker-und-Salz-Geschichte zu tun hat. Zwei Geistliche betraten sehr früh, kurz nachdem wir geöffnet hatten, das Restaurant und tranken Suppe. Beide waren ruhige, ehrenwerte Herren; der eine von ihnen bezahlte die Rechnung und ging hinaus; der andere, alles in allem anscheinend ein bisschen tranfunzelig, brauchte ein paar Minuten länger, bis er seine Siebensachen beisammen hatte. Aber schließlich ging er. Nur, unmittelbar bevor er auf die Straße trat, hob er absichtlich seine Tasse, die er nur zur Hälfte ausgetrunken hatte, und kippte die Suppe ganz plötzlich an die Wand. Ich hielt mich im Hinterzimmer auf, genauso wie der Kellner; ich stürzte gleich herbei, sah aber nur noch, dass die Wand bespritzt und der Raum leer war. Nicht, dass es besonders großen Schaden angerichtet hätte, aber es war einfach unverschämt; und ich versuchte, die Männer auf der Straße einzuholen. Aber sie waren schon zu weit; ich sah nur noch, wie sie in die Carstairs Street einbogen.«

Schon war der Detektiv auf den Beinen, den Hut auf dem Kopf, den Spazierstock in der Hand. Er hatte ja bereits entschieden, in seinem Zustand des totalen Nichtwissens, dem ersten seltsamen Fingerzeig zu folgen; und dieser Fingerzeig war seltsam genug. Er bezahlte seine Rechnung, schlug die Glastüren klirrend hinter sich zu und bog gleich darauf um die nächste Ecke.

Zum Glück bewahrte er selbst in solch erregenden Momenten seinen kühlen, flinken Blick. Und irgendetwas vor einem Geschäft fesselte für den Bruchteil einer Sekunde diesen Blick. Valentin kehrte um, um der Sache auf den Grund zu gehen.

Es war ein preiswerter Obst- und Gemüseladen, der einen Teil seiner Ware, mit simplen Namens- und Preisschildern versehen, im Freien ausstellte. Das Auffallendste in der Auslage waren die zu Bergen aufgehäuften Orangen und Nüsse. Auf dem Berg mit den Nüssen lag ein Stück Pappe, auf dem mit blauer Kreide deutlich geschrieben stand: »Beste Orangen aus Tanger, zwei Stück einen Penny.« Der Orangenberg trug ein Schild mit der ebenso klaren und genauen Aufschrift: »Feinste brasilianische Nüsse, vier Pence das Pfund.« Valentin starrte auf die beiden Pappschilder, und er hatte das Gefühl, als wäre ihm diese höchst feinsinnige Art von Humor schon einmal begegnet, und zwar vor nicht allzu langer Zeit. Er lenkte die Aufmerksamkeit des rotgesichtigen Obsthändlers, der ziemlich mürrisch die Straße auf und ab blickte, auf die Ungenauigkeit in seiner Werbung. Der Händler sagte nichts, steckte jedoch mit einer heftigen Bewegung die Schilder an die richtige Stelle. Lässig auf seinen Spazierstock gestützt, betrachtete der Detektiv weiterhin den Laden mit prüfendem Blick. Schließlich sagte er: »Bitte verzeihen Sie meinen scheinbar abwegigen Einfall, guter Mann, aber ich würde Sie gern etwas über experimentelle Psychologie und Gedankenassoziation fragen.«

Der rotgesichtige Ladenbesitzer sah ihn mit drohendem Blick an, doch Valentin fuhr, seinen Spazierstock schwingend, munter fort. »Was«, so fragte er, »was haben zwei in einem Obstladen falsch aufgestellte Preisschilder mit einem Schaufelhut, der in London Urlaub macht, gemeinsam? Oder, falls ich mich nicht klar genug ausdrücke, worin besteht die geheimnisvolle Gedankenverbindung zwischen Nüssen, die man als Orangen bezeichnet, und zwei Geistlichen, von denen einer groß, der andere klein ist?«

Dem Gemüsehändler traten, wie einer Schnecke, die Augen aus dem Kopf; einen Moment lang sah es tatsächlich so aus, als würde er sich auf den Fremden stürzen. Schließlich stieß er zornig die Worte hervor: »Ich weiß ja nicht, was Sie damit zu tun haben, aber wenn Sie einer von ihren Freunden sind, dann können Sie ihnen bestellen, dass sie einen von mir auf den Dez kriegen, wenn sie noch mal meine Äpfel durcheinanderwerfen, Pfarrer hin oder her.«

»Wirklich?«, fragte der Detektiv mitfühlend. »Haben sie Ihre Äpfel durcheinandergebracht?«

»Ja, der eine von ihnen«, sagte der erboste Obsthändler, »er hat sie über die ganze Straße verstreut. Ich hätte den Dummkopf ja erwischt, aber ich musste doch die Äpfel auflesen.«

»In welche Richtung sind die zwei Pfarrer gegangen?«, fragte Valentin.

»Die zweite Straße links und dann quer über den Platz«, entgegnete der andere eilfertig.

»Danke«, sagte Valentin und verschwand wie durch einen Zauber. Jenseits des zweiten Platzes stieß er auf einen Polizisten und sagte: »Dies ist eine dringende Sache, Konstabler, haben Sie zwei Geistliche mit Schaufelhüten gesehen?«

Der Polizist brach in ein glucksendes Lachen aus. »Das habe ich, Sir; und wenn Sie mich fragen, war der eine von ihnen betrunken. Er stand derart hilflos mitten auf der Straße, dass – «

»In welche Richtung sind sie gegangen?«, blaffte Valentin.

»Sie haben einen von diesen gelben Bussen da drüben genommen«, antwortete der Mann, »die nach Hampstead fahren.«

Valentin zeigte seinen Ausweis und sagte hastig: »Rufen Sie zwei Ihrer Leute; sie sollen mich bei der Verfolgung unterstützen.« Er überquerte die Straße mit solch ansteckender Energie, dass der schwerfällige Polizist seinem Befehl geradezu wieselflink gehorchte. Eineinhalb Minuten später stießen auf der anderen Straßenseite ein Inspektor und ein Beamter in Zivil zu dem französischen Detektiv.

»Nun, Sir«, begann der Inspektor mit wichtigem Lächeln, »was ist eigentlich –?«

Mit einer Einhalt gebietenden Geste seines Stockes fiel ihm Valentin ins Wort. »Ich erkläre Ihnen alles, wenn wir erst da oben in dem Bus sitzen«, sagte er und schlängelte und wand sich geschickt durch das Verkehrsgewirr. Als alle drei keuchend im

Oberdeck des gelben Gefährts auf die Sitze sanken, meinte der Inspektor: »In einem Taxi könnten wir viermal so schnell sein.«

»Wohl wahr«, antwortete ihr Anführer gelassen, »wenn wir nur die leiseste Ahnung hätten, wohin wir fahren.«

»Nun, und *wohin* fahren wir?«, fragte der andere und starrte ihn an.

Valentin zog ein paar Sekunden stirnrunzelnd an seiner Zigarette; dann nahm er sie aus dem Mund und sagte: »Wenn Sie *wissen*, was ein Mensch vorhat, überholen Sie ihn; wenn Sie aber herausfinden wollen, was er vorhat, bleiben Sie hinter ihm. Gehen Sie, wenn er geht; bleiben Sie stehen, wenn er stehen bleibt; bewegen Sie sich so langsam vorwärts wie er. Dann sehen Sie vielleicht, was er gesehen hat, und können dasselbe tun wie er. Alles, was wir tun können, ist, aufmerksam nach einer merkwürdigen Sache Ausschau zu halten.«

»Was für eine merkwürdige Sache meinen Sie«, fragte der Inspektor.

»Jede merkwürdige Sache«, antwortete Valentin und verfiel wieder in hartnäckiges Schweigen.

Scheinbar endlos quälte sich der Omnibus über die Straßen nach Norden; der große Detektiv gab keine weiteren Erklärungen ab, und vielleicht verspürten seine Helfer insgeheim zunehmend Zweifel an dem ganzen Unternehmen. Vielleicht verspürten sie insgeheim auch zunehmend den Wunsch, etwas zu essen, denn die Zeit des Mittagessens verstrich, und die endlosen Straßen in den nördlichen Vororten zogen sich wie ein teuflisches Teleskop scheinbar immer wieder in die Länge. Es war eine jener Fahrten, auf denen man unaufhörlich denkt, nun müsse man wirklich am Ende der Welt angekommen sein, um dann festzustellen, dass man sich erst am Anfang des Tufnell Park befindet. London verlor sich in schmutzigen Kneipen und trostlosen Ecken, um dann auf unerklärliche Weise in hell erleuchteten Geschäftsstraßen und protzigen Hotels neu zu erstehen. Es war, als würde man durch dreizehn einzelne, hässliche

Städte fahren, von denen eine in die andere überging. Doch obwohl die Winterdämmerung bereits die Straße vor ihnen verdunkelte, verharrte der Detektiv aus Paris immer noch schweigend und wachsam auf seinem Sitz und ließ kein Auge von den Straßenfronten, die rechts und links vorbeiflogen. Als sie Camden Town hinter sich gelassen hatten, waren die Polizeibeamten fast eingeschlafen; jedenfalls fuhren beide erschreckt hoch, als Valentin aufsprang, ihnen mit der Hand auf die Schulter klopfte und dem Fahrer zu halten befahl.

Sie stolperten die Treppe hinunter auf die Straße, ohne zu begreifen, warum man sie aufgestört hatte; als sie aufklärungheischend um sich blickten, sahen sie, wie Valentin triumphierend mit dem Finger auf ein Fenster auf der linken Straßenseite deutete. Es war ein großes Fenster in der Vorderfront eines luxuriösen, palastartigen Gasthauses; es gehörte zu dem Teil, der für vornehmes Dinieren reserviert war, und trug die Aufschrift »Restaurant«. Wie alle übrigen Fenster der Hotelfassade bestand auch dieses aus verziertem Mattglas, nur befand sich genau in seiner Mitte, wie ein Stern im Eis, ein großer schwarzer Sprung.

»Da haben wir ja unseren Hinweis«, rief Valentin und schwang seinen Stock, »das zerbrochene Fenster.«

»Welches Fenster? Welchen Hinweis?«, fragte sein erster Assistent. »Wo, bitte, ist denn der Beweis, dass das hier etwas mit den beiden zu tun hat?«

Valentin zerbrach vor Wut fast seinen Bambusstock.

»Beweis!«, schrie er. »Du lieber Gott! Der Mann verlangt einen Beweis! Nun, allerdings, die Chancen stehen zwanzig zu eins, dass es *nichts* mit ihnen zu tun hat. Aber was können wir denn sonst tun? Begreifen Sie nicht? Entweder wir folgen der kleinsten wahnwitzigen Möglichkeit, oder wir können uns zu Hause in unser Bett legen.« Türenschlagend stürmte er, gefolgt von seinen Begleitern, in das Restaurant, und schon bald nahmen sie an einem kleinen Tisch eine späte Mahlzeit ein, wobei sie sich den Stern aus gesprungenem Glas von innen ansahen. Nicht dass sie das viel schlauer gemacht hätte!

»Ihre Fensterscheibe ist zerbrochen, wie ich sehe«, sagte Valentin zu dem Kellner, als er seine Rechnung beglich.

»Ja, Sir«, gab dieser zur Antwort, während er sich intensiv mit dem Wechselgeld beschäftigte, das Valentin stillschweigend um ein enormes Trinkgeld erhöhte. Sichtlich belebt, richtete der Kellner sich auf.

»Ach ja, Sir«, sagte er bereitwillig. »Ganz komische Sache das, Sir.«

»Wirklich? Erzählen Sie uns doch davon«, sagte der Detektiv mit beiläufiger Neugier.

»Also, es kamen zwei Männer in Schwarz herein«, berichtete der Kellner, »zwei von diesen ausländischen Geistlichen, die zurzeit hier herumrennen. Sie verzehrten ein billiges, bescheidenes Mittagessen, und der eine von ihnen bezahlte und ging hinaus. Der andere war gerade im Begriff, ihm zu folgen, als ich noch mal mein Wechselgeld überprüfte und feststellte, dass er mir mehr als das Dreifache bezahlt hatte. ›Hier‹, sage ich zu dem Burschen, der schon fast aus der Tür war, ›Sie haben zu viel bezahlt.‹ ›Oh‹, sagt er kühl, ›ist das wahr?‹ ›Ja‹, sage ich und will ihm die Rechnung zeigen. Na, das war vielleicht ein Schlag.«

»Was meinen Sie?«, fragte sein Gesprächspartner.

»Na, ich hätte auf sieben Bibeln geschworen, dass ich vier Shilling auf die Rechnung geschrieben habe. Aber nun seh ich, dass ich klar und deutlich vierzehn Shilling aufgeschrieben habe.«

»Ja«, rief Valentin und bewegte sich langsam, aber mit gespanntem Blick, »und weiter?«

»Da sagt der Pfarrer an der Tür ganz ruhig: ›Tut mir leid, wenn ich Ihre Buchführung durcheinanderbringe, aber das reicht wohl für das Fenster.‹

›Welches Fenster?‹, frage ich. ›Für das Fenster, das ich jetzt kaputtschlage‹, sagt er und zertrümmert die verdammte Scheibe mit seinem Schirm.«

Alle gaben einen Ausruf des Erstaunens von sich, und der Inspektor murmelte vor sich hin: »Sind wir denn hinter entsprungenen Irren her?« Der Kellner fuhr mit sichtlichem Gefallen an der lächerlichen Geschichte fort:

»Eine Sekunde lang war ich wie vor den Kopf geschlagen und konnte überhaupt nichts tun. Der Mann marschierte aus dem Raum und folgte seinem Freund um die nächste Ecke. Dann liefen sie so schnell die Bullock Street hinauf, dass ich sie nicht mehr einholen konnte, obwohl ich extra durch die Schankstube gerannt bin.«

»Bullock Street«, sagte der Detektiv und schoss die Straße ebenso schnell hinauf wie das seltsame Paar, das er verfolgte.

Ihr Weg führte sie nun an kahlen Backsteinmauern vorbei, die wie Tunnels aussahen; durch Straßen, in denen es kaum Licht und nur wenige Fenster gab; Straßen, die aus allem erbaut zu sein schienen, was irgendwie und irgendwo an Abfall liegengeblieben war. Die Dunkelheit nahm zu, und selbst für die Londoner Polizisten war es nicht leicht, genau zu sagen, in welche Richtung sie sich bewegten. Der Inspektor war jedoch ganz sicher, dass sie zu guter Letzt im Bereich der Heide von Hampstead landen würden. Plötzlich durchbrach der Schein eines gewölbten, vom Gaslicht erhellten Fensters wie eine Blendlaterne die blaue Dämmerung, und Valentin blieb einen Augenblick vor dem kleinen, kunterbunten Süßwarenladen stehen. Nach kurzem Zögern trat er ein; vollkommen ernst stand er inmitten der lustigen Farben der Konditorei und wählte mit einer gewissen Sorgfalt dreizehn Schokoladenzigarren aus. Er suchte sichtlich nach einer Einleitung, aber das war nicht nötig.

Die eckige, ältlich wirkende, aber junge Verkäuferin hatte seine elegante Erscheinung nur mit einem mechanischen, flüchtigen Blick wahrgenommen; als sie jedoch die Ladentür durch die blaue Uniform des Inspektors versperrt sah, schien ihr Blick zu erwachen.

»Oh«, sagte sie, »falls Sie wegen dem Päckchen hier sind, das hab ich schon weggeschickt.«

»Päckchen?«, wiederholte Valentin und sah sie nun seinerseits fragend an.

»Ich meine das Päckchen, das der Herr hiergelassen hat – der geistliche Herr.«

»Um Himmels willen«, sagte Valentin, indem er sich vorbeugte und zum ersten Mal sein gespanntes Interesse wirklich erkennen ließ, »erzählen Sie uns um Himmels willen genau, was passiert ist.«

»Also«, begann die Frau etwas unsicher, »die zwei Pfarrer kamen vor etwa einer halben Stunde herein, kauften ein paar Pfefferminzbonbons, schwatzten ein bisschen über dies und das und gingen dann in Richtung Heide davon. Aber schon nach einer Sekunde kommt einer der beiden zurück in den Laden und fragt: ›Habe ich hier ein Päckchen liegengelassen?‹ Nun, ich habe überall nachgesehen, konnte aber nichts entdecken. Daraufhin sagt er: ›Macht nichts. Aber wenn es noch auftaucht, schicken Sie es bitte an diese Anschrift‹, und er gab mir die Adresse und einen Shilling für meine Bemühungen. Und tatsächlich, obwohl ich dachte, ich hätte überall nachgesehen, fand ich doch ein braun eingewickeltes Päckchen und schickte es an die angegebene Adresse. Sie fällt mir jetzt nicht mehr ein, es war irgendwo in Westminster. Aber weil die Sache anscheinend so wichtig war, dachte ich, die Polizei wäre vielleicht deshalb gekommen.«

»Das ist sie auch«, sagte Valentin knapp. »Ist die Hampsteader Heide hier in der Nähe?«

»Eine Viertelstunde geradeaus«, sagte die Frau, »und Sie sind mittendrin.« Valentin sprang aus dem Laden und begann zu laufen. Die anderen Polizeibeamten trabten widerwillig hinter ihm drein.

Die Straße, durch die sie hindurcheilten, war eng und schattig, und als sie unvermittelt auf die kahle Ebene unter dem endlosen Himmel hinaustraten, stellten sie überrascht fest, wie hell und klar der Abend noch war. Eine vollkommene pfauengrüne Kuppel verwandelte sich zwischen dem zunehmenden Schwarz der Bäume und dem dunklen Veilchenblau der Ferne in Gold. Die strahlend grüne Färbung war gerade tief genug, dass man ein paar Sterne wie Kristallsplitter aufblitzen sah. Der letzte Rest des Tageslichtes lag wie ein goldener Schimmer über der Silhouette von Hampstead und jener beliebten Senke mit dem Namen Tal des Heils. Die Ausflügler, die in dieser Gegend umherstreiften, hatten sich noch nicht völlig zerstreut: einige Paare, deren Umrisse kaum noch zu erkennen waren, saßen auf den Bänken, und hier und da hörte man entfernt ein schrilles Mädchenlachen von einer der Schaukeln. Die himmlische Herrlichkeit vertiefte sich und verhüllte allmählich die unendliche Gewöhnlichkeit des Menschen; und während Valentin an dem Abhang stand und seinen Blick über das Tal schweifen ließ, entdeckte er, was er gesucht hatte.

Unter den schwarzen, sich in der Ferne auflösenden Gruppen war eine ganz besonders schwarze, die sich nicht auflöste – eine Gruppe von zwei Gestalten im geistlichen Gewand. Obwohl sie so klein wie Insekten schienen, konnte Valentin erkennen, dass einer der beiden viel kleiner war als der andere. Obwohl der andere die Haltung eines über seine Arbeit gebeugten Studenten hatte und sich unauffällig benahm, konnte Valentin erkennen, dass der Mann mehr als sechs Fuß maß. Er biss die Zähne zusammen und marschierte vorwärts, wobei er ungeduldig seinen Stock schwang. Als sich der Abstand deutlich verringert hatte und die zwei schwarzen Gestalten wie unter einem riesigen Mikroskop immer größer wurden, entdeckte er noch etwas anderes; etwas, das ihn erschreckte, das er jedoch irgendwie erwartet hatte. Wer auch immer der hochgewachsene Pfarrer sein mochte, an der Identität des kleinen konnte keinerlei Zweifel bestehen. Es war sein Freund aus dem Zug von Harwich, der stämmige kleine *curé* aus Essex, den er wegen seiner braunen Pakete zur Vorsicht gemahnt hatte.

Nun, so weit passte schließlich alles ganz logisch zusammen. Valentin hatte bei seinen Nachforschungen am Morgen erfahren, dass ein gewisser Pater Brown aus Essex ein mit Saphiren besetztes silbernes Kreuz, eine Reliquie von beträchtlichem Wert, bei sich hatte, um sie einigen ausländischen Geistlichen auf dem Kongress zu zeigen. Zweifellos war dies das »Silberne mit den blauen Steinen«, und zweifellos war Pater Brown der kleine Einfaltspinsel aus dem Zug. Nun war ja nichts Erstaunliches an der Tatsache, dass Flambeau dasselbe wie Valentin herausgefunden hatte; Flambeau fand alles heraus. Es war auch nichts Erstaunliches an der Tatsache, dass Flambeau, wenn er etwas von einem Saphirkreuz hörte, den Versuch unternehmen würde, es zu stehlen; das war die natürlichste Sache der Welt. Und es war erst recht nichts Erstaunliches an der Tatsache, dass Flambeau ein so treuherziges Schaf wie den Mann mit dem Schirm und den Paketen nach Herzenslust an der Nase herumführen würde. Er war die Art Mensch, die jedermann willig an einer Leine zum Nordpol führen könnte; also war es kein Wunder, dass ein Schauspieler wie Flambeau, als Priester verkleidet, ihn in die Hampsteader Heide führen konnte. So weit schien das Verbrechen klar; und während der Detektiv den Pfarrer um seiner Hilflosigkeit willen bedauerte, verachtete er Flambeau fast ein wenig dafür, dass er sich ein solch tölpelhaftes Opfer auserkoren hatte. Aber während Valentin alles, was inzwischen geschehen war und zu seinem Triumph geführt hatte, im Geist noch einmal vorüberziehen ließ, zermarterte er sich umsonst das Hirn: er konnte nicht den geringsten Sinn und Zweck darin erkennen. Wie hing das zusammen: Man stiehlt einem Priester aus Essex ein blau-silbernes Kreuz und wirft einen Teller Suppe an die Wand. Man bezeichnet Nüsse als Apfelsinen und bezahlt im voraus die Fensterscheibe, die man dann zertrümmert? Wo war das Bindeglied? Er war am Ende seiner Jagd angekommen, aber irgendwie war ihm der Kern der Sache entgangen. Wenn er einmal einen Fall nicht löste, was selten genug vorkam, dann hatte er normalerweise den Schlüssel des Verbrechens gefunden, nur den Verbrecher nicht gefasst. Hier nun hatte er den Verbrecher erwischt, doch noch immer nicht die Zusammenhänge begriffen.

Die beiden Gestalten, denen sie folgten, krabbelten wie schwarze Fliegen die riesige, grüne Silhouette eines Hügels hinan. Anscheinend waren sie in ein Gespräch vertieft und achteten nicht darauf, wohin sie gingen; jedenfalls bewegten sie sich auf die wilden und noch einsameren Hochflächen der Heide zu. Als der Vorsprung kleiner wurde, mussten die Verfolger die unwürdige Haltung des Jägers auf der Pirsch einnehmen, sich hinter Baumgruppen kauern und sogar bäuchlings durch das tiefe Gras kriechen. Durch den Einsatz dieser wenig eleganten Fortbewegungsart kamen die Jäger sogar nahe genug an die Beute heran, um die leise Unterhaltung mit anzuhören, aber es war nichts deutlich zu verstehen außer dem Wort »Vernunft«, das von einer hohen, fast kindlichen Stimme mehrmals wiederholt wurde. Einmal, in einer jäh abfallenden, mit dichtem Gestrüpp bestandenen Bodensenke, verloren die Beamten die zwei Gestalten gänzlich aus den Augen. Erst nach qualvollen zehn Minuten fanden sie wieder ihre Spur; sie führte am Rand eines steil abfallenden Hügels entlang, der über ein Amphitheater blickte, auf dessen Bühne sich gerade das großartige, schwermütige Schauspiel eines Sonnenuntergangs abspielte. An diesem eindrucksvollen, wenn auch verlassenen Ort stand unter einem Baum eine alte wackelige Holzbank. Auf dieser Bank saßen die beiden Geistlichen, noch immer ernsthaft ins Gespräch vertieft. Noch hielt sich das prächtige Grün und Gold am dunkler werdenden Horizont; doch die Kuppel darüber verfärbte sich allmählich von Pfauengrün in Pfauenblau, und die Sterne traten immer deutlicher daraus hervor, wie einzelne große Juwelen. Stumm gab Valentin seinen Begleitern einen Wink und kroch hinter den großen, dichtverzweigten Baum; und während er in tödlichem Schweigen dort stand, vernahm er zum ersten Mal die Worte der seltsamen Priester.

Nachdem er eineinhalb Minuten gelauscht hatte, erfasste ihn ein entsetzlicher Zweifel. Womöglich hatte er die beiden englischen Polizeibeamten zu einem Unternehmen in die Wildnis der nächtlichen Heide gelockt, das ungefähr so vernünftig war wie die Suche nach Feigen an einer Distel. Denn die beiden Priester sprachen haargenau wie Priester, ehrfürchtig, gelehrt und mit Muße über die unergründlichen Rätsel der Theologie. Der kleine Pfarrer aus Essex sprach besonders klar, sein rundes Gesicht den immer heller leuchtenden Sternen zugewandt; der andere sprach mit gesenktem Kopf, so als wäre er es nicht einmal wert, sie anzusehen. Aber weder in einem weißen italienischen Kloster noch in einer schwarzen spanischen Kathedrale hätte man ein unschuldigeres geistliches Gespräch belauschen können.

Das Erste, was Valentin hörte, war das Ende eines Satzes von Pater Brown: »... was man im Mittelalter wirklich unter der Unbestechlichkeit des Himmels verstand.«

Der größere Priester nickte mit gesenktem Kopf und sagte:

»Ach ja, diese modernen Ungläubigen berufen sich auf ihre Vernunft; aber wer kann schon jene Millionen Welten betrachten, ohne zu spüren, dass es vielleicht andere wundervolle Welten über uns gibt, in denen Vernunft absolut unvernünftig ist?«

»Nein«, sagte der andere Priester. »Vernunft ist immer vernünftig, selbst in der letzten Vorhölle, im verlorenen Grenzland der Dinge. Ich weiß, dass viele Leute der Kirche vorwerfen, sie schränke die Vernunft ein; aber genau das Gegenteil ist der Fall. Einzig und allein die Kirche räumt der Vernunft den höchsten Rang ein. Einzig und allein die Kirche bestätigt, dass selbst Gott an die Vernunft gebunden ist.«

Der andere Priester wandte sein ernstes Gesicht dem gestirnten Himmel zu und sagte:

»Doch wer weiß, ob in jenem unendlichen Universum –?«

»Nur im physischen Sinne unendlich«, unterbrach ihn der kleine Priester und wandte sich mit einer heftigen Bewegung seinem Gesprächspartner zu, »nicht unendlich, wenn man darunter versteht, den Gesetzen der Wahrheit zu entfliehen.«

Hinter seinem Baum zog und zerrte Valentin in stummer Wut an seinen Fingernägeln. Er hörte förmlich das Gekicher der englischen Polizeibeamten, die er auf eine wilde Vermutung hin hierher geführt hatte, nur damit sie nun dem metaphysischen Geschwätz zweier abgeklärter alter Geistlicher lauschen konnten. In seiner Ungeduld entging ihm die ebenso sorgfältig entwickelte Antwort des großen Geistlichen, und als er wieder zuhörte, war es erneut Pater Brown, der sprach:

»Vernunft und Gerechtigkeit erfassen auch den entferntesten, einsamsten Stern. Betrachten Sie diese Sterne. Sehen sie nicht aus, als wäre jeder einzelne ein Diamant oder Saphir? Sicher, Sie können sich eine verrückte Botanik oder Geologie nach Ihrem Geschmack vorstellen. Denken Sie zum Beispiel an Diamantenwälder mit Blättern aus Brillanten. Stellen Sie sich den Mond als blauen Mond vor, als einen einzigartigen, riesenhaften Saphir. Aber glauben Sie nicht, dass diese ganze durcheinandergeratene Astronomie auch nur das Geringste an der Vernunft und Gerechtigkeit menschlichen Handelns ändern würde. Selbst auf Ebenen aus Opal und unter Perlenklippen würden Sie noch eine Anschlagtafel finden mit der Aufschrift: ›Du sollst nicht stehlen.‹«

Valentin war soeben im Begriff, sich aus seiner starren, krummen Haltung zu erheben und möglichst unauffällig davonzuschleichen, am Boden zerstört durch die eine große Torheit seines Lebens. Aber etwas an dem langen Schweigen des großen Priesters gebot ihm abzuwarten, bis dieser sprach. Als er schließlich das Wort ergriff, sagte er einfach, mit gesenktem Kopf und die Hände auf den Knien:

»Nun, ich glaube noch immer, dass andere Welten vielleicht unsere Vernunft übersteigen. Das Geheimnis des Himmels ist unergründlich, und vor dieser Wahrheit kann ich mich nur verneigen.«

Dann, das Gesicht noch immer gesenkt und ohne auch nur im Geringsten Haltung und Stimme zu verändern, setzte er hinzu:

»Und jetzt geben Sie mir dieses Saphirkreuz, klar? Wir sind ganz allein hier, und ich könnte Sie wie eine Strohpuppe in Stücke reißen.«

Die völlig unveränderte Stimme und Haltung verlieh der schrecklichen Wendung des Gesprächs etwas seltsam Gewalttätiges. Aber der Hüter der Reliquie schien lediglich um einen winzigen Bruchteil den Kopf zu drehen. Offenbar hielt er noch immer sein treuherziges Gesicht den Sternen zugewandt. Vielleicht hatte er nicht richtig verstanden. Oder vielleicht hatte er sehr wohl verstanden und saß nur starr vor Schrecken da.

»Ja«, sagte der große Priester mit der gleichen leisen Stimme und in der gleichen reglosen Haltung, »ja, ich bin Flambeau.«

Dann, nach einer Pause, setzte er hinzu:

»Na los, nun geben Sie mir das Kreuz.«

»Nein«, antwortete der andere, und die Silbe hatte einen merkwürdigen Klang.

Flambeau ließ plötzlich seine priesterliche Anmaßung fahren. Der große Dieb lehnte sich zurück und lachte leise, aber anhaltend.

»Nein«, rief er, »Sie werden es mir nicht geben, Sie stolzer Prälat. Sie werden es mir nicht geben, Sie kleiner, weltfremder Simpel. Und soll ich Ihnen sagen, warum nicht? Weil ich es bereits in meiner Brusttasche habe.«

Der kleine Mann aus Essex wandte Flambeau im Dunkeln sein scheinbar verwirrtes Gesicht zu und sagte mit dem ängstlichen Eifer des naiven Pfarrers in alten Schwänken:

»Sind – sind Sie sicher?«

Flambeau kreischte vor Vergnügen.

»Wahrhaftig, Sie sind eine echte Zirkusnummer«, rief er. »Ja, Sie Trottel, ich bin ganz sicher. Ich war so schlau, ein Duplikat des richtigen Päckchens anzufertigen, und jetzt, mein Freund, haben Sie das Duplikat und ich die Juwelen. Ein alter Trick, Pater Brown – ein ganz alter Trick.«

»Ja«, sagte Pater Brown und fuhr sich wieder mit einer seltsam vagen Geste durch das Haar. »Ja, davon habe ich schon gehört.«

Der Goliath des Verbrechens beugte sich mit plötzlich erwachtem Interesse zu dem kleinen Priester vom Lande hinüber.

»*Sie* haben davon gehört?«, fragte er. »Wo haben *Sie* denn davon gehört?«

»Nun, ich darf Ihnen natürlich seinen Namen nicht nennen«, sagte der kleine Mann schlicht. »Er war eines meiner Beichtkinder, wissen Sie. Zwanzig Jahre lang hat er mit Erfolg ausschließlich von vertauschten, gleich aussehenden Packpapierpäckchen gelebt. Als ich also anfing, Sie zu verdächtigen, musste ich sofort daran denken, wie der arme Bursche es gemacht hat, verstehen Sie?«

»Anfingen, mich zu verdächtigen«, wiederholte der Verbrecher mit wachsender Spannung. »Hatten Sie wirklich so viel Grips, mich nur zu verdächtigen, weil ich Sie bis in diesen abgelegenen Teil der Heide gelockt habe?«

»Nein, nein«, sagte Brown leicht entschuldigend. »Ich habe Sie schon bei unserer ersten Begegnung verdächtigt, wissen Sie. Es lag an der kleinen Ausbuchtung des Ärmels, da, wo Sie und Ihresgleichen das Stachelarmband tragen.«

»Wie, beim Tartarus«, schrie Flambeau, »haben Sie von diesem Stachelarmband erfahren?«

»Ach, die eigenen Schäfchen, verstehen Sie?«, sagte Pater Brown, wobei er mit nahezu ausdruckslosem Gesicht die Augenbrauen hochzog. »Als ich Seelsorger in Hartlepool war, hatten wir dort drei mit Stachelarmbändern. Weil ich Sie also von Anfang an im Verdacht hatte, verstehen Sie, war es meine ganze Sorge, auf irgendeine Weise das Kreuz in Sicherheit zu bringen. Ich habe Sie genau beobachtet, wissen Sie. Schließlich sah ich, wie Sie die Päckchen vertauschten. Daraufhin, verstehen Sie, habe ich sie nochmals vertauscht. Und dann habe ich das richtige zurückgelassen.«

»Zurückgelassen?«, wiederholte Flambeau, und zum ersten Male war in seiner Stimme noch ein anderer Unterton als der des Triumphes.

»Tja, genauso war es«, sagte der kleine Priester in dem gleichen ungerührten Ton wie zuvor. »Ich kehrte zurück in diesen Süßwarenladen und fragte, ob ich ein Päckchen vergessen hätte; für den Fall, dass es noch auftauchen würde, hinterließ ich eine private Adresse. Ich hatte natürlich nichts liegengelassen, aber als ich diesmal den Laden verließ, tat ich es. Und so rannte niemand hinter mir her mit dem wertvollen Päckchen, sondern es wurde per Eilpost an einen Freund von mir in Westminster geschickt.« Dann fügte er leicht betrübt hinzu: »Das habe ich auch von so einem armen Kerl in Hartlepool gelernt. Er machte es so mit Handtaschen, die er auf Bahnhöfen mitgehen ließ, aber jetzt ist er in einem Kloster. Ach ja, man erfährt manches, wissen Sie«, ergänzte er und strich sich wieder mit der gleichen entschuldigenden Geste traurig über das Haar. »Das lässt sich nicht vermeiden, wenn man Priester ist. Die Leute erzählen uns nun einmal solche Sachen.«

Flambeau zerrte ein braunes Päckchen aus seiner Innentasche und riss es in Stücke. Es enthielt nichts als Papier und ein paar Stückchen Blei. Mit einem wilden Satz war er auf den Beinen und schrie:

»Ich glaube Ihnen nicht. Ich glaube nicht, dass ein Tölpel wie Sie das alles deichseln kann. Ich glaube, dass Sie das Ding immer noch bei sich haben, und wenn Sie es nicht sofort hergeben – dann, wir sind schließlich ganz allein hier, dann nehme ich es mir mit Gewalt!«

»Nein«, sagte Pater Brown schlicht und erhob sich ebenfalls, »Sie werden es sich nicht mit Gewalt nehmen. Erstens, weil ich es wirklich nicht mehr bei mir habe, und zweitens, weil wir nicht allein sind.«

Flambeau blieb wie angewurzelt stehen.

»Hinter jenem Baum«, sagte Pater Brown und zeigte mit dem Finger die Richtung an, »stehen zwei kräftige Polizeibeamte und der berühmteste Detektiv der Welt. Wie sie hierher kommen, fragen Sie? Nun, natürlich habe ich sie hierher gebracht! Wie mir das gelungen ist? Das kann ich Ihnen sagen, wenn Sie wollen! Meine Güte, man muss tausend solcher Tricks kennen, wenn man mit Verbrechern zu tun hat! Nun, ich war ja nicht sicher, ob Sie ein Dieb waren, und es wäre völlig unmöglich gewesen, einen Priester des eigenen Klerus zu verleumden. Also stellte ich Sie auf die Probe, um zu sehen, ob Sie sich durch irgendetwas verraten würden. Normalerweise macht jemand Theater, wenn er merkt, dass Salz in seinem Kaffee ist; tut er es nicht, hat er einen Grund, ruhig zu bleiben. Ich vertauschte Salz und Zucker, und *Sie* sagten kein Wort. Normalerweise beschwert sich jemand, wenn seine Rechnung um ein Dreifaches zu hoch ist. Bezahlt er sie stillschweigend, will er um keinen Preis auffallen. Ich änderte Ihre Rechnung, und *Sie* bezahlten sie.«

Die Welt schien darauf zu warten, dass Flambeau sich wie ein Tiger auf den Pater stürzte. Doch er war wie betäubt, gebannt von einer grenzenlosen Neugier.

»Nun«, fuhr Pater Brown mit plumper Deutlichkeit fort, »da Sie keinerlei Spuren für die Polizei hinterlassen würden, musste dies jemand anders tun. Also sorgte ich an jedem Ort, an den wir kamen, für irgendetwas, das für den Rest des Tages Gesprächsstoff liefern würde. Ich richtete keinen großen Schaden an – eine bespritzte Wand, verstreute Äpfel, eine zerbrochene Fensterscheibe; aber ich rettete das Kreuz, wie das Kreuz immer gerettet werden wird. Jetzt ist es bereits in Westminster. Es wundert mich, dass Sie mich nicht mit der ›Eselspfeife‹ aufgehalten haben.«

»Mit der was?«, fragte Flambeau.

»Ich bin froh, dass Sie nie davon gehört haben«, sagte der

Priester und verzog das Gesicht. »Es ist eine üble Sache. Ich bin sicher, Sie sind ein zu guter Mensch, um ein ›Pfeifer‹ zu sein. Gegen die Eselspfeife hätte ich mich nicht einmal mit dem Drehsprung wehren können; meine Beine sind nicht kräftig genug.«

»Wovon, um Himmels willen, sprechen Sie?«, fragte der andere.

»Oh, ich dachte, Sie kennen den Drehsprung«, sagte Pater Brown angenehm überrascht. »Sie können also doch noch nicht so weit vom rechten Weg abgekommen sein!«

»Aber woher, zur Hölle, kennen Sie all diese Greuel?«, rief Flambeau.

Der Schatten eines Lächelns überzog das runde, einfältige Gesicht seines geistlichen Widerparts.

»Ach, vermutlich weil ich ein weltfremder Simpel bin«, sagte er. »Ist Ihnen nie der Gedanke gekommen, dass ein Mensch, der fast ausschließlich damit befasst ist, sich die von Menschen begangenen Sünden anzuhören, wohl auch etwas von dem Bösen im Menschen weiß? Aber, um die Wahrheit zu sagen, hat mich noch ein anderer Aspekt meines Berufs davon überzeugt, dass Sie kein Priester waren.«

»Welcher?«, fragte der Dieb fast atemlos.

»Sie zweifelten die Vernunft an«, sagte Pater Brown. »Das ist schlechte Theologie.«

Und in ebendem Augenblick, als er sich umwandte, um seine Sachen zusammenzusuchen, traten die drei Polizeibeamten aus dem Dunkel der Bäume. Flambeau war Künstler und Sportsmann. Er trat zurück und machte vor Valentin eine tiefe Verbeugung.

»Verneigen Sie sich nicht vor mir, *mon ami*«, sagte Valentin mit silberner Klarheit. »Verneigen wir uns beide vor unserem Meister.«

Und sie standen beide einen Augenblick barhäuptig da, während der kleine Priester aus Essex blinzelnd nach seinem Schirm suchte.

Der geheimnisvolle Garten

Aristide Valentin, Chef der Pariser Polizei, verspätete sich, so dass einige seiner Gäste bereits vor ihm zum Essen eintrafen. Sie wurden jedoch von seinem langjährigen Diener Ivan vertröstet, einem alten Mann mit einer Narbe und einem Gesicht, das fast ebenso grau war wie sein Schnurrbart; er saß wie immer an einem Tisch in der Eingangshalle – einer Halle, die voller Waffen hing. Valentins Haus war vielleicht ebenso außergewöhnlich und berühmt wie der Hausherr selbst. Es war ein altes Haus, umgeben von hohen Mauern und riesigen Pappeln, die fast bis zur Seine hinabreichten; aber das Merkwürdigste – und aus polizeilicher Sicht vielleicht Wertvollste – seiner Architektur bestand darin, dass es absolut keinen Ausgang gab außer dieser Vordertür, die von Ivan und seinem Waffenarsenal bewacht wurde. Der Garten war weitläufig und kunstvoll angelegt und vom Haus aus durch zahlreiche Ausgänge zu erreichen. Doch es gab nicht einen einzigen Ausgang vom Garten in die Außenwelt; er war ringsum von einer hohen, glatten, unüberwindlichen Mauer eingefasst, die oben noch mit speziellen Eisenspitzen versehen war; der Garten war sicherlich kein schlechter Ort zum Nachdenken für einen Mann, den umzubringen sich ein paar hundert Verbrecher geschworen hatten.

Wie Ivan den Gästen erklärte, hatte ihr Gastgeber angerufen und gesagt, er sei zehn Minuten aufgehalten worden. In Wirklichkeit traf er noch ein paar letzte Vorkehrungen für Hinrichtungen und ähnliche hässliche Dinge; und obwohl diese Pflichten ihm zutiefst zuwider waren, erledigte er sie stets mit großer Gewissenhaftigkeit. So unbarmherzig er bei der Verfolgung von Verbrechern war, so milde zeigte er sich bei ihrer Bestrafung. Seitdem er in Frankreich und weiten Teilen Europas als oberste Instanz bei der Aufklärung von Verbrechen galt, hatte er seinen großen Einfluss redlich dazu benutzt, Urteile zu mildern und Gefängnisse zu säubern. Er war einer der großen humanitären

Freigeister Frankreichs, deren einziger Fehler es ist, dass ihre Gnade noch mehr Kälte verströmt als ihre Gerechtigkeit.

Als Valentin eintraf, trug er bereits seinen schwarzen Abendanzug und die rote Rose im Knopfloch – eine elegante Erscheinung mit seinem dunklen, von Silberfäden durchzogenen Bart. Er ging, ohne sich aufzuhalten, in sein Arbeitszimmer, von dem eine Tür in den angrenzenden Garten führte. Sie stand offen, und nachdem er seinen Aktenkoffer sorgfältig verschlossen hatte, blieb er einige Sekunden an der geöffneten Tür stehen und blickte hinaus. Ein greller Mond stach immer wieder aus den vom Sturm gejagten Wolkenfetzen hervor, und Valentin verfolgte dieses Schauspiel mit einer Nachdenklichkeit, die ungewöhnlich war für eine so wissenschaftliche Natur wie die seine. Aber vielleicht haben diese wissenschaftlichen Naturen irgendwie eine übersinnliche Vorahnung von den schwierigsten Problemen ihres Lebens. Falls Valentin sich in einem solch mystischen Zustand befand, erholte er sich jedenfalls schnell davon, denn er wusste, dass er sich verspätet hatte und seine Gäste zum Teil bereits eingetroffen waren. Mit einem schnellen Blick vergewisserte er sich bei seinem Eintritt in den Salon, dass sein wichtigster Gast auf jeden Fall noch nicht da war. Alle anderen Stützen seiner kleinen Abendgesellschaft sah er vor sich: er sah Lord Galloway, den englischen Botschafter – einen cholerischen alten Mann mit rötlichen Apfelbäckchen, der das blaue Band des Hosenbandordens trug. Er sah Lady Galloway, dünn wie ein Faden, mit silbernem Haar und einem sensiblen, vornehmen Gesicht. Er sah ihre Tochter, Lady Margaret Graham, ein blasses, hübsches Mädchen mit elfenhaftem Gesicht und kupferfarbenem Haar. Er sah die Herzogin von Mont St. Michel, schwarzäugig und üppig, und ihre beiden ebenso schwarzäugigen und üppigen Töchter. Er sah Dr. Simon, einen typisch französischen Wissenschaftler mit Brille, braunem Spitzbart und einer Stirn mit jenen parallel verlaufenden Furchen, die das sichtbare Zeichen für bestraften Hochmut sind, da sie sich durch ein ständiges Hochziehen der Augenbrauen eingraben. Er sah Pater Brown aus Cobhole in Essex, dem er vor kurzem in England begegnet war. Er sah – vielleicht mit größerem Interesse als einer der anderen Anwesenden – einen hochgewachsenen Mann in Uniform, der sich vor den Galloways verbeugt hatte, ohne dass ihm dies besonders herzlich gedankt worden wäre, und der nun allein auf seinen Gastgeber zuging, um ihn zu begrüßen. Es war Kommandant O'Brien von der französischen Fremdenlegion. Er war eine schlanke, jedoch etwas eingebildete Erscheinung, glattrasiert, dunkelhaarig, blauäugig, und hatte, was bei einem Offizier jenes berühmten Regiments der triumphalen Fehlschläge und geglückten Selbstmorde nur natürlich schien, ein zugleich schneidiges und melancholisches Auftreten. Er war seiner Abstammung nach ein irischer Gentleman und hatte in seiner Jugend die Galloways, vor allem Margaret Graham, gut gekannt. Er hatte sein Land wegen hoher Schulden verlassen und bewies nun seine völlige Loslösung von der britischen Etikette dadurch, dass er nur noch in Uniform und mit Säbel und Sporen umherstolzierte. Als er vor der Familie des Botschafters seine Verbeugung machte, neigten Lord und Lady Galloway steif den Kopf, und Lady Margaret blickte zur Seite.

Aber mochten sich diese Leute auch wegen irgendwelcher alten Geschichten füreinander interessieren, ihr berühmter Gastgeber interessierte sich nicht sonderlich für sie. Zumindest war in seinen Augen keiner von ihnen der Gast des Abends. Valentin erwartete aus besonderen Gründen einen weltberühmten Mann, dessen Bekanntschaft er in der Zeit seiner großen detektivischen Unternehmungen und Triumphe in den Vereinigten Staaten gemacht hatte. Er erwartete Julius K. Brayne, jenen Multimillionär, dessen ungeheure, geradezu überwältigende Stiftungen an kleine Sekten in den amerikanischen und englischen Zeitungen mit viel Spott und noch mehr feierlicher Anerkennung bedacht wurden. Niemand konnte genau sagen, ob Mr. Brayne nun ein Atheist, ein Mormone oder der Anhänger einer anderen undurchsichtigen Sekte war, aber er war bereit, Geld in jedes intellektuelle Gefäß zu stecken, vorausgesetzt, es war ein noch unerprobtes Gefäß. Eines seiner Hobbys war es, auf den amerikanischen Shakespeare zu warten – ein Hobby, das mehr Geduld erfordert als das Angeln. Er bewunderte Walt Whitman, hielt aber Luke P. Tanner aus Paris, Pennsylvania, für tausendmal »progressiver« als Whitman. Er liebte alles, was er für »progressiv« hielt. Er hielt auch Valentin für »progressiv«, womit er ihm bitter unrecht tat.

Als die massive Gestalt von Julius K. Brayne den Salon betrat, hatte dies ähnliche Wirkung wie das Ertönen eines Gongs. Er besaß diese wunderbare Eigenschaft, die nur sehr wenige von uns für sich in Anspruch nehmen können, dass seine Gegenwart ebenso ins Gewicht fiel wie seine Abwesenheit. Er war ein Hüne, ebenso massig wie groß, und seine durchweg schwarze Abendkleidung wurde nicht einmal durch eine Uhrkette oder einen Ring aufgelockert. Sein Haar war weiß und wie das eines Deutschen streng zurückgebürstet; er hatte ein rotglühendes, engelhaftes Gesicht, und an seinem Kinn saß ein einsames dunkles Haarbüschel, das diesem ansonsten kindlichen Gesicht einen theatralischen, geradezu mephistophelischen Ausdruck verlieh. Doch die Anwesenden hielten sich nicht lange damit auf, den berühmten Amerikaner anzustarren; sein Zuspätkommen war schon zu einem häuslichen Problem geworden, und mit Lady Galloway am Arm wurde er schnellstens ins Esszimmer geschickt.

Bis auf einen Punkt waren die Galloways freundlich und harmlos. Solange Lady Margaret nicht den Arm dieses Abenteurers O'Brien nahm, war es ihr Vater zufrieden; und das hatte sie nicht getan, sondern sich, ganz Anstand und Sitte, von Dr. Simon zu Tisch geleiten lassen. Trotzdem war der alte Lord Galloway unruhig, fast grob. Während des Essens verhielt er sich noch diplomatisch; als jedoch, bei den Zigarren angelangt, drei der jüngeren Männer – Simon, der Arzt, Brown, der Priester, und dieser widerwärtige O'Brien, der Verbannte in fremder Uniform – den Raum verließen, um sich zu den Damen zu gesellen oder im Wintergarten zu rauchen, war es mit der Diplomatie des englischen Diplomaten endgültig vorbei. Alle sechzig Sekunden schoss ihm der Gedanke durch den Kopf, dass dieser Halunke O'Brien Margaret irgendwie ein Zeichen geben könnte; wie, versuchte er sich gar nicht vorzustellen. Den Kaffee nahm er allein mit Brayne, dem weißhaarigen Yankee, der an alle Religionen glaubte, und Valentin, dem grauhaarigen Franzosen, der an gar nichts glaubte. Sie mochten getrost miteinander streiten, ihn überzeugten sie beide nicht. Nach einer gewissen Zeit hatte diese »progressive« Haarspalterei ihren kritischen Höhepunkt erreicht; Lord Galloway erhob sich ebenfalls, um den Salon aufzusuchen. Minutenlang irrte er in langen Korridoren umher, bis er die erhobene, belehrende Stimme des Doktors und die ruhige Stimme des Priesters, gefolgt von allgemeinem Gelächter, vernahm. Wahrscheinlich, dachte er mit einer Verwünschung, streiten sie sich auch über »Wissenschaft und Religion«. In dem Augenblick aber, als er die Tür zum Salon öffnete, sah er nur noch eines – das, was nicht da war. Er sah, dass Kommandant O'Brien nicht anwesend war, ebenso wenig wie Lady Margaret.

Er verließ den Salon ebenso hastig wie das Esszimmer und stapfte erneut durch den Flur. Inzwischen war er geradezu von dem Gedanken besessen, seine Tochter vor dem irisch-algerischen Tunichtgut zu beschützen. Als er sich dem hinteren Teil des Hauses näherte, in dem Valentins Arbeitszimmer lag, begegnete er zu seiner Überraschung seiner Tochter, die mit einem bleichen, verächtlichen Gesicht an ihm vorübereilte, was ihm ein neues Rätsel aufgab. Wenn sie mit O'Brien zusammen gewesen war, wo war O'Brien? Wenn sie nicht mit O'Brien zusammen gewesen war, wo war sie dann gewesen? Mit einer Art kindischem, leidenschaftlichem Verdacht tastete er sich vorwärts zu dem im Dunkel liegenden hinteren Teil des Hauses und stieß schließlich auf einen Dienstboteneingang, der in den Garten führte. Die scharfe Sichel des Mondes hatte die letzten Gewitterwolken auseinandergerissen und verscheucht. Das silberne Licht erleuchtete den Garten bis in den letzten Winkel. Eine riesige Gestalt in blauer Kleidung ging gemessenen Schrittes über den Rasen auf die Tür des Arbeitszimmers zu; ein silberner Mondstrahl fiel auf die Aufschläge einer Uniform, und Lord Galloway erkannte Kommandant O'Brien.

Er verschwand durch die Terrassentür ins Haus und ließ Lord Galloway in einer unbeschreiblichen Mischung aus Zorn und Unschlüssigkeit zurück. Der in Blau und Silber getauchte Garten, der einer Theaterszenerie glich, schien ihn mit genau jener überwältigenden Zartheit zu verhöhnen, die mit seiner weltlichen Autorität in Widerstreit lag. Das gemessene, harmonische Einherschreiten des Iren versetzte ihn in Wut, als wäre er ein Rivale und nicht der Vater; das Mondlicht machte ihn rasend. Wie durch einen Zauber sah er sich in die Zeit der Troubadoure oder ein Feenland Watteaus zurückversetzt, und entschlossen, diesen amourösen Torheiten mit Hilfe einer geharnischten Rede ein Ende zu machen, ging er energisch hinter seinem Feind her. Dabei stolperte er über eine Baumwurzel oder einen Stein im Gras; zuerst ärgerlich, dann neugierig blickte er darauf hinab. Im nächsten Moment bot sich dem Mond und den hohen Pappeln ein ungewöhnlicher Anblick – ein älterer englischer Diplomat, der lief, so schnell er konnte, und dabei aus Leibeskräften schrie.

Auf seine lauten Schreie hin erschien in der Tür des Arbeitszimmers ein bleiches Gesicht, die funkelnden Brillengläser und die besorgte Miene Dr. Simons, der die ersten verständlichen Worte des Lords vernahm. »Eine Leiche im Gras«, rief dieser, »eine blutüberströmte Leiche.« Offensichtlich war O'Brien zumindest im Augenblick seinen Gedanken völlig entschwunden.

»Wir müssen sofort Valentin benachrichtigen«, sagte der Arzt, nachdem der andere ihm mit vielen Unterbrechungen alles geschildert hatte, was er mit halbem Blick wahrgenommen hatte.

»Ein Glück, dass er hier ist.« Und noch während er sprach, betrat der berühmte Detektiv, von den Schreien herbeigelockt, das Arbeitszimmer. Es war fast erheiternd, die typische Verwandlung zu beobachten, die mit ihm vorging; er war mit der normalen Sorge eines Gastgebers und Gentlemans herbeigeeilt, mit der Befürchtung, einer der Gäste oder Dienstboten sei erkrankt. Als er von der Bluttat hörte, bekam sein Verhalten bei allem Ernst sofort etwas Lebhaftes, Geschäftsmäßiges; denn, wie unvorhergesehen und entsetzlich das Geschehene auch war, es war sein Beruf.

»Es ist schon seltsam, meine Herren«, sagte er, als sie in den Garten eilten, »da habe ich auf der ganzen Welt Geheimnisse aufgespürt, und nun entdecke ich eines in meinem eigenen Hinterhof. Aber wo ist die Stelle?« Es war nicht ganz einfach, den Rasen zu überqueren, da vom Fluss her ein leichter Nebel aufzusteigen begann; aber geführt von dem sichtlich erschütterten Galloway, fanden sie den ins tiefe Gras gesunkenen Körper – den Körper eines sehr großen, breitschultrigen Mannes. Er lag mit dem Gesicht nach unten; man konnte nur erkennen, dass die breiten Schultern in einem schwarzen Anzug steckten und sein großer Kopf kahl war bis auf ein paar einzelne braune Haarsträhnen, die ihm wie nasser Seetang am Schädel klebten. Ein scharlachrotes Rinnsal floss unter seinem Gesicht hervor.

»Wenigstens ist es niemand von uns«, sagte Simon in einem schwer zu deutenden Tonfall.

»Untersuchen Sie ihn, Doktor«, befahl Valentin knapp. »Vielleicht ist er noch nicht tot.«

Der Arzt kniete nieder. »Er ist noch nicht ganz kalt, aber ich fürchte, er ist tot«, gab er zur Antwort. »Helfen Sie mir, ihn hochzuheben.«

Vorsichtig hoben sie ihn ein paar Zentimeter vom Boden hoch, und auf der Stelle waren alle bestehenden Zweifel an seinem Tod auf schreckliche Weise beseitigt. Sein Kopf fiel herunter. Er war völlig vom Körper abgetrennt worden; wer auch immer ihm die Kehle durchgeschnitten hatte, hatte ihm auch das

Genick durchgetrennt. Selbst Valentin war leicht entsetzt. »Er muss stark wie ein Gorilla gewesen sein«, murmelte er.

Obwohl er doch an anatomische Abnormitäten gewöhnt war, hob Dr. Simon den Kopf mit leisem Schaudern in die Höhe. An Hals und Kiefer waren Spuren von Gewaltanwendung zu erkennen, doch das Gesicht war im Wesentlichen unverletzt. Es war ein derbes, gelbliches Gesicht, zugleich eingefallen und aufgeschwemmt, mit einer Adlernase und schweren Augenlidern – das Gesicht eines niederträchtigen römischen Kaisers mit vielleicht einer Spur Ähnlichkeit mit einem chinesischen Kaiser. Alle Anwesenden starrten den Kopf fassungslos an; keiner schien ihn zu kennen. Sonst war an dem Mann nichts festzustellen, außer dass sie, als sie den Körper hochhoben, darunter den weißen Schimmer einer von rotem Blut durchtränkten Hemdbrust gesehen hatten. Wie Dr. Simon schon bemerkte, der Mann hatte an der Abendgesellschaft nicht teilgenommen. Aber möglicherweise war dies seine Absicht gewesen, denn er war entsprechend gekleidet.

Valentin ließ sich auf Hände und Knie nieder und untersuchte mit äußerster kriminalistischer Gründlichkeit Gras und Erdreich in einem Umkreis von rund zwanzig Metern um den Körper, wobei ihn der Arzt etwas unbeholfen und der englische Lord recht konfus unterstützten. Das Einzige, was sie bei ihrem Herumkriechen fanden, waren ein paar in kleine Stücke geknickte oder zerbrochene Äste, die Valentin einen Augenblick prüfend in die Höhe hielt und dann wegwarf.

»Zweige«, sagte er in feierlichem Ton, »Zweige und ein völlig Fremder mit abgetrenntem Kopf. Das ist alles, was sich auf diesem Rasen befindet.«

Es entstand eine fast unheimliche Stille, die der entnervte Galloway mit dem jähen Ausruf unterbrach:

»Wer ist das? Wer ist das da hinten an der Gartenmauer?«

Eine untersetzte Gestalt mit einem viel zu großen Kopf kam zögernd im Schein des Mondlichts auf sie zu; einen Moment lang sah sie aus wie ein Kobold, aber dann entpuppte sie sich zum Glück als der harmlose kleine Priester, den sie im Salon zurückgelassen hatten.

»Was ich sagen will, ist«, sagte er bescheiden, »dass es in diesem Garten keine Türen gibt.«

Valentins Augenbrauen hatten sich mürrisch zusammengezogen, wie es automatisch beim Anblick einer Soutane geschah. Aber er war viel zu korrekt, um die Bedeutung dieser Bemerkung zu bestreiten. »Sie haben Recht«, sagte er. »Bevor wir herausfinden, warum er getötet wurde, sollten wir herausfinden, wie er überhaupt hierher gekommen ist. Hören Sie, meine Herren. Falls dies ohne Nachteil für meine Stellung und ohne Pflichtverletzung möglich ist, sollten wir uns darauf einigen, gewisse berühmte Namen aus der Sache herauszuhalten. Es sind Damen im Spiel, meine Herren, und ein ausländischer Botschafter. Falls es ein Verbrechen ist, muss es auch als Verbrechen verfolgt werden. Aber bis dahin kann ich meine Machtbefugnis nutzen. Ich bin Chef der Polizei; ich bin so sehr ein Mann der Öffentlichkeit, dass ich es mir leisten kann, privat zu sein. Wenn möglich, möchte ich gern jeden meiner Gäste von jedem Verdacht befreien, ehe ich meine Leute beauftrage, jemand anderen zu suchen. Bei Ihrer Ehre, Gentlemen, versprechen Sie, dass keiner von Ihnen das Haus vor morgen Mittag um zwölf Uhr verlässt; es sind genügend Schlafzimmer vorhanden. Simon, Sie wissen wohl, wo Sie meinen Diener Ivan in der Halle finden; er genießt mein volles Vertrauen. Sagen Sie ihm, er soll einen anderen Diener zur Bewachung abstellen und sofort zu mir kommen. Lord Galloway, Sie sind bestimmt am geeignetsten, den Damen mitzuteilen, was passiert ist, und eine Panik zu verhindern. Auch sie dürfen nicht gehen. Pater Brown und ich bleiben bei dem Leichnam.«

Wenn aus Valentin so der Befehlshaber sprach, gehorchten ihm alle wie einem Hornsignal. Dr. Simon begab sich unverzüglich in den Waffensaal und scheuchte Ivan auf, den Privatdetektiv des amtlichen Detektivs. Galloway ging in den Salon und brachte den Damen die schreckliche Nachricht so schonend bei, dass sie sich von ihrem Schreck bereits wieder erholt hatten, als sich die Gesellschaft dort versammelte. In der Zwischenzeit standen der überzeugte Priester und der überzeugte Atheist bewegungslos im Mondlicht zu Haupt und Füßen des Toten wie zwei symbolische Standbilder ihrer verschiedenen Todesphilosophien.

Ivan, der Vertraute mit der Narbe und dem Schnurrbart, kam wie eine Kanonenkugel aus dem Haus geschossen und rannte quer über den Rasen auf Valentin zu wie ein Hund auf seinen Herrn. Sein bleigraues Gesicht war wegen dieses Kriminalfalls im eigenen Haus hektisch gerötet, und mit fast unangenehmem Eifer bat er seinen Herrn um die Erlaubnis, die sterblichen Überreste zu untersuchen.

»Ja, sieh sie dir an, wenn du willst, Ivan«, sagte Valentin, »aber beeile dich. Wir müssen ins Haus und die Sache eingehend erörtern.«

Ivan hob den Kopf in die Höhe und ließ ihn dann beinahe fallen.

»Mein Gott«, stieß er hervor, »das ist ja – nein, er ist es nicht; er kann es nicht sein. Kennen Sie diesen Mann, Sir?«

»Nein«, sagte Valentin unbeteiligt, »aber wir sollten hineingehen.«

Gemeinsam trugen sie den Leichnam zu einem Sofa im Arbeitszimmer und begaben sich in den Salon.

Der Detektiv ließ sich ruhig, fast zögernd an einem Schreibtisch nieder; aber sein Blick war der gnadenlose Blick eines Richters während der Verhandlung. Rasch warf er ein paar Notizen auf ein vor ihm liegendes Blatt Papier und fragte dann knapp: »Sind alle anwesend?«

»Nicht Mr. Brayne«, sagte die Herzogin von Mont St. Michel und blickte im Raum umher.

»Nein«, sagte Lord Galloway mit rauer, heiserer Stimme.

»Und nicht Mr. Neil O'Brien, wie mir scheint. Ich habe diesen Herrn im Garten umherspazieren sehen, als die Leiche noch warm war.«

»Ivan«, sagte der Detektiv, »geh und hole Kommandant O'Brien und Mr. Brayne. Soviel ich weiß, raucht Mr. Brayne gerade im Esszimmer seine Zigarre zu Ende; Kommandant O'Brien geht wahrscheinlich im Wintergarten auf und ab. Ich bin aber nicht sicher.«

Der getreue Diener verschwand wie ein Blitz aus dem Raum, und bevor sich jemand rühren oder etwas sagen konnte, fuhr Valentin mit der gleichen soldatischen Knappheit in seinen Ausführungen fort.

»Jeder von Ihnen weiß, dass im Garten ein toter Mann gefunden wurde, dessen Kopf säuberlich vom Rumpf abgetrennt war. Sie haben ihn untersucht, Dr. Simon. Glauben Sie, dass man große Kraft dafür braucht, einem Mann so die Kehle durchzuschneiden? Oder vielleicht nur ein sehr scharfes Messer?«

»Ich glaube, dass man es überhaupt nicht mit einem Messer tun kann«, antwortete der bleiche Arzt.

»Können Sie sich irgendein Werkzeug vorstellen, mit dem man es tun könnte?«, fragte Valentin weiter.

»Was moderne Waffen angeht, wirklich nicht«, sagte der Arzt und zog gequält die Augenbrauen hoch. »Ein Genick überhaupt durchzuhacken, ist schon nicht einfach, und dies hier war ein ganz sauberer Hieb. Man hätte es vielleicht mit einer Streitaxt tun können oder einem alten Scharfrichterbeil oder einem alten zweihändigen Schwert.«

»Aber du lieber Himmel«, schrie die Herzogin fast hysterisch, »hier gibt es doch keine zweihändigen Schwerter und Streitäxte.«

Valentin beschäftigte sich immer noch mit dem Blatt Papier, das vor ihm lag. »Sagen Sie«, fragte er, während er immer noch emsig schrieb, »hätte man es mit dem langen Säbel der französischen Kavallerie tun können?«

Es wurde leise an die Tür geklopft, und dieses Geräusch ließ aus unerfindlichen Gründen allen das Blut in den Adern erstarren – wie das Pochen in *Macbeth*. Mitten in die eisige Stille sagte Dr. Simon schließlich »Ein Säbel – ja, ich glaube, das wäre möglich.«

»Vielen Dank«, sagte Valentin. »Komm herein, Ivan.«

Der treue Diener öffnete die Tür und führte Kommandant Neil O'Brien herein, den er schließlich wieder im Garten gefunden hatte, wo er auf und ab ging.

Der irische Offizier blieb abwehrend und trotzig auf der Schwelle stehen. »Was wollen Sie von mir?«, rief er.

»Setzen Sie sich bitte«, sagte Valentin in liebenswürdigem, ruhigem Ton. »Aber Sie tragen ja Ihren Säbel gar nicht! Wo ist er?«

»Ich habe ihn auf dem Tisch in der Bibliothek abgelegt«, sagte O'Brien, und sein irischer Akzent wurde durch die Aufregung immer stärker. »Er war mir im Weg, er störte mich –«

»Ivan«, sagte Valentin, »hole bitte den Säbel des Kommandanten aus der Bibliothek.« Und als der Diener verschwunden war: »Lord Galloway sagt, er habe gesehen, wie Sie den Garten verlassen haben, unmittelbar bevor er den Leichnam entdeckte. Was haben Sie im Garten gemacht?«

Der Kommandant warf sich nachlässig in einen Sessel. »Oh«, rief er in unverfälschtem Irisch, »den Mond bewundert. Und mich mit Mutter Natur unterhalten, alter Junge.«

Eine lastende Stille entstand, die wiederum erst durch das gleiche leise, schreckliche Klopfen unterbrochen wurde. Ivan kehrte zurück, in der Hand eine leere stählerne Säbelscheide. »Das ist alles, was ich finden kann«, sagte er.

»Leg sie auf den Tisch«, befahl Valentin, ohne den Blick zu heben.

Es herrschte eine unmenschliche Stille im Raum, ähnlich jenem Meer unmenschlicher Stille, die um die Anklagebank des verurteilten Mörders entsteht. Die schwachen Ausrufe der Herzogin waren längst verstummt. Lord Galloways aufgestauter Hass war befriedigt, ja regelrecht abgekühlt. Da erklang völlig unerwartet eine Stimme.

»Ich glaube, ich kann es Ihnen sagen«, rief Lady Margaret mit jener klaren, bebenden Stimme, die mutigen Frauen eigen ist, wenn sie in der Öffentlichkeit sprechen, »ich kann Ihnen sagen, was Mr. O'Brien im Garten getan hat, denn er ist zum Schweigen verpflichtet. Er hat mich gebeten, seine Frau zu werden. Ich habe abgelehnt; ich habe ihm gesagt, in Anbetracht meiner familiären Verhältnisse könnte ich ihm nichts als meine Achtung anbieten. Darüber war er etwas ärgerlich; auf meine Achtung schien er keinen großen Wert zu legen. Ich frage mich«, setzte sie mit einem matten Lächeln hinzu, »ob er jetzt überhaupt noch Wert darauf legt. Denn ich biete sie ihm jetzt an. Ich will überall schwören, dass er nie etwas Derartiges getan hat.«

Lord Galloway hatte sich an seine Tochter herangedrängt und redete mit – seiner Ansicht nach – gedämpfter Stimme auf sie ein. »Schweig still, Maggie«, sagte er mit donnerndem Flüstern. »Warum solltest du den Burschen decken? Wo ist sein Säbel? Wo ist sein verfluchter Kavallerie …«

Er hielt inne, als er den eigentümlichen Blick wahrnahm, mit dem seine Tochter ihn ansah, ein Blick, der auf alle Anwesenden wie ein unheimlicher Magnet wirkte.

»Du alter Narr!«, sagte sie leise und ohne Respekt vorzutäuschen, »was glaubst du beweisen zu können? Ich sage dir, dieser Mann war unschuldig, während er mit mir zusammen war. Aber auch wenn er nicht unschuldig wäre, so war er doch immer noch mit mir zusammen. Wenn er im Garten einen Mann ermordet hat, wer hat ihn dabei beobachtet – wer hat zumindest davon gewusst? Ist dein Hass auf Neil so groß, dass du deiner eigenen Tochter –«

Lady Galloway schrie auf. Alle anderen spürten mit Schaudern einen Hauch jener teuflischen Tragödien, die sich schon immer zwischen Liebenden zugetragen haben. Das stolze, weiße Gesicht der schottischen Aristokratin und ihr Geliebter, der irische Abenteurer, erschienen ihnen wie alte Porträts in einem dunklen Haus. Die lastende Stille war voller unbestimmter historischer Erinnerungen an ermordete Ehemänner und giftmischende Mätressen.

Mitten in dieses düstere Schweigen hinein fragte eine naive Stimme: »War es eine sehr lange Zigarre?«

Der Gedankensprung war so gewaltig, dass die Anwesenden sich suchend umblickten, um festzustellen, wer da gesprochen hatte.

»Ich meine nur«, sagte der kleine Pater Brown aus einer Ecke des Raumes. »Ich meine jene Zigarre, die Mr. Brayne zu Ende raucht. Sie ist ja anscheinend so lang wie ein Spazierstock.«

Trotz der belanglosen Worte zeichneten sich Zustimmung und Ärger in Valentins Gesicht ab, als er den Kopf hob.

»Ganz recht«, bemerkte er scharf. »Ivan, sieh noch einmal nach Mr. Brayne und bringe ihn sofort her.«

Sobald das Faktotum die Tür geschlossen hatte, wandte sich Valentin mit einem völlig neuen Ernst an das Mädchen.

»Lady Margaret«, sagte er, »gewiss empfinden wir alle Dankbarkeit und Bewunderung dafür, dass Sie es mit Ihrer Würde vereinbaren konnten, das Verhalten des Kommandanten zu erklären. Aber es gibt da immer noch eine Lücke. Wenn ich recht verstanden habe, begegnete Lord Galloway Ihnen, als Sie vom Arbeitszimmer in den Salon gingen, und nur wenige Minuten später befand er sich im Garten und sah dort den Kommandanten noch immer auf und ab gehen.«

»Sie müssen bedenken«, gab Margaret mit leiser Ironie zur Antwort, »dass ich gerade seinen Antrag abgelehnt hatte; also konnten wir kaum Arm in Arm zurückkommen. Wie dem auch sei, er ist ein Gentleman; er blieb im Garten zurück – und steht deshalb unter Mordverdacht.«

»In diesen wenigen Augenblicken«, sagte Valentin ernst, »könnte er allerdings – «

Wieder klopfte es, und Ivan streckte sein narbiges Gesicht durch die Tür.

»Verzeihung, Herr«, sagte er, »aber Mr. Brayne hat das Haus verlassen.«

»Verlassen!«, schrie Valentin und sprang zum ersten Mal auf.

»Weg. Abgehauen. Verflüchtigt«, antwortete Ivan in seinem komischen Französisch. »Sein Hut und sein Mantel sind auch weg; und ich sage Ihnen, das Beste kommt noch. Ich lief aus dem Haus, um irgendwelche Spuren von ihm zu entdecken, und ich fand tatsächlich eine Spur, und nicht mal eine schlechte.«

»Was meinst du damit?«, fragte Valentin.

»Ich werde es Ihnen zeigen«, sagte sein Diener und kehrte mit einem blitzenden, blanken Kavalleriesäbel zurück, dessen Spitze und Schneide mit Blut beschmiert waren. Alle Anwesenden starrten den Säbel an, als wäre er ein Blitzstrahl, doch der unerschütterliche Ivan fuhr im gleichen ruhigen Ton fort:

»Ich fand ihn knapp fünfzig Meter entfernt, in einem Gebüsch an der Straße nach Paris. Mit anderen Worten, ich fand ihn genau da, wo Ihr werter Mr. Brayne ihn bei seiner Flucht weggeworfen hatte.«

Wieder entstand ein Schweigen, aber von völlig anderer Art. Valentin nahm den Säbel, untersuchte ihn, dachte mit ungeteilter Konzentration nach und wandte sich dann mit höflicher Miene an O'Brien. »Kommandant«, sagte er, »wir verlassen uns darauf, dass Sie jederzeit bereit sind, diese Waffe vorzulegen, falls dies für die polizeilichen Ermittlungen erforderlich ist. Bis dahin«, fügte er hinzu, indem er den Stahl klirrend in die Scheide zurücksteckte, »lassen Sie mich Ihnen Ihren Säbel zurückgeben.«

Angesichts der militärischen Symbolik des Vorgangs konnten sich die Anwesenden kaum zurückhalten, Beifall zu spenden.

Für Neil O'Brien bedeutete diese Geste in der Tat einen Wendepunkt in seinem Dasein. Als er wenig später in der Morgendämmerung erneut in dem geheimnisvollen Garten umherging, war die übliche Haltung tragischer Vergeblichkeit von ihm abgefallen; er war ein Mann, der mehr als einen Grund hatte, glücklich zu sein. Lord Galloway war ein Gentleman und hatte sich bei ihm entschuldigt. Lady Margaret war etwas viel Besseres als eine Lady, sie war eine Frau und hatte ihm vielleicht etwas Besseres angeboten als eine Entschuldigung, während sie vor dem Frühstück zwischen den alten Blumenbeeten einhergewandelt waren. Die Gesellschaft war insgesamt fröhlicher und menschlicher, denn obwohl das Rätsel um den Toten blieb, so war doch die Bürde des Verdachts von ihnen allen genommen und mit dem fremden Millionär nach Paris verschwunden – einem Mann, den sie kaum kannten. Der Teufel war aus dem Haus vertrieben worden – er hatte sich selbst vertrieben.

Aber das Rätsel blieb; und als sich O'Brien neben Dr. Simon auf eine Gartenbank fallen ließ, befasste sich dieser zutiefst wissenschaftliche Mann sofort wieder mit der Lösung. Es gelang ihm jedoch keine ausführliche Unterhaltung mit O'Brien, dessen Gedanken bei angenehmeren Dingen weilten.

»Ich kann nicht behaupten, dass mich die Sache sehr interessiert«, erklärte der Ire frei heraus, »vor allem, da sie jetzt ziemlich klar scheint. Offenbar hasste Brayne diesen Fremden aus einem bestimmten Grund, lockte ihn in den Garten und tötete ihn mit meinem Säbel. Danach flüchtete er in Richtung Stadt, wobei er sich des Säbels entledigte. Übrigens hat mir Ivan erzählt, dass der Tote einen Yankee-Dollar in der Tasche hatte. Er war also ein Landsmann von Brayne, und damit scheint alles klar. Ich sehe überhaupt keine Schwierigkeiten bei dem Ganzen.«

»Es gibt fünf ganz erhebliche Schwierigkeiten«, sagte der Arzt ruhig, »wie eine hohe Mauer, die sich hinter der nächsten auftürmt. Verstehen Sie mich nicht falsch. Ich zweifle nicht daran, dass Brayne die Tat begangen hat; ich nehme an, seine Flucht beweist das. Aber ich rätsele darüber, wie er sie begangen hat. Erste Schwierigkeit: Warum sollte ein Mann einen anderen mit einem großen, unhandlichen Säbel töten, wenn er ihn ohne weiteres mit einem Taschenmesser umbringen und es danach wieder in die Tasche stecken kann? Zweite Schwierigkeit: Warum vernahm man weder ein Geräusch noch einen Aufschrei? Ist es normal, dass ein Mann keinen Laut von sich gibt, wenn ein anderer säbelschwingend auf ihn zukommt? Dritte Schwierigkeit: Ein Diener bewachte den ganzen Abend die Vordertür; und nicht einmal eine Ratte findet einen anderen Weg in Valentins Garten. Wie also gelangte der Tote hinein? Vierte Schwierigkeit: Wie gelang Brayne – bei den gleichen Voraussetzungen – die Flucht aus dem Garten?«

»Und die fünfte?«, fragte Neil, die Augen auf den englischen Priester geheftet, der langsam den Gartenpfad heraufkam.

»Ist vermutlich nebensächlich«, sagte der Arzt, »aber ich finde sie merkwürdig. Als ich zuerst sah, wie der Kopf abgetrennt worden war, nahm ich an, der Mörder habe mehr als einmal zugeschlagen. Aber bei der Untersuchung entdeckte ich eine ganze Anzahl von Wunden im Bereich der Schnittstelle; mit anderen Worten, man hatte sie ausgeführt, *nachdem* der Kopf bereits ab war. Hasste Brayne seinen Feind so unmenschlich, dass er im Mondschein mit dem Säbel auf dessen Körper einhieb?«

»Grauenhaft!«, sagte O'Brien schaudernd.

Brown, der kleine Priester, war während des Gesprächs zu ihnen getreten und hatte in der ihm eigenen Zurückhaltung gewartet, bis es beendet war. Dann sagte er leicht verlegen:

»Es tut mir wirklich leid, Sie zu unterbrechen. Aber man hat mich beauftragt, Ihnen das Neueste mitzuteilen!«

»Das Neueste?«, wiederholte Simon und starrte ihn gequält durch seine Augengläser an.

»Ja, leider«, sagte Pater Brown sanft. »Es hat nämlich einen weiteren Mord gegeben.«

Beide Männer sprangen gleichzeitig auf und brachten die Bank damit zum Wanken.

»Und was noch merkwürdiger ist«, fuhr der Priester, die Augen ausdruckslos auf die Rhododendronbüsche gerichtet, fort, »er wurde auf dieselbe abscheuliche Weise verübt: wieder eine

Enthauptung. Man fand den zweiten Kopf, noch blutend, im Fluss, ein paar Meter entfernt von der Straße, die Brayne auf seiner Flucht nach Paris benutzte; daher nimmt man an, dass er –«

»Du lieber Himmel!«, rief O'Brien aus. »Ist Brayne ein Wahnsinniger?«

»Auch in Amerika kennt man die Blutrache«, sagte der Priester unbewegt und fügte dann hinzu: »Sie möchten in die Bibliothek kommen und den Kopf untersuchen.«

Kommandant O'Brien folgte den anderen zu der Untersuchung; er fühlte sich ausgesprochen schlecht. Ihm, als Soldaten, war all dieses heimliche Gemetzel zutiefst zuwider; wo sollten diese abartigen Schlächtereien noch enden? Erst wurde ein Kopf abgehackt, dann der nächste; in diesem Fall traf die Regel, dass zwei Köpfe besser sind als einer, nicht zu, wie er bitter feststellte. Als er das Arbeitszimmer durchquerte, geriet er wegen eines entsetzlichen Zufalls beinahe ins Straucheln. Auf Valentins Schreibtisch lag wahrhaftig das farbige Bild eines dritten blutenden Kopfes; und es war Valentins eigener Kopf. Auf den zweiten Blick erkannte er, dass es sich lediglich um eine nationalistische Zeitung mit dem Namen *Die Guillotine* handelte, die jede Woche einen ihrer politischen Widersacher mit aufgerissenen Augen und verzerrten Zügen unmittelbar nach der Hinrichtung zeigte; und Valentin war ein Antiklerikaler von besonderem Ruf. O'Brien aber war Ire, und selbst in seinen Sünden war ihm eine gewisse Keuschheit eigen; und daher kam ihm bei dieser großen Brutalität des Intellekts, die man allein in Frankreich kennt, die Galle hoch. Er sah Paris plötzlich als Ganzes vor sich: von den grotesken Figuren an den gotischen Kirchen bis zu den groben Karikaturen in den Zeitungen. Er musste an die gigantischen Scherze der Revolution denken. Die ganze Stadt erschien ihm wie ein einziges hässliches Kraftbündel, von der blutrünstigen Skizze auf Valentins Schreibtisch bis hinauf in die Höhe, aus der, über ein Gewimmel und Dickicht von

Wasserspeiern hinweg, der große Satan von Notre-Dame herabgrinst.

Die Bibliothek war ein langgestreckter Raum, niedrig und dunkel; das spärlich einfallende Licht, das durch die Ritzen der heruntergelassenen Rouleaus drang, hatte noch die Färbung der Morgenröte. Valentin und sein Diener Ivan standen wartend am oberen Ende eines langen, leicht abfallenden Tisches, auf dem die sterblichen Überreste lagen; im Zwielicht wirkten sie riesig. Die gewaltige schwarze Gestalt und das gelbe Gesicht des Mannes, den man im Garten gefunden hatte, lagen im Wesentlichen unverändert vor ihnen. Der zweite Kopf, den man am Morgen aus dem Schilf gefischt hatte, lag triefend daneben; Valentins Leute suchten noch immer nach dem Rumpf dieses zweiten Leichnams, von dem man annahm, dass er abgetrieben worden sei. Pater Brown, der O'Briens Empfindlichkeit offenbar nicht im Geringsten teilte, ging zu dem zweiten Kopf hinüber und untersuchte ihn mit äußerster Sorgfalt. Es war kaum mehr als ein nasser weißer Haarschopf zu erkennen, den das rötliche, kalte Morgenlicht mit einem silbernen Kranz umgab; das Gesicht, das augenscheinlich einem hässlichen, roten, möglicherweise kriminellen Typus angehörte, war beim Treiben im Wasser mehrfach gegen Bäume oder Steine geschlagen.

»Guten Morgen, Kommandant O'Brien«, sagte Valentin mit ruhiger Herzlichkeit. »Ich nehme an, Sie haben von Braynes neuester Schlächterei gehört?«

Pater Brown beugte sich noch immer über den weißhaarigen Kopf und sagte, ohne aufzusehen:

»Es ist also ganz sicher, dass Brayne auch diesen Kopf abgeschlagen hat?«

»Das sagt einem doch wohl der gesunde Menschenverstand«, sagte Valentin, die Hände in den Taschen. »Auf dieselbe Weise getötet wie der andere. Nur ein paar Meter von dem anderen entfernt gefunden. Und mit derselben Waffe massakriert, die Brayne, wie wir wissen, mitnahm und wegwarf.«

»Ja, ja; ich weiß«, erwiderte Pater Brown unterwürfig. »Und dennoch bezweifle ich, dass Brayne diesen Kopf abschlagen konnte.«

»Wieso?«, fragte Dr. Simon und sah ihn erwartungsvoll an.

»Nun, Doktor«, sagte der Priester und sah blinzelnd auf, »kann ein Mann sich selbst den Kopf abschlagen? Ich weiß nicht recht.«

O'Brien hatte das Gefühl, dass ein wahnwitziges Universum mit ohrenbetäubendem Krachen über ihm zusammenstürzte; doch der Arzt, den Sinn wie immer aufs Praktische gerichtet, sprang blitzschnell vor und schob das nasse weiße Haar des Toten zurück.

»Oh, es besteht kein Zweifel, dass es Brayne ist«, sagte der Priester ruhig. »Er hatte genau diese Kerbe im linken Ohr.«

Der Detektiv, der den Priester unverwandt mit funkelnden Augen angesehen hatte, öffnete die zusammengepressten Lippen und sagte scharf: »Sie wissen anscheinend eine ganze Menge über ihn, Pater Brown.«

»O ja«, sagte er kleine Mann schlicht. »Ich hatte einige Wochen lang mit ihm zu tun. Er trug sich mit dem Gedanken, in unsere Kirche einzutreten.«

Ein fanatisches Glitzern trat in Valentins Augen; mit geballten Fäusten machte er einen Schritt auf den Priester zu. »Und vielleicht«, rief er mit beißendem Hohn, »vielleicht trug er sich auch mit dem Gedanken, sein gesamtes Vermögen Ihrer Kirche zu vermachen.«

»Vielleicht«, sagte Brown ungerührt, »schon möglich.«

»In diesem Fall«, versetzte Valentin mit einem grimmigen Lächeln, »wissen Sie wohl allerdings eine ganze Menge über ihn. Über sein Leben und über seinen –«

Kommandant O'Brien legte seine Hand auf Valentins Arm. »Hören Sie auf mit dem Quatsch, Valentin«, sagte er, »oder es gibt vielleicht noch mehr Tote.«

Aber Valentin hatte – unter dem ruhigen, bescheidenen Blick

des Priesters – seine Fassung bereits wiedererlangt. »Nun«, sagte er knapp, »private Meinungen können warten. Meine Herren, Sie sind noch immer aufgrund Ihres Versprechens verpflichtet, hier zu bleiben; daran muss sich jeder Einzelne von Ihnen halten. Ivan wird Ihnen alles sagen, was Sie vielleicht sonst noch wissen möchten; ich muss mich an die Arbeit machen und die Behörden unterrichten. Wir können den Fall nicht länger geheim halten. Ich bin in meinem Arbeitszimmer, falls es noch etwas Neues geben sollte.«

»Gibt es noch etwas Neues, Ivan?«, fragte Dr. Simon, als der Polizeichef gemessenen Schrittes das Zimmer verlassen hatte.

»Nur noch eines, glaube ich, Sir«, sagte Ivan und legte sein altes, graues Gesicht in Falten, »aber auch das ist in gewisser Weise von Bedeutung. Es betrifft den alten Burschen, den Sie auf dem Rasen gefunden haben«, und er wies ohne die geringste Ehrerbietung auf den großen schwarzen Körper mit dem gelben Kopf. »Wir haben jedenfalls herausbekommen, wer er ist.«

»Tatsächlich!«, rief der überraschte Arzt, »und wer ist er?«

»Sein Name war Arnold Becker«, sagte der Hilfsdetektiv, »allerdings benutzte er viele Decknamen. Er war so eine Art Vagabund, und es ist bekannt, dass er in Amerika war; und seit seiner Zeit dort hat Brayne ihn wohl auf dem Kieker. Wir hatten nicht viel mit ihm zu tun, da er hauptsächlich in Deutschland arbeitete. Natürlich haben wir uns mit der deutschen Polizei in Verbindung gesetzt. Aber seltsamerweise hatte er einen Zwillingsbruder, Louis Becker, mit dem wir eine ganze Menge zu tun hatten. Um die Wahrheit zu sagen, wir hielten es für unvermeidlich, ihn gestern zu guillotinieren. Na ja, es ist schon komisch, meine Herren, aber als ich diesen Kerl platt auf dem Rasen liegen sah, bekam ich den größten Schreck meines Lebens. Hätte ich nicht mit eigenen Augen gesehen, wie Louis Becker geköpft wurde, ich hätte geschworen, dass Louis Becker dort im Gras läge. Aber dann fiel mir sein Zwillingsbruder in Deutschland ein, ich folgte diesem Anhaltspunkt und –«

Der aufklärerische Ivan hielt inne, aus dem ganz einfachen Grund, dass ihm niemand zuhörte. Der Kommandant und der Arzt starrten beide Pater Brown an, der ungelenk aufgesprungen war und sich die Schläfen hielt wie jemand, der plötzlich einen heftigen Schmerz verspürt.

»Halt, halt, halt!«, rief er, »seien Sie eine Minute still, denn ich begreife zur Hälfte. Wird Gott mir Kraft geben? Macht mein Verstand den entscheidenden Sprung und begreift alles? Der Himmel stehe mir bei! Ich konnte doch immer ganz gut denken. Einst konnte ich jede Seite des Thomas von Aquin paraphrasieren. Zerspringt mir der Kopf – oder wird er begreifen? Ich begreife zur Hälfte – erst zur Hälfte.«

Er vergrub das Gesicht in den Händen und verharrte in einer Art stummer Qual des Denkens oder des Gebets, während die übrigen drei nichts anderes vermochten, als dieses letzte Wunder ihrer zwölf bewegten Stunden anzustarren.

Als Pater Brown die Hände sinken ließ, gaben sie ein Gesicht frei, das so frisch und ernsthaft war wie das eines Kindes. Er stieß einen gewaltigen Seufzer aus und sagte: »Lassen Sie uns dies so schnell wie möglich hinter uns bringen. Ich nehme an, dies wird der schnellste Weg sein, Sie alle von der Wahrheit zu überzeugen.« Er wandte sich an den Arzt. »Dr. Simon«, sagte er, »Sie sind ein kluger Kopf, und ich hörte heute Morgen, wie Sie die fünf schwierigsten Fragen zu dieser Angelegenheit gestellt haben. Nun, wenn Sie sie jetzt erneut stellen, werde ich sie Ihnen beantworten.«

Vor lauter Verwunderung und Staunen fiel Simon der Kneifer von der Nase, aber er antwortete sofort. »Also, die erste Frage ist die, warum ein Mann einen anderen mit einem unhandlichen Säbel töten sollte, wenn er es auch mit einer Haarnadel tun kann.«

»Mit einer Haarnadel kann man niemanden enthaupten«, sagte Brown ruhig, »und für *diesen* Mord war eine Enthauptung unbedingt notwendig.«

»Warum?«, fragte O'Brien interessiert.

»Und die nächste Frage?«, fragte Pater Brown.

»Nun, warum schrie der Mann nicht auf oder gab sonst irgendeinen Laut von sich?«, fragte der Arzt. »Säbel im Garten sind schließlich nicht gerade normal.«

»Zweige«, sagte der Priester düster und drehte sich zu dem Fenster um, das den Blick auf den Schauplatz des Geschehens freigab. »Niemand erkannte die Bedeutung der Zweige. Warum lagen sie ausgerechnet auf jenem Rasen – sehen Sie hin – so weit von jedem Baum entfernt? Sie wurden nicht zerbrochen, sie wurden zerhackt. Der Mörder fesselte die Aufmerksamkeit seines Feindes mit ein paar Säbeltricks; er führte ihm vor, wie er einen Ast mitten in der Luft entzweischlagen konnte oder etwas dergleichen. Dann, als sich sein Widersacher bückte, um das Ergebnis zu untersuchen, ein lautloser Hieb – und der Kopf fiel.«

»Nun«, sagte der Arzt langsam, »das erscheint plausibel. Aber meine beiden folgenden Fragen wird niemand beantworten können.«

Der Priester sah immer noch mit prüfendem Blick aus dem Fenster und wartete.

»Sie wissen, dass der Garten wie ein luftdichter Raum versiegelt war«, fuhr der Arzt fort. »Wie also gelangte der Fremde in den Garten?«

Ohne sich umzudrehen, antwortete der kleine Priester: »Es war niemals ein Fremder im Garten.«

Es entstand ein Schweigen, bis plötzlich ein wahrhaft kindisches, glucksendes Gelächter die Spannung löste. Das Absurde von Browns Bemerkung riss Ivan zu offenem Spott hin.

»Aha!«, rief er, »dann haben wir gestern Abend also keinen großen, dicken Leichnam zu einem Sofa geschleppt? Er war wohl gar nicht in den Garten hineingekommen?«

»In den Garten hineingekommen?«, wiederholte Brown nachdenklich. »Nein, nicht ganz.«

»Zum Henker«, rief Simon, »entweder kommt ein Mann in einen Garten oder nicht.«

»Nicht unbedingt«, erwiderte der Priester mit einem leichten Lächeln. »Wie lautete die nächste Frage, Doktor?«

»Ich glaube, Sie sind krank«, sagte Dr. Simon in scharfem Ton, »aber meinetwegen, ich stelle die nächste Frage. Wie kam Brayne aus dem Garten heraus?«

»Er kam nicht aus dem Garten heraus«, sagte der Priester und sah dabei immer noch aus dem Fenster.

»Er kam nicht aus dem Garten heraus?«, brach es aus Simon hervor.

»Nicht vollständig«, antwortete Pater Brown.

In einer heftigen Anwandlung französischer Logik schüttelte Simon die Faust. »Entweder kommt ein Mann aus einem Garten heraus oder nicht«, schrie er.

»Nicht immer«, sagte Pater Brown.

Dr. Simon sprang ungeduldig auf. »Ich verliere meine Zeit nicht länger mit derart sinnlosem Geschwätz«, rief er ärgerlich. »Wenn Sie nicht in der Lage sind zu begreifen, dass ein Mann sich nur entweder auf der einen oder der anderen Seite einer Mauer befinden kann, will ich Sie nicht weiter belästigen.«

»Doktor«, sagte der Geistliche begütigend, »wir sind immer gut miteinander ausgekommen. Und sei es nur um unserer alten Freundschaft willen, bitte stellen Sie mir Ihre fünfte Frage.«

Der ungehaltene Simon sank auf einen Stuhl neben der Tür und sagte knapp: »An Kopf und Schultern waren merkwürdige Schnittwunden festzustellen. Sie wurden dem Körper offenbar erst nach dem Tod zugefügt.«

»Ja«, ließ sich die bewegungslose Gestalt des Priesters vernehmen, »das geschah, damit Sie das Nächstliegende und damit etwas Falsches glauben sollten, was Sie ja auch getan haben. Es geschah, damit Sie ganz selbstverständlich annehmen sollten, der Kopf gehöre zu dem Körper.«

Der Grenzbereich des Gehirns, in dem alle Monster entstehen, geriet bei dem Gälen O'Brien entsetzlich in Bewegung. Er spürte die chaotische Gegenwart aller Zentauren und Nixen, die die übernatürliche Phantasie des Menschen je hervorgebracht hat. Eine Stimme, älter als die seiner frühesten Vorväter, schien ihm ins Ohr zu raunen: »Halte dich fern von dem schrecklichen Garten, in dem der Baum mit der Doppelfrucht wächst. Meide den Garten des Übels, in dem der Mann mit den zwei Köpfen starb.« Doch während diese schändlichen Symbolfiguren vor dem Spiegel seiner alten irischen Seele vorüberzogen, war sein französierter Verstand hellwach und beobachtete den seltsamen Priester ebenso gespannt und ungläubig, wie es alle anderen taten.

Pater Brown hatte sich schließlich umgewandt und stand mit dem Rücken zum Fenster, das Gesicht tief im Schatten; doch trotz dieses Schattens sah man, dass es aschfahl war. Dennoch sprach er völlig vernünftig, als gäbe es keine gälischen Geister auf Erden.

»Meine Herren«, sagte er, »Sie fanden nicht Beckers fremden Körper im Garten; Sie fanden überhaupt keinen fremden Körper im Garten. Trotz Dr. Simons Rationalismus behaupte ich noch immer, dass Becker nur zum Teil anwesend war. Schauen Sie!« Er zeigte auf die schwarze Masse des geheimnisvollen Leichnams. »Jenen Mann haben Sie niemals im Leben gesehen. Haben Sie diesen Mann schon einmal gesehen?«

Rasch rollte er den gelben Kahlkopf des Unbekannten zur Seite und legte den weißhaarigen Kopf an seine Stelle. Und da lag – vollständig, wiederhergestellt und unverwechselbar – Julius K. Brayne.

»Der Mörder«, fuhr Brown unbeirrt fort, »hieb seinem Feind den Kopf ab und schleuderte den Säbel, so weit er konnte, über die Mauer. Aber er war zu schlau, um nur den Säbel hinüberzuwerfen. Er warf auch den *Kopf* über die Mauer. Danach brauchte er dem Leichnam nur noch einen anderen Kopf zu verpassen, und da er ja auf einer privaten Untersuchung bestand, glaubten Sie alle, einen völlig neuen Menschen vor sich zu haben.«

»Einen anderen Kopf verpassen!«, sagte O'Brien, ihn fassungslos anstarrend. »Welchen anderen Kopf? Köpfe wachsen nicht auf Büschen, oder?«

»Nein«, sagte Pater Brown mit rauer Stimme und sah auf seine Stiefelspitzen, »es gibt nur einen Ort, an dem sie wachsen. Sie wachsen im Korb der Guillotine, neben dem Aristide Valentin, Chef der Polizei, noch eine knappe Stunde vor dem Mord stand. Meine Freunde, hören Sie mich noch eine Minute an, ehe Sie mich in Stücke reißen. Valentin ist ein redlicher Mann, wenn es redlich ist, eine fragwürdige Sache bis zum Wahnsinn zu vertreten. Aber haben Sie an seinen kalten grauen Augen nie erkannt, dass er wahnsinnig ist? Er würde alles, *wirklich* alles tun, um das zu zerstören, was er den Aberglauben des Kreuzes nennt. Dafür hat er gekämpft, dafür hat er gehungert, und jetzt hat er dafür gemordet. Braynes verrückte Millionen hatten sich bisher auf so viele Sekten verteilt, dass sie das Gleichgewicht der Dinge kaum in Gefahr brachten. Aber es kam Valentin zu Ohren, Brayne fühle sich, wie so viele oberflächliche Skeptiker, zu uns hingezogen; und das war etwas ganz anderes. Brayne würde der verarmten und kämpferischen Kirche Frankreichs enorme Mittel zukommen lassen; er würde sechs nationalistische Zeitungen vom Schlage der *Guillotine* finanzieren. Die Schlacht stand bereits unentschieden, und dieses Risiko riss den Fanatiker mit sich. Er beschloss, den Millionär umzubringen, und er tat es so, wie es von dem größten aller Detektive, der sein einziges Verbrechen verübt, zu erwarten war. Er schaffte den abgetrennten Kopf von Becker unter einem kriminologischen Vorwand beiseite und nahm ihn in seinem Aktenkoffer mit nach Hause. Er führte jenes letzte Streitgespräch mit Brayne, dessen Ende Lord Galloway nicht mehr hörte; da es erfolglos verlief, führte er ihn in den hermetisch abgeschlossenen Garten, sprach über Fechtkunst, benutzte zur Demonstration Zweige und Säbel und –«

Ivan, der Narbige, sprang auf. »Sie Irrer«, brüllte er, »Sie gehen jetzt sofort zu meinem Herrn, und wenn ich Sie –«

»Aber ich wollte ohnehin zu ihm gehen«, sagte Brown ernst. »Ich muss ihm die Beichte abnehmen und all das.«

Den unglücklichen Brown wie eine Geisel oder ein Opfer vor sich her treibend, brachen alle zusammen in die jähe Stille von Valentins Arbeitszimmer ein.

Der große Detektiv saß an seinem Schreibtisch, offenbar zu beschäftigt, als dass er ihren geräuschvollen Eintritt gehört hätte. Sie hielten einen Augenblick inne, und dann ließ etwas an der Haltung dieses aufrechten, eleganten Rückens den Arzt plötzlich vorwärts springen. Ein Tasten, ein schneller Blick, und er erkannte, dass neben Valentins Ellenbogen eine kleine Pillenschachtel lag. Valentin selbst saß tot in seinem Sessel, und in den erloschenen Zügen des Selbstmörders spiegelte sich mehr als der Stolz eines Cato.

Die seltsamen Schritte

Sollten Sie einmal beobachten, wie ein Mitglied jenes erlesenen Clubs »Die zwölf wahren Fischer« anlässlich des jährlichen Club-Dinners das Hotel Vernon betritt, werden Sie, wenn er den Mantel ablegt, bemerken, dass er einen grünen und keinen schwarzen Abendanzug trägt. Wenn Sie ihn (vorausgesetzt, Sie besäßen die maßlose Kühnheit, solch ein Wesen anzusprechen) nach dem Grund fragen, wird er wahrscheinlich antworten, er wolle dadurch vermeiden, dass man ihn mit einem Kellner verwechsle. Völlig perplex werden Sie sich zurückziehen: Damit aber wird Ihnen ein bisher ungelüftetes Geheimnis und eine erzählenswerte Geschichte entgehen.

Sollten Sie – um bei der gleichen, höchst unwahrscheinlichen Vorstellung zu bleiben – einmal einem sanften, hart arbeitenden kleinen Priester namens Pater Brown begegnen und ihn fragen, welches seiner Ansicht nach der eigenartigste Zufall seines Lebens gewesen sei, so würde er wahrscheinlich antworten, sein größter Erfolg sei ihm wohl im Hotel Vernon gelungen, wo er nur durch das Lauschen auf ein paar Schritte in einem Durchgang ein Verbrechen vereitelt und vielleicht eine Seele gerettet habe. Vielleicht ist er ein wenig stolz auf seine kühne und treffsichere Vermutung, und deshalb ist es gut möglich, dass er den Fall erwähnt. Aber da es äußerst unwahrscheinlich ist, dass Sie die gesellschaftliche Leiter hoch genug erklimmen werden, um die »Zwölf wahren Fischer« zu treffen, oder tief genug fallen, um in den Slums oder in Verbrecherkreisen auf Pater Brown zu stoßen, steht zu befürchten, dass Sie die Geschichte nur dann erfahren, wenn ich sie Ihnen erzähle.

Das Hotel Vernon, in dem die »Zwölf wahren Fischer« einmal im Jahr ihr Festmahl abhielten, war eine Institution, wie es sie nur in einer Oligarchie geben kann, die geradezu versessen auf gute Manieren ist. Es war ein typisches »Verkehrte-Welt-Produkt« – ein »exklusives«, kommerzielles Unternehmen. Das heißt, es war ein Objekt, das sich nicht etwa lohnte, weil es die Leute anzog, sondern weil es sie abwies. In einer Plutokratie sind die Geschäftsleute bald gerissen genug, noch wählerischer zu sein als ihre Kunden. Sie schaffen ganz bewusst Schwierigkeiten, damit ihre reichen, gelangweilten Kunden Geld und Diplomatie darauf verwenden, diese zu bewältigen. Gäbe es in London ein elegantes Hotel, das nur sechs Fuß große Leute betreten dürften, würde die Gesellschaft brav Gruppen von sechs Fuß großen Leuten bilden, um dort zu essen. Gäbe es ein teures Restaurant, das aufgrund einer Laune des Besitzers nur am Donnerstagnachmittag geöffnet hätte, es wäre am Donnerstagnachmittag überfüllt. Das Hotel Vernon befand sich wie durch einen Zufall am Rande eines Platzes in Belgravia. Es war ein kleines Hotel, und sehr unbequem dazu. Aber gerade der Mangel an Bequemlichkeit wurde als Schutzwall für eine besondere Klasse angesehen. Eine Unbequemlichkeit vor allem besaß ganz besonderes Gewicht: der Umstand, dass nie mehr als vierundzwanzig Personen auf einmal dort speisen konnten. Der einzige große Esstisch war der vielgerühmte Terrassentisch, der auf einer Art Veranda im Freien stand und den Blick auf einen der gepflegtesten alten Gärten Londons gestattete. Aus diesem Grunde konnte man sich selbst der vierundzwanzig Plätze an diesem Tisch nur bei warmem Wetter erfreuen; da dies den Genuss noch erschwerte, machte es ihn umso begehrenswerter. Der derzeitige Besitzer des Hotels war ein Jude namens Lever, und er hatte bestimmt schon eine Million daran verdient, dass er den Leuten den Einlass so erschwerte. Selbstverständlich verband er den beschränkten räumlichen Rahmen seines Unternehmens mit Qualität und erstklassiger Leistung. Wein und Küche suchten ihresgleichen in Europa, und das Benehmen der Dienerschaft spiegelte genau das formelle Gebaren der englischen Oberschicht wider. Der Besitzer kannte alle seine Kellner wie die Finger seiner Hand; es gab insgesamt nur fünfzehn. Es war leichter, Abgeordneter im Parlament zu werden als Kellner in diesem Hotel. Jeder der Kellner war ein Musterbeispiel an beängstigendem Schweigen und glatter Gewandtheit, so als wäre er der Butler eines Gentlemans. Und in der Tat stand im Allgemeinen jedem Herrn, der dort speiste, mindestens ein Kellner zur Verfügung.

Der Club der »Zwölf wahren Fischer« hätte niemals eingewilligt, an einem weniger exklusiven Ort zu dinieren, denn eine luxuriöse Privatsphäre ging seinen Mitgliedern über alles, und sie wären bei dem bloßen Gedanken, ein anderer Club könnte zur gleichen Zeit in demselben Gebäude speisen, äußerst aufgebracht gewesen. Anlässlich ihres alljährlichen Festessens pflegten die Fischer, so als befänden sie sich in einem Privathaus, ihre gesamten Schätze zur Schau zu stellen, vor allem das berühmte Fischbesteck, gewissermaßen das Wahrzeichen der Gesellschaft; jedes einzelne Stück war eine erlesene Silberschmiedearbeit und hatte die Form eines Fisches, jedes war am Griff mit einer großen Perle verziert. Dieses Besteck wurde stets für den Fischgang aufgelegt, und der Fischgang war stets der üppigste bei diesem opulenten Mahl. Der Club hatte eine stattliche Anzahl von Zeremonien und Ritualen, besaß aber weder eine Geschichte noch einen Zweck; gerade darin war er ganz besonders aristokratisch. Man musste überhaupt nichts Bestimmtes sein, um einer der Zwölf Fischer zu werden; wenn man nicht zu einer bestimmten Kategorie Menschen gehörte, hatte man sowieso noch nie von deren Existenz erfahren. Der Club bestand seit zwölf Jahren. Sein Präsident war Mr. Audley; sein Vizepräsident der Herzog von Chester.

Sollte es mir gelungen sein, auch nur annähernd einen Eindruck von der Atmosphäre dieses reizenden Hotels zu vermitteln, so mag es manchem Leser als Wunder erscheinen, dass ich überhaupt etwas darüber weiß, und er stellt vielleicht sogar Vermutungen darüber an, wieso sich ausgerechnet eine so unauffällige Person wie mein Freund Pater Brown in diesen »heiligen Hallen« aufhielt. Nun, das ist eine simple, ja geradezu gewöhn-

liche Geschichte. Es gibt auf der Welt einen sehr betagten Auf-
rührer und Demagogen, dessen schreckliche Botschaft, dass alle
Menschen Brüder sind, auch bis in die vornehmsten Zufluchts-
orte dringt; und wohin auch immer diesen »Gleichmacher« sein
helles Ross trug: es war Pater Browns Aufgabe, ihm zu folgen.
Einer der Kellner, ein Italiener, hatte am Nachmittag einen
Schlaganfall erlitten, und obgleich sein jüdischer Arbeitgeber
über solch einen Aberglauben etwas erstaunt war, war er damit
einverstanden, den nächsten katholischen Priester kommen zu
lassen. Was der Kellner Pater Brown beichtete, soll uns hier
nicht beschäftigen, schon aus dem einfachen Grund, weil der
Geistliche es für sich behielt; aber offensichtlich veranlasste es
ihn, ein paar Zeilen oder eine Erklärung niederzuschreiben, sei
es, um eine Botschaft zu übermitteln, sei es, um ein Unrecht
wiedergutzumachen. Daher bat Pater Brown mit der sanften
Keckheit, die er auch im Buckingham-Palast an den Tag gelegt
hätte, um einen Raum und Schreibzeug. Mr. Lever war hin- und
hergerissen. Er war ein entgegenkommender Mensch und besaß
außerdem jene künstliche Liebenswürdigkeit, die lediglich eine
Abneigung gegen jede Art von Schwierigkeiten oder jedes Aufsehen ist. Andererseits war die Anwesenheit eines ungewöhnlichen Fremden in seinem Hotel ausgerechnet an diesem Abend
wie ein Schmutzfleck auf einer frisch gestärkten Weste. Nie hatte es im Hotel Vernon einen Warteraum oder ein Vorzimmer
gegeben, nie Leute, die in der Halle warteten, nie Gäste, die zufällig hereinschauten. Es gab fünfzehn Kellner. Es gab zwölf
Gäste. An diesem Abend einen neuen Gast im Hotel anzutreffen wäre mindestens ebenso befremdlich gewesen, wie beim
Tee im eigenen Familienkreis plötzlich einen neuen Bruder vorzufinden. Außerdem war die Erscheinung des Priesters eher
mittelmäßig, was seine abgewetzte Kleidung noch unterstrich;
selbst wenn ihn jemand nur flüchtig und von weitem sähe,
könnte dies bei den Mitgliedern des Clubs eine Krise heraufbe-
schwören. Schließlich hatte Mr. Lever einen Einfall, wie er die-

sen Schandfleck wenn schon nicht verschwinden lassen, so doch verbergen könnte. Wenn man das Hotel Vernon betritt – was Ihnen sicher nie passiert –, gelangt man durch einen kurzen, mit ein paar düsteren, aber bedeutenden Gemälden dekorierten Gang in die Haupthalle, von der zur Rechten mehrere Gänge zu den Gasträumen abgehen und zur Linken ein ähnlicher Flur, der in die Küche und das Büro des Hotels führt. Unmittelbar linker Hand befindet sich die Ecke eines Glaskastens, der in die Haupthalle hineinragt – sozusagen ein Haus im Hause, wie die alte Hotelbar, die wahrscheinlich früher einmal an dieser Stelle stand.

In diesem gläsernen Büro saß der Stellvertreter des Besitzers – niemand in diesem Hotel erschien jemals persönlich, wenn er es irgend vermeiden konnte –, und genau dahinter, auf dem Weg zu den Räumen für das Personal, befand sich die Garderobe, die letzte Nahtstelle zwischen Gäste- und Dienstbotenbereich. Zwischen dem Büro und der Garderobe aber lag ein kleines, privates Zimmer ohne zusätzlichen Ausgang, das ab und zu von dem Besitzer für heikle und wichtige Angelegenheiten benutzt wurde, beispielsweise um einem Herzog tausend Pfund zu leihen oder ihm ein Sixpencestück zu verweigern. Es ist ein Beweis für die übergroße Toleranz des Mr. Lever, dass er diesen heiligen Ort für etwa eine halbe Stunde von einem einfachen Priester entweihen ließ, der ein Blatt Papier vollkritzelte. Die Geschichte, die Pater Brown niederschrieb, war sehr wahrscheinlich viel besser als diese, nur wird niemand sie je lesen. Ich kann nur anmerken, dass sie fast genauso lang war und dass die zwei oder drei letzten Abschnitte am wenigsten aufregend und spannend waren.

Denn als er so weit gekommen war, gestattete der Priester seinen Gedanken, ein wenig umherzuspazieren, und seinen ungewöhnlich fein entwickelten Sinnen zu erwachen. Die Zeit der Dunkelheit und des Abendessens näherte sich; sein eigener, vergessener kleiner Raum war ohne Licht, und vielleicht, wie es gelegentlich vorkommt, schärfte die zunehmende Düsterheit sein Gehör. Als Pater Brown den letzten und unwesentlichsten Teil seines Dokuments aufsetzte, ertappte er sich dabei, dass er im Rhythmus eines wiederkehrenden Geräusches von draußen schrieb, so wie die Gedanken manchmal dem monotonen Rattern der Eisenbahn folgen. Als er sich dessen bewusst wurde, erkannte er auch, was es war: das ganz normale Getrappel von Füßen, die an der Tür vorbeigingen, was in einem Hotel nichts Ungewöhnliches war. Trotzdem starrte er an die dunkel gewordene Decke und horchte. Nachdem er ein paar Sekunden lang träumerisch gelauscht hatte, sprang er auf und lauschte nun, den Kopf leicht zur Seite geneigt, mit gespannter Aufmerksamkeit. Dann setzte er sich wieder und vergrub den Kopf in den Händen; jetzt lauschte er nicht nur, sondern er lauschte und grübelte dabei.

Die Schritte draußen unterschieden sich im Einzelnen nicht von anderen Schritten, die man in jedem beliebigen Hotel hätte vernehmen können; und dennoch hatten sie im Ganzen etwas Merkwürdiges an sich. Andere Schritte waren nicht zu hören. In dem Hotel war es immer sehr still, denn die wenigen Stammgäste suchten sofort ihre eigenen Räume auf, und die gut geschulten Kellner waren angewiesen, so gut wie unsichtbar zu bleiben, bis man nach ihnen verlangte. Man könnte sich keinen Ort vorstellen, wo es weniger Anlass gegeben hätte, etwas Unregelmäßiges zu fürchten. Diese Schritte aber waren so seltsam, dass man sie weder regelmäßig noch unregelmäßig nennen konnte. Pater Brown folgte ihnen mit dem Finger auf der Tischkante, wie jemand, der versucht, auf dem Klavier eine Melodie zu spielen.

Zuerst kam eine ganze Reihe schneller, kurzer Schritte, wie sie ein leichtgewichtiger Mann machen würde, um einen Geher-Wettbewerb zu gewinnen. An einem bestimmten Punkt hörten sie auf und wurden zu einem langsamen, rhythmischen Stampfen, das noch nicht einmal ein Viertel der schnellen Schritte ausmachte, aber etwa genauso lange dauerte. Sowie das letzte dumpfe Stampfen verklungen war, ertönte wieder das Getrippel leichter, eiliger Füße und dann erneut das Dröhnen der schweren Schritte. Es handelte sich eindeutig um das gleiche Paar Stiefel, einmal weil – wie schon erwähnt – sonst keine Schritte zu vernehmen waren, zum anderen weil sie leise, aber unverkennbar knarrten. Pater Brown besaß jene Art von Verstand, der unweigerlich Fragen stellen muss; und bei dieser scheinbar banalen Frage platzte ihm fast der Schädel. Er hatte gesehen, dass Männer Anlauf nehmen, um zu springen. Er hatte gesehen, dass Männer Anlauf nehmen, um zu schlittern. Aber warum in aller Welt sollte ein Mann Anlauf nehmen, um zu gehen? Oder, andersherum, warum sollte er gehen, um Anlauf zu nehmen? Doch keine andere Beschreibung wollte auf die Kapriolen dieser unsichtbaren Beine passen. Der Mann ging entweder sehr schnell die eine Hälfte des Korridors entlang, um die andere sehr langsam zurückzulegen; oder er ging sehr langsam zum einen Ende, um dann freudig schnell zum anderen zu laufen. Keine dieser Deutungen schien viel Sinn zu ergeben. Im Kopf des kleinen Priesters wurde es immer finsterer, geradeso wie in seinem kleinen Zimmer.

Als er jedoch nüchtern nachzudenken begann, schien gerade dieses Dunkel seiner Zelle seine Gedanken zu beflügeln; in einer Vision sah er die phantastischen Füße auf unnatürliche oder symbolische Weise den Korridor entlanghüpfen. War es ein ritueller heidnischer Tanz? Oder eine vollkommen neue Art wissenschaftlicher Übung? Pater Brown begann noch eindringlicher darüber nachzusinnen, was die Schritte zu bedeuten hatten. Zuerst der langsame Schritt: keinesfalls war es der Schritt des Besitzers; Leute seines Schlages bewegen sich entweder mit einem raschen Watscheln, oder sie sitzen still. Auch konnte es kein Diener oder Bote sein, der auf Anweisungen wartete. So klangen die Schritte nicht. Angehörige der unteren Schichten geraten zwar manchmal ins Torkeln, wenn sie leicht betrunken sind, aber im Allgemeinen und vor allem in solch einer illustren Umgebung stehen oder sitzen sie in verkrampfter Haltung da. Nein, dieser schwere und doch federnde Schritt in seinem betont nachlässigen Auftreten, nicht unbedingt laut, doch ohne im Geringsten auf den Lärm zu achten, den er verursachte, konnte nur von einem einzigen Lebewesen auf dieser Erde stammen: einem westeuropäischen Gentleman, und zwar einem, der noch nie seinen Lebensunterhalt verdient hatte.

Gerade als Pater Brown zu dieser festen Überzeugung gelangt war, wechselten die Schritte in die schnellere Gangart und hasteten wie eine nervöse Ratte an der Tür vorüber. Der Lauscher registrierte, dass diese Schritte zwar viel schneller, aber auch viel leiser waren, beinahe so, als ginge der Mann auf Zehenspitzen. Doch verband er dies in seinen Gedanken nicht mit Heimlichkeit, sondern mit irgendetwas anderem – etwas, das ihm partout nicht einfallen wollte. Er wurde von einer jener bruchstückhaften Erinnerungen heimgesucht, die einen Menschen zum Wahnsinn treiben können. Er wusste ganz genau, dass er diesen seltsamen, schnellen Gang schon einmal gehört hatte. Plötzlich kam ihm ein neuer Einfall, er sprang auf und ging zur Tür. Die Kammer hatte keinen direkten Ausgang zum Korridor, sondern führte auf der einen Seite in das gläserne Büro, auf der anderen in die dahinterliegende Garderobe. Er versuchte, die Tür zum Büro zu öffnen, und fand sie verschlossen. Dann warf er einen Blick auf das Fenster, das einem Viereck purpurfarbener Wolken glich, zerteilt von einem fahlen Sonnenuntergang, und einen Augenblick lang witterte er Unheil, wie ein Hund eine Ratte wittert.

Der vernünftigere Teil seines Wesens (ob auch der klügere, mag dahingestellt bleiben) gewann die Oberhand. Er erinnerte sich, dass der Besitzer ihm gesagt hatte, er würde die Tür abschließen und ihn später wieder herauslassen. Er sagte sich, dass die ungewöhnlichen Geräusche draußen tausend andere Ursachen haben könnten, an die er nicht gedacht hatte, und ermahnte sich, dass es gerade noch hell genug war, um seine eigentliche Arbeit zu erledigen. Er trug sein Schreibzeug zum Fenster, um das letzte Abendlicht zu nutzen, und vertiefte sich noch einmal entschlossen in den fast fertigen Bericht. Zwanzig Minuten etwa hatte er so geschrieben und sich dabei in dem spärlicher werdenden Licht immer tiefer über das Papier gebeugt, als er sich plötzlich kerzengerade aufrichtete. Da waren die seltsamen Schritte wieder.

Diesmal gab es eine dritte Merkwürdigkeit. Bisher war der Unbekannte gegangen, zwar leichtfüßig und blitzschnell, aber er war gegangen. Jetzt rannte er. Man hörte die schnellen, elastischen, hüpfenden Schritte den Korridor entlangkommen wie die Pfoten eines fliehenden, springenden Panthers. Wer immer da ging, war ein sehr kräftiger, beweglicher Mann in stummer, aber starker Erregung. Waren die Schritte jedoch wie eine Art flüsternder Wirbelwind an dem Büro angekommen, wurden sie sofort wieder zu dem bekannten langsamen Stampfen.

Pater Brown warf seine Papiere auf den Tisch und ging, da er die Bürotür abgeschlossen wusste, sofort in die Garderobe auf der anderen Seite. Der zuständige Bediente war gerade abwesend, vermutlich weil die einzigen Gäste beim Essen saßen und er ohnehin zum Nichtstun verurteilt war. Nachdem der Priester sich durch einen grauen Wald von Überziehern hindurchgewühlt hatte, entdeckte er, dass die dunkle Garderobe mit dem beleuchteten Korridor durch eine Art Schalter verbunden war, der den meisten Schaltern glich, durch die wir alle schon unseren Schirm gereicht und eine Marke dafür erhalten haben. Direkt über dem halbkreisförmigen Bogen dieser Öffnung befand sich eine Lampe. Nur ein geringer Teil ihres Strahls fiel auf Pater Brown, der vor dem Hintergrund des düsteren Sonnenuntergangs nur einer dunklen Silhouette glich, aber sie warf ein geradezu theatralisches Licht auf den Mann, der vor der Garderobe im Korridor stand.

Es war ein eleganter Herr im schlichten Abendanzug; hoch-gewachsen, aber anscheinend ohne viel Raum einzunehmen; man hatte den Eindruck, er hätte überall da wie ein Schatten vorbeigleiten können, wo viel kleinere Männer aufgefallen und im Wege gewesen wären. Sein vom Schein der Lampe erhelltes Gesicht war dunkel und lebhaft, das Gesicht eines Ausländers. Er war gut gewachsen und benahm sich freundlich und selbst-bewusst; das Einzige, was man an ihm hätte kritisieren können, war sein schwarzer Rock, der nicht ganz seiner Figur und seiner Attitüde entsprach, ja der sogar an einigen Stellen beulte und sich bauschte. Im selben Moment, da er Pater Browns schwarzer Silhouette vor dem Sonnenuntergang ansichtig wurde, warf er ihm einen Papierfetzen mit einer Nummer hin und rief mit lie-benswürdiger Autorität: »Meinen Hut und meinen Mantel bit-te, ich muss leider dringend gehen.«

Pater Brown nahm das Papier wortlos entgegen und machte sich gehorsam auf die Suche nach dem Mantel; es war nicht die erste niedere Arbeit, die er in seinem Leben verrichtet hatte. Er fand ihn und legte ihn auf den Tisch; unterdessen sagte der selt-same Herr lachend, nachdem er in seiner Westentasche nachge-sehen hatte: »Ich habe gerade kein Silber bei mir; Sie können dies behalten.« Er warf ihm einen halben Sovereign hin und nahm seinen Mantel.

Pater Browns Gestalt blieb ganz dunkel und still; aber das war der Augenblick, in dem er den Kopf verlor. Sein Kopf war immer dann am meisten wert, wenn er ihn verloren hatte. In solchen Momenten zählte er zwei und zwei zusammen, und das ergab bei ihm mitunter vier Millionen. Oft war die katholische Kirche – die so viel vom gesunden Menschenverstand hält – mit dieser Denkweise nicht einverstanden. Oft war er selbst nicht damit einverstanden. Doch es war eine echte Eingebung – wie sie zur Bewältigung seltener Krisen oft unerlässlich ist –, dass einer, der seinen Kopf verliert, ihn auch selbst wiederfinden soll.

»Ich denke schon, mein Herr«, sagte er höflich, »dass Sie Silber bei sich haben.«

Der große Herr starrte ihn an. »Zum Henker«, rief er. »Warum beklagen Sie sich darüber, dass ich Ihnen Gold gebe?«

»Weil Silber manchmal mehr wert ist als Gold«, sagte der Priester milde, »jedenfalls in großen Mengen.«

Der Fremde sah ihn neugierig an. Dann blickte er noch neugieriger den Flur entlang in Richtung des Haupteingangs. Daraufhin schaute er wieder Brown an und musterte dann eingehend das Fenster über dessen Kopf, durch das immer noch die Abendröte nach dem Sturm zu erkennen war. Plötzlich schien er einen Entschluss zu fassen. Er stützte sich mit einer Hand auf den Tisch, schwang sich so behände wie ein Akrobat hinüber, pflanzte sich vor dem Priester auf und packte ihn mit einer seiner riesigen Pranken beim Kragen.

»Keine Bewegung«, stieß er flüsternd hervor. »Ich will Ihnen nicht drohen, aber –«

»Ich will Ihnen drohen«, sagte Pater Brown mit einer Stimme, die wie Donner grollte. »Ich will Ihnen drohen mit dem Wurm, der nicht stirbt, und dem Feuer, das nicht verlöscht.«

»Sie sind mir ein schöner Garderobier«, erwiderte der andere.

»Ich bin Priester, Monsieur Flambeau«, sagte Brown, »und bereit, Ihre Beichte anzuhören.«

Der andere schnappte einige Sekunden nach Luft, dann ließ er sich taumelnd auf einen Stuhl fallen.

Die ersten beiden Gänge des Festmahls der »Zwölf wahren Fischer« hatten den gewohnten Beifall gefunden. Ich besitze keine Kopie der Speisenkarte; und selbst wenn dies der Fall wäre, gäbe sie keinerlei Aufschluss. Sie war in einer Art Super-Französisch abgefasst, wie es von Köchen verwendet wird, das für Franzosen jedoch völlig unverständlich ist. Es war Tradition in dem Club, dass die Horsd'œuvres so abwechslungsreich und vielfältig zu sein hatten, dass es schon an Wahnsinn grenzte. Sie wurden mit gebührendem Ernst verspeist, weil sie anerkanntermaßen völlig überflüssig waren, wie eben das ganze Essen und der Club überhaupt. Außerdem war es Tradition, dass die Suppe leicht und anspruchslos zu sein hatte – eine Art einfaches, karges Vorgericht vor dem bevorstehenden Fischgenuss. Das Gespräch bestand aus jener seltsamen, oberflächlichen Unterhaltung, die das britische Empire regiert, insgeheim und eigentlich regiert, und aus der ein gewöhnlicher Engländer, falls er Gelegenheit hätte, sie mit anzuhören, kaum klug würde. Minister beider politischen Lager wurden mit einem gewissen gelangweilten Wohlwollen kurzerhand beim Vornamen genannt. Der radikale Schatzkanzler, den alle Tories ob seiner Steuerpolitik verfluchten, wurde wegen seiner belanglosen Gedichte oder seines perfekten Reitstils bei der Jagd gerühmt. Der Führer der Tories, den alle Liberalen als Tyrannen verabscheuten, wurde durchgehechelt und im Großen und Ganzen gepriesen – als Liberaler. Es hatte irgendwie den Anschein, als seien Politiker etwas sehr Bedeutendes. Und doch schien eher alles andere an ihnen bedeutend als ihre Politik. Mr. Audley, der Vorsitzende, war ein liebenswürdiger älterer Herr, der noch immer Gladstone-Kragen trug; er war eine Art Symbol für diese unwirkliche und dennoch fest etablierte Gesellschaft. Er hatte noch nie im Leben etwas getan – noch nicht einmal etwas Falsches. Er hatte keinen besonderen gesellschaftlichen Rang; er war nicht einmal besonders reich. Er gehörte ganz einfach dazu, und das war alles. Keine Partei konnte ihn ignorieren, und hätte er den Wunsch gehabt, dem Kabinett anzugehören, wäre er gewiss hineingehievt worden. Der Herzog von Chester, der Vizepräsident, war ein junger, aufstrebender Politiker. Das heißt, er war ein angenehmer junger Mann mit dünnem, blondem Haar und einem sommersprossigen Gesicht, von mäßigem Verstand und einem riesigen Vermögen. Sein Auftreten in der Öffentlichkeit war stets erfolgreich, und das gelang ihm mit einem ganz einfachen Prinzip. Fiel ihm ein Witz ein, erzählte er ihn und galt als brillanter Geist. Fiel ihm kein Witz ein, sagte er, dies sei nicht die rechte Zeit für

Banalitäten, und man nannte ihn einen fähigen Mann. Privat, in einem Club unter seinesgleichen, war er wohltuend offen und albern wie ein Schuljunge. Mr. Audley, der nie in der Politik gewesen war, nahm sie etwas ernster. Manchmal überraschte er den Club mit Sätzen etwa des Inhalts, dass zwischen einem Liberalen und einem Konservativen durchaus ein Unterschied bestehe. Er persönlich war ein Konservativer, sogar in seinem Privatleben. Sein graues Haar fiel in Wellen bis auf den Kragen hinab wie bei gewissen altmodischen Staatsmännern, und von hinten sah er genau aus wie der Mann, den das Empire braucht. Von vorne sah er aus wie ein freundlicher Junggeselle, der sich gern etwas gönnte und eigene Räume im Albany bewohnte – und eben das war er auch.

Wie bereits angemerkt, gab es vierundzwanzig Plätze an dem Terrassentisch und nur zwölf Clubmitglieder. Daher konnten sie die Terrasse in besonders verschwenderischer Weise nutzen; alle saßen aufgereiht an der Innenseite des Tisches, ohne Gegenüber, und hatten einen ungestörten Blick auf den Garten, dessen Farben noch intensiv leuchteten, obwohl der Abend für die Jahreszeit etwas zu finster hereinbrach. Der Präsident saß in der Mitte, am rechten Ende des Tisches der Vizepräsident. Wenn die zwölf Gäste zu ihren Plätzen marschierten, war es aus einem unerfindlichen Grunde üblich, dass alle fünfzehn Kellner in einer Reihe an der Wand entlang standen, wie Truppen, die vor dem König die Waffen präsentieren, während der dicke Besitzer sich mit strahlender Überraschung vor den Mitgliedern des Clubs verbeugte, als ob er nie zuvor von ihnen gehört hätte. Aber noch vor dem ersten Klirren der Bestecke war dieses Heer von Dienern verschwunden, nur ein paar von ihnen, deren Pflicht es war, die Teller abzuräumen und zu verteilen, schossen pfeilschnell in tödlichem Schweigen hin und her. Mr. Lever, der Besitzer, hatte sich selbstverständlich längst unter krampfartigen Höflichkeitsbezeugungen zurückgezogen. Es wäre übertrieben, ja respektlos, zu behaupten, dass er noch einmal leibhaftig erschienen wäre. Aber als der entscheidende Gang, der Fischgang, aufgetragen wurde, bemerkte man – wie soll ich es ausdrücken? – einen lebendigen Schatten, eine Projektion seiner Persönlichkeit, die ahnen ließ, dass er sich in der Nähe aufhielt. Der heilige Fischgang bestand – zumindest in den Augen eines gewöhnlichen Sterblichen – aus einer Art unförmigem Pudding, etwa von der Größe und Gestalt eines Hochzeitskuchens, in dem eine beträchtliche Anzahl interessanter Fische endgültig die Gestalt eingebüßt hatten, die Gott ihnen gegeben hatte. Die »Zwölf wahren Fischer« ergriffen ihr berühmtes Fischbesteck und machten sich mit solch feierlichem Ernst an die Vertilgung des Puddings, als koste jeder Zentimeter davon ebenso viel wie die silberne Gabel, mit der er verspeist wurde. Was, soviel ich weiß, auch zutraf. Man widmete sich diesem Gang mit hingebungsvollem, gefräßigem Schweigen; und erst als er seinen Teller beinahe geleert hatte, tat der junge Herzog den feierlichen Ausspruch: »Das können sie nirgends so gut wie hier.«

»Nirgends«, sagte Mr. Audley mit seiner tiefen Bassstimme, wobei er sich dem Sprecher zuwandte und mehrmals mit seinem ehrwürdigen Haupt nickte. »Nirgends, ohne Zweifel, nur hier. Jemand hat mir erzählt, dass sie im Café Anglais –«

An dieser Stelle wurde er einen Moment lang durch die Fortnahme seines Tellers unterbrochen, ja fast gestört, aber es gelang ihm, den Faden seiner kostbaren Gedanken wiederaufzunehmen. »Man hat mir erzählt, dass sie es im Café Anglais genauso gut könnten. Kein Vergleich, Sir«, sagte er und schüttelte unbarmherzig den Kopf, wie ein Richter, der ein Todesurteil fällt. »Kein Vergleich.«

»Überschätztes Lokal«, bemerkte ein gewisser Oberst Pound, der dem Aussehen nach seit Monaten zum ersten Mal etwas sagte.

»Ach, ich weiß nicht«, sagte der Herzog von Chester, der Optimist war, »ein paar Dinge sind dort unheimlich gut. Unschlagbar sind zum Beispiel –«

Ein Kellner durchquerte mit schnellen Schritten den Raum und blieb plötzlich wie angewurzelt stehen. Sein Stehenbleiben war genauso lautlos wie vorher sein Gang; doch all jene geistesabwesenden, freundlichen Herren waren so an den reibungslosen Ablauf der unsichtbaren Maschinerie gewöhnt, der ihr Leben umgab und in Gang hielt, dass ein Kellner, der etwas Unerwartetes tat, einen Schreck, eine Erschütterung für sie darstellte. Genauso würden wir empfinden, wenn die Dingwelt uns nicht mehr gehorchte – wenn ein Stuhl plötzlich davonliefe.

Der Kellner stand ein paar Sekunden lang mit starrem Blick da, während sich auf den Gesichtern aller Gäste eine merkwürdige Scham ausbreitete, die ein typisches Produkt unserer Zeit ist: ein Gemisch aus modischer humanitärer Gesinnung und der schrecklichen, unendlich großen Kluft zwischen den Seelen der Reichen und denen der Armen. Ein echter Aristokrat von früher hätte mit irgendwelchen Dingen nach dem Kellner geworfen, erst mit leeren Flaschen und zum Schluss wahrscheinlich mit Geld. Ein echter Demokrat hätte ihn in kameradschaftlichem Ton ganz offen gefragt, was zum Teufel er da tue. Aber diese modernen Plutokraten konnten einfach keinen armen Menschen in ihrer Nähe ertragen, weder als Sklaven noch als Freund. Dass bei den Kellnern irgendetwas schiefgegangen war, empfanden sie lediglich als unliebsame, peinliche Beeinträchtigung. Sie wollten nicht unmenschlich sein, fürchteten sich aber davor, hochherzig sein zu müssen. Sie wünschten, die Angelegenheit, welcher Art sie auch sei, wäre vorüber. Nachdem der Kellner ein paar Sekunden lang völlig erstarrt dagestanden hatte, drehte er sich um und stürzte wie ein Wahnsinniger aus dem Raum.

Als er wieder im Zimmer oder vielmehr im Türrahmen erschien, war er in Begleitung eines anderen Kellners, mit dem er in südländischer Manier flüsterte und heftig gestikulierte. Dann verschwand der erste Kellner, ließ den zweiten zurück und erschien mit einem dritten Kollegen. Als sich auch noch ein vierter Kellner dieser rasch einberufenen Synode anschloss, hielt es

Mr. Audley aus Gründen des Taktes für angebracht, das Schweigen zu brechen. Dazu bediente er sich anstelle des Präsidentenhammers eines sehr lauten Räusperns und sagte: »Hervorragende Arbeit, die der junge Moocher in Burma macht. Keine andere Nation der Welt wäre in der Lage gewesen –«

Ein fünfter Kellner war wie ein Pfeil auf ihn zugeschossen und wisperte ihm ins Ohr: »Verzeihung. Wichtig! Könnte der Besitzer Sie sprechen?«

Der Vorsitzende wandte sich irritiert um und sah mit verstörtem Blick, wie Mr. Lever sich mit seiner gewohnt plumpen Schnelligkeit auf sie zubewegte. An der Gangart des Besitzers war in der Tat nichts Ungewöhnliches, was man von seinem Gesicht allerdings nicht behaupten konnte. Es war normalerweise von einem hellen Kupferbraun; jetzt hatte es einen kränklichen gelben Farbton angenommen.

»Sie werden mir verzeihen, Mr. Audley«, sagte er mit asthmatischer Atemlosigkeit. »Ich habe die größten Befürchtungen. Ihre Fischteller sind zusammen mit dem Besteck abgeräumt worden!«

»Nun, das will ich hoffen«, sagte der Vorsitzende mit einer gewissen Wärme.

»Sie haben ihn gesehen?«, stieß der erregte Hotelbesitzer keuchend hervor. »Sie haben den Kellner gesehen, der sie abgeräumt hat? Sie kennen ihn?«

»Ich den Kellner kennen?«, antwortete Mr. Audley indigniert. »Gewiss nicht!«

Mr. Lever beschrieb mit seinen Händen eine Geste der Verzweiflung. »Ich habe ihn nicht geschickt«, sagte er. »Ich weiß nicht, wann und warum er gekommen ist. Ich schicke meinen Kellner, damit er die Teller abräumt, und er stellt fest, dass sie nicht mehr da sind.«

Mr. Audley sah immer noch viel zu bestürzt aus, um wirklich der Mann zu sein, den das Empire braucht; keiner aus der ganzen Gesellschaft brachte ein Wort heraus außer dem Mann aus Holz,

Oberst Pound, der wie elektrisiert und mit einem Schlag ungeheuer lebendig schien. Er erhob sich steif von seinem Stuhl, während alle anderen sitzen blieben, klemmte sein Monokel ins Auge und sprach mit so knarrender Stimme, als müsste sie geölt werden. »Wollen Sie damit sagen, dass jemand unser Fischbesteck gestohlen hat?«, krächzte er.

Der Besitzer wiederholte seine Geste mit noch größerer Hilflosigkeit; und im Handumdrehen waren alle, die am Tisch gesessen hatten, auf den Beinen.

»Sind Ihre Kellner alle hier?«, fragte der Oberst in seinem leisen, scharfen Ton.

»Ja, sie sind alle hier. Ich habe es selbst gesehen«, rief der junge Herzog und drängte sein Knabengesicht in den Mittelpunkt der Runde. »Ich zähle sie immer beim Reinkommen; sie sehen so komisch aus, wenn sie da so vor der Wand stehen.«

»Aber so genau kann man sich bestimmt nicht daran erinnern«, begann Mr. Audley nach einigem Zögern.

»Aber ich sage Ihnen doch, ich kann mich genau daran erinnern«, rief der Herzog aufgeregt. »Es waren nie mehr als fünfzehn Kellner hier, und auch heute Abend waren es nicht mehr als fünfzehn, ich schwöre es: keiner mehr und keiner weniger.«

Völlig überrascht und von einem krampfhaften Schütteln gepackt, wandte sich der Hotelbesitzer an ihn. »Wollen Sie – damit – sagen«, stammelte er, »dass Sie alle meine fünfzehn Kellner gesehen haben?«

»Wie immer«, bekräftigte der Herzog. »Was ist daran so merkwürdig?«

»Nichts«, sagte Lever mit immer stärkerem Akzent, »nur, dass das unmöglich ist. Denn einer von ihnen liegt oben tot in seinem Zimmer.«

Einen Augenblick lang herrschte eine erschreckende Stille im Raum. Es mag sein – so außergewöhnlich ist das Wort Tod –, dass jeder dieser Müßiggänger für einen Moment in seine Seele schaute und nichts erblickte als eine winzig kleine, vertrocknete

Erbse. Einer von ihnen, wahrscheinlich der Herzog, fragte sogar mit der einfältigen Liebenswürdigkeit des Reichtums: »Können wir irgendetwas für ihn tun?«

»Er hatte einen Priester«, antwortete der Jude nicht ohne Rührung.

Dann, wie beim Ertönen des Jüngsten Gerichts, wurden sie sich wieder ihrer eigenen Probleme bewusst. Ein paar unheimliche Sekunden lang hatten sie tatsächlich das Gefühl gehabt, der fünfzehnte Kellner wäre vielleicht der Geist des Toten gewesen, der oben lag. Dieses beklemmende Gefühl hatte sie verstummen lassen, denn Geister brachten sie, genau wie Bettler, in Verlegenheit. Aber der Gedanke an das Silber brach den Bann des Übernatürlichen, und zwar abrupt und mit einer heftigen Reaktion. Der Oberst stieß seinen Stuhl zurück und eilte mit langen Schritten zur Tür. »Wenn ein fünfzehnter Mann hier war, Freunde«, sagte er, »dann war dieser fünfzehnte Bursche ein Dieb. Sofort alle Vorder- und Hintereingänge verschließen; danach können wir reden. Die vierundzwanzig Perlen sind es wert, dass wir sie wiederbeschaffen.«

Mr. Audley schien zunächst unschlüssig, ob es sich für einen Gentleman geziemte, überhaupt aus irgendeinem Anlass Eile zu zeigen; als er jedoch den Herzog mit jugendlichem Schwung die Treppe hinabstürzen sah, folgte er ihm mit etwas würdevolleren Bewegungen.

Im gleichen Augenblick stürzte ein sechster Kellner in den Raum und erklärte, er habe auf einer Anrichte den Stapel mit den Fischtellern gefunden, aber nicht die geringste Spur von dem Silber.

Die Schar der Gäste und Bedienten, die die Gänge entlanghetzten, teilte sich in zwei Gruppen. Die meisten Fischer folgten dem Besitzer in den vorderen Raum, um jeden Ausgang einzeln zu überprüfen. Oberst Pound, der Präsident, der Vizepräsident und ein paar andere eilten den Korridor hinab, der zu den Räumen für das Personal führte und wohl am ehesten als

Fluchtweg in Betracht kam. Dabei kamen sie auch an der dunklen Nische oder Höhle der Garderobe vorbei und erblickten eine kleine, schwarzgewandete Gestalt, vermutlich ein Bediensteter, der sich ein wenig in das schützende Dunkel zurückgezogen hatte.

»Hallo, Sie da!«, rief der Herzog. »Haben Sie jemanden vorbeikommen sehen?«

Die gedrungene Gestalt beantwortete die Frage nicht direkt, sondern sagte nur: »Vielleicht habe ich das, was Sie suchen, meine Herren.«

Verwundert und unschlüssig blieben sie stehen, während er ruhig in den hinteren Teil der Garderobe ging; als er zurückkam, hatte er in beiden Händen eine Menge blitzendes Silber, das er in aller Ruhe wie ein Verkäufer vor ihnen auf dem Tisch ausbreitete. Es erwies sich als ein Dutzend merkwürdig geformter Gabeln und Messer.

»Sie – Sie –«, begann der Oberst, schließlich doch noch aus dem Gleichgewicht geraten. Dann spähte er genauer in den düsteren, kleinen Raum und erkannte zwei Dinge: zum einen, dass der kleine, schwarzgekleidete Mann eine Soutane trug, zum anderen, dass das Fenster des dahinterliegenden Zimmers zerbrochen war, so als wäre jemand mit Gewalt hindurchgestiegen.

»Viel zu wertvoll, um so etwas in der Garderobe aufzubewahren, meinen Sie nicht?«, bemerkte der Geistliche mit heiterer Gelassenheit.

»Haben – haben Sie die Sachen gestohlen?«, stammelte Mr. Audley und starrte ihn an.

»Selbst wenn ich es getan habe«, sagte der Priester liebenswürdig, »bringe ich sie doch wenigstens zurück.«

»Aber Sie haben es nicht getan«, sagte Oberst Pound und blickte noch immer unverwandt auf das zerbrochene Fenster.

»Ehrlich gesagt, nein«, sagte der andere vergnügt und ließ sich würdevoll auf einem Hocker nieder.

»Aber Sie wissen, wer es war.« Der Oberst ließ nicht locker.

»Ich kenne seinen richtigen Namen nicht«, sagte der Priester gelassen, »aber ich habe eine gewisse Vorstellung von seiner Kampfkraft und weiß eine ganze Menge über seine geistigen Probleme. Zu dem Urteil über seine physischen Eigenschaften gelangte ich, als er mich erwürgen wollte, über die moralischen, als er sein Tun bereute.«

»Ach, wirklich – bereute!«, rief der junge Chester mit einem lauten Gelächter.

Pater Brown stand auf und legte die Hände auf den Rücken. »Seltsam, nicht wahr«, sagte er, »dass ein Dieb und Vagabund bereut, wo so viele Reiche mit einem festen Platz im Leben so hartherzig und leichtsinnig bleiben und ohne Nutzen für Gott und die Menschheit sind. Aber hier, wenn Sie den Ausdruck verzeihen, wildern Sie ein wenig in meinem Revier. Falls Sie die Echtheit dieser Reue bezweifeln: Hier sind Ihre Messer und Gabeln. Sie sind die ›Zwölf wahren Fischer‹, und hier sind all Ihre Silberfische. Aber Er hat mich zu einem Menschenfischer gemacht.«

»Haben Sie den Mann erwischt?«, fragte der Oberst stirnrunzelnd.

Pater Brown sah ihm voll ins Gesicht. »Ja«, sagte er, »ich habe ihn erwischt, mit einem unsichtbaren Angelhaken und einer unsichtbaren Schnur, die lang genug ist, ihn bis ans andere Ende der Welt wandern zu lassen und ihn dennoch mit einem Fadenruck zurückzuholen.«

Es blieb lange Zeit still. Alle anderen Anwesenden entfernten sich, um ihren Gefährten das wiedergefundene Silber zu zeigen oder den Besitzer über die merkwürdigen Umstände der Affäre zu befragen. Der grimmige Oberst jedoch saß noch immer auf der einen Seite des Garderobentisches, baumelte mit den langen, dürren Beinen und kaute auf seinem schwarzen Schnurrbart.

Schließlich sagte er ruhig zu dem Priester: »Muss ein schlauer Bursche gewesen sein, aber ich glaube, ich kenne einen, der noch schlauer ist.«

»O ja, er war ein schlauer Bursche«, gab der andere zur Antwort, »aber ich kann mir nicht denken, welchen anderen Sie meinen.«

»Ich meine Sie«, sagte der Oberst und lachte kurz auf. »Mir kommt es nicht darauf an, dass der Kerl ins Gefängnis kommt, seien Sie unbesorgt. Aber ich gäbe einen ganzen Haufen Silbergabeln darum, bis ins Kleinste zu erfahren, wie Sie in die Sache hineingeraten sind und wie Sie das Zeug aus ihm herausgelockt haben. Ich glaube, Sie sind der schlitzohrigste Spitzbube von allen hier.«

Pater Brown schien die barsche Offenheit des alten Soldaten zu gefallen. »Gut«, sagte er lächelnd, »ich darf Ihnen natürlich die Identität des Mannes und seine Geschichte nicht preisgeben; aber es gibt eigentlich keinen Grund, warum ich Ihnen die bloßen Tatsachen, die ich selbst herausgefunden habe, nicht mitteilen sollte.«

Mit unerwarteter Behändigkeit hüpfte er über die Schranke, setzte sich neben Oberst Pound und ließ seine kurzen Beine baumeln wie ein kleiner Junge auf einem Gartentor. Er begann seine Geschichte so freimütig zu erzählen, als säße er mit einem alten Freund am Kamin.

»Sehen Sie, Oberst«, sagte er, »ich war in dem kleinen Zimmer dort eingeschlossen und musste mir einige Notizen machen, als ich ein Paar Füße in diesem Korridor einen Tanz aufführen hörte, so merkwürdig wie der Todestanz. Zuerst kamen schnelle, fröhliche, kleine Schritte, als ginge ein Mann einer Wette halber auf Zehenspitzen; dann kamen langsame, sorglose, knarrende Schritte, als ginge ein gewichtiger Mann zigarrerauchend umher. Aber ich kann beschwören, dass sie beide von den gleichen Füßen stammten, und sie wechselten einander ab: erst das Laufen, dann das Gehen und dann wieder das Laufen. Ich dachte anfangs müßig, dann heftig darüber nach, warum ein und derselbe Mann sich in beiden Gangarten fortbewegen sollte. Eine davon kannte ich; sie glich genau der Ihren, Oberst. Es war der Gang eines wohlgenährten Gentlemans, der auf etwas wartet, der umherschlendert, eher weil er körperlich rege als geistig ungeduldig ist. Ich wusste, dass ich auch den anderen Gang kannte, aber mir fiel nicht ein, was es war. Welchem unzivilisierten Geschöpf war ich nur auf meinen Reisen begegnet, das auf so außergewöhnliche Weise auf Zehenspitzen dahinjagte? Dann hörte ich irgendwo Teller klirren, und die Antwort stand so klar und deutlich vor mir wie der Petersdom. Nur ein Kellner besaß diese Art zu gehen: den Oberkörper nach vorn gebeugt, die Augen gesenkt, sich mit den Fußballen vom Boden abstoßend, mit wehenden Rockschößen und fliegender Serviette. Ich dachte eine weitere Minute nach und noch eine halbe, und ich glaube, dann erkannte ich den Ablauf des Verbrechens so klar, als ob ich es selbst begehen würde.«

Oberst Pound sah ihn forschend an, doch die sanften grauen Augen des Sprechenden waren mit nahezu ausdrucksloser Nachdenklichkeit zur Decke gerichtet.

»Ein Verbrechen«, sagte er langsam, »ist wie jedes andere Kunstwerk. Sehen Sie mich nicht so erstaunt an. Verbrechen sind beileibe nicht die einzigen Kunstwerke, die in einer teuflischen Werkstatt entstehen. Aber jedes Kunstwerk, ob göttlicher oder teuflischer Natur, hat ein unverwechselbares Kennzeichen – es ist in seinem Kern einfach, wie schwierig auch die Ausführung sein mag. So sind zum Beispiel im *Hamlet* die Grotesken des Totengräbers, die Blumen der wahnsinnigen Ophelia, der phantastische Schmuck Osriks, die Blässe des Geistes und das Grinsen des Totenschädels nichts als Verzierungen, die sich in einem verworrenen Kranz um die einfache, tragische Gestalt eines Mannes in Schwarz ranken. Nun, auch dies«, sagte er lächelnd und ließ sich langsam von seinem Sitz gleiten, »auch dies ist die einfache Tragödie eines Mannes in Schwarz. Ja«, fuhr er fort, als er sah, dass der Oberst verwundert aufblickte, »die ganze Geschichte dreht sich um einen schwarzen Rock. Auch hier gibt es, wie im *Hamlet*, überflüssige Schnörkel – Sie selbst, zum

Beispiel. Da ist der tote Kellner, der anwesend war, als er gar nicht anwesend sein konnte. Da ist die unsichtbare Hand, die das Silber von Ihrem Tisch entwendete und sich dann in Luft auflöste. Doch auch das gerissenste Verbrechen basiert letztlich auf irgendeiner ganz einfachen Tatsache – einer Tatsache, die nichts Geheimnisvolles an sich hat. Die Täuschung erfolgt, wenn man diese Tatsache verschleiert, wenn man die Gedanken der Menschen auf etwas anderes lenkt. Dieses gut geplante, raffinierte und – bei normalem Verlauf – höchst einträgliche Verbrechen baute auf der schlichten Tatsache auf, dass der Frack eines Gentlemans dem eines Kellners gleicht. Der Rest war Schauspielerei, und eine bemerkenswert gute dazu.«

Der Oberst erhob sich und sah stirnrunzelnd auf seine Schuhe. »Ich glaube, ich verstehe Sie immer noch nicht.«

»Oberst«, sagte Pater Brown, »ich sage Ihnen, dieser Erzengel an Frechheit, der Ihre Gabeln gestohlen hat, ging zwanzigmal vor aller Augen und im Strahle all dieser Lampen den Korridor hier auf und ab. Er verbarg sich nicht in dunklen Ecken, wo man einen Verdächtigen vielleicht vermutet hätte. Er bewegte sich ausschließlich in den beleuchteten Gängen, und wo immer er sich aufhielt, schien er es mit Recht zu tun. Fragen Sie mich nicht, wie er aussah; Sie selbst haben ihn heute Abend sechs- oder siebenmal gesehen. Sie warteten zusammen mit den anderen hohen Herren in der Empfangshalle am Ende dieses Korridors, der direkt auf die Terrasse führt. Wenn er Sie bediente, tat er es in der flinken Art eines Kellners, mit gesenktem Kopf, flatternder Serviette und eilenden Schrittes. Er schoss hinaus auf die Terrasse, machte sich an der Tischdecke zu schaffen und stürzte wieder zum Büro und den Räumen der Kellner zurück. Sowie er sich unter den Augen des Bürovorstehers und der Kellner befand, verwandelte er sich mit jedem Zoll seiner Gestalt, jeder geringfügigen Geste in einen anderen Menschen. Er schlenderte zwischen den Bediensteten mit derselben geistesabwesenden Überheblichkeit umher, die sie alle von ihren eigenen Herren kennen. Es war für sie nichts Neues, dass einer der vornehmen Herren von der Dinnergesellschaft in allen Winkeln des Hauses umherlief wie ein Tiger im Zoo; sie wissen, dass für diese Snobs nichts so charakteristisch ist wie die Angewohnheit, überall dort umherzuspazieren, wo es ihnen gerade gefällt. War er es überdrüssig, diesen Flur entlangzugehen, kehrte er um und eilte hinter das Büro zurück; im Schatten des dahinterliegenden Bogens verwandelte er sich wie durch Zauberkraft und begab sich, nun wieder ganz gehorsamer Diener, eiligst zu den ›Zwölf Fischern‹. Warum sollten die feinen Herren einen x-beliebigen Kellner beachten? Warum sollten die Kellner einen umherspazierenden vornehmen Herrn verdächtigen? Einige Male ließ er sich zu einem frechen Streich hinreißen. In den Privaträumen des Besitzers verlangte er unbekümmert eine Flasche Sodawasser, weil er Durst habe. Großzügig sagte er, er würde sie selbst tragen; und das tat er auch. Schnell und korrekt trug er sie unmittelbar an Ihnen allen vorbei, eindeutig ein Kellner, der einen Auftrag ausführt. Natürlich wäre es unmöglich gewesen, diesen Schwindel lange aufrechtzuerhalten, aber es war ja auch nur bis zur Beendigung des Fischgangs nötig.

Am heikelsten war seine Lage, als die Kellner alle in einer Reihe standen; aber selbst da gelang es ihm, sich an einer Ecke so an die Wand zu lehnen, dass ihn in diesem entscheidenden Augenblick die Kellner für einen Gentleman und die feinen Herren für einen Diener hielten. Der Rest war ein Kinderspiel. Hätte ihn ein Kellner abseits vom Tisch erwischt, wäre er einem gelangweilten Aristokraten begegnet. Er musste nur pünktlich, zwei Minuten, bevor der Fisch abgeräumt wurde, zur Stelle sein, sich in einen flinken Diener verwandeln und ihn selbst abräumen. Er stellte die Teller auf eine Anrichte, stopfte das Silber in seine Brusttasche, die dadurch leicht gebauscht aussah, und rannte wie ein Hase – ich hörte ihn kommen –, bis er die Garderobe erreichte. Dort musste er nur wieder den Plutokraten spielen –

einen Plutokraten, der in einer dringenden geschäftlichen Angelegenheit weggerufen wurde. Er brauchte nur dem Garderobier seinen Zettel auszuhändigen und so elegant hinauszuge-
hen, wie er hereingekommen war. Nur – nur, dass zufällig ich
dieser Bedienstete war.«

»Was haben Sie mit ihm angestellt?«, rief der Oberst mit un-
gewohnter Heftigkeit. »Was hat er Ihnen erzählt?«

»Verzeihen Sie«, versetzte der Priester ungerührt, »aber hier
hört die Geschichte auf.«

»Und die wirklich interessante Geschichte fängt erst an«,
murrte Pound. »Ich glaube, seine Arbeitsweise verstehe ich
jetzt. Aber die Ihre habe ich anscheinend noch nicht begriffen.«

»Ich muss gehen«, sagte Pater Brown.

Gemeinsam gingen sie den Korridor entlang in die Eingangshalle, wo sie das frische, sommersprossige Gesicht des Herzogs
von Chester entdeckten, der mit federnden Schritten auf sie zu-
kam.

»Kommen Sie, Pound«, rief er atemlos. »Ich habe Sie überall
gesucht. Das Essen geht zügig weiter, und der alte Audley soll zu
Ehren der geretteten Gabeln eine Rede halten. Wissen Sie, wir
wollen einen neuen Brauch einführen, um an dieses denkwür-
dige Ereignis zu erinnern. Eigentlich haben Sie das Besteck ja
wiederbeschafft, was würden Sie vorschlagen?«

»Nun«, sagte der Oberst mit einem hintergründigen Lächeln.
»Ich schlage vor, dass wir in Zukunft grüne Fräcke anstelle der
schwarzen tragen. Man kann nie wissen, zu welchen Verwechs-
lungen es kommt, wenn man wie ein Kellner aussieht.«

»Ach, zum Henker!«, empörte sich der junge Mann, »ein
Gentleman sieht niemals wie ein Kellner aus.«

»Und kein Kellner wie ein Gentleman, vermutlich«, sagte
Oberst Pound mit dem gleichen herablassenden Lächeln.
»Hochwürden, Ihr Freund muss schon sehr elegant gewesen
sein, um den Gentleman spielen zu können.«

Pater Brown knöpfte seinen Allerweltsmantel bis zum Hals

zu, denn es war eine stürmische Nacht, und nahm seinen Aller-weltsschirm aus dem Ständer.

»Ja«, erwiderte er, »es muss eine harte Arbeit sein, als Gentle-man zu leben; aber wissen Sie, ich habe manchmal gedacht, dass es vielleicht genauso anstrengend ist, ein Kellner zu sein.«

Und mit einem »Guten Abend« stieß er die schweren Türen dieses Palastes der Freuden auf. Die goldenen Pforten schlossen sich hinter ihm, und mit energischen Schritten machte er sich in den feuchten, dunklen Straßen auf die Suche nach einer Omni-bushaltestelle.

Die Sternschnuppen

»Das schönste Verbrechen, das ich je begangen habe«, pflegte Flambeau, auf seine alten Tage bemerkenswert tugendhaft geworden, zu sagen, »war durch einen einzigartigen Zufall auch mein letztes. Ich verübte es an Weihnachten. Als Künstler habe ich stets versucht, die Verbrechen, die ich beging, auf die jeweilige Jahreszeit oder die Landschaft, in der ich mich gerade befand, abzustimmen; ich wählte also als Schauplatz einer Tat bald diese Terrasse, bald jenen Garten, so wie man auch für Statuen den rechten Standort sucht. Gutsherren sollte man nur in großen, eichengetäfelten Räumen betrügen, während sich reiche Juden dagegen zu ihrer Überraschung ohne einen Pfennig in der Tasche im strahlenden Luxus des Café Riche wiederfinden sollten. Wenn ich also in England einen Superintendenten von seinen Reichtümern befreien wollte (was nicht so einfach ist, wie mancher vielleicht annimmt), würde ich ihn am liebsten – wenn Sie verstehen, was ich meine – mit den grünen Rasenflächen und den grauen Türmen einer Domstadt umgeben. Die gleiche Genugtuung empfand ich, wenn ich in Frankreich einen reichen, bösen Bauern um sein Geld erleichtert hatte (was nahezu unmöglich ist) und sich dessen entrüstetes Haupt gegen eine graue Reihe gestutzter Pappeln und jene hehren gallischen Ebenen abhob, auf denen der große Geist Millets lastet.

Ja, mein letztes Verbrechen war ein weihnachtliches Verbrechen, eines dieser fröhlichen, gemütlichen englischen Middleclass-Verbrechen, wie sie bei Charles Dickens vorkommen. Ich beging es in einem guten, alten Middle-class-Haus in der Nähe von Putney, einem Haus mit einer halbrunden Auffahrt, einem Haus mit einem Stall an der Seite, einem Haus mit einem Namen an beiden Außentüren, einem Haus mit einem Wunderbaum davor. Ich will es dabei belassen, Sie kennen diesen Typus bestimmt. Ich denke, ich habe den Stil von Charles Dickens wirklich treffend und geradezu literarisch wiedergegeben. Eigentlich schade, dass ich noch an diesem Abend dem Verbrechen abschwor.«

Und dann erzählte Flambeau die Geschichte vom Standpunkt des Beteiligten aus; selbst da klang sie merkwürdig. Von außen betrachtet, war sie völlig unbegreiflich, und aus dieser Perspektive muss ein Fremder sie ja beurteilen. So gesehen begann das Drama eigentlich, als sich am Nachmittag des zweiten Weihnachtsfeiertages die Vordertüren des Hauses mit dem Stall an der Seite und dem Baum davor zum Garten hin öffneten und ein junges Mädchen ins Freie trat, um die Vögel mit Brotkrumen zu füttern. Sie hatte ein hübsches Gesicht und warme braune Augen; ihre Gestalt konnte man jedoch nur ahnen, denn sie war so in einen braunen Pelz eingehüllt, dass man kaum zwischen Haaren und Pelz unterscheiden konnte. Wäre nicht ihr anziehendes Gesicht gewesen, man hätte sie für einen kleinen, zotteligen Bären halten können.

Der Winternachmittag ging bereits in den Abend über, und ein rubinrotes Licht breitete sich über die kahlen Blumenbeete und erfüllte sie mit dem Geist der dahingegangenen Rosen. Auf der einen Seite des Hauses befand sich der Stall, auf der anderen führte eine lorbeerbestandene Allee zu dem großen dahinterliegenden Garten. Nachdem die junge Dame den Vögeln die Krumen hingestreut hatte – zum vierten oder fünften Mal an diesem Tag, da der Hund sie immer stibitzte –, ging sie unauffällig den Lorbeerpfad hinab zu einer lichten Immergrünpflanzung. Hier gab sie einen Ausruf der Überraschung von sich – ob echt oder gespielt, sei dahingestellt – und blickte an der hohen Gartenmauer empor, auf der rittlings eine leicht komische Gestalt saß.

»Springen Sie bloß nicht, Mr. Crook«, rief sie einigermaßen besorgt, »es ist viel zu hoch.«

Das Individuum, das auf der Mauer wie auf einem fliegenden Pferd thronte, war ein großer, schlaksiger junger Mann mit dunklen Haaren, die wie eine Bürste in die Höhe standen, intelligenten, ja vornehmen Zügen, aber von einer blassen, nahezu exotischen Gesichtsfarbe. Diese Blässe trat umso deutlicher hervor, da er eine provozierend rote Krawatte trug, offensichtlich der einzige Teil seiner Kleidung, dem er überhaupt Aufmerksamkeit schenkte. Vielleicht war sie ein Symbol. Ohne auf die beschwörenden Bitten des Mädchens zu achten, sprang er wie ein Grashüpfer neben ihr auf den Boden, wobei er sich sehr leicht hätte die Beine brechen können.

»Ich glaube, ich bin zum Einbrecher geboren«, sagte er seelenruhig, »und ganz bestimmt wäre ich auch einer geworden, wenn ich nicht zufällig in dem hübschen Haus nebenan auf die Welt gekommen wäre. Ich finde ohnehin nichts Schlimmes dabei.«

»Wie können Sie so etwas sagen?«, protestierte sie.

»Nun«, sagte der junge Mann, »wenn man auf der falschen Seite der Mauer geboren wird, ist man meiner Ansicht nach berechtigt, auf die richtige Seite hinüberzuklettern.«

»Bei Ihnen weiß man nie, was Sie als Nächstes sagen oder tun«, sagte sie.

»Das weiß ich oft selbst nicht«, erwiderte Mr. Crook, »aber jetzt bin ich jedenfalls auf der richtigen Seite der Mauer.«

»Und welches ist die richtige Seite?«, fragte die junge Dame lächelnd.

»Die Seite, auf der Sie sich befinden«, sagte der junge Mann namens Crook.

Als sie gemeinsam durch den Lorbeergang auf den Vorgarten zugingen, ertönte dreimal ein Hupsignal, jedes Mal etwas näher, und ein Auto von bemerkenswerter Geschwindigkeit, großer Eleganz und blassgrüner Farbe rauschte wie ein Vogel bis vor die Eingangstür und blieb dort vibrierend stehen.

»Hallo, hallo!«, sagte der junge Mann mit der roten Krawatte, »da kommt jemand, der auf jeden Fall auf der richtigen Seite geboren wurde. Ich wusste gar nicht, dass Sie einen so modernen Weihnachtsmann haben, Miss Adams.«

86

»Ach, das ist mein Patenonkel, Sir Leopold Fischer. Er kommt immer am zweiten Weihnachtstag.«

Und nach einer kaum merklichen Pause, die unbewusst einen Mangel an Begeisterung verriet, fügte Ruby Adams hinzu:

»Er ist sehr nett.«

John Crook, der Journalist war, hatte schon von dem berühmten Großstadtmagnaten gehört, und wenn der Großstadtmagnat noch nichts von ihm gehört hatte, so war das nicht seine Schuld; denn in einigen Artikeln des *Clarion* oder des *New Age* war Sir Leopold streng ins Gebet genommen worden. Aber Crook sagte nichts und beobachtete nur grimmig, wie das Auto entladen wurde, was sich ziemlich lange hinzog. Ein großer, schmucker Chauffeur in Grün stieg vorne aus, ein kleiner, schmucker Diener in Grau hinten; sie nahmen Sir Leopold in die Mitte, setzten ihn auf der Schwelle ab und begannen, ihn so vorsichtig auszuwickeln wie ein besonders zerbrechliches Paket. Decken in so reichlicher Zahl, dass man damit einen orientalischen Basar hätte ausstatten können, Pelze von allen Tieren des Waldes und Tücher in allen Regenbogenfarben wurden freigelegt und entfernt, bis man schließlich etwas erkennen konnte, was einer menschlichen Gestalt ähnelte: der Gestalt eines freundlichen, aber fremdländisch aussehenden alten Herrn mit grauem Ziegenbart und strahlendem Lächeln, der sich seine in großen Pelzhandschuhen steckenden Hände rieb.

Lange bevor diese Entblätterung beendet war, hatten sich die zwei großen Türen der Vorhalle in der Mitte geöffnet, und Oberst Adams – der Vater der bepelzten jungen Dame – hatte sich hinausbegeben, um seinen berühmten Gast ins Haus zu geleiten. Er war ein hochgewachsener, sonnenverbrannter, sehr ruhiger Mann; auf dem Kopf trug er – wie einen Fez – eine rote Hauskappe, die ihm das Aussehen eines englischen Oberbefehlshabers oder Paschas in Ägypten verlieh. Bei ihm befand sich sein unlängst aus Kanada eingetroffener Schwager, ein großer, ziemlich lauter junger Gutsbesitzer mit blondem Bart namens James Blount. Des Weiteren erschien die eher unauffällige Person des Priesters der benachbarten katholischen Kirche; denn die verstorbene Frau des Obersten war Katholikin gewesen, und die Kinder waren, wie in solchen Fällen üblich, im Glauben der Mutter erzogen worden. Alles an dem Priester schien durchschnittlich, sogar sein Name – Brown; aber der Oberst hielt ihn für einen umgänglichen Menschen und lud ihn häufig zu familiären Zusammenkünften dieser Art ein.

In der großen Eingangshalle des Hauses gab es selbst für Sir Leopold und die Entfernung seiner Hüllen genügend Raum. Vorraum und Halle waren in der Tat unverhältnismäßig groß im Vergleich zu dem übrigen Haus und bildeten sozusagen einen riesigen Raum, an dessen einem Ende sich die Eingangstür, am anderen der Treppenaufgang befanden. Vor dem prasselnden Kaminfeuer, über dem der Säbel des Obersten hing, wurde die Aktion beendet, und die ganze Gesellschaft einschließlich des düsteren Crook Sir Leopold vorgestellt. Dieser ehrwürdige Finanzier schien jedoch immer noch mit seiner unförmigen Kleidung zu kämpfen und zog schließlich aus einer verborgenen Innentasche seines Fracks eine ovale schwarze Schachtel, die er strahlend als das Weihnachtsgeschenk für sein Patenkind präsentierte. Mit unverhohlener Prahlerei, die in ihrer Art etwas Entwaffnendes hatte, ließ er alle das Kästchen sehen; es sprang auf einen leichten Druck hin auf, und alle standen wie geblendet da. Es war, als hätte ein kristallener Strahl ihre Augen getroffen. In einem Nest aus orangefarbenem Samt lagen, drei Eiern gleich, drei weiße, leuchtende Diamanten, die selbst die Luft ringsum in einen Flammenschein zu tauchen schienen. Fischer stand mit dem strahlenden Lächeln des Wohltäters da und genoss in vollen Zügen die Überraschung und das Entzücken des Mädchens, die grimmige Bewunderung und den schroffen Dank des Obersten und das Staunen der übrigen Anwesenden.

»Ich stecke sie wieder weg, Liebes«, sagte Fischer und ließ die Schachtel wieder in den Tiefen seines Rockes verschwinden.

»Ich musste auf dem Weg hierher gut auf sie aufpassen. Es sind die drei afrikanischen Diamanten, die man die ›Sternschnuppen‹ nennt, weil sie schon so oft gestohlen wurden. Alle großen Verbrecher sind hinter ihnen her; aber selbst die kleinen Leute in den Straßen und Hotels hätten kaum die Finger davon lassen können. Ich hätte sie auf der Straße hierher verlieren können, das wäre durchaus möglich gewesen.«

»Und durchaus natürlich, meiner Meinung nach«, bemerkte der Mann mit der roten Krawatte. »Ich würde es ihnen nicht verübeln, wenn sie sie an sich genommen hätten. Wenn sie um Brot bitten, und man gibt ihnen nicht einmal einen Stein, dann müssen sie sich den Stein eben selbst holen, glaube ich.«

»Ich will nicht, dass Sie so reden«, rief das Mädchen mit glühendem Eifer. »So sprechen Sie erst, seit Sie so ein grässlicher Wie-heißt-das-doch-gleich geworden sind. Sie wissen schon, was ich meine. Wie nennt man einen Mann, der auch die Schornsteinfeger umarmen will?«

»Einen Heiligen«, sagte Pater Brown.

»Ich glaube«, sagte Sir Leopold mit einem hochmütigen Lächeln, »Ruby meint einen Sozialisten.«

»Ein Radikaler ist kein Mann, der sich von Radi ernährt«, bemerkte Crook ungeduldig, »und ein Konservativer ist keiner, der Marmelade konserviert. Genauso wenig ist ein Sozialist ein Mensch, der einen sozialen Abend mit einem Schornsteinfeger verbringen möchte. Ein Sozialist ist jemand, der will, dass alle Schornsteine gefegt und alle Schornsteinfeger dafür bezahlt werden.«

»Der einem aber nicht gestatten will«, warf der Priester leise ein, »seinen eigenen Ruß zu besitzen.«

Crook sah ihn interessiert, fast respektvoll an. »Will denn jemand Ruß besitzen?«, fragte er.

»Es könnte schon sein«, antwortete Brown und sah ihn nachdenklich an. »Ich habe gehört, dass Gärtner ihn verwenden. Und einmal habe ich an Weihnachten sechs Kindern eine Freude gemacht, als der Zauberer nicht kam, nur mit Ruß – äußerlich angewendet, versteht sich.«

»Oh, wie herrlich«, rief Ruby. »Oh, ich wünschte, Sie würden es für uns hier wiederholen.«

Mr. Blount, der lärmende Kanadier, brach in lauten Beifall aus, der erstaunte Finanzier dagegen bekundete gerade sein erhebliches Missfallen, als es an der vorderen Doppeltür klopfte. Der Priester öffnete, und wieder hatte man einen freien Blick auf den Vorgarten, das Immergrün, den Wunderbaum und alles Übrige, jetzt im Dunkeln vor einem prachtvollen, violetten Sonnenuntergang. Diese eingerahmte Szenerie wirkte so angemalt und wunderlich wie die Kulisse eines Theaterstücks, und einen Moment lang übersahen alle die unscheinbare Gestalt, die in der Tür stand. Es war offenbar ein ganz gewöhnlicher Bote, etwas staubig und in einem abgewetzten Mantel. »Ist jemand von Ihnen Mr. Blount?«, fragte er und schwenkte unschlüssig einen Brief. Mr. Blount hörte mit seinen Beifallsrufen auf und griff danach. Offensichtlich erstaunt riss er den Umschlag auf und las; sein Gesicht umwölkte sich ein wenig, dann hellte es sich auf, und er wandte sich an seinen Schwager und Gastgeber.

»Scheußlich, dass ich dir so zur Last falle, Schwager«, sagte er in der unbekümmerten Art der Leute, die in den Kolonien gelebt haben, »aber würde es dir etwas ausmachen, wenn mich ein alter Bekannter heute Abend geschäftlich hier aufsuchte? Um die Wahrheit zu sagen, es ist Florian, der berühmte französische Akrobat und Komiker; ich habe ihn vor Jahren im Westen kennen gelernt – er ist gebürtiger Frankokanadier –, und anscheinend will er mir ein Geschäft anbieten, obwohl ich mir kaum vorstellen kann, worum es sich handelt.«

»Aber nein, aber nein«, antwortete der Oberst unbekümmert. »Jeder deiner Freunde ist hier willkommen, alter Junge. Zweifellos wird er einen Gewinn für uns darstellen.«

»Er wird sich das Gesicht schwarz anmalen, wenn du das meinst«, rief Blount lachend. »Und ich bin überzeugt, er könnte jeden Einzelnen hier anschwärzen. Mir ist das egal, ich bin nicht empfindlich. Ich mag diese lustige alte Pantomime, in der sich jemand auf einen Zylinder setzt.«

»Nicht auf meinen, bitte«, sagte Sir Leopold Fischer würdevoll.

»Gut, gut«, bemerkte Crook leichthin, »wir wollen nicht streiten. Es gibt billigere Scherze, als sich auf einen Zylinder zu setzen.«

Die Abneigung gegen den jungen Mann mit der roten Krawatte, sowohl wegen seiner umstürzlerischen Ansichten wie auch der unübersehbaren Vertrautheit mit seinem hübschen Patenkind, veranlassten Fischer, in höchst sarkastischem, autoritärem Ton zu sagen: »Zweifellos haben Sie etwas gefunden, was noch dürftiger ist, als sich auf einen Zylinder zu setzen. Und was ist das, bitte?«

»Zum Beispiel, wenn man einen Zylinder auf sich sitzen lässt«, sagte der Sozialist.

»Nun kommen Sie«, rief der kanadische Gutsbesitzer mit seiner urwüchsigen Gutmütigkeit, »wir wollen uns doch nicht den fröhlichen Abend verderben. Ich meine, wir sollten uns für die Feier heute Abend etwas einfallen lassen. Es muss ja nicht das Schwärzen von Gesichtern oder das Sitzen auf Hüten sein, wenn Sie so etwas nicht mögen – aber etwas anderes in der Art. Warum können wir nicht eine richtige altmodische englische Stegreifkomödie aufführen – mit Clown, Kolombine und so weiter? Ich habe eine gesehen, als ich im Alter von zwölf Jahren England verließ, und seitdem strahlt sie wie ein Leuchtfeuer in meiner Erinnerung. Erst letztes Jahr kehrte ich in meine alte Heimat zurück und muss feststellen, dass dieser Brauch ausgestorben ist. Nichts als ein Haufen sentimentaler Märchenspiele. Was ich will, sind ein glühender Schürhaken und ein Polizist, der zu Hackfleisch gemacht wird, stattdessen zeigen sie Prinzessinnen, die im Mondschein Moral predigen, blaue Vögel und dergleichen mehr. Blaubart ist schon eher nach meinem Geschmack, und der gefiel mir stets am besten, wenn er sich in den dummen August verwandelte.«

»Ich bin ganz dafür, einen Polizisten zu Hackfleisch zu machen«, sagte John Crook. »Das ist eine bessere Definition für den Sozialismus als einige der bisher geäußerten. Aber die Inszenierung eines solchen Stegreifspiels wäre sicher ein viel zu großer Aufwand.«

»Nicht die Spur«, rief Blount außer sich vor Begeisterung. »Ein Possenspiel lässt sich aus zwei Gründen am einfachsten aufführen. Erstens kann man so viele Späße machen, wie man will, und zweitens benötigt man als Requisiten nur Haushaltsgegenstände – Tische und Handtuchhalter und Waschkörbe und dergleichen.«

»Das stimmt«, pflichtete ihm Crook auf und ab gehend mit eifrigem Kopfnicken bei. »Aber ich fürchte, ich muss ohne Polizeiuniform auftreten. Habe in letzter Zeit keinen Polizisten umgebracht.«

Blount dachte eine Zeit lang mit gerunzelter Stirn nach, dann schlug er sich auf die Schenkel. »Das müssen Sie nicht!«, rief er. »Ich habe hier Florians Adresse; er kennt jeden Kostümverleiher in London. Ich rufe ihn an und bitte ihn, eine Polizeiuniform mitzubringen.« Und schon eilte er zum Telefon.

»Ach, es ist himmlisch, Pate«, rief Ruby und tanzte übermütig umher. »Ich werde Kolombine sein und du der dumme August.«

Der Millionär saß starr mit einer Art heidnischer Feierlichkeit da. »Ich glaube, meine Liebe«, sagte er, »du musst dir einen anderen dummen August suchen.«

»Ich spiele den dummen August, wenn du möchtest«, sprang Oberst Adams ein, wobei er die Zigarre aus dem Mund nahm und zum ersten und letzten Mal etwas zu dem Unternehmen sagte.

»Man sollte dir ein Denkmal setzen«, rief der Kanadier, als er mit strahlendem Lächeln vom Telefon zurückkehrte. »So, jetzt hat jeder seine Rolle. Mr. Crook spielt den Clown; er ist Journalist und kennt folglich auch die abgedroschensten Scherze. Ich übernehme den Harlekin, dazu muss man nur lange Beine haben und ein wenig herumspringen. Mein Freund Florian hat versprochen, die Polizeiuniform mitzubringen; er zieht sich unterwegs um. Wir können direkt hier in der Halle spielen, und die Zuschauer können gegenüber auf den Treppenstufen sitzen. Die Eingangstüren können den Hintergrund bilden, geöffnet oder geschlossen. Sind sie geschlossen, sieht man das Innere eines englischen Hauses, stehen sie offen, einen Garten im Mondschein. Es geht alles wie durch Zauberei.« Er förderte ein kleines Stückchen Billardkreide zutage, das er zufällig bei sich hatte, und zog damit zwischen Vordertür und Treppe auf dem Fußboden einen Strich, um den Platz für das Rampenlicht zu markieren.

Wie es gelang, die ganze Narretei in so kurzer Zeit vorzubereiten, blieb ein Rätsel. Aber sie gingen mit jener Mischung aus Unbekümmertheit und Feuereifer zu Werke, die man überall antrifft, wo Jugend im Hause ist; und das Feuer der Jugend war an jenem Abend im Haus, auch wenn vielleicht nicht alle bemerkten, in welchen beiden Herzen es brannte. Wie es häufig der Fall ist, war es gerade die Enge der bürgerlichen Konventionen, die alle nun zu immer tolleren Einfällen trieb. Die Kolombine sah bezaubernd aus in ihrem abstehenden Rock, der dem großen Lampenschirm aus dem Salon verdächtig ähnlich sah. Der Clown und der dumme August weißten ihre Gesichter mit Mehl aus der Küche; das Rot für den Mund besorgten sie sich von einem der Bediensteten, der – wie alle wahren christlichen Wohltäter – anonym blieb. Der Harlekin, schon mit dem Silberpapier leerer Zigarrenschachteln geschmückt, war nur mit Mühe daran zu hindern, die alten viktorianischen Kronleuchter in ihre Einzelteile zu zerlegen, um sich mit dem glitzernden Kristall zu behängen. Und er hätte es bestimmt getan, wenn Ruby nicht ein paar alte, unechte Juwelen in die Hände gefallen wären, die sie einmal als Diamantenkönigin auf einem Maskenball getragen hatte.

James Blount, ihr Onkel, geriet in der Tat vor Aufregung fast völlig aus dem Häuschen und gebärdete sich wie ein Schuljunge. Unversehens stülpte er Pater Brown einen Eselskopf aus Pappe über; dieser behielt ihn geduldig auf und verstand es sogar, auf höchst eigene Weise mit den Ohren zu wackeln. Blount versuchte auch noch, den Schwanz des Pappesels an Sir Leopold Fischers Frackschöße zu heften. Dies wurde ihm jedoch durch missbilligende Blicke verwehrt. »Onkel ist einfach zu albern«, rief Ruby Crook zu, um dessen Schultern sie allen Ernstes eine Kette aus Würsten geschlungen hatte. »Warum ist er bloß so wild?«

»Er ist der passende Harlekin für Ihre Kolombine«, erwiderte Crook. »Ich bin nur der Clown, der die alten Scherze macht.«

»Ich wünschte, Sie wären der Harlekin«, sagte sie und zupfte an der Kette, dass die Würste auf und ab hüpften.

Obwohl Pater Brown über jede Einzelheit Bescheid wusste, die hinter der Bühne geschah, und für seine Verwandlung eines Kissens in ein Bühnenbaby sogar mit Beifall bedacht worden war, wechselte er doch auf die andere Seite und nahm mit der feierlichen Erwartung eines Kindes, das sein erstes Theaterstück sieht, unter den Zuschauern Platz. Es gab nur wenige Zuschauer, ein paar Verwandte, ein, zwei Freunde aus der Nachbarschaft und die Dienstboten. Sir Leopold saß in der ersten Reihe; seine füllige, noch immer pelzbehangene Gestalt nahm dem kleinen Geistlichen hinter ihm weitgehend die Sicht; doch nie hat sich die Kunstkritik dazu geäußert, ob diesem deshalb viel entging. Die Pantomime war ganz und gar chaotisch, doch nicht zu verachten; sie lebte von einer unbändigen Lust an der Improvisation, die in der Hauptsache von Crook, dem Clown, ausging. Gemeinhin war er ein vernünftiger Mensch, doch an diesem Abend wurde er von einer wilden Allwissenheit beflügelt, von jener Narrheit, weiser als die ganze Welt, die einen jungen Mann erfasst, der für einen Augenblick einen ganz bestimmten Ausdruck auf einem bestimmten Gesicht erblickt hat. Eigentlich sollte er nur den Clown spielen, tatsächlich aber trat er noch in fast allen anderen Rollen auf: als Autor – soweit es einen Autor gab –, als Souffleur, als Bühnenbildner, als Kulissenschieber und vor allem als Orchester. In regelmäßigen Abständen unterbrach er die turbulente Darbietung, schwang sich in voller Kostümierung ans Klavier und hämmerte irgendeine bekannte Melodie herunter, die ebenso albern wie passend war.

Der Höhepunkt der ganzen Aufführung war der Augenblick, als die beiden Türen im Hintergrund der Bühne aufflogen und den zauberhaften, im Mondlicht daliegenden Garten zeigten und im Vordergrund, noch auffallender, den berühmten Gast: den großen Florian, in der Uniform eines Polizisten. Der Clown am Klavier spielte den Chor der Konstabler aus den *Piraten von Penzance*, der jedoch in ohrenbetäubendem Beifall unterging, denn jede Geste des großen Komödianten war eine gelungene, wenn auch verhaltene Darstellung von Haltung und Gehabe eines echten Polizisten. Der Harlekin sprang auf ihn zu und gab ihm eins über den Helm; während der Pianist »Weißt du, wieviel Sternlein stehen?« spielte, drehte der Polizist sich in herrlich gespieltem Erstaunen um, worauf der springende Harlekin erneut zuschlug (der Pianist intonierte ein paar Takte von »Ade zur guten Nacht«). Dann stürzte der Harlekin direkt in die Arme des Polizisten und fiel unter tosendem Beifall auf ihn. An dieser Stelle gelang dem fremden Schauspieler jene vielgerühmte Darstellung eines Toten, von der man in der Gegend von Putney bis heute spricht. Es war nahezu unglaublich, dass ein lebendiger Mensch so schlaff und leblos aussehen konnte.

Der athletische Harlekin schleuderte ihn hin und her wie einen Sack, oder er schwang ihn wie eine Keule, alles zu den aufreizenden, grotesken Klängen des Pianos. Als der Harlekin den komischen Schutzmann mit Mühe vom Boden hochzog, spielte der Clown: »Wach auf, meins Herzens Schöne«, und als er ihn auf die Schulter nahm: »Auf, ihr Brüder, lasst uns wallen«. Als der Harlekin den Polizisten schließlich mit einem höchst überzeugenden dumpfen Schlag hinfallen ließ, ging der Verrückte an

seinem Instrument zu einem flotteren Takt über und sang dazu
einen Text, der nach übereinstimmenden Aussagen so ähnlich
klang wie: »Drunten im Unterland, da ist's halt fein.«

Als dieser Zustand geistiger Anarchie ungefähr auf dem Höhepunkt war, wurde Pater Brown endgültig die Sicht verstellt,
denn der Großstadtmagnat vor ihm richtete sich zu voller Höhe
auf und durchsuchte fieberhaft alle seine Taschen. Dann setzte
er sich, noch immer aufgeregt seine Taschen durchwühlend,
stand jedoch sogleich wieder auf. Einen Augenblick lang hatte es
allen Ernstes den Anschein, als wolle er über das Rampenlicht
steigen; dann aber warf er einen wütenden Blick auf den klavier-
spielenden Clown und stürmte wortlos aus dem Raum.

Der Priester hatte dem albernen, doch keineswegs ungraziö-
sen Tanz, den der Amateur-Harlekin um seinen herrlich be-
wusstlosen Gegner aufführte, nur noch ein paar Minuten lang
zugesehen. Es war schon wahre, wenn auch etwas primitive
Kunst, wie der Harlekin sich langsam tänzelnd rückwärts
bewegte und durch die Tür in den Garten verschwand, der still
im Mondschein dalag. Das improvisierte Kostüm aus Silberpapier und Klebstoff, das im Rampenlicht viel zu grell gewirkt
hatte, sah zunehmend märchenhaft und silbrig aus, als es so im
hellen Mondlicht davontanzte. Das Publikum setzte soeben
mit donnerndem Applaus ein, als jemand den Priester plötzlich
am Arm packte und ihn flüsternd in das Arbeitszimmer des
Obersts bat.

Er folgte dem Boten mit wachsender Besorgnis, die sich trotz
einer gewissen feierlichen Komik der Szene im Arbeitszimmer
nicht zerstreuen wollte. Dort saß Oberst Adams, noch immer
als dummer August verkleidet und mit einem in die Stirn bau-
melnden Walfischknochen; doch der Blick seiner gütigen alten
Augen war so tieftraurig, dass er sich selbst auf eine Orgie er-
nüchternd ausgewirkt hätte. Sir Leopold Fischer lehnte schwer
atmend am Kaminsims mit allen Anzeichen von Panik.

»Es ist eine sehr peinliche Angelegenheit, Pater Brown«, sagte

Adams. »Um es offen zu sagen, jene Diamanten, die wir alle heute Nachmittag gesehen haben, sind anscheinend aus der Rocktasche meines Freundes verschwunden. Und da Sie –«

»Da ich«, ergänzte Pater Brown mit breitem Grinsen, »genau hinter ihm saß –«

»Nichts dergleichen soll angedeutet werden«, sagte Oberst Adams und sah Fischer mit einem festen Blick an, aus dem abzulesen war, dass etwas Ähnliches sehr wohl bereits angedeutet *worden war.* »Ich bitte Sie nur um jenen Beistand, den jeder Gentleman gewähren würde.«

»Der darin besteht, seine Taschen nach außen zu kehren«, sagte Pater Brown und machte sich sogleich ans Werk; er förderte etwas Kleingeld, eine Rückfahrkarte, ein kleines silbernes Kruzifix, ein kleines Brevier und ein Stückchen Schokolade zutage.

Der Oberst blickte ihn lange an und sagte dann: »Wissen Sie, mich würde mehr der Inhalt Ihres Kopfes als der Ihrer Taschen interessieren. Meine Tochter gehört Ihrer Kirche an; nun, sie hat vor kurzem –«, und er hielt inne.

»Sie hat vor kurzem«, schrie der alte Fischer, »das Haus ihres Vaters einem räuberischen Sozialisten geöffnet, der ganz offen zugibt, dass er einem reicheren Mann alles stehlen würde. Und das ist das Ergebnis. Hier steht der reichere Mann – und doch ist er nicht reicher.«

»Wenn Sie wissen wollen, was in meinem Kopf vorgeht, bitte sehr«, sagte Pater Brown etwas müde. »Was Sie davon halten, können Sie mir später sagen. Aber das Erste, was diesem ungeübten Kopf einfällt, ist Folgendes: Männer, die Diamanten stehlen wollen, reden nicht über Sozialismus. Viel eher neigen sie dazu, ihn zu verurteilen«, fügte er ernst hinzu.

Die anderen beiden sahen unwillig drein, und der Pater fuhr fort:

»Wir kennen diese Leute doch mehr oder weniger. Dieser Sozialist würde ebenso wenig einen Diamanten stehlen wie eine Pyramide. Dagegen sollten wir uns sofort den einzigen Menschen vornehmen, den wir nicht kennen, diesen Burschen, der den Polizisten gespielt hat – Florian. Ich frage mich, wo er jetzt in diesem Augenblick ist.«

Der dumme August sprang auf und verließ mit langen Schritten den Raum. Es entstand eine Pause, in welcher der Millionär den Priester anstarrte und der Priester sich in sein Brevier vertiefte; dann kehrte der dumme August zurück und sagte militärisch ernst und knapp: »Der Polizist liegt noch immer auf der Bühne. Der Vorhang ist schon sechsmal auf- und niedergegangen. Er liegt noch immer dort.«

Pater Brown ließ sein Buch sinken und starrte mit allen Anzeichen einer plötzlichen geistigen Leere vor sich hin. Ganz allmählich stahl sich ein Leuchten der Erkenntnis in seine grauen Augen, und dann stellte er die kaum begreifliche Frage:

»Ich bitte um Vergebung, Oberst, aber wann ist Ihre Frau gestorben?«

»Meine Frau!«, antwortete der überraschte Soldat. »Sie starb dieses Jahr, vor zwei Monaten. Ihr Bruder James kam genau eine Woche zu spät und konnte sie nicht mehr sehen.«

Der kleine Priester machte einen Satz wie ein aufgescheuchtes Kaninchen. »Kommen Sie!«, rief er in ganz ungewöhnlicher Erregung. »Kommen Sie! Wir müssen uns diesen Polizisten unbedingt ansehen!«

Sie liefen auf die Bühne, auf der jetzt der Vorhang heruntergelassen war, drängten sich rücksichtslos vorbei an Kolombine und Clown (die offenbar sehr zufrieden miteinander flüsterten), und Pater Brown beugte sich über den am Boden liegenden Bühnenpolizisten.

»Chloroform«, sagte er und erhob sich, »ich bin erst jetzt darauf gekommen.«

Es herrschte verblüfftes Schweigen, dann sagte der Oberst langsam: »Bitte sagen Sie uns ganz genau, was das alles zu bedeuten hat.«

Plötzlich brach Pater Brown in lautes Gelächter aus, nahm sich

dann zwar zusammen, konnte es jedoch, während er weiter-
sprach, ab und zu nicht unterdrücken. »Meine Herren«, keuchte
er, »es bleibt nicht viel Zeit zum Reden. Ich muss dem Verbrecher
nacheilen. Aber dieser große französische Schauspieler, der den
Polizisten mimte – dessen Körper der Harlekin herumgewirbelt
und hin und her geschaukelt und geschubst hat – das war –« Erneut versagte ihm die Stimme, und er machte Anstalten davonzulaufen.

»Das war?«, fragte Fischer forschend.

»Ein echter Polizist«, sagte Pater Brown und eilte in die Dunkelheit hinaus.

Am äußersten Ende des dichtbewachsenen Gartens gab es
Hecken und Lauben, deren Lorbeerbäume und immergrüne
Sträucher selbst mitten im Winter noch die warmen Farben des
Südens trugen, die sich scharf gegen den saphirblauen Himmel
und den silbernen Mond abhoben. Das fröhliche Grün der wo-
genden Lorbeerbäume, das tiefe, dunkle Blau der Nacht und der
riesige Kristall des Mondes ergaben ein geradezu unverantwort-
lich romantisches Bild. Und im höchsten Geäst der Bäume klet-
tert eine merkwürdige Gestalt umher, die weniger romantisch
als phantastisch ist. Sie glitzert von Kopf bis Fuß, als wäre sie in
Millionen von Monden gekleidet; der echte Mond erfasst jede
ihrer Bewegungen und lässt immer wieder ein anderes Stück
von ihr aufflammen. Sie aber schwingt sich blitzschnell und geschickt von dem niedrigen Baum in diesem Garten zu dem hohen, üppig wuchernden Baum im Nachbargarten und hält nur
inne, weil ein Schatten unter den kleineren Baum geglitten ist
und sie unmissverständlich gerufen hat.

»Nun, Flambeau«, sagt die Stimme, »Sie sehen wirklich wie
eine Sternschnuppe aus; aber das bedeutet schließlich immer
einen fallenden Stern.«

Die silberne, funkelnde Gestalt oben in den Zweigen scheint
sich über den Lorbeer vorzubeugen und lauscht, da sie jederzeit
entfliehen kann, der kleinen Gestalt unten auf dem Rasen.

»Nie ist Ihnen etwas Besseres gelungen, Flambeau. Es war schlau, aus Kanada hierher zu kommen (über Paris, nehme ich an), genau eine Woche nach dem Tod von Mrs. Adams, als niemand dazu aufgelegt war, Fragen zu stellen. Noch schlauer war es, den Weg der Sternschnuppen zu verfolgen und den genauen Tag von Fischers Ankunft herauszufinden. Was dann folgte, war aber nicht nur schlau, sondern wahrhaft genial. Der Diebstahl der Steine war vermutlich ein Kinderspiel für Sie. Das hätten Sie leicht auf hundert andere Arten erledigen können als mit dem Trick, einen Pappeselschwanz an Fischers Rock zu heften. Aber in allem Übrigen haben Sie sich selbst übertroffen.«

Die silbrige Gestalt im grünen Laub scheint wie gebannt zu verharren, obwohl die Flucht ein Leichtes für sie wäre; sie starrt auf den Mann unten.

»O ja«, sagte unten der kleine Mann, »ich weiß alles. Ich weiß, dass Sie nicht nur auf das Stegreifspiel gedrängt, sondern sich seiner auch in zweifacher Hinsicht bedient haben. Sie waren im Begriff, die Steine in aller Ruhe zu stehlen; da erhielten Sie von einem Komplizen die Nachricht, dass man Sie bereits im Verdacht hatte und ein tüchtiger Polizeibeamter unterwegs war, um Sie noch an diesem Abend festzunehmen. Ein gewöhnlicher Dieb wäre für die Warnung dankbar gewesen und geflohen; Sie aber sind ein Poet. Sie hatten ohnehin schon den schlauen Gedanken, die echten Juwelen in einem inszenierten Durcheinander mit falschen Bühnenjuwelen zu vertauschen. Jetzt erkannten Sie, dass der Auftritt eines Polizisten nur zu gut in eine Harlekinade passen würde. Der brave Beamte machte sich von der Polizeiwache in Putney auf, um Sie zu verhaften, und tappte in die verrückteste Falle, die je einem Polizisten gestellt wurde. Als sich die Vordertür öffnete, marschierte er geradewegs auf die Bühne einer Weihnachtspantomime, wo er unter dem tosenden Gelächter der angesehensten Leute aus Putney von dem tanzenden Harlekin gestoßen, verhauen, zu Boden geworfen und betäubt werden konnte. Ach, nie wird Ihnen etwas Besseres gelingen. Und jetzt könnten Sie mir übrigens diese Diamanten zurückgeben.«

Der grüne Zweig, auf dem die glitzernde Gestalt schaukelte, gab, als wäre er erstaunt, ein leichtes Rascheln von sich. Doch die Stimme fuhr fort:

»Ich möchte, dass Sie sie zurückgeben, Flambeau, und ich möchte, dass Sie dieses Leben aufgeben. Noch besitzen Sie Jugend und Ehre und Humor; glauben Sie aber ja nicht, dass das in Ihrem Gewerbe so bleibt. Vielleicht kann man sich auf einer Stufe des Guten halten, aber noch keinem Menschen ist es geglückt, sich auf einer Stufe des Bösen zu halten. Dieser Weg führt immer weiter abwärts. Der harmlose Mensch trinkt und wird grausam; der ehrliche Mensch tötet und leugnet es. Manch einer, den ich kannte, hat angefangen wie Sie: als ehrbarer Gesetzesbrecher, als fröhlicher Bandit, der die Reichen beraubte; und in der Gosse hat er geendet. Maurice Blum begann als Anarchist mit festen Grundsätzen, ein Vater der Armen; er endete als aalglatter Spion und Zwischenträger, den beide Seiten benützten und verachteten. Harry Burke begann seine Bewegung zur Abschaffung des Geldes mit aufrichtiger Überzeugung; jetzt lässt er sich seine ungezählten Brandys mit Soda von einer halbverhungerten Schwester bezahlen. Lord Amber begab sich aus einer Art Ritterlichkeit in schlechte Gesellschaft; jetzt zahlt er an die schlimmsten Aasgeier Londons Erpressungsgeld. Hauptmann Barillon war der große Gentleman-Gangster vor Ihrer Zeit; er starb im Irrenhaus, geschüttelt von der Angst vor den »Spitzeln« und Hehlern, die ihn betrogen und zur Strecke gebracht hatten. Ich weiß, der Wald hinter Ihnen sieht verlockend frei aus, Flambeau; ich weiß, Sie könnten so blitzschnell wie ein Affe darin verschwinden. Aber eines Tages werden Sie ein alter, grauer Affe sein, Flambeau. Sie werden mit kaltem Herzen und dem Tode nahe auf Ihrem Baum im Wald sitzen, und die Wipfel werden sehr kahl sein.«

Alles blieb still, als hielte der kleine Mann unten den anderen droben im Baum an einer langen, unsichtbaren Leine. Und er fuhr fort:

»Ihr Weg nach unten hat schon begonnen. Sie haben sich immer damit gebrüstet, dass Sie nichts Schlimmes tun; aber heute Abend tun Sie etwas Schlimmes. Sie lenken den Verdacht auf einen ehrlichen Jungen, gegen den ohnehin schon einiges spricht. Sie trennen ihn von der Frau, die er liebt und die ihn wiederliebt. Aber Sie werden bis zu Ihrem Tod noch weitaus Schlimmeres tun.«

Drei blitzende Diamanten fielen aus dem Baum auf den Rasen herab. Der kleine Mann bückte sich, um sie aufzuheben, und als er wieder aufblickte, war der silberne Vogel aus seinem grünen Baumkäfig entflohen.

Die Wiederbeschaffung der Edelsteine – ausgerechnet Pater Brown hatte sie zufällig entdeckt – ließ den Abend noch zu einem triumphalen Erfolg werden. Und Sir Leopold versicherte im Überschwang seiner guten Laune dem Priester sogar, auch wenn er persönlich mehr Weitblick besitze, respektiere er doch all jene Menschen, denen ihr Glaube es auferlege, in Abgeschiedenheit und ohne Kenntnis von der Welt zu leben.

Die Ehre des Israel Gow

Ein stürmischer Abend, olivgrün und silbern, brach herein, als Pater Brown, in ein graues schottisches Plaid gehüllt, das Ende eines grauen schottischen Tales erreichte und das seltsame Schloss von Glengyle erblickte. Es versperrte das eine Ende des engen Tals wie eine Sackgasse und sah aus wie das Ende der Welt. Mit seinen steil aufragenden Dächern und spitzen Türmen aus meergrünem Schiefer glich es einem alten französisch-schottischen Château und erinnerte einen Engländer an die unheimlichen Spitzhüte der Hexen aus dem Märchen; die Kiefernwälder, welche die grünen Türmchen umbrausten, wirkten dagegen so schwarz wie eine Unzahl von Kolkrabenschwärmen. Dieser Eindruck träumerischer, fast schläfriger Teufelei war keine pure Laune der Natur. Denn über der Landschaft lag eine jener Wolken aus Stolz und Wahnsinn und geheimnisumwittertem Leid, die schwerer auf den Adelsgeschlechtern Schottlands lasten als auf allen anderen Menschenkindern. Schottland besitzt nämlich die doppelte Dosis des Giftes, das man Vererbung nennt: das Blut des Aristokraten und den Fatalismus des Calvinisten.

Der Priester hatte sich einen Tag von seinen Geschäften in Glasgow freigemacht, um seinen Freund Flambeau zu treffen, den Amateurdetektiv, der sich gemeinsam mit einem offiziellen Polizeibeamten in Schloss Glengyle aufhielt und Leben und Tod des verstorbenen Grafen von Glengyle untersuchte. Dieser geheimnisvolle Graf war der letzte Vertreter eines Geschlechts, das aufgrund seiner Tapferkeit, Tollheit und gewaltigen Hinterlist selbst unter den finsteren Adelsgeschlechtern des Landes im 16. Jahrhundert gefürchtet war. Keines war tiefer verstrickt in jenes Labyrinth des Ehrgeizes, enger beteiligt am Bau des Lügengebäudes, das man um Maria, Königin von Schottland, errichtet hatte.

Der folgende in der Gegend kursierende Vers gab offen Auskunft über Motive und Auswirkungen ihrer Intrigen:

Wie grüner Saft den Bäumen Kraft verlieh,
Tat's rotes Gold im Hause Ogilvie.

Jahrhundertelang hatte es nie einen anständigen Herrn auf Schloss Glengyle gegeben; spätestens im viktorianischen Zeitalter aber, sollte man meinen, wäre mit allen Verschrobenheiten endgültig aufgeräumt worden. Der letzte Glengyle jedoch tat der Tradition seiner Ahnen insofern Genüge, als er das Einzige tat, was ihm noch übrig blieb: Er verschwand. Damit meine ich nicht, dass er ins Ausland ging; nach allem, was man hörte, hielt er sich noch immer im Schloss auf, wenn er sich überhaupt irgendwo aufhielt. Aber obwohl sein Name im Kirchenregister und dem dicken roten Adelskalender stand, hat ihn kein Mensch je erblickt.

Wenn ihn jemand erblickte, so war das als Einziger ein Diener, eine Mischung aus Stallknecht und Gärtner. Er war so taub, dass eher oberflächliche Leute ihn für stumm hielten, während eher scharfsinnige ihn für schwachsinnig erklärten. Er war ein hagerer, rothaariger Arbeiter mit kantigem Unterkiefer und Kinn und schwarzblauen Augen; er trug den Namen Israel Gow und war der einzige, schweigsame Bedienstete auf dem verlassenen Besitz. Aber die Energie, mit der er Kartoffeln ausgrub, und die Regelmäßigkeit, mit der er in der Küche verschwand, vermittelte den Leuten den Eindruck, er bereite die Mahlzeiten für seinen Herrn zu und der seltsame Graf verberge sich noch immer im Schloss. Was von den Leuten als zusätzlicher Beweis für seine Anwesenheit gewertet wurde, war, dass der Diener konstant behauptete, der Graf sei nicht zu Hause. Eines Morgens wurden der Propst und der Pfarrer – die Glengyles waren Presbyterianer – ins Schloss gerufen. Dort stellten sie fest, dass der Gärtner, Stallknecht und Koch seinen zahlreichen Berufen noch den eines Totengräbers hinzugefügt und seinen adligen Herrn in einen Sarg genagelt hatte. Inwieweit dieser merkwürdige Vorfall Anlass zu Nachforschungen gab, war noch nicht ganz klar; denn die Angelegenheit war nie gerichtlich untersucht worden, bevor sich Flambeau vor zwei oder drei Tagen gen Norden aufgemacht hatte. Doch da ruhte der Leichnam Lord Glengyles (wenn es sein Leichnam war) bereits einige Zeit auf dem kleinen Kirchhof auf dem Hügel.

Als Pater Brown den dunklen Garten durchquerte und in den Schatten des Schlosses trat, hatten sich dicke Wolken aufgetürmt, und die Luft war drückend und gewitterschwül. Vor dem letzten Streifen des grüngoldenen Sonnenuntergangs erkannte er den schwarzen Umriss einer menschlichen Gestalt; es war ein Mann mit einem Zylinder und einem langen Spaten auf der Schulter. Die Kombination erinnerte ihn merkwürdig an einen Totengräber; als Brown jedoch an den tauben, kartoffelgrabenden Diener dachte, schien sie ihm eigentlich ganz natürlich. Er kannte sich aus mit schottischen Bauern; er kannte die ehrbare Haltung, die es ihnen notwendig erscheinen ließ, bei einer offiziellen Untersuchung einen Zylinder aufzusetzen; und er kannte auch ihre sparsame Einstellung, dafür keine ganze Stunde zu opfern. Selbst das Erschrecken und der argwöhnische Blick des Mannes, als der Priester an ihm vorbeiging, schienen durchaus zu der Wachsamkeit und dem Misstrauen dieses Menschenschlags zu passen.

Flambeau persönlich öffnete das große Tor; bei ihm war ein magerer Mann mit eisengrauem Haar, der einige Papiere in der Hand hielt: Inspektor Craven von Scotland Yard. Die Eingangshalle war gähnend leer; nur die bleichen, spöttisch lächelnden Gesichter einiger böser Ogilvies blickten unter ihren schwarzen Perücken von der nachdunkelnden Leinwand auf sie herab.

Als er den beiden »Spürhunden« ins Innere folgte, sah Pater Brown, dass sie am einen Ende eines langen Eichentisches gesessen hatten, vor sich einen Stapel bekritzelter Blätter, eine Flasche Whisky und Zigarren. Der Rest des Tisches war in ganzer Länge mit unterschiedlichen, in Abständen angeordneten Gegenständen bedeckt, wie man sie sich rätselhafter nicht vorstellen konnte. Es gab einen kleinen Berg, der aussah wie glitzerndes, zerbrochenes Glas; es gab einen höheren Berg aus braunem Pulver und ein drittes Objekt, das offenbar ein simples Stück Holz war.

»Sie haben wohl eine Art geologisches Museum hier«, sagte er, während er Platz nahm, und wies mit dem Kopf kurz in Richtung des braunen Pulvers und der Kristallstückchen.

»Kein geologisches, sagen wir lieber ein psychologisches Museum«, erwiderte Flambeau.

»Um Gottes willen«, rief der Polizeidetektiv lachend, »solch lange Wörter wollen wir lieber aus dem Spiel lassen.«

»Wissen Sie nicht, was Psychologie bedeutet?«, fragte Flambeau mit liebenswürdigem Erstaunen. »Psychologie heißt, nicht bei Trost sein.«

»Ich kann Ihnen noch immer nicht ganz folgen«, antwortete der Beamte.

»Nun«, sagte Flambeau entschieden, »ich will damit sagen, dass wir nur eine einzige Wahrheit über Lord Glengyle herausgefunden haben. Nämlich, dass er wahnsinnig war.«

Gows schwarze Silhouette mit Zylinder und Spaten, ein schwarzer Schatten vor dem dunkler werdenden Himmel, ging draußen am Fenster vorbei. Pater Brown starrte ihn abwesend an und antwortete:

»Ich denke auch, dass der Mann etwas Seltsames an sich hatte; sonst hätte er sich nicht lebendig begraben – oder es so eilig gehabt, nach seinem Tod begraben zu werden. Aber weshalb glauben Sie, er müsse verrückt gewesen sein?«

»Nun«, sagte Flambeau, »Sie brauchen sich nur einmal die Liste der Sachen anzusehen, die Mr. Craven im Hause gefunden hat.«

»Wir müssen eine Kerze besorgen«, sagte Craven plötzlich. »Es kommt Sturm auf, und es ist zu dunkel zum Lesen.«

»Haben Sie unter Ihren Kuriositäten auch Kerzen gefunden?«, fragte Brown lächelnd.

Flambeau hob den Kopf und richtete die dunklen Augen mit ernstem Blick auf seinen Freund.

»Auch das ist seltsam«, sagte er. »Fünfundzwanzig Kerzen, und nicht die Spur eines Kerzenständers.«

Es wurde zusehends dunkler im Raum, und der Wind nahm rasch an Stärke zu. Pater Brown ging den Tisch entlang, auf dem neben den anderen Ausstellungsstücken auch ein Paket Kerzen lag. Dabei beugte er sich zufällig über das Häufchen rotbraunen Pulvers, und ein heftiges Niesen durchbrach die Stille.

»Aha«, sagte er, »Schnupftabak!«

Er nahm eine der Kerzen, zündete sie vorsichtig an, kam zurück und steckte sie in den Hals einer Whiskyflasche. Der ungemütliche nächtliche Luftzug, der durch das undichte Fenster drang, ließ die Flamme wie ein Banner in der Luft wehen. Und rings um das Schloss hörten sie die endlosen schwarzen Kiefernwälder rauschen, wie ein dunkles Meer einen Felsen umbrandet.

»Ich will die Bestandsliste vorlesen«, begann Craven ernst und nahm eines der Papiere, »die Liste der Dinge, die lose im Schloss herumlagen und für die wir keine Erklärung haben. Sie müssen wissen, dass der Ort so gut wie verlassen war; ein paar Räume aber waren einfach, jedoch keineswegs schäbig ausgestattet und eindeutig von jemandem bewohnt worden; von jemandem, der nicht der Diener Gow war. Die Liste lautet wie folgt:

Erster Posten: ein ansehnlicher Vorrat wertvoller Steine, fast ausnahmslos Diamanten, und alle lose, ohne jede Fassung. Dass die Ogilvies Familienschmuck besitzen, ist nur natürlich; aber diese Art Juwelen wird nahezu immer in ganz besondere Fassungen eingearbeitet. Die Ogilvies jedoch scheinen ihre Juwelen wie Kleingeld lose in der Tasche getragen zu haben.

Zweiter Posten: haufenweise loser Schnupftabak, der nicht in einer Dose oder wenigstens einem Beutel aufbewahrt wurde, sondern in kleinen Haufen überall herumlag, auf dem Kaminsims, der Anrichte, dem Klavier. Es sieht so aus, als hätte sich der alte Herr die Mühe ersparen wollen, in eine Tasche zu schauen oder einen Deckel aufzuklappen.

Dritter Posten: an den verschiedensten Stellen im Haus merkwürdige kleine Häufchen winziger Metallstückchen, einige davon wie Stahlfedern, andere in Form von verschwindend kleinen Rädern. Als stammten sie von einem mechanischen Spielzeug.

Vierter Posten: die Wachskerzen, die man in Flaschenhälse stecken muss, weil es sonst nichts gibt, um sie hineinzustecken. Ich bitte Sie zu beachten, wie viel merkwürdiger die ganze Sache ist, als wir geahnt haben. Auf das eigentliche Rätsel waren wir gefasst; im Handumdrehen war uns allen klar, dass irgendetwas mit dem letzten Grafen nicht stimmte. Wir sind hergekommen, um herauszufinden, ob er wirklich hier gelebt hat, ob er wirklich hier gestorben ist und ob die rothaarige Vogelscheuche, die ihn begraben hat, irgendetwas mit seinem Tod zu tun hat. Aber nehmen Sie einmal das Schlimmste an, die finsterste oder melodramatischste Lösung, die Ihnen gefällt. Angenommen, der Diener brachte wirklich seinen Herrn um, oder der Herr ist gar nicht tot; angenommen, der Herr verkleidet sich nur als Diener, oder der Diener wurde anstelle seines Herrn beerdigt; denken Sie sich eine richtige gruselige Wilkie-Collins-Geschichte aus – und Sie haben immer noch keine Erklärung für eine Kerze ohne Kerzenständer oder für einen älteren Herrn von altem Adel, der ständig Schnupftabak aufs Klavier streut. Den Kern der Geschichte konnten wir uns zusammenreimen; es sind die Randerscheinungen, die sie so geheimnisvoll machen. Selbst mit der größten Phantasie ist das menschliche Gehirn nicht imstande, Schnupftabak, Diamanten, Kerzen und loses Räderwerk in einen Zusammenhang zu bringen.«

»Ich denke, ich sehe den Zusammenhang«, sagte der Priester. »Dieser Glengyle war voller Hass auf die Französische Revolution. Er war ein glühender Anhänger des *ancien régime* und versuchte im wahrsten Sinne des Wortes, das Familienleben der letzten Bourbonen wieder in Kraft zu setzen. Er besaß Schnupftabak, weil es das Genussmittel des achtzehnten Jahrhunderts war; Wachskerzen, weil sie im achtzehnten Jahrhundert als Beleuchtung dienten; die mechanischen Eisenteilchen erinnern an das Steckenpferd Ludwigs XVI., der sich als Schlosser versuchte; die Diamanten stehen für das Diamantenhalsband Marie Antoinettes.«

Die beiden anderen starrten ihn mit staunendem Blick an. »Welch außerordentlicher Gedanke!«, rief Flambeau. »Sind Sie wirklich überzeugt, dass dies die Wahrheit ist?«

»Ich bin ganz sicher, dass sie es nicht ist«, erwiderte Pater Brown. »Aber Sie haben gesagt, niemand könne Schnupftabak, Diamanten, Uhrwerk und Kerzen in einen Zusammenhang bringen. Ich habe Ihnen hier einen möglichen Zusammenhang flüchtig skizziert. Die echte Wahrheit liegt tiefer, da bin ich sicher.«

Er hielt einen Augenblick inne und lauschte dem Heulen des Sturms über den Türmen. Dann fuhr er fort: »Der letzte Graf von Glengyle war ein Dieb. Er führte noch ein zweites, heimliches Leben als verwegener Einbrecher. Er besaß keine Kerzenständer, weil er diese Kerzenstummel nur für seine Handlampe verwendete. Den Schnupftabak setzte er so ein, wie die schändlichsten französischen Verbrecher Pfeffer gebrauchten: um ihn plötzlich und in großen Mengen einem Häscher oder Verfolger ins Gesicht zu streuen. Den endgültigen Beweis aber liefert das seltsame Zusammentreffen der Diamanten und der kleinen Stahlräder. Damit ist Ihnen sicher alles klar, oder? Diamanten und kleine Stahlräder sind die einzigen Hilfsmittel, mit denen man eine Fensterscheibe herausschneiden kann.«

Ein heftiger Windstoß schlug den Zweig einer gebrochenen Kiefer gegen die Fensterscheibe, als machte sich ein Einbrecher draußen zu schaffen, doch sie wandten nicht den Blick. Ihre Augen waren auf Pater Brown geheftet.

»Diamanten und kleine Räder«, wiederholte Craven nachdenklich. »Ist das alles, was Sie zu der Überzeugung veranlasst,
dies sei die richtige Erklärung?«

»Ich halte es nicht für die richtige Erklärung«, antwortete der
Priester geduldig, »aber Sie sagten, niemand könne zwischen
den vier Gegenständen einen Zusammenhang herstellen. Die
wahre Geschichte ist natürlich sehr viel langweiliger. Glengyle
hatte auf seinem Besitz Edelsteine entdeckt, oder er glaubte dies
zumindest. Jemand hatte ihn mit diesen ungefassten Brillanten
hereingelegt mit der Behauptung, man habe sie in den Kellerge-
wölben des Schlosses gefunden. Die kleinen Räder wurden zum
Schleifen von Diamanten benutzt. Der Graf konnte das Ganze
nur recht grob und in kleinem Umfang durchführen, mit Hilfe
von ein paar Schäfern oder rauen Gesellen aus den Bergen.
Schnupftabak ist der einzige Luxus dieser schottischen Schäfer
und das Einzige, womit man sie bestechen kann. Sie hatten keine Kerzenhalter, weil sie keine haben wollten; sie hielten die
Kerzen in den Händen, während sie die Höhlen untersuchten.«

»Ist das alles?«, fragte Flambeau nach einer langen Pause.
»Sind wir nun endlich bei der dürren Wahrheit angelangt?«

»O nein«, sagte Pater Brown.

Als der Wind in den fernen Kiefernwäldern mit einem langen, höhnischen Geheul erstarb, fuhr Pater Brown mit völlig
unbewegtem Gesicht fort:

»Ich habe dies auch nur angedeutet, weil Sie sagten, man könne zwischen Schnupftabak und Uhrwerk oder Kerzen und Edel-
steinen keine logische Verbindung herstellen. Zehn falsche Phi-
losophien passen auf das Universum; zehn falsche Theorien
passen auf Schloss Glengyle. Wir aber brauchen die richtige Erklärung für das Schloss und das Universum. Gibt es keine anderen Ausstellungsstücke?«

Craven lachte, und Flambeau erhob sich und ging den großen
Tisch entlang.

»Posten fünf, sechs, sieben und so weiter«, sagte er, »sind gewiss eher vielfältig als aufschlussreich. Eine merkwürdige Sammlung: nicht etwa Bleistifte, sondern das Blei aus Bleistiften. Ein sinnloser Bambusstock mit zersplitterter Spitze. Mit ihm könnte das Verbrechen verübt worden sein. Nur – welches Verbrechen? Sonst sind da nur noch ein paar alte Messbücher und kleine katholische Bilder, welche die Ogilvies vermutlich seit dem Mittelalter aufbewahren – da ihr Familienstolz anscheinend stärker war als ihr Puritanismus. Wir haben sie nur in das Museum aufgenommen, weil sie so merkwürdig zerschnitten und entstellt sind.«

Der schwere Sturm draußen trieb gewaltige Wolkenmassen über Glengyle hinweg und tauchte den langen Raum in Dunkelheit, als Pater Brown die kleinen bemalten Blätter in die Hand nahm, um sie zu untersuchen. Er sprach, noch ehe die dunklen Wolken sich verzogen hatten, und es war die Stimme eines völlig anderen Menschen.

»Mr. Craven«, sagte er so energisch, als wäre er zehn Jahre jünger geworden, »Sie haben doch eine richterliche Vollmacht, das Grab auf dem Kirchhof zu überprüfen? Je eher wir dieser entsetzlichen Geschichte auf den Grund gehen, desto besser. An Ihrer Stelle würde ich mich sofort auf den Weg machen.«

»Sofort?«, wiederholte der Detektiv überrascht. »Und warum sofort?«

»Weil es sich hier um etwas Ernstes handelt«, antwortete Brown, »hier geht es nicht mehr um verstreuten Schnupftabak oder lose Steine, die aus hundert Gründen umherliegen könnten. Für *diese* Tat kenne ich nur einen einzigen Beweggrund, und dieser geht zurück bis zu den Wurzeln der Menschheit. Diese religiösen Bilder wurden nicht einfach beschmutzt oder zerrissen oder verkratzt, wie es müßige Kinder oder intolerante Protestanten vielleicht getan hätten. Sie wurden sehr vorsichtig behandelt – und sehr merkwürdig. Überall, wo auf den alten Malereien reichverziert der Name Gottes erscheint, wurde er sorgfältig entfernt. Das Einzige, was sonst noch fehlt, ist der Heiligenschein über dem Kopf des Jesuskindes. Deshalb bin ich der Ansicht, wir sollten unsere Vollmacht, unseren Spaten und unser Beil nehmen, uns zum Friedhof begeben und diesen Sarg öffnen.«

»Was, in aller Welt, meinen Sie?«, fragte der Beamte aus London.

»Ich meine«, gab der kleine Priester zur Antwort, und seine Stimme schien mit dem Heulen des Sturms etwas lauter zu werden, »ich meine, dass der große Teufel des Universums, so schwer wie hundert Elefanten und brüllend wie die Apokalypse, in diesem Augenblick vielleicht auf dem höchsten Turm dieses Schlosses hockt. Irgendwie ist bei dieser Geschichte schwarze Magie im Spiel.«

»Schwarze Magie«, wiederholte Flambeau leise, denn er war aufgeklärt genug, um sich in diesen Dingen auszukennen, »aber was haben diese anderen Gegenstände dann zu bedeuten?«

»Oh, etwas Verwerfliches, nehme ich an«, erwiderte Brown ungeduldig. »Wie soll ich das wissen? Wie kann ich all ihre Verirrungen auf Erden entwirren? Vielleicht kann man mit Schnupftabak und Bambus einen Menschen foltern. Vielleicht gelüstet es Wahnsinnige nach Wachs und Stahlspänen. Vielleicht lässt sich aus Bleistiften eine Droge herstellen, die zum Wahnsinn treibt! Unser kürzester Weg zur Lösung des Rätsels führt den Hügel hinauf zu dem Grab.«

Seine Gefährten wurden sich erst bewusst, dass sie ihm gehorsam gefolgt waren, als ein nächtlicher Windstoß sie im Garten fast zu Boden riss. Doch offensichtlich hatten sie ihm wie Automaten gehorcht; denn Craven fand ein Beil in seiner Hand und in seiner Tasche die Vollmacht, Flambeau trug den schweren Spaten des seltsamen Gärtners, Pater Brown das kleine, vergoldete Buch, aus dem man den Namen Gottes herausgerissen hatte.

Der Pfad, der zu dem Kirchhof auf dem Hügel führte, war gewunden, aber kurz; nur der ungestüme Wind ließ ihn so mühselig und lang erscheinen. So weit das Auge reichte, und immer weiter, je höher sie den Abhang hinaufstiegen, erstreckte sich ein wogendes Meer von Kiefern, die sich unter dem Druck des Sturms alle auf eine Seite neigten. Und diese einmütige Bewegung schien ebenso vergebens wie großartig, so vergebens, als fegte der Sturm über einen unbevölkerten und nutzlosen Planeten hin. Durch die unendliche Weite der graublauen Wälder erklang schrill und hoch jene uralte Klage, die das Herz alles Heidnischen ist. Man konnte sich einbilden, die Stimmen aus der Unterwelt des unergründlichen Laubwerks seien die Schreie von verlorenen, umherstreifenden heidnischen Göttern: Göttern, die in diesem unwirklichen Wald umhergeirrt waren und nie mehr den Weg zurück in den Himmel fanden.

»Sie sehen«, sagte Pater Brown leise und in ungezwungenem Ton, »die Schotten waren, schon bevor es Schottland gab, ein merkwürdiges Volk. Ehrlich gesagt, das sind sie noch immer. Aber in prähistorischer Zeit beteten sie tatsächlich Dämonen an, wie ich glaube. Und deshalb«, fügte er freundlich hinzu, »begeisterten sie sich auch so für den puritanischen Glauben.«

»Mein Freund«, sagte Flambeau und wandte sich fast heftig zu ihm um, »was bedeutet nun all dieser Hokuspokus?«

»Mein Freund«, erwiderte Brown mit dem gleichen Ernst, »es gibt ein untrügliches Kennzeichen aller echten Religionen: Materialismus. Nun, Teufelsanbetung ist eine vollkommen echte Religion.«

Sie waren oben auf der grasbedeckten Bergkuppe angekommen, einer der wenigen freien Stellen, die nicht von den krachenden, stöhnenden Kiefernwäldern bewachsen war. Ein niedriger Zaun aus Holz und Draht klapperte im Wind und wies ihnen die Grenze des Friedhofs. Doch als Inspektor Craven an der Grabstelle angekommen war und Flambeau sich neben ihm auf seinen Spaten lehnte, zitterten sie fast ebenso wie der wackelige Zaun. Am Fuße des Grabes wuchsen große, hohe Disteln von einem matten Silbergrau. Ein paarmal, als eine der stachligen Kugeln vom Wind gebrochen und in seine Richtung getragen wurde, fuhr Craven zusammen, als hätte ihn ein Pfeil getroffen.

Flambeau trieb das Blatt seines Spatens durch das quietschende Gras in den nassen Lehm darunter. Dann hielt er inne und stützte sich auf den Spaten, als brauchte er einen Halt.

»Machen Sie weiter«, sagte der Priester sehr sanft. »Wir versuchen nur, die Wahrheit zu finden. Wovor haben Sie Angst?«

»Ich habe Angst, sie zu finden«, sagte Flambeau.

Der Londoner Detektiv sprach plötzlich mit einer hohen, krächzenden Stimme, die beiläufig und munter klingen sollte. »Ich möchte wissen, warum er sich wirklich verborgen hielt. Bestimmt steckt etwas ganz Schlimmes dahinter. War er ein Aussätziger?«

»Etwas viel Schlimmeres«, sagte Flambeau.

»Und was wäre Ihrer Meinung nach schlimmer als ein Aussätziger?«, fragte der andere.

»Ich habe da lieber keine Meinung«, sagte Flambeau.

Ein paar schreckliche Minuten lang grub er schweigend weiter; dann sagte er mit erstickter Stimme: »Ich fürchte, er hat nicht die richtige Gestalt.«

»Genauso wenig wie jenes Blatt Papier, wissen Sie noch?«, sagte Pater Brown ruhig, »und sogar das haben wir überlebt.«

Flambeau grub mit wildem Ungestüm weiter. Doch der Sturm hatte längst die stickigen grauen Wolken, die wie Rauch vor den Bergen hingen, vertrieben und graue Flächen eines blassen Sternenlichts enthüllt, bevor er den Umriss eines rohen Holzsarges freilegte und ihn auf den Rasen kippte. Craven ging mit seiner Axt darauf los; die Spitze einer Distel berührte ihn, und er zuckte zurück. Dann riss er sich zusammen und hackte und zog mit dem gleichen Feuereifer wie Flambeau, bis der Deckel aufgerissen war und der Inhalt des Sarges vom grauen Sternenlicht beleuchtet wurde.

»Knochen«, sagte Craven, um dann hinzuzufügen: »Aber es ist ein Mensch«, als ob dies eine Überraschung wäre.

»Ist er«, fragte Flambeau mit merkwürdig schwankender Stimme, »ist er in Ordnung?«

»Scheint so«, sagte der Polizist heiser und beugte sich über das dunkle, verfallene Skelett in dem Kasten. »Warten Sie einen Moment.«

Durch Flambeaus Gestalt ging ein ungeheurer Ruck. »Jetzt kommt mir das erst richtig zu Bewusstsein«, rief er. »Warum, in des Wahnsinns Namen, sollte er denn nicht in Ordnung sein? Was stellen diese verfluchten kalten Berge nur mit einem an? Ich denke, es ist diese schwarze, hirnlose Monotonie; all diese Wälder und über allem der uralte Horror vor dem Unbewussten. Es ist wie der Traum eines Atheisten. Kiefern und noch mehr Kiefern und Millionen von Kiefern –«

»O Gott!«, rief der Mann neben dem Sarg, »er hat keinen Kopf.«

Während die anderen starr vor Schreck waren, zeigte der Priester zum ersten Mal Anzeichen von Verblüffung.

»Keinen Kopf!«, wiederholte er. »*Keinen Kopf?*«, als ob er eher einen anderen Mangel erwartet hätte.

Phantastische Bilder eines kopflosen Kindes, geboren zu Glengyle, eines kopflosen Jünglings, der sich im Schloss versteckte, eines kopflosen Mannes, der in den alten Gemäuern und dem prachtvollen Garten umherging, geisterten wie ein Panorama durch ihre Köpfe. Doch selbst in diesem erstarrten Augenblick drangen sie nicht in den Kern der Geschichte, die offenbar keinen Sinn ergab. Sie lauschten dem Rauschen des Waldes und dem Heulen der Lüfte so töricht wie erschöpfte Tiere. Denken schien plötzlich ein gewaltiger Prozess zu sein, der nicht mehr in ihrer Macht stand.

»Drei kopflose Männer«, sagte Pater Brown, »stehen an diesem offenen Grab.«

Der bleiche Detektiv aus London öffnete den Mund, um etwas zu sagen, und ließ ihn wie ein Bauerntölpel offen stehen, während ein langgezogenes Sturmgeheul den Himmel zerriss; dann sah er auf die Axt in seiner Hand, als würde sie ihm nicht gehören, und ließ sie fallen.

»Vater«, sagte Flambeau in jenem kindlichen, ernsten Ton, den er nur sehr selten anschlug, »was sollen wir tun?«

Die Antwort seines Freundes kam wie aus der Pistole geschossen.

»Schlafen!«, rief Pater Brown. »Schlafen. Wir sind am Ende aller Wege angelangt. Wissen Sie, was Schlaf bedeutet? Wissen Sie, dass jeder Mensch, der schläft, an Gott glaubt? Der Schlaf ist ein Sakrament; denn er ist ein Akt des Vertrauens, und er ist Nahrung. Und wir brauchen ein Sakrament, und wenn es nur ein natürliches ist. Uns ist etwas geschehen, was einem Menschen nur selten geschieht, vielleicht das Schlimmste überhaupt.«

Cravens staunend geöffneter Mund brachte die Worte hervor: »Was meinen Sie damit?«

Der Priester wandte das Gesicht dem Schloss zu, als er antwortete:

»Wir haben die Wahrheit entdeckt; und die Wahrheit ergibt keinen Sinn.«

Mit hastigen, achtlosen Schritten, die bei ihm selten waren, lief er vor ihnen den Pfad hinab, und als sie das Schloss wieder erreicht hatten, begab er sich zur Ruhe und schlief wie ein Hund von einer Sekunde auf die andere ein.

Trotz seiner mystischen Lobpreisung des Schlummers war Pater Brown früher als alle anderen auf den Beinen, mit Ausnahme des schweigsamen Gärtners; der Pater rauchte eine große Pfeife und beobachtete diesen Experten bei seiner stummen Arbeit im Küchengarten. Bei Tagesanbruch war der brüllende Sturm in prasselnden Regen übergegangen, und der Tag war mit erstaunlicher Frische heraufgezogen. Der Gärtner hatte sich anscheinend sogar mit dem Priester unterhalten, doch beim Anblick der Detektive stieß er seinen Spaten mürrisch in ein Beet, murmelte etwas von Frühstück, stapfte zwischen den Reihen der Kohlköpfe hindurch und zog sich in die Küche zurück. »Das ist ein brauchbarer Mann, fürwahr«, sagte Pater Brown. »Er versteht sich hervorragend auf Kartoffeln. Dennoch«, fügte er mit sachlichem Wohlwollen hinzu, »er hat seine Fehler; wer von uns hätte sie nicht? Hier dieses Beet hat er nicht ganz gleichmäßig ausgegraben. Da zum Beispiel«, und er wies plötzlich auf eine Stelle. »Ich habe echte Zweifel wegen dieser Kartoffel.«

»Und warum?«, fragte Craven, der sich über das neue Steckenpferd des kleinen Mannes amüsierte.

»Ich habe meine Zweifel«, sagte dieser, »weil der alte Gow selbst daran Zweifel hatte. Er hat überall methodisch gegraben, nur an dieser Stelle nicht. Gerade da muss eine besonders prächtige Kartoffel liegen.«

Flambeau zog den Spaten aus der Erde und grub an der bewussten Stelle heftig drauflos. Unter einer Ladung Erde förderte er etwas zutage, das weniger einer Kartoffel als vielmehr einem riesenhaften, gewölbten Pilz glich. Aber der Spaten stieß mit einem kalten Klirren dagegen; das Ding kugelte umher wie ein Ball und grinste zu ihnen herauf.

»Der Graf von Glengyle«, sagte Pater Brown traurig und sah betrübt auf den Totenschädel hinab.

Dann, nach kurzem Nachdenken, entriss er Flambeau den Spaten, und mit den Worten: »Wir müssen ihn wieder verstecken«, bedeckte er den Schädel mit Erde. Danach stützte er seinen kurzen Körper mit dem großen Kopf auf den Griff des Spatens, der aufrecht im Boden steckte, und blickte ausdruckslos und mit gefurchter Stirn vor sich hin. »Wenn man nur erraten könnte«, brummte er, »was diese letzte Ungeheuerlichkeit zu bedeuten hat.« Und auf den langen Spaten gelehnt, vergrub er das Gesicht in den Händen, wie es die Menschen in der Kirche tun.

An allen Ecken hellte sich der Himmel auf zu einer silbernen Bläue; die Vögel schwatzten so laut in den niedrigen Bäumen des Gartens, als wären es diese selbst, die sprachen. Die drei Männer aber blieben still.

»Ach, ich gebe es auf«, sagte Flambeau schließlich unmutig. »Mein Gehirn und diese Welt passen nicht zueinander; und damit soll es genug sein. Schnupftabak, verschandelte Gebetbücher, das Innere von Spieluhren – was –«

Der besorgte Ausdruck verschwand von Browns Miene, und er schlug mit einer Ungeduld auf den Spatengriff, die man sonst gar nicht an ihm kannte. »Halt, halt, halt!«, rief er. »Jetzt ist alles sonnenklar. Ich hatte die Sache mit dem Schnupftabak und dem Uhrwerk und so weiter begriffen, als ich heute Morgen die Augen aufschlug. Und seitdem weiß ich auch Bescheid über den alten Gow, den Gärtner, der weder so taub noch so einfältig ist, wie er vorgibt. Mit den umherliegenden Gegenständen ist alles in Ordnung. Ich habe mich auch in Bezug auf das beschädigte Messbuch geirrt; es ist nichts Unrechtes daran. Aber diese letzte Sache hier. Gräber zu schänden und die Köpfe von Toten zu stehlen – das ist etwas Unrechtes, nicht wahr? Das hat doch bestimmt mit schwarzer Magie zu tun? Das passt nicht zu der einfachen Geschichte mit dem Tabak und den Kerzen.« Und verdrießlich an seiner Pfeife ziehend, lief er erneut auf und ab.

»Mein Freund«, sagte Flambeau mit grimmigem Humor, »Sie müssen Rücksicht auf mich nehmen und daran denken, dass ich einst ein Verbrecher war. Der große Vorteil dieses Gewerbes lag darin, dass ich meine Geschichte immer selbst erfand und sie so schnell in die Tat umsetzte, wie es mir gefiel. Dieser Detektivberuf – herumzulungern und abzuwarten – übersteigt meine französische Ungeduld. Mein ganzes Leben lang habe ich alles immer sofort erledigt, das Gute wie das Schlechte: Duelle focht ich stets am nächsten Morgen aus; Rechnungen bezahlte ich gleich auf der Stelle; selbst einen Zahnarztbesuch schob ich noch nie auf –«

Die Pfeife fiel Pater Brown aus dem Mund und zersprang auf dem Kiesweg in drei Teile. Er stand mit verdrehten Augen da, das getreue Abbild eines Idioten. »Mein Gott, was bin ich für ein Trottel!«, sagte er unzählige Male. »Mein Gott, was für ein Trottel!« Dann fing er wie beschwipst an zu lachen.

»Der Zahnarzt!«, wiederholte er. »Sechs Stunden im geistigen Abgrund, und alles nur, weil ich nicht an den Zahnarzt gedacht habe! Welch ein schlichter, welch ein herrlicher, friedlicher Gedanke! Freunde, wir haben eine Nacht in der Hölle verbracht; aber nun ist die Sonne aufgegangen, die Vögel jubilieren, und die strahlende Gestalt des Zahnarztes bringt der Welt Trost.«

»Ich will den Sinn des Ganzen begreifen«, rief Flambeau und machte einen Schritt vorwärts, »und wenn ich die Folter der Inquisition anwenden muss.«

Pater Brown unterdrückte die spontane Laune, auf dem sonnenüberfluteten Rasen umherzutanzen, und rief bittend wie ein Kind: »Ach, lassen Sie mich ein wenig närrisch sein. Sie ahnen ja nicht, wie unglücklich ich gewesen bin. Und jetzt weiß ich, dass dieser Angelegenheit überhaupt keine schwere Sünde zugrunde liegt. Nur ein bisschen Verrücktheit vielleicht – und wen kümmert das schon?«

Er wirbelte noch einmal herum und sah sie dann mit feierlichem Ernst an.

»Dies ist nicht die Geschichte eines Verbrechens«, sagte er, »vielmehr die Geschichte einer seltsamen, abstrusen Ehrbarkeit. Wir haben es vielleicht mit dem einzigen Mann auf Erden zu tun, der nicht mehr genommen hat, als ihm zustand. Diese Geschichte gibt uns einen Einblick in die barbarische Lebenslogik, die seit jeher die Religion seiner Rasse war.

Jener alte Vers über das Haus von Glengyle

Wie grüner Saft den Bäumen Kraft verlieh,
Tat's rotes Gold im Hause Ogilvie.

war sowohl wörtlich als auch im übertragenen Sinn zu verstehen. Er bedeutete nicht nur, dass die Glengyles nach Reichtum strebten, sondern spielte auch darauf an, dass sie buchstäblich Gold anhäuften. Sie besaßen eine riesige Sammlung von

Schmuck und Gerätschaften aus diesem edlen Metall. Sie waren in der Tat Geizhälse, deren Habgier zur Manie wurde. Und in diesem Licht sind all die Dinge zu sehen, die wir im Schloss gefunden haben. Diamanten ohne goldene Ringe, Kerzen ohne goldene Kerzenständer; Schnupftabak ohne goldene Tabaksdosen; Bleistiftfüllungen ohne goldene Hülsen; ein Spazierstock ohne goldene Spitze; Uhrwerk ohne goldene Uhren – oder besser Taschenuhren. Und so absurd es klingen mag, nur weil die Heiligenscheine und der Name Gottes in den alten Messbüchern aus echtem Gold waren, wurden auch sie entfernt.«

In der kräftigen Sonne schien der Garten heller zu werden und das Gras fröhlicher zu wachsen, als die verrückte Wahrheit ans Licht kam. Flambeau zündete sich eine Zigarette an, als sein Freund fortfuhr.

»Entfernt«, betonte Pater Brown, »sie wurden entfernt – aber nicht gestohlen. Ein Dieb hätte niemals dieses Rätsel hinterlassen. Ein Dieb hätte die goldene Schnupftabaksdose mitsamt dem Schnupftabak genommen, die goldenen Bleistifte mitsamt dem Blei. Ich traf diesen verrückten Moralisten heute Morgen drüben im Küchengarten und erfuhr die ganze Geschichte.

Der letzte Erzbischof Ogilvie kam von allen auf Glengyle geborenen Grafen der Vorstellung von einem guten Menschen noch am nächsten. Doch seine bittere Tugend wandelte sich in Menschenhass; er grämte sich über die Unehrlichkeit seiner Vorfahren, von der er in gewisser Weise auf die Unehrlichkeit aller Menschen schloss. Ganz besonders misstraute er Menschlichkeit und Großzügigkeit, und er schwor, falls er einen einzigen Menschen fände, der nur seinen gerechten Anteil forderte, so sollte diesem das ganze Gold von Glengyle gehören. Nachdem er der Menschheit diese Herausforderung verkündet hatte, zog er sich zurück, ohne im Traum daran zu denken, dass er je einen solchen Menschen treffen könnte. Eines Tages jedoch überbrachte ihm ein tauber und offenbar beschränkter Junge aus einem entfernten Dorf ein verspätetes Telegramm, und

Glengyle gab ihm in seiner beißenden Höflichkeit einen neuen Farthing. Zumindest dachte er, er hätte ihm einen Farthing gegeben; als er aber das Wechselgeld nachzählte, merkte er, dass der neue Farthing noch da war, stattdessen aber ein Sovereign fehlte. Dieses Missgeschick gab ihm Anlass zu einer ganzen Reihe höhnischer Spekulationen. So oder so würde der Junge die glatte Habgier seiner Gattung unter Beweis stellen: Entweder würde er sich aus dem Staub machen, ein Dieb, der eine Münze stiehlt; oder er würde sie unter der Maske der Rechtschaffenheit zurückbringen, ein Heuchler, der auf eine Belohnung aus ist. Mitten in der Nacht wurde Graf Glengyle durch ein Klopfen aus dem Bett geholt – denn er lebte allein – und sah sich genötigt, dem tauben Idioten die Tür zu öffnen. Dieser hatte nicht etwa den Sovereign bei sich, sondern das genaue Wechselgeld von neunzehn Shilling, elf Pence und drei Farthing.

Die penible Exaktheit dieser Handlungsweise entflammte den Verstand des verrückten Grafen. Er hielt sich für Diogenes, der so lange nach einem ehrlichen Menschen gesucht und ihn schließlich auch gefunden hatte. Er machte ein neues Testament, das ich gesehen habe. Er nahm den wahrheitsliebenden jungen Mann in sein riesiges, verwahrlostes Haus auf und zog ihn zu seinem einzigen Diener und – auf seltsame Art – zum Erben heran. Und wenn dieses sonderbare Geschöpf etwas begriff, so waren es die beiden fixen Ideen seines Herrn: erstens, dass der Buchstabe des Rechts alles war, und zweitens, dass er das Gold von Glengyle erben sollte. So weit ist alles klar und leicht verständlich. Er hat alles Gold aus dem Haus entfernt; von dem, was nicht aus Gold war, nahm er nichts, noch nicht das kleinste Stäubchen Schnupftabak. Er löste das goldene Blatt von einer alten Buchillustration und achtete genau darauf, dass der Rest unbeschädigt blieb. All das verstand ich; nur die Sache mit dem Totenschädel konnte ich nicht begreifen. Ich war zutiefst beunruhigt über diesen Menschenkopf, den man zwischen den

Kartoffeln begraben hatte. Er erfüllte mich mit Sorge – bis Flambeau ahnungslos das entscheidende Wort sprach.

Es kommt alles in Ordnung. Er wird den Schädel zurück ins Grab legen, sobald er das Gold aus dem Zahn entfernt hat.«

Und tatsächlich: Als Flambeau am nächsten Morgen über den Hügel ging, sah er, dass dieses merkwürdige Wesen, der gerechte Geizhals, das geschändete Grab zuschaufelte; der karierte Wollschal um seinen Hals flatterte im Bergwind, und auf dem Kopf trug er feierlich seinen Zylinder.

Die Sünden des Prinzen Saradin

Wenn Flambeau einmal im Jahr für vier Wochen von seinem Büro in Westminster Urlaub nahm, verbrachte er ihn in einem kleinen Segelboot, das so winzig war, dass es häufig als Ruderboot diente. Er verbrachte ihn auf kleinen Flüssen in den östlichen Grafschaften, auf Flüssen, die so schmal waren, dass das Boot einem Zauberschiff glich, das über Land durch Wiesen und Kornfelder dahinsegelte. Das Schiffchen war gerade groß genug für zwei Personen; der Platz reichte nur für den nötigsten Bedarf, und Flambeau hatte es mit den Dingen bestückt, die er seiner besonderen Lebensauffassung nach für unentbehrlich hielt. Sie beschränkten sich offenbar auf vier lebenswichtige Dinge: Lachskonserven für den Fall, dass er Hunger bekommen sollte; geladene Revolver für den Fall, dass es zum Kampf kommen sollte; eine Flasche Brandy, vermutlich für den Fall einer Ohnmacht; und einen Priester, wahrscheinlich für den Fall, dass er sterben sollte. Mit diesem leichten Gepäck segelte er im Schneckentempo die kleinen Flüsse in Norfolk entlang; zwar wollte er letztlich die Broads erreichen, bis dahin aber genoss er die überhängenden Gärten und Wiesen, die im Fluss gespiegelten Gutshäuser oder Dörfchen, verweilte gelegentlich, um in Teichen und abgelegenen Winkeln zu angeln, und hielt sich stets dicht am Ufer.

Wie jeder wahre Philosoph hatte Flambeau in seinem Urlaub kein bestimmtes Ziel; aber wie jeder wahre Philosoph hatte er einen Vorwand. Er verfolgte noch einen Plan nebenbei, den er gerade so ernst nahm, dass ein Gelingen den Urlaub gekrönt hätte, und so leicht, dass ein Misserfolg ihn nicht verderben würde. Als er vor Jahren noch der König der Diebe und die berühmteste Persönlichkeit von Paris gewesen war, hatte er oft stürmische Briefe bekommen, in denen ihm die Menschen ihre Anerkennung, Verurteilung oder sogar Liebe ausdrückten; einer davon war ihm besonders im Gedächtnis geblieben. Er bestand nur aus einer Visitenkarte in einem Umschlag mit englischem Poststempel. Auf der Rückseite der Karte stand auf französisch und mit grüner Tinte: »Sollten Sie sich je zur Ruhe setzen und ein ehrbarer Mensch werden, besuchen Sie mich. Ich würde Sie gern kennen lernen, denn ich kenne alle anderen großen Menschen meiner Zeit. Jener Trick von Ihnen, den einen Detektiv von einem anderen verhaften zu lassen, war das großartigste Ereignis der französischen Geschichte.« Auf der Vorderseite der Karte war auf übliche Art der Name eingeprägt: »Prinz Saradin, Riedhaus, Riedinsel, Norfolk«.

Er hatte sich seinerzeit nicht viele Gedanken über den Prinzen gemacht, lediglich in Erfahrung gebracht, dass er in Süditalien als glänzende, elegante Erscheinung galt. Man erzählte sich, er habe in seiner Jugend eine verheiratete Frau von vornehmem Rang entführt. Die Eskapade hatte in seinen Kreisen kein besonderes Aufsehen erregt, war den Leuten aber im Gedächtnis geblieben, weil sich im Zusammenhang damit eine weitere Tragödie ereignet hatte: der angebliche Selbstmord des beleidigten Ehemannes, der sich offenbar in Sizilien von einem Felsen gestürzt hatte. Der Prinz lebte daraufhin eine Zeit lang in Wien, hatte sich aber in den letzten Jahren anscheinend ständig und rastlos auf Reisen befunden. Als Flambeau jedoch, genau wie der Prinz, seinem europäischen Ruhm entsagt und sich in England niedergelassen hatte, kam ihm der Einfall, dem berühmten Prinzen in seinem Exil in den Norfolk Broads einen Überraschungsbesuch abzustatten. Er hatte keine Ahnung, ob er den Ort je finden würde, und tatsächlich war dieser klein und abgelegen genug. Aber wie das Schicksal so spielt, fand er ihn viel früher als erwartet.

Eines Abends hatten sie ihr Boot unterhalb einer Uferböschung vertäut, die durch hohes Gras und kurzgestutzte Bäume verborgen war. Nach dem anstrengenden Rudern waren sie früh eingeschlafen und erwachten zufällig beide, noch ehe es hell war. Um es genauer zu sagen, sie erwachten, ehe es Tag war;

denn eben versank ein großer, zitronengelber Mond in dem hohen Gräserwald über ihren Köpfen, und der Himmel war von einem intensiven Veilchenblau, nächtlich, aber leuchtend hell. Beide Männer fühlten sich gleichzeitig an ihre Kindheit erinnert, an die Zeit der Kobolde und Abenteuer, wo sich das hohe Gras wie ein Wald über uns schließt. Vor der Kulisse des großen, tiefstehenden Mondes sahen die Gänseblümchen wirklich wie Riesengänseblümchen, der Löwenzahn wie Riesenlöwenzahn aus. Irgendwie fühlten sie sich an das Muster einer Kinderzimmertapete erinnert. Das Flussbett war so niedrig, dass sie unter den Wurzeln der Büsche und Blumen zu liegen kamen und zum Gras hinaufblicken mussten.

»Fürwahr!«, sagte Flambeau, »das ist ja wie im Feenland.«

Pater Brown setzte sich kerzengerade im Boot auf und bekreuzigte sich. Die Geste war so plötzlich, dass sein Freund ihn leicht erstaunt fragte, was denn los sei.

»Die Leute, welche die mittelalterlichen Balladen schrieben«, antwortete der Priester, »wussten mehr über Feen als Sie. Es geschehen nicht nur erfreuliche Dinge im Feenland.«

»Quatsch!«, sagte Flambeau. »Unter einem so unschuldigen Mond können einfach nur erfreuliche Dinge passieren. Ich bin dafür, weiterzurudern und abzuwarten, was wirklich geschieht. Wer weiß, ob wir je wieder einen solchen Mond oder eine solche Stimmung erleben, ehe wir sterben und verwesen.«

»In Ordnung«, sagte Pater Brown. »Ich habe nie gesagt, dass es immer falsch ist, das Feenreich zu betreten. Ich habe nur gesagt, dass es immer gefährlich ist.«

Langsam ruderten sie den heller werdenden Fluss hinauf. Das glühende Violett des Himmels und das bleiche Gold des Mondes verblassten immer mehr und tauchten schließlich in jenen unermesslichen, farblosen Kosmos ein, der den Farben der Morgendämmerung vorausgeht. Als die ersten schwachen Streifen in Rot und Gold und Grau den Horizont in seiner Gänze teilten, brachen sie sich an dem schwarzen Umriss einer Stadt oder eines Dorfes, das unmittelbar vor ihnen am Fluss lag. Als sie unter den tiefgezogenen Dächern und Brücken dieses Weilers hindurchruderten, herrschte bereits ein leichtes Zwielicht, in dem man alles deutlich unterscheiden konnte. Die Häuser mit ihren langen, niedrigen, schräggeneigten Dächern schienen sich wie riesige graue und rote Kühe zum Fluss hinabzubeugen, um daraus zu trinken. Die Blässe der heraufziehenden Morgendämmerung hatte sich bereits in helles Tageslicht verwandelt, ehe sie ein menschliches Wesen auf den Uferwegen und Brücken dieser stillen Stadt erblickten. Schließlich entdeckten sie einen wohlgenährten Mann in Hemdsärmeln mit einem Gesicht so rund wie der soeben untergegangene Mond, dessen unterer Teil von einem rotglänzenden Backenbart umrahmt wurde; er lehnte gelassen an einem Pfahl oberhalb des trägen Flusses. In einem unerklärlichen Impuls richtete sich Flambeau in dem schwankenden Boot zu voller Höhe auf und rief dem Mann die Frage zu, ob er die Riedinsel oder das Riedhaus kenne. Das Lächeln des rundlichen Mannes wurde sichtlich breiter, und er wies einfach mit dem Finger den Fluss hinauf bis zur nächsten Biegung. Ohne ein weiteres Wort zu verlieren, schlug Flambeau diese Richtung ein.

Das Boot bog noch um viele solcher grasbewachsenen Windungen und folgte noch manchem schilfbestandenen, stillen Flussabschnitt; doch ehe die Suche zu eintönig zu werden begann, ruderten sie um eine besonders scharfe Kurve und erreichten einen ruhigen Teich oder See, dessen Anblick sie instinktiv Halt machen ließ. Denn inmitten dieser breiten Wasserfläche lag, ringsum von Binsen umgeben, eine lange, flache Insel mit einem langen, flachen Haus oder Bungalow aus Bambus oder einem anderen kräftigen, tropischen Rohr. Die senkrechten Bambusstäbe, aus denen die Wände bestanden, waren blassgelb, die schräggeneigten Stäbe, die das Dach bildeten, von einem dunklen Rot oder Braun; im Übrigen bot das lange Haus ein Bild der Langeweile und Monotonie. Eine frische Morgenbrise raschelte im Schilf rings um die Insel und pfiff um das seltsame, gerippte Haus wie auf einer riesigen Panflöte.

»Donnerwetter!«, rief Flambeau, »hier ist es endlich! Hier ist die Riedinsel, wenn es je eine gab. Hier, wenn überhaupt irgendwo, ist das Riedhaus. Ich glaube, dieser dicke Mann mit dem Bart war eine Fee.«

»Mag sein«, bemerkte Pater Brown unbeteiligt. »Dann aber eine böse.«

Doch noch während er sprach, hatte der ungestüme Flambeau sein Boot im raschelnden Schilf festgemacht, und sie standen auf der langen, seltsamen Insel vor dem alten, stillen Haus.

Das Haus stand sozusagen mit dem Rücken zum Fluss und dem einzigen Landungssteg; der Haupteingang befand sich auf der anderen Seite und ging auf den langen Inselgarten hinaus. Die Besucher näherten sich dem Haus über einen schmalen Pfad, der dicht unter der niedrigen Dachrinne auf fast drei Seiten um das Haus herumführte. Durch drei verschiedene Fenster auf drei verschiedenen Seiten blickten sie in denselben langen, gut beleuchteten Raum; er war mit hellem Holz vertäfelt, mit einer Vielzahl von Spiegeln versehen und wie für ein festliches Mittagsmahl hergerichtet. Zu beiden Seiten der Eingangstür, die sie schließlich erreichten, standen zwei türkisblaue Blumentöpfe. Ein Diener von der gelangweilten Sorte – lang, dünn, grau und gleichgültig – öffnete ihnen und murmelte, Prinz Saradin sei im Augenblick nicht zu Hause, man erwarte ihn aber stündlich und sei auf ihn und seine Gäste immer vorbereitet. Der Anblick der Visitenkarte mit dem Gekritzel in grüner Tinte brachte einen Funken Leben in das pergamentartige Gesicht des bedrückten Faktotums, und als er den Fremden vorschlug zu bleiben, geschah es mit geradezu bebender Ehrerbietung. »Seine Hoheit kann jede Minute hier sein«, sagte er, »und wäre gewiss betrübt, einen Gentleman, den er hierher eingeladen hat, verpasst zu haben. Wir sind angewiesen, immer einen kleinen kalten Lunch für ihn und seine Freunde bereitzuhalten, und es entspräche sicher seinem Wunsch, dass er Ihnen serviert wird.«

Neugierig geworden auf dieses kleine Abenteuer, willigte Flambeau höflich ein und folgte dem alten Mann, der ihn feierlich in den langen, hell getäfelten Raum geleitete. Nichts an diesem Raum war besonders bemerkenswert, außer der ungewöhnlichen Zahl von langen, niedrigen Fenstern, die sich mit ebenso vielen langen, niedrigen, rechteckigen Spiegeln abwechselten, was dem Zimmer einen eigentümlichen Anstrich von Leichtigkeit und Wesenlosigkeit verlieh. Es war, als würde man im Freien speisen. An den Wänden hingen ein paar unauffällige Bilder: die große, graue Fotografie eines sehr jungen Mannes in Uniform zum Beispiel und eine rote Kreidezeichnung von zwei Jungen mit langen Haaren. Flambeaus Frage, ob der Soldat auf dem Bild den Prinzen darstelle, beantwortete der Diener knapp mit nein; es sei der jüngere Bruder des Prinzen, Hauptmann Stephen Saradin. Damit verstummte der alte Mann jäh, und jede Lust am Reden schien ihm vergangen zu sein.

Nachdem das Essen mit vorzüglichem Kaffee und Likören zu Ende gegangen war, lernten die Gäste den Garten, die Bibliothek und die Hausdame kennen – eine dunkelhaarige, hübsche Frau, die etwas Majestätisches hatte und wie eine plutonische Madonna wirkte. Offenbar waren sie und der Diener die Einzigen, die von dem ursprünglichen ausländischen Haushalt des Prinzen übrig geblieben waren, denn alle anderen Angestellten waren neu und in Norfolk von der Hausdame ausgesucht worden. Besagte Dame wurde unter dem Namen Mrs. Anthony vorgestellt, doch sprach sie mit einem leichten italienischen Akzent, und Flambeau zweifelte keinen Augenblick daran, dass Anthony die englische Version eines romanischen Namens war. Auch Mr. Paul, der Butler, war von ausländischem Aussehen, doch was Sprache und Auftreten betraf, wirkte er so englisch wie viele der geschliffensten Diener des kosmopolitischen Adels.

So hübsch und einzigartig das Haus auch war, es strahlte doch eine merkwürdige Schwermut aus. Stunden verstrichen, als wären es Tage. Die langen Räume mit den zahlreichen Fenstern waren erfüllt vom Tageslicht, doch es schien ein totes Licht zu sein. Und über alle anderen Nebengeräusche hinweg, Stimmen, Gläserklirren, das Hin-und-her-Laufen der Dienstboten, konnten sie auf allen Seiten des Hauses das melancholische Rauschen des Flusses hören.

»Wir haben eine falsche Abzweigung genommen und sind an einen falschen Ort gelangt«, sagte Pater Brown und sah aus dem Fenster auf die graugrünen Gräser und die silbrige Flut. »Aber das macht nichts; man kann manchmal auch etwas Gutes bewirken, wenn man die rechte Person am falschen Platz ist.«

Obwohl Pater Brown im Allgemeinen sehr schweigsam war, war er ein ungewöhnlich einfühlsamer Mensch, und er drang in jenen kurzen und doch endlos scheinenden Stunden unbewusst tiefer in die Geheimnisse des Riedhauses ein als sein Freund, der Detektiv. Er besaß jene Gabe des verständnisvollen Zuhörens, die unentbehrlich ist, will man andere zum Reden bringen; und während er selbst kaum ein Wort sagte, erfuhr er von seinen neuen Bekannten wahrscheinlich alles, was sie auf dem Herzen hatten. Der Butler war allerdings von Natur aus wenig mitteilsam. Er verriet eine dumpfe, fast hündische Zuneigung zu seinem Herrn, dem man, wie er sagte, übel mitgespielt habe. Der Hauptschuldige war anscheinend der Bruder Seiner Hoheit, dessen Name allein genügte, um die hohlen Wangen des alten Mannes in die Länge zu ziehen und seine Papageiennase höhnisch zu kräuseln. Hauptmann Stephen war offensichtlich ein Taugenichts, der seinen gutmütigen Bruder um Hunderte und Tausende gebracht und ihn gezwungen hatte, dem eleganten Leben zu entsagen und zurückgezogen an diesem stillen Platz zu leben. Mehr ließ sich Paul, der Butler, nicht entlocken, und Paul war eindeutig parteiisch.

Die italienische Hausdame war etwas gesprächiger, da sie, so schien es Brown, etwas unzufriedener war. Sie sprach in leicht säuerlichem Ton von ihrem Herrn, wenn auch nicht ohne einen gewissen Respekt. Flambeau und sein Freund standen in dem Zimmer mit den Spiegeln und studierten die Rötelzeichnung mit den beiden Jungen, als die Hausdame wegen einer häuslichen Angelegenheit eilig hereinkam. Es war eine Eigenart dieses glitzernden, spiegelgeschmückten Raumes, dass jeder Eintretende von vier bis fünf Spiegeln gleichzeitig reflektiert wurde; und ohne sich umzudrehen, hielt Pater Brown mitten in einer kritischen Äußerung über die Familie inne. Doch Flambeau, das Gesicht dicht vor dem Bild, sagte im gleichen Moment mit lauter Stimme: »Die Brüder Saradin vermutlich. Sie sehen beide ganz unschuldig aus. Schwer zu sagen, welcher der gute und welcher der böse Bruder ist.« Dann bemerkte er die Anwesenheit der Frau, sagte irgendetwas Bangloses, um dem Gespräch eine andere Wendung zu geben, und schlenderte in den Garten hinaus. Pater Brown aber starrte noch immer unverwandt die rote Kreidezeichnung an, und Mrs. Anthony starrte noch immer unverwandt Pater Brown an.

Sie hatte große, traurige braune Augen, und in ihrem olivfarbenen Gesicht brannte dunkel eine neugierige, schmerzliche Frage – als ob sie über die Identität eines Fremden und den Zweck seiner Anwesenheit im Zweifel sei. Ob Rock und Glaube des kleinen Priesters in ihr Erinnerungen an den Süden und die Beichte weckten oder ob sie annahm, er wisse mehr, als in Wirklichkeit der Fall war – jedenfalls sagte sie leise und verschwörerisch zu ihm: »Ihr Freund hat in gewisser Hinsicht Recht. Er sagt, es wäre schwer, den guten von dem bösen Bruder zu unterscheiden. Ja, es wäre schwer, sehr schwer sogar, zu erkennen, welcher der gute ist.«

»Ich verstehe Sie nicht«, sagte Pater Brown und machte Anstalten zu gehen.

Die Frau kam einen Schritt näher, mit zusammengezogenen Brauen und einer schroffen Neigung des Kopfes, wie ein Stier, der die Hörner senkt.

»Es gibt keinen guten«, zischte sie. »Es war böse genug von dem Hauptmann, all das Geld zu verlangen, doch ich glaube, der Prinz hat es ihm nicht nur aus Güte gegeben. Der Hauptmann ist nicht der Einzige, gegen den einiges spricht.«

Ein Licht stahl sich auf das abgewandte Gesicht des Geistlichen, und sein Mund formte lautlos das Wort »Erpressung«. Im gleichen Augenblick wandte sich die Frau mit schreckensbleichem Gesicht um und stürzte beinahe. Die Tür hatte sich geräuschlos geöffnet, und auf der Schwelle stand wie ein Geist der fahlgesichtige Paul. Die unheimliche Sinnestäuschung durch die Spiegelwände machte sie glauben, fünf Pauls seien durch fünf Türen gleichzeitig eingetreten.

»Seine Hoheit«, sagte er, »ist soeben eingetroffen.«

Im gleichen Moment ging die Gestalt eines Mannes draußen am ersten, sonnenbeschienenen Fenster vorbei, als überquere er eine beleuchtete Bühne. Einen Augenblick später passierte er das zweite Fenster, und die vielen Spiegel zeichneten nacheinander dasselbe Adlerprofil und dieselbe einherschreitende Gestalt. Der Mann ging aufrecht und federnd, doch sein Haar war weiß und seine Gesichtsfarbe von einem merkwürdigen Elfenbeingelb. Er hatte jene kurze, gebogene Römernase, die man gewöhnlich bei Menschen mit hageren, eingefallenen Wangen und vorspringendem Kinn findet, doch waren diese durch Schnurrbart und Knebelbart teilweise verborgen. Der Schnurrbart war wesentlich dunkler als der übrige Bart, was leicht theatralisch wirkte, und entsprechend verwegen war er auch gekleidet: mit weißem Zylinder, einer Orchidee im Knopfloch, gelber Weste und gelben Handschuhen, die er beim Gehen hin und her schwang. Als er an der Vordertür angelangt war, hörten sie, wie der steife Paul diese öffnete und der Neuankömmling in munterem Ton sagte: »Nun, du siehst, ich bin gekommen.« Der förmliche Mr. Paul verbeugte sich und antwortete auf seine fast lautlose Weise; ein paar Minuten lang war von dem Gespräch nichts zu verstehen, dann sagte der Butler: »Es ist alles für Sie gerichtet«, und der handschuhschwingende Prinz Saradin trat fröhlich ein, um sie zu begrüßen. Wieder bot sich ihnen das Spiegelschauspiel: Fünf Prinzen betraten durch fünf Türen den Raum.

Der Prinz legte den weißen Hut und die gelben Handschuhe auf den Tisch und streckte ihnen herzlich die Hand entgegen.

»Freut mich, Sie hier zu sehen, Mr. Flambeau«, sagte er. »Ich kenne Sie sehr gut durch den Ruf, der Ihnen vorauseilt, falls das keine indiskrete Bemerkung ist.«

»Aber nein«, antwortete Flambeau lachend. »Ich bin nicht empfindlich. Nur selten wird ein Ruf durch makellose Tugend erworben.«

Der Prinz warf ihm einen scharfen Blick zu, um zu sehen, ob diese Antwort eine persönliche Spitze enthielt; dann stimmte er in das Lachen ein, bot ihnen Stühle an und ließ sich selbst nieder.

»Hübscher kleiner Ort hier, finde ich«, sagte er betont beiläufig. »Nicht viel los, fürchte ich; aber fischen kann man hier wirklich gut.«

Der Priester, der ihn mit dem ernsten Blick eines kleinen Kindes anstarrte, wurde von einem Bild verfolgt, das sich einer genaueren Deutung entzog. Er betrachtete das graue, gelockte Haar, das gelblich weiße Gesicht und die schlanke, irgendwie geckenhafte Gestalt. Nichts daran war eigentlich unnatürlich, aber alles vielleicht eine Spur zu betont, wie die Maskerade einer Bühnenfigur. Das eigentliche Rätsel verbarg sich in etwas anderem, in den Gesichtszügen selbst; Brown wurde von dem unbestimmten Verdacht gequält, sie schon einmal gesehen zu haben. Der Mann sah aus wie ein alter Bekannter von ihm, der sich verkleidet hatte. Dann dachte er an die Spiegel und schrieb seine Einbildung dem psychologischen Einfluss jener Vervielfältigung menschlicher Masken zu.

Mit großem Vergnügen und ebenso viel Takt teilte Prinz Saradin seine Gunst zwischen seinen beiden Gästen. Als er erfuhr, dass der Detektiv sportlich veranlagt war und Wert darauf legte, sich im Urlaub zu beschäftigen, zeigte er Flambeau und seinem

Boot den Weg zu dem besten Angelplatz des Flusses und war in seinem eigenen Kanu binnen zwanzig Minuten zurück, um Pater Brown in die Bibliothek zu folgen und sich ebenso zuvorkommend mit den eher philosophischen Interessen des Priesters zu befassen. Vom Fischen verstand er offensichtlich genauso viel wie von Büchern – allerdings waren es nicht gerade die erbaulichsten Bücher, die er kannte; er sprach fünf oder sechs Sprachen, wenn auch von allen meist nur den Jargon. Offenbar hatte er in den verschiedensten Städten und in sehr gemischter Gesellschaft gelebt, denn einige seiner lustigsten Geschichten drehten sich um Spielhöllen und Opiumhöhlen, australische Ex-Sträflinge oder italienische Banditen. Pater Brown wusste, dass der einst gefeierte Saradin die letzten Jahre fast ständig auf Reisen verbracht hatte, aber er hatte nicht angenommen, dass es solch fragwürdige oder amüsante Reisen gewesen waren.

Tatsächlich verbreitete Prinz Saradin trotz all seiner weltmännischen Würde für einen so aufmerksamen Beobachter wie den Priester eine gewisse Atmosphäre von Unrast und Unzuverlässigkeit. Er hatte edle Züge, doch sein Blick war unstet; von Zeit zu Zeit befiel ihn ein nervöses Zucken, wie jemanden, der von Alkohol oder Drogen zerrüttet ist; und er kümmerte sich absolut nicht um häusliche Angelegenheiten, noch versuchte er, diesen Eindruck zu erwecken. Diese blieben ausschließlich den beiden alten Dienstboten überlassen, vor allem dem Butler, der eindeutig der Stützpfeiler des Hauses war. Mr. Paul war auch kein Butler im eigentlichen Sinne, sondern eher eine Art Haushofmeister oder Kämmerer; er speiste für sich, aber mit beinahe ebenso viel Pomp wie sein Herr; er war bei allen Dienstboten gefürchtet und zeigte dem Prinzen gegenüber eine ehrerbietige, jedoch unbeugsame Haltung – so als wäre er der Anwalt des Prinzen. Dagegen war die düstere Haushälterin nur ein Schatten, ja sie schien sich nur im Hintergrund zu halten und den Butler zu bedienen; Brown vernahm nichts mehr von dem zischenden Flüstern, das ihm angedeutet hatte, der jüngere

Bruder habe den älteren erpresst. Er wusste nicht mit Bestimmtheit, ob der Prinz wirklich so von dem abwesenden Hauptmann geschröpft wurde, aber Saradin hatte etwas Unsicheres, Heimlichtuerisches an sich, was die Geschichte durchaus glaubhaft machte.

Als sie den langen Raum mit den Fenstern und den Spiegeln wieder betraten, senkte sich bereits ein gelber Abend über das Wasser und die weidenbestandenen Ufer, und in der Ferne schlug eine Rohrdommel wie ein Elf, der auf seiner winzigen Trommel spielt. Wieder zog der eigenartige Gedanke an ein trauriges, böses Feenland wie eine graue Wolke durch das Gemüt des Priesters. »Ich wünschte, Flambeau wäre zurück«, murmelte er.

»Glauben Sie an das Schicksal?«, fragte der rastlose Prinz plötzlich.

»Nein«, antwortete sein Gast. »Ich glaube an das Jüngste Gericht.«

Der Prinz wandte sich vom Fenster ab und starrte ihn, das Gesicht im Dunkel, mit einem merkwürdigen Blick an. »Was meinen Sie damit?«, fragte er.

»Ich meine, dass wir hier auf der falschen Seite der Straße sind«, antwortete Pater Brown. »Die Dinge, die hier geschehen, haben anscheinend keine Bedeutung; aber an einem anderen Ort sind sie von Bedeutung. An einem anderen Ort wird die Vergeltung den wahren Übeltäter treffen. Hier trifft sie offenbar häufig den Falschen.«

Der Prinz gab einen unerklärlichen, fast animalischen Laut von sich; die Augen in seinem dunklen Gesicht brannten eigentümlich. Dem anderen kam blitzartig ein neuer einleuchtender Gedanke. Gab es eine andere Erklärung für das zugleich vernünftige und hektische Verhalten Saradins? War der Prinz – war er völlig bei Verstand? Er wiederholte die Worte »den Falschen – den Falschen« weitaus öfter, als in einer normalen Unterhaltung natürlich gewesen wäre.

Dann kam Pater Brown verspätet eine weitere Erkenntnis. In den Spiegeln vor sich sah er, dass die Tür sich lautlos geöffnet hatte und der stille Mr. Paul mit seiner üblichen ausdruckslosen Miene auf der Schwelle stand.

»Ich hielt es für besser, sofort mitzuteilen«, sagte er mit dem förmlichen Respekt eines alten Familienanwalts, »dass ein von sechs Männern gerudertes Boot am Landungssteg festgemacht hat und dass im Heck ein vornehmer Herr sitzt.«

»Ein Boot!«, wiederholte der Prinz. »Ein vornehmer Herr?«, und er erhob sich.

Es entstand ein betroffenes Schweigen, das nur von dem merkwürdigen Geräusch eines Vogels im Ried unterbrochen wurde; und dann, noch ehe jemand sprach, sah man das Profil eines anderen Mannes, eines anderen Gesichts, an den drei sonnenbeschienenen Fenstern vorbeigehen, wie der Prinz ein paar Stunden zuvor. Bis auf das Adlerprofil hatten sie jedoch wenig gemeinsam. Statt Saradins weißem Zylinder befand sich auf dem Kopf des Mannes ein schwarzer Hut von altertümlicher oder ausländischer Form; darunter erkannte man ein junges, sehr feierliches Gesicht, glatt rasiert, mit bläulichen Schatten um das energische Kinn und einer entfernten Ähnlichkeit mit dem jungen Napoleon. Dieser Eindruck wurde noch durch die altmodische, seltsame Aufmachung unterstrichen, als hätte ihr Träger sich nie die Mühe gemacht, sich vom Kleidungsstil seiner Vorfahren zu trennen. Er hatte einen abgetragenen blauen Gehrock an, eine rote, militärisch wirkende Weste und derbe weiße Hosen, die in frühviktorianischer Zeit gang und gäbe waren, heute aber merkwürdig unpassend aussahen. Aus diesem altmodischen Kleiderbündel stach sein olivfarbenes Gesicht seltsam jung und ungeheuer aufrichtig hervor.

»Zum Teufel!«, sagte Prinz Saradin, setzte den weißen Zylinder auf, begab sich persönlich zur Eingangstür und stieß sie zu dem im Abendsonnenschein liegenden Garten auf.

Inzwischen waren der Neuankömmling und seine Begleiter

wie eine kleine Bühnenarmee auf dem Rasen aufmarschiert. Die sechs Ruderer hatten das Boot sorgsam an Land gezogen und bewachten es, die Ruder wie Speere haltend, in geradezu drohender Manier. Es waren dunkelhäutige Männer, von denen einige Ohrringe trugen. Der eine von ihnen, der neben den olivgesichtigen jungen Mann mit der roten Weste trat, trug einen langen schwarzen Kasten von ungewöhnlicher Form.

»Ihr Name«, fragte der junge Mann, »ist Saradin?« Saradin bestätigte dies lässig.

Der Neuankömmling hatte arglose braune Hundeaugen, die zu den unruhigen, glitzernden grauen Augen des Prinzen in krassem Gegensatz standen. Doch wieder wurde Pater Brown von der Vorstellung gepeinigt, dieses Gesicht schon einmal gesehen zu haben, und wieder erinnerte er sich an die Spiegelungen des glasgetäfelten Raumes und führte seinen Eindruck darauf zurück. »Dieser grässliche Kristallpalast!«, murmelte er. »Man sieht alles viel zu viele Male. Es ist wie ein Traum.«

»Wenn Sie Prinz Saradin sind«, sagte der junge Mann, »möchte ich Ihnen mitteilen, dass mein Name Antonelli ist.«

»Antonelli«, wiederholte der Prinz desinteressiert. »Der Name kommt mir irgendwie bekannt vor.«

»Gestatten Sie, dass ich mich vorstelle«, sagte der junge Italiener.

Mit der linken Hand nahm er höflich seinen altmodischen Hut ab; mit der rechten schlug er Prinz Saradin so heftig ins Gesicht, dass der weiße Zylinder die Stufen hinunterrollte und einer der blauen Blumentöpfe auf seinem Podest ins Wanken geriet.

Was immer der Prinz auch war, ein Feigling war er nicht; er sprang seinem Gegner an die Kehle und riss ihn beinahe zu Boden. Doch dieser befreite sich mit einem seltsam unangemessenen Ausdruck hastiger Höflichkeit.

»Schon gut«, sagte er atemringend und in gebrochenem Englisch. »Ich habe beleidigt. Ich werde Satisfaktion geben. Marco, öffne den Kasten.«

Der Mann mit den Ohrringen und dem großen schwarzen Kasten machte sich daran, diesen aufzuschließen, und entnahm ihm zwei lange italienische Rapiere mit blitzenden, stählernen Griffen und Klingen, die er mit den Spitzen in den Rasen pflanzte. Der seltsame junge Mann, der mit seinem gelben, rachsüchtigen Gesicht zum Eingang blickte, die beiden Degen, die im Rasen steckten wie zwei Kreuze auf einem Friedhof, und das Spalier der aufgereihten Ruderer verliehen der Szene den Anschein eines barbarischen Gerichtshofs. Doch sonst war alles unverändert, so plötzlich hatte sich der Zwischenfall ereignet. Das Abendgold glühte noch auf dem Rasen, und die Rohrdommel schrie noch immer, als wolle sie ein kleines, doch schreckliches Verhängnis ankündigen.

»Prinz Saradin«, sagte der Mann mit Namen Antonelli, »als ich noch als Kind in der Wiege lag, töteten Sie meinen Vater und raubten meine Mutter; mein Vater war der Glücklichere. Aber Sie töteten ihn nicht auf offene und ehrliche Art, so wie ich Sie töten werde. Sie und meine niederträchtige Mutter fuhren ihn zu einem einsamen Pass in Sizilien, stürzten ihn von den Klippen und machten sich davon. Ich könnte es Ihnen gleichtun, wenn ich wollte, doch Ihnen etwas gleichzutun erschiene mir unverzeihlich. Ich habe Sie rund um den Erdball verfolgt, und Sie sind stets vor mir geflohen. Aber dies ist das Ende der Welt – und das Ihre. Jetzt habe ich Sie, und ich biete Ihnen die Chance, die Sie meinem Vater nicht gegeben haben. Wählen sie einen dieser Degen.«

Mit gefurchter Stirn schien Prinz Saradin einen Augenblick zu zögern, doch seine Ohren dröhnten noch immer von dem Schlag, und so stürzte er vorwärts und griff nach einem der Rapiere. Auch Pater Brown hatte einen Sprung nach vorn getan in dem Bemühen, den Streit zu schlichten, aber er merkte schnell, dass seine Gegenwart die Sache noch verschlimmerte. Saradin war französischer Freimaurer und überzeugter Atheist, und ein Priester erregte höchstens seinen Widerspruchsgeist. Und den anderen erregte weder die Anwesenheit eines Priesters noch die eines Laien auch nur im Geringsten. Dieser junge Mann mit dem Gesicht eines Bonaparte und den braunen Augen war von strengerer Sinnesart als ein Puritaner – er war ein Heide. Er war ein einfacher Mörder aus der Frühzeit der Erde, ein Mann der Steinzeit – ein Mann aus Stein.

Die einzige Hoffnung, die noch blieb, war, das Personal zu alarmieren; und Pater Brown rannte zurück ins Haus. Er musste jedoch feststellen, dass der selbstherrliche Paul allen anderen Dienstboten einen freien Tag auf dem Festland gegeben hatte, und nur die düstere Mrs. Anthony bewegte sich rastlos durch die langen Räume. Aber in dem Augenblick, als sie ihm ihr totenbleiches Gesicht zuwandte, löste er eines der Rätsel des Spiegelhauses. Die schwermütigen braunen Augen Antonellis glichen den schwermütigen braunen Augen von Mrs. Anthony, und blitzartig verstand er die Hälfte der Geschichte.

»Ihr Sohn ist draußen«, sagte er, ohne überflüssige Worte zu verlieren, »entweder wird er getötet oder der Prinz. Wo ist Mr. Paul?«

»Er ist am Landungssteg«, sagte die Frau matt. »Er will – er will – Zeichen geben, damit Hilfe kommt.«

»Mrs. Anthony«, sagte Pater Brown ernst, »wir haben keine Zeit zum Scherzen. Mein Freund ist mit seinem Boot auf dem Fluss beim Angeln. Das Boot Ihres Sohnes wird von seinen Begleitern bewacht. Es gibt nur dieses eine Kanu; was macht Mr. Paul damit?«

»Santa Maria! Ich weiß es nicht«, sagte sie und sank ohnmächtig zu Boden.

Pater Brown legte sie auf ein Sofa, schüttete ihr aus einem Krug Wasser ins Gesicht, rief um Hilfe und eilte zum Landungssteg der kleinen Insel. Doch das Kanu schwamm schon mitten auf dem Fluss, und der alte Paul ruderte es mit einer für sein Alter unglaublichen Kraft flussaufwärts.

»Ich werde meinen Herrn retten«, rief er, ein irrsinniges Glitzern in den Augen. »Ich werde ihn noch retten!«

Pater Brown blieb nichts anderes übrig, als hinter dem Boot herzustarren, wie es sich den Strom hinaufkämpfte, und zu beten, dass der alte Mann die kleine Stadt rechtzeitig aufwecken möge.

»Ein Duell ist schon schlimm genug«, murmelte er und raufte sich das struppige, staubfarbene Haar, »aber irgendetwas stimmt nicht mit diesem Duell, dem Duell an sich. Das spüre ich in den Knochen. Aber was könnte das sein?«

Als er so auf die Wasserfläche starrte, einen zitternden Spiegel des Sonnenuntergangs, vernahm er vom anderen Ende des Inselgartens ein leises, jedoch unverwechselbares Geräusch – das kalte Klirren von Stahl. Er wandte den Kopf.

An der äußersten Landspitze der langen Insel, auf einem Rasenstreifen jenseits der letzten Rosenreihe, kreuzten die Duellanten bereits die Klingen. Der Abendhimmel über ihnen war wie eine Kuppel aus reinstem Gold, und obwohl sie so fern waren, stach jede Einzelheit deutlich hervor. Sie hatten ihre Röcke abgeworfen, doch die gelbe Weste und das weiße Haar Saradins wie auch die rote Weste und die weißen Hosen Antonellis leuchteten in dem horizontalen Licht wie bunt angemalte Aufziehpuppen. Die beiden Degen funkelten von der Spitze bis zum Knauf wie zwei Diamantnadeln. Es war etwas Schreckliches an diesen beiden Gestalten, die so klein und so fröhlich erschienen. Sie glichen zwei Schmetterlingen, die sich gegenseitig aufzuspießen versuchten.

Pater Brown rannte, so schnell er konnte; seine kurzen Beine liefen wie am Schnürchen. Doch als er den Kampfplatz erreichte, stellte er fest, dass er sowohl zu spät als auch zu früh kam – zu spät, um den Kampf aufzuhalten, der unter den Augen der grimmig auf ihre Ruder gelehnten Sizilianer stattfand; zu früh, um voraussehen zu können, welch schreckliches Ende dieser Kampf nehmen würde. Denn die beiden Männer waren einander vollkommen ebenbürtig; der Prinz bediente sich seines Könnens mit einer Art zynischen Selbstvertrauens, während der Sizilianer das seine mit einer mörderischen Vorsicht nutzte. Selbst in den vollbesetzten Amphitheatern hat man wohl selten hervorragendere Gefechte gesehen als jenes, das auf dieser vergessenen Insel in dem schilfgesäumten Fluss klirrte und blitzte. Der schwindelerregende Kampf ging so lange hin und her, dass der protestierende Priester allmählich wieder Hoffnung schöpfte; aller Voraussicht nach musste Paul bald mit der Polizei zurück sein. Auch wäre es eine Erleichterung, wenn Flambeau vom Fischen zurückkäme, denn er ersetzte, was seine Körperkraft anging, gut und gern vier Männer auf einmal. Aber von Flambeau war nichts zu sehen und, was viel merkwürdiger war, erst recht nichts von Paul oder der Polizei. Es gab kein Floß oder anderes Holz, um sich darauf treiben zu lassen; sie waren auf diesem verlorenen Eiland inmitten des riesigen, namenlosen Teiches genauso von der Welt abgeschnitten wie auf einem Felsen im Pazifik.

Als er bei diesem Gedanken angelangt war, steigerte sich das Klirren der Rapiere zu einem Rasseln, die Arme des Prinzen flogen in die Höhe, und die Degenspitze seines Feindes durchbohrte ihn so, dass sie zwischen seinen Schulterblättern wieder austrat. In einem schnellen Wirbel, ähnlich einem radschlagenden Kind, drehte er sich um sich selbst. Der Degen entglitt seiner Hand wie eine Sternschnuppe und versank in dem fernen Fluss; er selbst fiel mit einer solchen Wucht zu Boden, dass er mit seinem Körper einen großen Rosenstrauch knickte und eine rote Erdfontäne gen Himmel schoss – wie der Rauch eines heidnischen Opfers. Der Sizilianer hatte dem Geist seines Vaters ein Blutopfer gebracht.

Der Priester kniete sofort neben dem Leichnam nieder, doch nur, um eindeutig festzustellen, dass es ein Leichnam war. Während er noch ein paar vergebliche Versuche unternahm, hörte er oben vom Fluss her zum ersten Mal Stimmen und sah, wie sich ein Polizeiboot in voller Fahrt dem Landungssteg näherte; an Bord waren Polizeibeamte, andere Amtspersonen und der erregte Paul. Der kleine Priester erhob sich, und in seinem Gesicht spiegelten sich ernste Zweifel.

»Warum in aller Welt«, murmelte er, »warum in aller Welt konnte er nicht früher hier sein?«

Rund sieben Minuten später war die Insel von einer Invasion aus Stadtbewohnern und Polizei besetzt, und Letztere hatte den siegreichen Duellanten verhaftet und, wie es das Gesetz befiehlt, darauf hingewiesen, dass alle seine Aussagen gegen ihn verwendet werden könnten.

»Ich werde nichts sagen«, sagte der Wahnsinnige mit einem verklärten, friedlichen Gesicht. »Ich werde nie mehr etwas sagen. Ich bin sehr glücklich und möchte nur noch gehängt werden.«

Damit schloss er den Mund und ließ sich wortlos abführen, und es ist die seltsame, doch zweifelsfreie Wahrheit, dass er ihn in dieser Welt nur noch ein einziges Mal öffnete, um in seinem Prozess das Wort »Schuldig« auszusprechen.

Pater Brown hatte die plötzliche Überflutung des Gartens mit Menschen, die Verhaftung des Bluttäters und den Abtransport der Leiche nach der Untersuchung durch den Arzt mit angesehen, wie man das Schwinden eines hässlichen Traumes beobachtet; er stand reglos da, wie ein Mensch, der einen Alptraum hat. Er gab Namen und Adresse an, falls er als Zeuge gebraucht würde, lehnte jedoch das Angebot ab, sich mit einem Boot ans Ufer bringen zu lassen; er blieb allein in dem Inselgarten zurück und betrachtete den geknickten Rosenbusch und den ganzen grünen Schauplatz jener unerwarteten und unerklärlichen Tragödie. Entlang den Flussniederungen erstarb das Licht; aus den sumpfigen Ufern stieg Nebel auf, und ein paar verspätete Vögel flatterten nervös umher.

In seinem Unterbewusstsein – welches ein ungewöhnlich lebhaftes war – hielt sich hartnäckig die fatale Gewissheit, dass noch nicht alles geklärt war. Dieses Gefühl, das ihn den ganzen Tag über verfolgt hatte, war nicht einfach mit seinen Vorstellungen vom »Spiegelland« zu begründen. Irgendwie hatte er bisher nicht die richtige Geschichte, sondern ein Spiel, eine Maskerade gesehen. Und dennoch lässt sich kein Mensch um einer Scharade willen hängen oder erstechen.

Während er so vor sich hin grübelnd auf den Stufen des Landungsstegs saß, fiel ihm plötzlich die große, dunkle Fläche eines Segels auf, das geräuschlos den glitzernden Fluss herunterglitt, und er sprang mit einer solchen Gefühlsaufwallung auf, dass ihm fast die Tränen kamen.

»Flambeau!«, rief er und schüttelte seinem Freund, als dieser mit seinem Angelgerät an Land kam, wieder und wieder die Hände, sehr zum Erstaunen dieses Sportsmanns. »Flambeau«, sagte er, »man hat Sie also nicht getötet?«

»Getötet!«, wiederholte der Angler höchst erstaunt. »Und warum sollte man mich töten?«

»Oh, weil fast alle anderen tot sind«, sagte sein Gefährte ziemlich aufgeregt. »Saradin wurde ermordet, Antonelli will gehängt werden, seine Mutter ist bewusstlos, und ich selbst weiß nicht, ob ich noch in dieser Welt oder schon in der nächsten bin.« Und er nahm den Arm des verblüfften Flambeau.

Als sie vom Landungssteg auf das Haus zuschritten, gingen sie wieder unter dem Dachsims des niedrigen Bambushauses entlang und schauten wie beim ersten Mal durch eines der Fenster. Sie gewahrten ein vom Lampenschein erhelltes Inneres, das ihren Blick magisch anzog und nicht mehr losließ. Der Tisch in dem langen Speisezimmer war zum Essen gedeckt worden, während Saradins Mörder wie ein Gewitter über die Insel hereingebrochen war. Und das Essen wurde nun in aller Gemütsruhe eingenommen, denn Mrs. Anthony saß leicht vergrämt am unteren Ende des Tisches, während am Kopfende Mr. Paul, der Majordomus, Platz genommen hatte: Er aß und trank nur vom Feinsten, seine trüben, bläulich fahlen Augen stachen merkwürdig aus dem Gesicht hervor, auf seinen ausgemergelten Zügen lag ein undurchdringlicher, jedoch keineswegs unzufriedener Ausdruck.

Mit einer Bewegung leidenschaftlicher Ungeduld rüttelte Flambeau am Fenster, riss es auf und steckte den Kopf empört in den gemütlich beleuchteten Raum.

»Wirklich!«, rief er. »Ich kann ja verstehen, dass Sie eine Stärkung brauchen, aber hinzugehen und das Essen Ihres Herrn zu stehlen, während er ermordet im Garten liegt – «

»Ich habe in meinem langen und angenehmen Leben eine ganze Menge gestohlen«, antwortete der seltsame alte Herr gelassen, »dieses Essen aber gehört zu den wenigen Dingen, die ich nicht gestohlen habe. Dieses Essen, dieses Haus und dieser Garten gehören zufällig mir.«

Blitzartig schoss Flambeau ein Gedanke durch den Kopf. »Wollen Sie damit sagen«, begann er, »dass das Testament des Prinzen Saradin besagt – «

»Ich bin Prinz Saradin«, sagte der alte Mann und kaute geräuschvoll auf einer Salzmandel.

Pater Brown, der draußen die Vögel beobachtete, tat einen Sprung, als hätte man ihn angeschossen, und steckte sein bleiches Gesicht einfältig durch das Fenster.

»Sie sind *was*?«, wiederholte er mit schriller Stimme.

»Paul Prinz Saradin, zu Ihren Diensten«, sagte der ehrwürdige Gentleman höflich und prostete ihnen mit einem Glas Sherry zu. »Ich lebe hier ruhig und friedlich, da ich ein häuslich veranlagter Mensch bin; und aus Bescheidenheit lasse ich mich mit Mr. Paul anreden, um mich von meinem unglücklichen Bruder, Mr. Stephen, zu unterscheiden. Wie ich höre, starb er vor kurzem – im Garten. Selbstverständlich ist es nicht meine Schuld, wenn seine Feinde ihn bis hierher verfolgen. Das ist seinem bedauerlichen Lebenswandel zuzuschreiben. Er war kein häuslicher Charakter.«

Er verfiel wieder in Schweigen und starrte auf einen Punkt an der gegenüberliegenden Wand, genau über dem gesenkten, düsteren Kopf der Frau. Deutlich erkannten sie die Familienähnlichkeit mit dem Toten, die sie so verwirrt hatte. Dann hoben sich die Schultern des Alten und bebten leise, als würde er ersticken, aber er verzog keine Miene.

»Mein Gott!«, rief Flambeau im nächsten Moment. »Er lacht!«

»Kommen Sie«, sagte Pater Brown mit bleichem Gesicht. »Kommen Sie fort aus diesem Haus der Hölle. Lassen Sie uns wieder in ein ehrliches Boot steigen.«

Die Nacht war über Ried und Fluss hereingebrochen, noch ehe sie vom Ufer der Insel abgelegt hatten; sie glitten in der Dunkelheit stromabwärts und wärmten sich an zwei dicken Zigarren, die wie feuerrote Bootslaternen glühten. Pater Brown nahm die Zigarre aus dem Mund und sagte:

»Ich nehme an, Sie können sich jetzt die ganze Geschichte zusammenreimen. Eigentlich ist es eine ganz primitive Geschichte. Ein Mann hatte zwei Feinde. Er war ein kluger Mann. Und so kam er darauf, dass zwei Feinde besser sind als einer.«

»Ich kann Ihnen nicht folgen«, sagte Flambeau.

»Oh, es ist wirklich einfach«, versetzte sein Freund. »Einfach, wenn auch alles andere als unschuldig. Beide Saradins waren Schurken: Aber der Prinz, der Ältere, war die Art Schurke, die nach oben gelangt, während der Jüngere, der Hauptmann, zu der Kategorie gehörte, die in den Abgrund rutscht. Dieser heruntergekommene Offizier wurde vom Bettler zum Erpresser, und eines hässlichen Tages erfuhr er etwas, womit er seinen Bruder unter Druck setzen konnte. Es war offenbar keine harmlose Angelegenheit, denn Prinz Saradin war, ehrlich gesagt, recht ›leichtlebig‹ und hatte bei seinen ständigen Verstößen gegen die Gesellschaft keinen Ruf mehr zu verlieren. In der Tat ging es um eine Sache, die ihn an den Galgen gebracht hätte, und Stephen hatte buchstäblich seinem Bruder schon die Schlinge um den Hals gelegt. Er hatte irgendwie die Wahrheit dieser sizilianischen Affäre entdeckt und konnte beweisen, dass Paul den alten Antonelli in den Bergen ermordet hatte. Der Hauptmann strich für sein Schweigen zehn Jahre lang hohe Geldsummen ein, bis selbst das immense Vermögen des Prinzen allmählich etwas schrumpfte.

Doch Prinz Saradin drückte außer seinem blutsaugerischen Bruder noch eine andere Last. Er wusste, dass der Sohn Antonellis, zur Zeit des Mordes noch ein kleines Kind, im Geist der wilden Sitten und uralten Moralvorstellungen Siziliens erzogen worden war und nur dafür lebte, seinen Vater zu rächen; dies nicht mit Hilfe des Galgens – denn ihm fehlte Stephens gesetzlicher Beweis –, sondern mit den alten Waffen der Vendetta. Der Junge beherrschte diese Waffen mit tödlicher Perfektion, und ungefähr, als er alt genug war, sie auch einzusetzen, begann Prinz Saradin, wie es in den Gesellschaftsnachrichten der Zeitungen hieß, zu reisen. In Wahrheit floh er, um sein Leben zu retten, von einem Ort zum anderen wie ein gehetzter Verbrecher; doch sein erbarmungsloser Verfolger blieb ihm auf den Fersen. Dies war Prinz Pauls Situation, mitnichten eine sehr schöne. Je mehr Geld er darauf verwendete, Antonelli zu entkommen, desto weniger blieb ihm, um sich Stephens Schweigen zu erkaufen. Je mehr er für Stephens Stillschweigen zahlte, umso geringer war seine Chance, Antonelli endgültig abzuschütteln. In dieser Lage erwies er sich als großer Mensch – als ein Genie wie Napoleon.

Anstatt sich gegen seine beiden Peiniger zu wehren, kapitulierte er plötzlich vor beiden. Er wich zurück wie ein japanischer Ringkämpfer, und seine Widersacher lagen vor ihm im Staub. Er gab den Wettlauf rund um die Welt auf und gab dem jungen Antonelli seinen Aufenthaltsort bekannt; dann übergab er alles seinem Bruder. Er schickte Stephen eine genügend hohe Geldsumme für elegante Kleidung und eine angenehme Reise samt einem Brief mit der schroffen Mitteilung: ›Das ist alles, was ich noch habe. Du hast mich um alles gebracht. Ich besitze nur noch ein kleines Haus in Norfolk mit Dienstboten und einem Weinkeller; wenn Du noch mehr von mir willst, musst Du es Dir nehmen. Wenn Du willst, komm her und betrachte es als Dein Eigentum, und ich will dort bescheiden als Dein Freund oder Dein Verwalter oder was auch immer leben.‹ Er wusste, dass der

Sizilianer die Saradin-Brüder nie gesehen hatte, außer auf Bildern; er wusste, dass sie einander ähnelten, da sie beide graue Spitzbärte hatten. Er rasierte seinen Bart ab und wartete. Der Plan glückte. Der unglückliche Hauptmann in seinen neuen Kleidern hielt triumphierend als Prinz Einzug und lief geradewegs in den Degen des Sizilianers.

Die Sache hatte einen Haken, und der spricht für die menschliche Natur. Schlechte Menschen wie Saradin scheitern oft, weil sie nicht an die menschliche Tugend glauben. Er ging fest davon aus, dass die Tat des Italieners ebenso dunkel, gewaltsam und abscheulich sein würde wie jene, welche gerächt werden sollte; das Opfer würde bei Nacht erdolcht oder aus dem Hinterhalt erschossen und ohne ein weiteres Wort sterben. Es war ein schlimmer Augenblick für Prinz Paul, als Antonellis ritterliche Tugend ein offizielles Duell vorschlug, was zwangsläufig viele Erklärungen nach sich ziehen würde. Das war der Moment, in dem er wilden Blickes mit seinem Boot ablegte. Er floh barhäuptig in einem offenen Boot, ehe Antonelli erfahren konnte, wer er war.

Doch so erregt er war, er gab die Hoffnung noch nicht auf. Er kannte den Abenteurer, und er kannte den Fanatiker. Es war ziemlich wahrscheinlich, dass Stephen, der Abenteurer, den Mund halten würde: aus purem Vergnügen an der Schauspielerei, dem Bestreben, in seinem neuen, behaglichen Heim bleiben zu können, im Vertrauen auf das Glück des Schurken und seine ausgezeichnete Fechtkunst. Es war sicher, dass Antonelli, der Fanatiker, schweigen und sich hängen lassen würde, ohne etwas über seine Familie preiszugeben. Paul blieb so lange auf dem Fluss, bis er wusste, dass der Kampf vorüber war. Dann alarmierte er die Stadt, holte die Polizei, sah zu, wie seine beiden besiegten Feinde für immer weggeschafft wurden, und setzte sich lächelnd zum Abendessen nieder.«

»Lachend, Gott sei uns gnädig!«, sagte Flambeau mit heftigem Schaudern. »Bringt der Teufel sie auf solche Gedanken?«

»Auf diesen Gedanken haben Sie ihn gebracht«, antwortete der Priester.

»Gott bewahre!«, stieß Flambeau hervor. »Wieso ich? Was meinen Sie?«

Der Priester zog eine Visitenkarte aus der Tasche und hielt sie in den schwachen Schein der Zigarre; sie war mit grüner Tinte beschriftet.

»Erinnern Sie sich nicht mehr an seine damalige Einladung«, fragte er, »und die Bewunderung für Ihre kriminelle Großtat? ›Jener Trick von Ihnen‹, sagte er, ›den einen Detektiv von einem anderen verhaften zu lassen‹? Er hat einfach Ihren Trick nachgeahmt. Er hatte zwei Feinde gleichzeitig, entzog sich jedoch geschickt dieser heiklen Lage, indem er sie aufeinanderstoßen und sich gegenseitig umbringen ließ.«

Flambeau riss dem Priester die Karte aus der Hand und zerpflückte sie wütend in kleine Fetzen.

»Das ist der Rest des alten Totenkopfs und der gekreuzten Knochen«, sagte er, als er die Papierschnitzel in die dunklen, zurückgehenden Wellen des Stroms streute, »aber man muss Angst haben, dass sie noch die Fische vergiften.«

Ein letztes Aufblitzen von weißer Karte und grüner Tinte, und alles ging im Dunkel unter; ein zarter und doch lebhafter Strahl am Himmel kündigte den Morgen an, und der Mond hinter dem Ried wurde blasser. Schweigend trieben sie dahin.

»Pater«, sagte Flambeau plötzlich, »glauben Sie, dass alles nur ein Traum war?«

Der Priester schüttelte den Kopf, sei es aus Ablehnung oder weil er im Zweifel war, blieb jedoch stumm. Ein Duft von Weißdorn und von Obstbäumen wehte aus der Dunkelheit herüber und zeigte ihnen an, dass Wind aufkam; im nächsten Augenblick schaukelte er ihr kleines Boot, blähte das Segel und trug sie den gewundenen Fluss hinunter zu glücklicheren Stätten und den Behausungen unschuldiger Menschen.

Der Hammer Gottes

Das kleine Dorf Bohun Beacon thronte auf einem so steilen Berg, dass sein hoher Kirchturm wie die höchste Erhebung eines kleinen Gebirges wirkte. Am Fuß der Kirche stand eine Schmiede, in der meist ein rotes Feuer loderte und stets Hämmer und Eisenstücke verstreut umherlagen; gegenüber, an einer Kreuzung der holperigen, kopfsteingepflasterten Wege, lag der »Blaue Eber«, das einzige Wirtshaus des Ortes. An diesem Kreuzweg begegneten sich im bleigrauen, silbernen Licht des heraufziehenden Morgens zwei Brüder und sprachen miteinander; doch während der eine den Tag begann, beendete der andere ihn gerade. Der ehrwürdige Reverend Wilfred Bohun war sehr fromm und befand sich auf dem Weg zu ein paar strengen Gebets- und Andachtsübungen im Morgengrauen. Der ehrenwerte Oberst Norman Bohun, sein älterer Bruder, war absolut nicht fromm, saß im Abendanzug auf der Bank vor dem »Blauen Eber« und trank – dies zu beurteilen blieb dem philosophischen Betrachter überlassen – entweder sein letztes Glas vom Dienstag oder sein erstes vom Mittwoch. Der Oberst nahm es damit nicht so genau.

Die Bohuns gehörten zu den wenigen aristokratischen Familien, deren Ursprung sich bis ins Mittelalter zurückverfolgen lässt, und ihre Kriegsfahnen waren wirklich bis nach Palästina getragen worden. Aber es wäre ein großer Fehler anzunehmen, dass in solchen Häusern ritterliche Traditionen hohes Ansehen genössen. Wenige, mit Ausnahme der Armen, bewahren Traditionen. Aristokraten leben nicht in Traditionen, sondern nach der jeweiligen Strömung. Die Bohuns waren unter Königin Anne Banditen und unter Königin Viktoria Betrüger gewesen. Doch im Verlauf der letzten beiden Jahrhunderte waren sie wie so manche der wirklich alten Familien zu bloßen Trunkenbolden und degenerierten Dandys verkommen, bis man sogar von Irrsinn zu munkeln begann. Gewiss lag etwas Unmenschliches in der wölfischen Vergnügungssucht des Obersten, und seine eingefleischte Gewohnheit, nicht vor dem Morgen nach Hause zu gehen, deutete auf einen schlimmen Zustand von Schlaflosigkeit hin. Er war eine hochgewachsene, vornehme Erscheinung, schon etwas älter, doch mit auffallend blonden Haaren. Er hätte blond und löwenhaft ausgesehen, wenn seine blauen Augen nicht so tief in den Höhlen gelegen hätten, dass sie beinahe schwarz wirkten; auch standen sie ein wenig eng beieinander. Zu beiden Seiten seines sehr langen blonden Schnurrbartes verlief eine tiefe Falte oder Furche von der Nase bis zum Kinn, als wäre ihm ein höhnisches Lächeln ins Gesicht gemeißelt. Über seinem Abendanzug trug er einen merkwürdig hellen gelben Mantel, der mehr einem leichten Morgenrock als einem Mantel glich, und auf dem Hinterkopf saß ein ungewöhnlich breitkrempiger, leuchtend grüner Hut, offenbar eine zufällig erworbene orientalische Rarität. Er war stolz darauf, in derart unpassender Kleidung aufzutreten, vor allem weil es ihm immer gelang, sie passend wirken zu lassen.

Sein Bruder, der Kurat, besaß das gleiche blonde Haar und das gleiche vornehme Aussehen, doch trug er eine bis zum Kinn geknöpfte schwarze Soutane und hatte ein glattrasiertes, kultiviertes Gesicht, auf dem ein leicht nervöser Ausdruck lag. Er schien nur seiner Religion zu leben; aber manche Leute sagten – besonders der Schmied, der Presbyterianer war –, es sei mehr eine Liebe zur gotischen Architektur als die Liebe zu Gott, und seine Sucht, ständig in der Kirche umherzugeistern, sei nur eine andere, reinere Form der beinahe krankhaften Gier nach Schönheit, die seinen Bruder zu Frauen und Wein trieb. Dieser Vorwurf traf nicht ganz zu, denn die praktizierte Frömmigkeit des Mannes stand außer Zweifel. In der Tat beruhte dieser Vorwurf weitgehend auf einer falschen Auslegung seiner Liebe zu Einsamkeit und stillem Gebet und stützte sich auf den Umstand, dass man ihn oft auf den Knien antraf, nicht etwa vor dem Altar, sondern an ganz ausgefallenen Orten, in der Krypta, auf der Empore oder sogar auf dem Glockenturm. Er war soeben im Begriff, die Kirche vom Hof der Schmiede aus zu betreten, blieb jedoch mit gerunzelter Stirn stehen, als er bemerkte, dass die tiefliegenden Augen seines Bruders in die gleiche Richtung starrten. Auf die Annahme, der Oberst interessiere sich vielleicht für die Kirche, verschwendete er keinen Gedanken. Also blieb nur die Werkstatt des Schmieds, und obwohl der Schmied Puritaner war und nicht zu den Mitgliedern seiner Gemeinde gehörte, waren Wilfred Bohun doch einige Klatschgeschichten über dessen schöne und weithin berühmte Frau zu Ohren gekommen. Er warf einen argwöhnischen Blick auf den Schuppen, und der Oberst erhob sich lachend, um mit ihm zu sprechen.

»Guten Morgen, Wilfred«, sagte er. »Wie ein braver Gutsherr wache ich Tag und Nacht über meine Leute. Ich will gerade den Schmied besuchen.«

Wilfred sah zu Boden und sagte: »Der Schmied ist nicht da. Er ist nach Greenford hinüber.«

»Ich weiß«, antwortete der andere und lachte sein lautloses Lachen, »deshalb gehe ich ja hin.«

»Norman«, sagte der Geistliche, den Blick fest auf einen Kieselstein geheftet, »hast du nie Angst vor einem Blitzschlag?«

»Was meinst du damit?«, fragte der Oberst. »Ist dein Steckenpferd die Meteorologie?«

»Ich meine«, sagte Wilfred, ohne aufzusehen, »hast du je daran gedacht, dass dich die Strafe Gottes auf offener Straße treffen könnte?«

»Ich bitte um Verzeihung«, sagte der Oberst, »ich sehe, dein Steckenpferd ist der Aberglauben.«

»Und ich weiß, dass dein Steckenpferd Gotteslästerung ist«, entgegnete der religiöse Mann scharf, an der einzig empfindlichen Stelle seines Wesens getroffen. »Aber wenn du auch Gott nicht fürchtest, hast du doch allen Grund, die Menschen zu fürchten.«

Der Ältere zog höflich die Augenbrauen hoch. »Die Menschen fürchten?«, fragte er.

»Barnes, der Schmied, ist der größte und kräftigste Mann im Umkreis von vierzig Meilen«, sagte der Geistliche finster. »Ich weiß, dass du kein Feigling oder Schwächling bist, aber er könnte dich ohne weiteres über die Mauer werfen.«

Das wirkte, weil es der Wahrheit entsprach, und die düstere Falte zwischen Mund und Nase vertiefte sich noch. Einen Moment lang stand der Oberst da mit diesem höhnischen Lächeln im Gesicht. Doch im nächsten Augenblick hatte er die ihm eigene grausame, gute Laune wiedergefunden und lachte, wobei er unter seinem gelben Schnurrbart zwei scharfe Hundezähne entblößte. »So gesehen, mein lieber Wilfred«, sagte er leichthin, »war es klug von dem letzten der Bohuns, wenigstens zum Teil in Rüstung auszugehen.«

Und er nahm den seltsamen, runden grünen Hut ab und zeigte, dass er innen mit Stahl ausgekleidet war. Wilfred erkannte in ihm einen leichten japanischen oder chinesischen Helm, Teil einer Trophäe aus ihrem alten Ahnensaal.

»Er war gerade bei der Hand«, erklärte sein Bruder unbekümmert, »immer der nächstbeste Hut – und die nächstbeste Frau.«

»Der Schmied ist in Greenford drüben«, sagte Wilfred ruhig, »es ist ungewiss, wann er zurückkommt.«

Und damit wandte er sich um und ging mit gesenktem Kopf in die Kirche, wobei er sich bekreuzigte wie jemand, der sich von einem unreinen Geist befreien will. Er sehnte sich danach, Schändlichkeiten wie die soeben erlebte in dem kühlen Dämmerlicht seines hohen gotischen Kreuzgangs zu vergessen; doch an diesem Morgen war es ihm bestimmt, auf seiner stillen Runde religiöser Übungen überall von kleinen Schrecknissen unterbrochen zu werden. Als er die Kirche betrat, die bisher zu dieser Stunde immer leer gewesen war, sprang eine kniende Gestalt hastig auf und trat in das helle Licht des Eingangs. Als der Geistliche sie erkannte, blieb er überrascht stehen. Denn der zeitige Kirchgänger war kein anderer als der Dorfidiot, ein Neffe des Schmieds, einer, der weder mit der Kirche noch mit anderen Dingen viel anfangen konnte oder wollte. Er wurde überall der »Verrückte Joe« genannt und schien keinen anderen Namen zu haben; er war ein dunkler, kräftiger, schläfriger Bursche mit einem begriffsstutzigen, bleichen Gesicht, glattem schwarzen Haar und einem ständig offenstehenden Mund. Als er an dem Priester vorbeiging, gab sein Mondkalbgesicht keinerlei Aufschluss über das, was er gerade getan oder gedacht hatte. Noch nie zuvor hatte man ihn beten sehen. Welche Art von Gebet sprach er nun? Bestimmt ein ganz außergewöhnliches.

Wilfred Bohun blieb lange stehen, ohne sich von der Stelle zu rühren; er sah, dass der Idiot in die Sonne hinaustrat und sein zügelloser Bruder ihn mit gönnerhafter Heiterkeit begrüßte. Als Letztes sah er, wie der Oberst mit Pennystücken nach Joe warf und anscheinend ernsthaft versuchte, dabei in dessen offenen Mund zu treffen.

Dieses hässliche, sonnenbeschienene Bild irdischer Dummheit und Grausamkeit trieb den Asketen endgültig zu seinen Gebeten um Läuterung und neue Gedanken. Er stieg auf die Empore und setzte sich in eine Bank direkt unter ein buntes Fenster, welches er liebte und das stets sein Gemüt beruhigte; es war ein blaues Fenster mit einem Engel, der ein paar Lilien in der Hand hielt. Dort dachte er allmählich immer weniger an den Tölpel mit seinem bleichen Gesicht und seinem Fischmaul; er dachte immer weniger an seinen schlimmen Bruder, der wie ein sehniger Löwe mit seinem entsetzlichen Appetit auf und ab ging. Tiefer und tiefer versank er in den kalten, süßen Farben der silbernen Blüten und des saphirblauen Himmels.

Dort fand ihn eine halbe Stunde später Gibbs, der Dorfschuster, den man eilig nach ihm geschickt hatte. Er stand rasch auf, denn er wusste, dass es keine Kleinigkeit sein konnte, wenn Gibbs sich überhaupt an einen solchen Ort begab. Wie häufig auf dem Dorf, war der Schuster Atheist und sein Erscheinen in der Kirche noch eine Spur ungewöhnlicher als das des Verrückten Joe. Es war ein Morgen der theologischen Rätsel.

»Was gibt es?«, fragte Wilfred Bohun ziemlich kühl, doch die Hand, mit der er nach seinem Hut griff, zitterte.

Der Atheist sprach in einem Ton, der für seine Verhältnisse verblüffend respektvoll war und sogar ein gewisses unbeholfenes Mitgefühl verriet.

»Sie müssen entschuldigen, Sir«, sagte er mit einem heiseren Flüstern, »aber wir hielten es für richtig, Ihnen sofort Bescheid zu sagen. Ich fürchte, es ist etwas Schreckliches passiert, Sir. Ich fürchte, Ihr Bruder –«

Wilfred rang die feingliedrigen Hände. »Welche Teufelei hat er jetzt wieder begangen?«, rief er in einem unwillkürlichen Zornesausbruch.

»Nun, Sir«, sagte der Schuster hüstelnd, »ich fürchte, er hat nichts getan und wird auch nichts mehr tun. Ich fürchte, er ist tot. Am besten kommen Sie mit nach unten, Sir.«

Der Priester folgte dem Schuster eine kurze Wendeltreppe hinab, die sie zu einem Ausgang führte, der einiges höher als die Straße lag. Bohun erfasste mit einem Blick die ganze Tragödie, die sich ihm unten wie auf einer Landkarte darbot. Im Hof der Schmiede standen fünf oder sechs Männer; fast alle waren in Schwarz, einer trug die Uniform eines Polizeiinspektors. Unter ihnen waren der Arzt, der presbyterianische Pfarrer und der Priester der römisch-katholischen Kirche, der die Frau des Schmieds angehörte. Der Priester sprach gerade sehr schnell und mit gedämpfter Stimme auf sie ein, denn die wunderschöne Frau mit dem rotgoldenen Haar saß unaufhörlich schluchzend auf einer Bank. Zwischen diesen beiden Gruppen, etwas entfernt von dem Berg der Hämmer, lag ein Mann im Abendanzug mit ausgebreiteten Armen flach auf dem Gesicht. Selbst aus dieser Höhe konnte Wilfred jede Einzelheit der Kleidung und Erscheinung, sogar die Ringe der Bohuns an den Fingern, klar erkennen; doch der Schädel war nur noch eine scheußliche Masse, ein Stern aus Schwärze und Blut.

Wilfred Bohun sah nur ein einziges Mal hin und stürzte die Treppe hinunter in den Hof. Der Arzt, der Hausarzt der Familie, grüßte ihn, doch er nahm keine Notiz davon. Er brachte nur stammelnd hervor: »Mein Bruder ist tot. Was hat das zu bedeuten? Was ist das für ein entsetzliches Geheimnis?« Ein unbehagliches Schweigen entstand; dann antwortete der Schuster, eindeutig der Gesprächigste der Gruppe: »Entsetzlich genug ist alles, aber geheimnisvoll ist es nicht.«

»Wie meinen Sie das?«, fragte Wilfred mit bleichem Gesicht.

»Die Sache ist klar«, erwiderte Gibbs. »Im Umkreis von vierzig Meilen gibt es nur einen Mann, der solch einen Schlag ausführen könnte, und das ist auch der Mann, der am meisten Grund dazu hatte.«

»Wir wollen niemanden vorschnell verdächtigen«, warf der Arzt, ein stattlicher, schwarzbärtiger Mann, ziemlich nervös ein. »Doch erscheint es mir angemessen, die Aussage von Mr. Gibbs über die Art des Schlages zu bestätigen, Sir; es ist ein unglaublicher Schlag. Mr. Gibbs behauptet, nur ein einziger Mann in dieser Gegend könne ihn ausgeführt haben. Ich selbst hätte gesagt, kein Mensch wäre dazu imstande gewesen.«

Ein abergläubisches Frösteln durchlief die schmale Gestalt des Geistlichen. »Ich verstehe das alles nicht«, sagte er.

»Mr. Bohun«, sagte der Arzt leise, »mir fehlt buchstäblich ein passender Vergleich. Es wäre unzutreffend zu sagen, der Schädel sei wie eine Eierschale in Stücke geschlagen worden. Knochensplitter wurden in den Körper und in die Erde getrieben wie Kugeln in eine Lehmwand. Es geschah durch die Hand eines Riesen.«

Er schwieg einen Augenblick, und seine Augen funkelten grimmig durch seine Brillengläser; dann setzte er hinzu: »Das Ganze hat einen Vorteil – es befreit die meisten Menschen auf einen Schlag von jedem Verdacht. Würde man Sie oder mich oder einen x-beliebigen normalen Menschen dieses Verbrechens anklagen, wir würden ebenso freigesprochen wie ein Kind, das man bezichtigt, die Nelson-Säule gestohlen zu haben.«

»Genau das meine ich«, wiederholte der Schuster eigensinnig, »es gibt nur einen Mann, der es getan haben kann, und das ist der Mann, der es auch getan hätte. Wo ist Simeon Barnes, der Schmied?«

»Er ist nach Greenford hinüber«, sagte der Geistliche zögernd.

»Wahrscheinlich eher nach Frankreich hinüber«, murmelte der Schuster.

»Nein. Er ist weder da noch dort«, erklang eine leise, tonlose Stimme, die dem kleinen katholischen Priester gehörte, der zu der Gruppe getreten war. »Er kommt nämlich gerade die Straße herauf.«

Der kleine Priester war keine auffallende Erscheinung mit seinem störrischen braunen Haar und dem runden, ausdruckslosen Gesicht. Doch selbst wenn er strahlend schön wie Apoll gewesen wäre, niemand hätte ihn in diesem Augenblick beachtet. Denn alle wandten sich um und starrten den Weg entlang, der sich unten durch die Ebene schlängelte und auf dem sich tatsächlich mit Riesenschritten und einen Hammer auf der Schulter Simeon, der Schmied, näherte. Er war ein grobknochiger, hünenhafter Mensch, mit tiefliegenden, dunklen, finster blickenden Augen und einem schwarzen Kinnbart. Er unterhielt sich ruhig mit zwei anderen Männern, und obwohl er nie ausgesprochen fröhlich war, schien er doch völlig unbefangen.

»Mein Gott!«, rief der atheistische Schuster, »da ist ja auch der Hammer, mit dem er es getan hat.«

»Nein«, sagte der Inspektor, ein verständig aussehender Mann mit rotblondem Schnurrbart, der zum ersten Mal das Wort ergriff. »Da drüben bei der Kirchenmauer liegt der Hammer, mit dem er es getan hat. Wir haben ihn und den Leichnam nicht angerührt.«

Alle sahen hinüber, und der kurzgeratene Priester ging hin und betrachtete schweigend das Werkzeug. Es war einer der kleinsten und leichtesten Hämmer, und er wäre in der Menge der übrigen nicht aufgefallen; doch an seinem Eisenteil klebten Blut und Haare.

Nach einem kurzen Schweigen sprach der kleine Priester, ohne den Blick zu heben, und in seiner gleichmütigen Stimme schwang ein neuer Ton mit. »Mr. Gibbs hatte Unrecht«, sagte er, »als er meinte, es gäbe kein Geheimnis. Zumindest ist es ein Geheimnis, warum ein so starker Mann einen so kräftigen Schlag mit einem so kleinen Hammer ausführen sollte.«

»Ach, das hat nichts zu sagen«, rief Gibbs aufgeregt. »Was sollen wir mit Simeon Barnes machen?«

»Ihn in Ruhe lassen«, antwortete der Priester ruhig. »Er kommt ja selbst her. Ich kenne seine beiden Begleiter. Es sind brave Burschen aus Greenford; sie kommen, weil sie hier in die presbyterianische Kapelle gehen wollen.«

Noch während er sprach, bog der riesige Schmied um die Ecke der Kirche und betrat seinen eigenen Hof. Dann blieb er wie angewurzelt stehen, und der Hammer entglitt seiner Hand. Der Inspektor, der eine undurchdringliche Miene bewahrt hatte, ging sofort zu ihm.

»Ich will Sie nicht fragen, Mr. Barnes«, sagte er, »ob Sie etwas über den Vorfall hier wissen. Sie sind nicht verpflichtet, etwas zu sagen. Ich hoffe, dass Sie nichts wissen und dies auch beweisen können. Aber ich muss Sie in aller Form im Namen des Königs wegen Mordes an Oberst Bohun verhaften.«

»Sie sind nicht verpflichtet, etwas zu sagen«, stieß der Schuster in fieberhafter Erregung hervor. »Die müssen erst alles beweisen. Bis jetzt ist noch nicht einmal bewiesen, dass es Oberst Bohun ist, der da mit zerschmettertem Kopf liegt.«

»Das ist absurd«, sagte der Arzt leise zu dem Priester. »Das gibt es nur in Detektivgeschichten. Ich war der Hausarzt des Obersten und kannte seinen Körper besser als er selbst. Er hatte sehr schöne Hände, die jedoch eine Besonderheit aufwiesen. Zeige- und Mittelfinger waren beide gleich lang. Es ist mit absoluter Sicherheit der Oberst.«

Als er auf den Leichnam mit dem eingeschlagenen Schädel blickte, folgten ihm die unerbittlichen Augen des reglosen Schmiedes und blieben ebenfalls dort haften.

»Ist Oberst Bohun tot?«, fragte der Schmied völlig ruhig. »Dann ist er in der Hölle.«

»Sagen Sie nichts! Oh, sagen Sie nichts«, rief der atheistische Schuster und führte vor lauter Bewunderung für das englische Rechtswesen einen ekstatischen Tanz auf. Denn niemand ist ein so entschiedener Verfechter des Gesetzes wie ein überzeugter Kirchengegner.

Der Schmied blickte ihn über die Schulter mit dem glühenden Blick des Fanatikers an.

»Ihr Ungläubigen haltet es für richtig, wie die schlauen Füchse Winkelzüge zu machen, weil euch die weltlichen Gesetze begünstigen«, sagte er. »Gott aber lässt's den Aufrichtigen gelingen und beschirmt die Frommen, was ihr noch heute sehen werdet.«

Dann zeigte er auf den Oberst und fragte: »Wann starb dieser Hund in seiner Sünden Blüte?«

»Mäßigen Sie Ihre Sprache«, sagte der Arzt.

»Mäßigen Sie die Sprache der Bibel, und ich mäßige die meine. Wann starb er?«

»Heute Morgen um sechs Uhr sah ich ihn noch lebend«, stammelte Wilfred Bohun.

»Gott ist groß«, sagte der Schmied. »Herr Inspektor, ich habe nicht den geringsten Einwand gegen meine Verhaftung. *Sie* sollten etwas dagegen haben, mich zu verhaften. Mir macht es nichts aus, das Gericht ohne den kleinsten Makel in meinem Charakter zu verlassen. Aber vielleicht stört es Sie, das Gericht mit einem schweren Rückschlag in Ihrer Karriere zu verlassen.«

Der aufrechte Inspektor sah den Schmied zum ersten Mal mit lebhaftem Interesse an – wie alle anderen, außer dem kleinen, seltsamen Priester, der noch immer auf den zierlichen Hammer niedersah, mit dem der schreckliche Schlag geführt worden war.

»Draußen vor der Werkstatt stehen zwei Männer«, fuhr der Schmied mit gewichtiger Klarheit fort, »brave Handwerker aus Greenford, die Ihnen allen bekannt sind und die bereit sind zu beschwören, dass sie mich von Mitternacht bis Tagesanbruch und noch eine ganze Zeit danach im Versammlungsraum unserer Erweckungsmission gesehen haben, wo wir die ganze Nacht über Seelen retteten. In Greenford könnten allein zwanzig Leute beschwören, dass ich die ganze Zeit dort war. Wäre ich ein Heide, Herr Inspektor, ließe ich Sie geradewegs in die Falle tappen, aber als Christenmensch fühle ich mich verpflichtet, Ihnen eine Chance zu geben, und frage Sie hiermit, ob Sie mein Alibi jetzt oder vor Gericht bestätigt haben wollen.«

Zum ersten Mal schien der Inspektor beunruhigt, und er sagte: »Natürlich wäre es mir lieber, Sie würden gleich hier entlastet.«

Der Schmied verließ mit den gleichen langen, federnden Schritten den Hof und kehrte mit seinen beiden Freunden aus Greenford zurück, die tatsächlich fast jedem der Anwesenden bekannt waren. Niemandem kam es in den Sinn, ihre Worte zu bezweifeln. Nach ihrer Aussage stand Simeons Unschuld so unumstößlich fest wie die große Kirche vor ihnen.

Ein Schweigen senkte sich über die Gruppe, das befremdender und unerträglicher war als jedes Gespräch. Ohne Zusammenhang und offenbar nur, um etwas zu sagen, bemerkte der Kurat zu dem katholischen Priester:

»Sie scheinen sich sehr für diesen Hammer zu interessieren, Pater Brown.«

»O ja, das tue ich«, sagte Pater Brown, »warum ist es solch ein kleiner Hammer?«

Der Arzt fuhr zu ihm herum.

»Alle Wetter, das stimmt«, rief er, »wer benutzt schon einen kleinen Hammer, wenn zehn größere herumliegen?«

Dann senkte er die Stimme und flüsterte dem Pfarrer ins Ohr: »Nur jemand, der keinen großen Hammer heben kann. Nicht Kraft oder Mut von Männern und Frauen sind unterschiedlich groß, sondern die Hebekraft in den Schultern. Eine mutige Frau könnte, ohne mit der Wimper zu zucken, mit einem leichten Hammer zehn Morde begehen. Mit einem schweren könnte sie nicht einmal einen Käfer töten.«

Wilfred Bohun starrte ihn wie gebannt vor Entsetzen an, während Pater Brown, den Kopf leicht schräg gelegt, interessiert und aufmerksam zuhörte. In noch anzüglicherem Ton fuhr der Arzt fort:

»Warum nehmen diese Idioten immer an, der Einzige, der den Liebhaber einer Frau hasst, sei der Ehemann der Frau? In neun von zehn Fällen ist es die Frau selbst, die den Liebhaber am meisten hasst. Wer weiß, welche Frechheit, welchen Verrat er an ihr begangen hat – schauen Sie sie doch an!«

Er wies unversehens auf die rothaarige Frau auf der Bank. Sie hatte endlich den Kopf gehoben, und die Tränen auf ihrem schönen Gesicht waren getrocknet. Doch ihre Augen waren mit einem verzückten, geradezu schwachsinnigen Blick auf den Leichnam geheftet.

Reverend Wilfred Bohun machte eine müde Handbewegung, als wolle er andeuten, dass sein Wissensdurst gestillt sei; aber Pater Brown sagte in beiläufigem Ton, während er etwas Asche von seinem Ärmel entfernte:

»Sie sind wie so viele Ärzte«, sagte er, »Ihre geistigen Kenntnisse sind wirklich überzeugend, aber Ihre physischen Kenntnisse sind völlig unzureichend. Ich stimme Ihnen darin zu, dass die Frau viel häufiger den Wunsch hat, den Liebhaber zu töten, als der Ehemann. Und ich stimme zu, dass eine Frau immer einen kleinen Hammer ergreifen würde anstelle eines großen. Das Problem liegt in der physischen Unmöglichkeit. Keine Frau der Welt könnte den Schädel eines Mannes so völlig zerschmettern.« Und nach einer Pause fügte er nachdenklich hinzu: »Diese

Leute haben die ganze Sache nicht begriffen. Der Mann trug schließlich einen ehernen Helm; und der Schlag zertrümmerte ihn, als wäre er aus Glas. Sehen Sie sich die Frau an. Sehen Sie ihre Arme an.«

Wieder hielt sie das Schweigen gefangen; dann sagte der Arzt leicht verdrießlich: »Nun ja, vielleicht habe ich mich geirrt; man kann gegen alles etwas einwenden. Aber an dem Kernpunkt halte ich fest. Nur ein Idiot würde diesen kleinen Hammer nehmen, wenn ein großer Hammer zur Hand wäre.«

Bei diesen Worten griff sich Wilfred Bohun mit seinen schlanken, zitternden Händen an den Kopf und raufte sich das spärliche blonde Haar. Gleich darauf ließ er sie sinken und rief: »Das war das Wort, das ich suchte; Sie haben es ausgesprochen.«

Nachdem er seine Fassung wiedergewonnen hatte, fuhr er fort:

»Sie sagten: ›Nur ein Idiot würde den kleinen Hammer nehmen.‹«

»Ja«, sagte der Arzt. »Und?«

»Nun«, sagte der Kurat, »ein Idiot hat es auch getan.«

Die Übrigen starrten ihn gebannt an, und er fuhr in fieberhafter, hektischer Erregung fort.

»Ich bin Priester«, rief er mit unsicherer Stimme, »und ein Priester sollte kein Blut vergießen. Ich – ich meine, er sollte niemanden an den Galgen bringen. Und ich danke Gott, dass ich jetzt weiß, wer der Verbrecher ist – weil es ein Verbrecher ist, den man nicht an den Galgen bringen kann.«

»Sie wollen ihn nicht anzeigen?«, fragte der Arzt.

»Man würde ihn nicht hängen, auch wenn ich ihn anzeige«, antwortete Wilfred mit einem wilden, doch seltsam glücklichen Lächeln. »Als ich heute Morgen die Kirche betrat, fand ich dort einen Irren ins Gebet vertieft – diesen armen Joe, der sein Leben lang nicht richtig im Kopf war. Gott weiß, was er betete; aber bei diesen närrischen Leuten ist es durchaus möglich, dass es auch in ihren Gebeten drunter und drüber geht. Vielleicht würde ein

Wahnsinniger sogar beten, bevor er einen Menschen tötet. Als ich den armen Joe zum letzten Mal sah, war er mit meinem Bruder zusammen. Mein Bruder machte sich lustig über ihn.«

»Großer Gott!«, rief der Arzt, »jetzt kommen wir der Sache näher. Aber wie erklären Sie sich –«

Der ehrwürdige Wilfred zitterte geradezu vor Aufregung darüber, dass er einen Zipfel der Wahrheit gelüftet hatte. »Sehen Sie denn nicht, sehen Sie nicht«, rief er wie im Fieber, »dass dies die einzige Theorie ist, die auf beide seltsamen Umstände passt, die beide Rätsel löst? Die beiden Rätsel sind der kleine Hammer und der kraftvolle Schlag. Der Schmied hätte den heftigen Schlag ausführen können, aber er hätte nie den kleinen Hammer gewählt. Seine Frau hätte den leichten Hammer genommen, aber sie hätte nicht so kraftvoll zuschlagen können. Der Wahnsinnige jedoch könnte beides getan haben. Was den kleinen Hammer betrifft – nun, er war schließlich verrückt und könnte auch jedes andere Werkzeug benutzt haben. Und der gewaltige Schlag – haben Sie nie davon gehört, Doktor, dass Verrückte in ihrer Raserei oft die Kraft von zehn Männern besitzen?«

Der Arzt holte tief Atem und sagte dann: »Zum Teufel, ich glaube, Sie haben Recht.«

Pater Brown hatte den Sprecher lange genug unverwandt angeblickt, um erkennen zu lassen, dass seine großen grauen Kuhaugen nicht ganz so nichtssagend waren wie der Rest seines Gesichts. Als Stille eingekehrt war, sagte er betont respektvoll: »Mr. Bohun, Ihre Theorie ist die einzige bisher vorgetragene, die absolut wasserdicht und im Wesentlichen unwiderlegbar ist. Daher haben Sie meines Erachtens Anspruch darauf, zu erfahren, dass es, wie ich mit Sicherheit weiß, nicht die richtige ist.« Und damit entfernte sich der merkwürdige kleine Mann und betrachtete erneut den Hammer.

»Dieser Bursche weiß offenbar mehr, als er sollte«, flüsterte der Arzt Wilfred ärgerlich zu. »Diese papistischen Priester sind verteufelt schlau.«

»Nein, nein«, sagte Bohun erschöpft, aber beharrlich. »Es war der Verrückte. Es war der Verrückte.«

Die beiden Geistlichen und der Arzt hatten sich von der eher offiziellen Gruppe – dem Inspektor und dem Verhafteten – etwas entfernt. Nun jedoch, da ihre eigene Gruppe sich aufgelöst hatte, vernahmen sie die Stimmen der anderen. Der Priester sah ruhig auf und sofort wieder zu Boden, als er den Schmied mit lauter Stimme sagen hörte: »Ich hoffe, ich habe Sie überzeugt, Herr Inspektor. Ich bin zwar ein starker Mann, wie Sie sagen, aber ich wäre nicht imstande gewesen, meinen Hammer – peng! – von Greenford bis hierher zu schleudern. Und mein Hammer hat auch keine Flügel, um damit eine halbe Meile weit über Hecken und Felder zu fliegen.«

Der Inspektor lachte gutmütig und sagte: »Nein, ich glaube, Sie sind aus dem Schneider, obwohl ich schon sagen muss, dass dies eines der seltsamsten Zusammentreffen in meiner ganzen Laufbahn ist. Ich kann Sie nur darum bitten, uns bei der Suche nach einem Mann zu helfen, der ebenso groß und stark ist wie Sie. Bei Gott, Sie könnten von großem Nutzen sein, und wenn Sie ihn nur festhielten! Sie haben nicht zufällig eine Ahnung, wer der Mann sein könnte?«

»Ich habe vielleicht eine Ahnung«, sagte der bleiche Schmied, »aber die betrifft keinen Mann.« Dann, als er bemerkte, dass sich die erschrockenen Blicke seiner Frau auf der Bank zuwandten, legte er ihr seine riesige Pranke auf die Schulter und sagte: »Auch keine Frau.«

»Wie meinen Sie das? Glauben Sie etwa, Kühe werfen mit Hämmern?«, fragte der Inspektor mit dem Versuch zu scherzen.

»Ich glaube, dass niemand aus Fleisch und Blut diesen Hammer führte«, sagte der Schmied mit erstickter Stimme, »mit anderen Worten, ich glaube nicht, dass er von einem Sterblichen getötet wurde.«

Wilfred machte plötzlich einen Schritt vorwärts und starrte ihn mit glühenden Augen an.

»Wollen Sie damit sagen, Barnes«, ließ sich die scharfe Stimme des Schusters vernehmen, »dass der Hammer von selbst nach oben sprang und den Mann niederschlug?«

»Oh, glotzt und lacht nur, Ihr Herren«, schrie Simeon, »Ihr Priester, die Ihr uns des Sonntags in der Kirche erzählt, in welcher Stille der Herr Sanherib niederwarf. Ich glaube, dass Er, der unsichtbar in jedes Haus einkehrt, die Ehre des meinigen verteidigte und den Schurken tot vor diese Tür legte. Ich glaube, die Stärke dieses Schlages war von der Stärke eines Erdbebens, und keinen Deut geringer.«

Mit kaum zu beschreibender Stimme sagte Wilfred: »Ich selbst habe zu Norman gesagt, er solle sich vor einem Blitzstrahl hüten.«

»Dieser Täter fällt nicht in meinen Zuständigkeitsbereich«, sagte der Inspektor mit einem leichten Lächeln.

»Aber Sie in den seinen«, antwortete der Schmied, »nehmen Sie sich in Acht.« Und ihnen seinen breiten Rücken zuwendend, ging er ins Haus.

Der erschütterte Wilfred wurde von Pater Brown beiseite geführt, der ruhig und freundlich auf ihn einsprach. »Wir wollen diesen furchtbaren Ort verlassen, Mr. Bohun«, sagte er. »Darf ich einen Blick in Ihre Kirche werfen? Wie ich hörte, ist sie eine der ältesten in England. Wir haben nämlich ein gewisses Interesse für alte englische Kirchen«, setzte er mit einer komischen Grimasse hinzu.

Wilfred Bohun lächelte nicht, denn Humor war noch nie seine starke Seite gewesen. Aber er nickte eifrig, nur zu bereit, die Pracht der Gotik einem Menschen vorzuführen, der wohl etwas mehr Verständnis dafür zeigen würde als der presbyterianische Schmied oder der atheistische Schuster.

»Aber gern«, sagte er. »Lassen Sie uns auf dieser Seite eintreten.« Und er ging voran zu dem hohen Seiteneingang am oberen Ende der Treppenflucht. Pater Brown setzte gerade den Fuß auf die erste Stufe, um ihm zu folgen, als er eine Hand auf seiner

Schulter spürte; er drehte sich um und erblickte die dunkle, dünne Gestalt des Arztes, in dessen Gesicht noch dunkler ein Verdacht geschrieben stand.

»Sir«, sagte der Mediziner barsch, »Sie kennen anscheinend einige Geheimnisse dieser dunklen Angelegenheit. Darf ich fragen, ob Sie diese für sich behalten wollen?«

»Nun, Doktor«, antwortete der Priester mit liebenswürdigem Lächeln, »es gibt einen sehr guten Grund, warum ein Mann meines Berufes Dinge für sich behält, wenn er sich seiner Sache nicht ganz sicher ist, und das ist die Tatsache, dass er fortwährend verpflichtet ist, Dinge für sich zu behalten, deren er ganz sicher ist. Sollten Sie aber der Ansicht sein, ich wäre über Gebühr zurückhaltend gewesen, so will ich bis an die äußerste Grenze meiner Gewohnheit gehen und Ihnen zwei ganz deutliche Hinweise geben.«

»Und zwar, Sir?«, fragte der Arzt düster.

»Erstens«, sagte Pater Brown, »fällt die Angelegenheit direkt in Ihr Fach. Es geht um ein physikalisches Problem. Der Schmied irrt sich, nicht so sehr, weil er sagt, es sei ein göttlicher Schlag gewesen, sondern weil er ihn für ein Wunder hält. Es war kein Wunder, Doktor, abgesehen von der Tatsache, dass der Mensch mit seinem seltsamen, bösen und dennoch manchmal heldenhaften Herzen selbst ein Wunder ist. Die Kraft, die jenen Schädel zerschmetterte, ist allen Wissenschaftlern wohlbekannt – ist eines der bekanntesten Naturgesetze.«

Der Arzt, der ihn mit gespannter Aufmerksamkeit ansah, fragte nur: »Und der andere Hinweis?«

»Der andere Hinweis ist folgender«, sagte der Priester: »Erinnern Sie sich, dass der Schmied, obwohl er doch an Wunder glaubt, verächtlich von dem unmöglichen Märchen sprach, dass sein Hammer plötzlich Flügel bekommen habe und eine halbe Meile über Land geflogen sei?«

»Ja«, sagte der Arzt, »ich erinnere mich daran.«

»Nun«, fügte Pater Brown mit einem breiten Lächeln hinzu,

»dieses Märchen kam von allem, was heute gesagt wurde, der Wahrheit eindeutig am nächsten.« Sprach's, wandte sich ab und stapfte hinter dem Kuraten die Treppe hinauf.

Reverend Wilfred, der so bleich und ungeduldig auf ihn gewartet hatte, als würde diese kleine Verzögerung seinen Nerven den Rest geben, führte ihn umgehend zu seiner Lieblingsecke in der Kirche, jenem Teil der Empore, die der geschnitzten Decke am nächsten war und von dem wunderbaren Fenster mit dem Engel erhellt wurde. Der kleine römische Priester untersuchte und bewunderte alles ausführlich, wobei er die ganze Zeit freundlich, aber mit leiser Stimme sprach. Als er bei seinen Nachforschungen den Seiteneingang und die Wendeltreppe entdeckte, die Wilfred hinabgeeilt war, um dann seinen Bruder tot daliegen zu sehen, lief Pater Brown mit der Behändigkeit eines Affen nicht nach unten, sondern nach oben, und gleich darauf ertönte seine klare Stimme von einer höhergelegenen Außenplattform.

»Kommen Sie herauf, Mr. Bohun«, rief er. »Die Luft wird Ihnen guttun.«

Bohun folgte ihm und trat auf eine Art steinerne Galerie oder Balkon hinaus, von wo aus man in die grenzenlose Ebene blicken konnte, aus der ihr kleiner Hügel aufragte, mit Wäldern bis zu dem purpurfarbenen Horizont und hier und da mit Dörfern und Bauernhöfen durchsetzt. Klar und viereckig, doch geradezu winzig, konnten sie unten den Hof der Schmiede erkennen, wo der Inspektor noch immer seine Notizen machte und der Leichnam noch immer wie eine zerquetschte Fliege lag.

»Es könnte die Weltkarte sein, nicht wahr?«, sagte Pater Brown.

»Ja«, sagte Bohun feierlich und nickte.

Unmittelbar unter und neben ihnen stürzten die Linien des gotischen Baus mit der entsetzlichen Geschwindigkeit des Selbstmörders überall ins Leere. Den Bauwerken des Mittelalters wohnt jenes Element titanischer Kraft inne, das, aus wel-

cher Perspektive man es auch betrachtet, den Eindruck hervorruft, es würde davoneilen wie der starke Rücken eines rasenden
Pferdes. Diese Kirche war aus uraltem, stillem Stein gehauen,
von jahrhundertealten Flechten überwuchert und mit Vogelnestern gesprenkelt. Und dennoch, von unten gesehen, sprang
sie wie eine Fontäne zu den Sternen; und jetzt, von oben gesehen, stürzte sie wie ein Wasserfall in einen stummen Abgrund.
Die beiden Männer auf dem Turm waren dem schrecklichsten
Aspekt der Gotik ausgeliefert: der unnatürlichen Verkürzung
und Verzerrung, den schwindelerregenden Perspektiven, der
Täuschung, die Großes klein und Kleines groß aussehen ließ,
einem steinernen Chaos inmitten der Luft. Steinerne Details,
die infolge ihrer Nähe riesig wirkten, hoben sich scharf vor einem Bild aus Feldern und Bauernhöfen ab, zwergenhaft in ihrer
unendlichen Entfernung. Ein in Stein gemeißelter Vogel schien
einem ungeheuren laufenden oder fliegenden Drachen zu gleichen, der die Weiden und Dörfer unter ihnen verwüstete. Die
ganze Atmosphäre war schwindelerregend und gefährlich, so,
als würden die Menschen von den kreisenden Schwingen rie-
senhafter Geister in die Luft gehalten; und die steinerne Masse
dieser alten Kirche, so groß und mächtig wie eine Kathedrale,
schien auf dem sonnenüberfluteten Land zu lasten wie eine dro-
hende Gewitterwolke.

»Ich glaube, es ist ziemlich gefährlich, an so hochgelegenen
Orten zu stehen, und sei es, um zu beten«, sagte Pater Brown.
»Höhen wurden geschaffen, um zu ihnen aufzusehen, nicht um
von ihnen herabzublicken.«

»Meinen Sie, man könnte hinunterfallen?«, fragte Wilfred.

»Ich meine, die Seele könnte fallen, selbst wenn der Körper
nicht fällt«, sagte der andere Priester.

»Ich verstehe Sie nicht recht«, bemerkte Bohun unbestimmt.

»Nehmen Sie den Schmied, zum Beispiel«, fuhr Pater Brown
ruhig fort, »ein braver Mann, aber kein Christ – hart, herrisch, un-
versöhnlich. Nun, die Väter seiner schottischen Religion waren

Männer, die auf Bergen und Felsspitzen beteten und lernten, eher auf die Welt herabzusehen, als zum Himmel aufzublicken. Demut ist die Mutter der Riesen. Man sieht die großen Dinge vom Tal aus, vom Gipfel herab nur die kleinen.«

»Aber er – er hat es nicht getan«, sagte Bohun bebend.

»Nein«, sagte der andere in eigenartigem Ton, »wir beide wissen, dass er es nicht getan hat.«

Einen Augenblick später sprach er weiter, während seine blassgrauen Augen ruhig über die Ebene schweiften. »Ich kannte einen Mann«, sagte er, »der anfangs mit allen anderen vor dem Altar betete, dann jedoch seine Andacht immer lieber an hohen und einsamen Orten verrichtete, in Winkeln oder Nischen des Glockenturms oder Kirchturms. Und einmal, als er sich an einem dieser verwirrenden Orte befand und sich unter ihm die ganze Welt wie ein Rad zu drehen schien, verwirrte sich auch sein Verstand, und er hielt sich für Gott. Und so beging er, obwohl er ein guter Mensch war, ein großes Verbrechen.«

Wilfred hatte das Gesicht abgewendet, aber seine knochigen Hände färbten sich blau und weiß, als sie die steinerne Brüstung umklammerten.

»Er glaubte, es sei an ihm, über die Welt zu richten und den Sünder zu strafen. Nie wäre ihm dieser Gedanke gekommen, wenn er zusammen mit anderen Menschen auf der Erde gekniet hätte. So jedoch sah er alle Menschen klein wie Insekten. Besonders einen sah er, der gerade unter ihm einherstolzierte, unverschämt und gut zu erkennen an einem leuchtend grünen Hut – ein giftiges Insekt.«

Krähen umschwirrten krächzend den Glockenturm, sonst blieb alles still, bis Pater Brown fortfuhr.

»Und es führte ihn in Versuchung, dass er eine der schrecklichsten Kräfte der Natur in Händen hielt; ich meine die Schwerkraft, jene irrsinnige, immer schnellere Bewegung, mit der alle Geschöpfe der Erde, wenn sie losgelassen werden, wieder an den Erdmittelpunkt zurückkehren. Schauen Sie, soeben geht genau unter uns der Inspektor auf die Schmiede zu. Würfe ich einen Kieselstein hier über die Brüstung, würde er ihn mit der Wucht einer Kugel treffen. Würde ich einen Hammer hinunterwerfen – wenn auch nur einen kleinen Hammer –«

Wilfred Bohun schwang ein Bein über die Brüstung, doch Pater Brown packte ihn im gleichen Moment beim Kragen.

»Nicht durch diese Tür«, sagte er sanft, »diese Tür führt in die Hölle.«

Bohun taumelte rückwärts gegen die Wand und starrte ihn mit entsetzten Augen an.

»Woher wissen Sie das alles?«, rief er. »Sind Sie ein Teufel?«

»Ich bin ein Mensch«, antwortete Pater Brown ernst, »und deshalb habe ich alle Teufel im Herzen. Hören Sie«, sagte er nach einer kurzen Pause. »Ich weiß, was Sie getan haben – wenigstens kann ich es mir zum größten Teil denken. Als Sie Ihren Bruder verließen, waren Sie nicht zu Unrecht von einer solchen Wut erfüllt, dass Sie den kleinen Hammer ergriffen, halb mit der Absicht, ihn zu töten, noch während er seine Gemeinheiten auf den Lippen hatte. Dann schreckten Sie vor dem Gedanken zurück, verbargen den Hammer stattdessen unter Ihrem zugeknöpften Rock und betraten rasch die Kirche. Sie sprachen stürmische Gebete an den verschiedensten Plätzen, unter dem Engelfenster, auf der Plattform darüber und schließlich auf einer noch höheren Plattform, von der aus Sie den orientalischen Hut des Obersten sehen konnten wie den Rücken eines umherkriechenden grünen Käfers. Da zersprang etwas in Ihrer Seele, und Sie sandten Gottes Blitzstrahl.«

Wilfred griff sich mit einer schwachen Geste an den Kopf und fragte leise: »Woher wissen Sie, dass sein Hut wie ein grüner Käfer aussah?«

»Ach, das«, sagte der andere mit der Andeutung eines Lächelns, »das war gesunder Menschenverstand. Aber hören Sie mich weiter an. Ich sage, ich weiß das alles, aber niemand sonst wird etwas erfahren. Der nächste Schritt liegt bei Ihnen; ich werde keine weiteren Schritte unternehmen, sondern alles wie ein Beichtgeheimnis in mir verschließen. Wenn Sie mich nach dem Warum fragen: Es gibt viele Gründe, und nur einer davon betrifft Sie. Ich überlasse Ihnen die Entscheidung, weil Sie noch nicht so schwer gefehlt haben, wie Mörder es gemeinhin tun. Sie beteiligten sich nicht daran, den Schmied oder dessen Frau des Verbrechens zu beschuldigen, als dies ein Leichtes für Sie gewesen wäre. Sie versuchten, es dem Idioten in die Schuhe zu schieben, weil Sie wussten, dass man ihn nicht würde verurteilen können. Das war einer der Hoffnungsschimmer, die bei einem Mörder aufzuspüren zu meinem Beruf gehört. Und nun kommen Sie mit hinunter ins Dorf und gehen Sie Ihres Weges, so frei wie der Wind; denn ich habe alles gesagt.«

Schweigend gingen sie die Wendeltreppe hinab und traten bei der Schmiede ins Sonnenlicht hinaus. Wilfred Bohun klinkte sorgfältig das hölzerne Tor zum Hof auf, ging auf den Inspektor zu und sagte: »Ich möchte mich Ihnen stellen. Ich habe meinen Bruder getötet.«

Der Mann in der Passage

Zwei Männer erschienen gleichzeitig an den beiden Enden einer Art Passage, die seitlich am Apollo-Theater in Adelphi verlief. Das Licht des hereinbrechenden Abends war strahlend hell und tauchte die Straßen in einen gleißenden, kalten Schein. Die Passage dagegen war lang und dunkel, so dass der eine Mann den anderen nur als schwarzen Umriss ausmachen konnte. Trotzdem erkannten sie einander selbst an diesen schwachen Konturen; denn beide waren von auffallender Erscheinung, und sie hassten sich.

Die überdachte Passage führte am einen Ende in eine der steilen Straßen von Adelphi, am anderen auf eine Terrasse mit Blick auf den Fluss, in dem sich die Farben des Sonnenuntergangs spiegelten. Die eine Seite der Passage war eine nackte Mauer, denn das Gebäude, zu dem sie gehörte, war ein altes, in Konkurs gegangenes, mittlerweile geschlossenes Theaterrestaurant. Die andere Seite der Passage war an beiden Enden mit einer Tür versehen. Keine dieser Türen war das, was man im Allgemeinen unter einem Bühneneingang verstand; es waren eher Geheimtüren, die nur ganz spezielle Schauspieler benutzten, in diesem Fall die Hauptdarsteller der Shakespeare-Aufführung dieses Abends. Derart bedeutende Personen haben eine Vorliebe für solche privaten Ein- und Ausgänge, um ihre Freunde zu empfangen oder ihnen zu entgehen.

Die beiden besagten Männer gehörten mit Sicherheit zu diesen Freunden, die offenbar die Türen kannten und damit rechneten, dass man ihnen öffnete; denn beide näherten sich der Tür am oberen Ende mit der gleichen Gelassenheit und dem gleichen Selbstbewusstsein. Jedoch nicht mit der gleichen Geschwindigkeit; der Mann, der schneller ging, kam vom entfernteren Ende des Ganges, so dass beide fast gleichzeitig an der geheimen Bühnentür ankamen. Sie grüßten einander höflich und warteten einen Augenblick, bevor einer von ihnen, der Mann mit dem strammen Schritt und der größeren Ungeduld, an die Tür klopfte.

Darin, wie in allem anderen, unterschieden sich die beiden Männer, und keinen von ihnen hätte man als dem anderen unterlegen bezeichnen können. Als Privatpersonen waren beide stattlich, fähig und beliebt. Als Persönlichkeiten des öffentlichen Lebens standen beide in vorderster Reihe. Doch alles an ihnen, von ihrem Ruhm bis zu ihrem guten Aussehen, war unterschiedlich und absolut nicht zu vergleichen. Sir Wilson Seymour gehörte zu jener Sorte von Männern, deren Bedeutung jeder kennt, der auf dem Laufenden ist. Je mehr man im engsten Kreis einer bestimmten politischen oder beruflichen Gruppe verkehrte, umso häufiger traf man Sir Wilson Seymour. Er war der einzig geistvolle Mensch in zwanzig geistlosen Komitees, die sich mit den abwegigsten Themen befassten, von der Reform der Königlichen Akademie der Künste bis zur Einführung des Bimetallismus in Großbritannien. Vor allem in der Kunst war er eine Autorität. Er war so einzigartig, dass niemand genau zu sagen wusste, ob er nun ein großer Aristokrat war, der sich auf die Kunst gestürzt hatte, oder ein großer Künstler, auf den sich die Aristokraten gestürzt hatten. Aber fünf Minuten in seiner Gegenwart genügten, um einem begreiflich zu machen, dass man schon sein Leben lang unter seinem Einfluss stand.

Seine Erscheinung war »distinguiert« im buchstäblichen Sinne des Wortes; sie war konventionell und einmalig zugleich. Sein hoher Zylinder entsprach genau der Mode, und doch unterschied er sich von den Hüten aller anderen Leute – vielleicht weil er eine Idee höher war und Sir Wilson dadurch etwas größer machte. Seine hochgewachsene, schlanke Gestalt war leicht gebeugt, doch wirkte sie alles andere als schwach. Sein Haar war silbergrau, aber er sah nicht alt aus; es war lockig, doch es sah nicht künstlich gelockt aus. Sein sorgfältig gestutzter Spitzbart ließ ihn ausgesprochen männlich und kämpferisch erscheinen; vergleichbar den alten Admirälen von Velazquez, dessen dunkle

Porträts in großer Zahl in seinem Haus hingen. Seine grauen Handschuhe waren einen Ton dunkler, sein Spazierstock mit dem Silberknauf eine Spur länger als das Heer der Handschuhe und Spazierstöcke, die in Theatern und Restaurants geschwenkt wurden.

Der andere Mann war nicht ganz so groß, doch niemand hätte ihn als klein eingestuft, sondern eher als stark und stattlich. Auch sein Haar war gelockt, doch war es blond und lag kurz geschnitten um einen kräftigen, mächtigen Schädel – einen Schädel, mit dem man eine Tür einschlagen kann, wie Chaucer von dem Kopf des Müllers sagte. Sein militärischer Schnurrbart und die Haltung seiner Schultern ließen in ihm den Soldaten erkennen, aber er besaß ein Paar jener freimütigen und durchdringend blauen Augen, wie man sie noch häufiger bei Seeleuten antrifft. Sein Gesicht war ebenso kantig wie sein Kinn und seine Schultern, ja selbst sein Jackett hatte etwas Eckiges. Und tatsächlich hatte ihn Max Beerbohm in der damals aktuellen, wilden Schule der Karikatur als Musterbeispiel im Vierten Buch der »Elemente« des Euklid dargestellt.

Denn auch er war ein Mann der Öffentlichkeit, wenn auch mit einer ganz anderen Art von Erfolg. Man musste nicht in der besten Gesellschaft verkehren, um von Kapitän Cutler, der Belagerung von Hongkong und dem großen Marsch durch China gehört zu haben. Es war das unvermeidliche Thema, wo immer man sich aufhielt; sein Porträt zierte jede zweite Postkarte, jede zweite Illustrierte druckte seine Landkarten und die Beschreibung seiner Schlachten, und Lieder zu seinen Ehren wurden in jedem zweiten Varietétheater und von jedem Leierkasten gedudelt. Zwar war sein Ruhm wahrscheinlich viel vergänglicher, doch auch viel größer, populärer und spontaner als der des anderen. In Tausenden von englischen Heimen genoss er das gleiche enorme Ansehen wie Nelson. Doch hatte er in England unendlich viel weniger Macht als Sir Wilson Seymour.

Die Tür wurde ihnen von einem betagten Diener oder Garderobier geöffnet, dessen verbittertes Gesicht und Verhalten wie auch sein schäbiger schwarzer Anzug in eigenartigem Kontrast standen zu der glitzernden Einrichtung des Ankleideraums der berühmten Schauspielerin. Er war mit einer Überfülle von Spiegeln ausgestattet, deren Reflexe sich in zahllosen Winkeln brachen, so dass sie den hundert Facetten eines riesenhaften Diamanten glichen – vorausgesetzt, man könnte einen Diamanten von innen betrachten. Die anderen Anzeichen des Luxus, ein paar Blumen, ein paar bunte Kissen, ein paar Flitterreste von Bühnenkostümen, wurden von all den Spiegeln in die schillernde Tollheit von »Tausendundeiner Nacht« vervielfältigt und schienen auf magische Weise ständig ihren Platz zu verändern, wenn der umherschlurfende Diener bald den einen Spiegel hervorzog, bald den anderen an die Wand zurückschob.

Beide Männer nannten den schäbigen Garderobier bei seinem Namen, Parkinson, und fragten nach der Lady als einer Miss Aurora Rome. Parkinson antwortete, sie sei im Raum nebenan, aber er wolle ihr Bescheid sagen. Ein Schatten verdüsterte das Gesicht der beiden Besucher; denn der Nebenraum war die Privatgarderobe des berühmten Schauspielers, mit dem zusammen Miss Aurora auftrat, und sie zählte schließlich zu den Frauen, die außer Bewunderung auch stets Eifersucht erregen. Doch schon eine halbe Minute später öffnete sich die Geheimtür, und sie trat ein, wie sie es selbst im Privatleben immer tat, auf eine Art, die auch ein Schweigen noch als Beifallssturm erscheinen ließ, und als hochverdienten dazu. Sie trug ein seltsames Gewand aus pfauengrünem und pfauenblauem Satin, der wie blaues und grünes Metall schimmerte und Kinder und Ästheten entzückt hätte; ihr schweres kastanienbraunes Haar umrahmte eines jener zauberhaften Gesichter, die allen Männern gefährlich werden können, besonders aber den Jünglingen und den Männern mit den grauen Schläfen. Gemeinsam mit ihrem männlichen Kollegen, dem berühmten amerikanischen Schauspieler Isidore Bruno, trat sie in einer hochpoetischen und phantastischen Inszenierung des »Sommernachtstraums« auf: einer Version, in der Oberon und Titania, mit anderen Worten, sie selbst und Bruno, den künstlerischen Mittelpunkt bildeten. Vor dieser träumerischen, erlesenen Kulisse, sich in mystischen Tänzen wiegend, betonte das grüne Kostüm, wie die glänzenden Flügel eines Käfers, das ätherische Wesen einer Elfenkönigin. Doch wenn ein Mann ihr im hellen Tageslicht gegenüberstand, war es allein ihr Gesicht, das ihn gefangen nahm.

Sie begrüßte beide Männer mit dem strahlenden und verwirrenden Lächeln, das so viele Männer veranlasste, sich in ihrer gefährlichen Nähe aufzuhalten. Sie nahm von Cutler Blumen entgegen, die genauso exotisch und kostspielig waren wie seine Siege, und ein anderes Geschenk von Sir Wilson Seymour, das dieser ihr etwas später und etwas beiläufiger überreichte. Denn es widersprach seiner Erziehung, sein Interesse offen zu zeigen, und auch seiner gezwungenen Ungezwungenheit, etwas so Banales wie Blumen zu schenken. Er habe im Vorbeigehen eine Kleinigkeit erstanden, sagte er, die eher eine Kuriosität sei; es sei ein antiker griechischer Dolch aus der mykenischen Epoche, der schon gut zur Zeit von Theseus und Hyppolita benutzt worden sein konnte. Er sei aus Bronze, wie alle Waffen der Helden von einst, doch seltsamerweise noch scharf genug, um jemanden damit zu erstechen. Besonders die blattähnliche Form habe ihn gereizt; er sei dadurch so vollkommen wie eine griechische Vase. Falls Miss Rome etwas damit anfangen, ihn vielleicht sogar für das Stück verwenden könne, so werde sie hoffentlich –

Die Zwischentür flog auf, und eine riesige Gestalt erschien, die einen noch größeren Kontrast zu dem wortreichen Seymour bildete als Kapitän Cutler. Mit seiner Größe von annähernd zwei Metern und keineswegs nur bühnenbedingt ausgestopften Muskeln glich Isidore Bruno, in das prächtige Leopardenfell und das goldbraune Gewand Oberons gehüllt, einem barbarischen Gott. Er stützte sich auf eine Art Jagdspeer, der auf der Bühne wie ein schmaler, silbriger Stab aussah, in dem kleinen, vollgestopften Raum jedoch so groß und kalt wie eine Lanze wirkte – und genauso bedrohlich. Er rollte wild mit seinen lebhaften schwarzen Augen, und sein bronzefarbenes Gesicht, so hübsch es auch war, erinnerte in dem Zusammenspiel von hohen Backenknochen und gebleckten Zähnen an gewisse Gerüchte aus Amerika über seine Abstammung von einer Südstaatenplantage.

»Aurora«, begann er mit jener tiefen Stimme, deren leidenschaftliches Vibrieren schon so viele Zuschauer berührt hatte, »willst du –«

Er hielt unschlüssig inne, denn eine sechste Person war plötzlich im Türrahmen erschienen – eine Person, die so wenig in diese Umgebung passte, dass sie fast schon komisch wirkte. Es war ein sehr kleiner Mann in der schwarzen Tracht eines katholischen Laienpriesters, der, vor allem in der Gegenwart Brunos und Auroras, einem hölzernen Noah glich, der seiner Arche entstiegen war. Er schien sich jedoch dieses Kontrasts nicht bewusst zu sein, sondern sagte mit trockener Höflichkeit: »Ich glaube, Miss Rome hat nach mir geschickt.«

Einem scharfen Beobachter wäre aufgefallen, dass sich die emotionsgeladene Atmosphäre durch diese emotionslose Unterbrechung eher noch verstärkte. Denn gerade die Anwesenheit eines unverheirateten Priesters schien den anderen vor Augen zu führen, dass sie wie ein Kreis verliebter Rivalen um die Frau herumstanden; er wirkte wie ein Fremder, der, wenn er mit schneebedecktem Mantel einen Raum betritt, erst darauf aufmerksam macht, dass dort eine Gluthitze herrscht. Die Gegenwart des einzigen Mannes, der sich nichts aus ihr machte, verstärkte Miss Romes Gefühl dafür, dass alle anderen in sie verliebt waren – und jeder auf eine gefährliche Weise: der Schauspieler mit der Begierde eines Wilden und eines verwöhnten Kindes; der Soldat mit der schlichten Selbstsucht eines Mannes, der mehr Willenskraft als Geist besitzt; Sir Wilson mit jener täglich stärker werdenden Konzentration, mit der sich alte Hedonisten einem Steckenpferd widmen; ja selbst der armselige Parkinson, der sie schon vor der Zeit ihrer Triumphe gekannt hatte und sie mit Blicken verschlang und ihr auf Schritt und Tritt folgte, schien sie mit hündischer Ergebenheit zu lieben.

Ein scharfer Beobachter hätte noch etwas viel Seltsameres bemerken können. Der Mann mit dem Aussehen eines schwarzen, hölzernen Noah – dem ein gewisser Scharfsinn durchaus nicht abging – bemerkte es mit beträchtlichem, wenn auch verstecktem Vergnügen. Ganz offensichtlich wollte die berühmte Aurora, obwohl nicht unempfänglich für die Bewunderung von Seiten des anderen Geschlechts, in diesem Moment alle ihre Anbeter loswerden und mit dem Mann allein bleiben, der sie nicht bewunderte – wenigstens nicht im üblichen Sinne; denn der kleine Priester bewunderte und genoss geradezu die sichere weibliche Diplomatie, mit der sie vorging. Es gab vielleicht nur eine Sache, mit der sich Aurora Rome auskannte, und das war die eine Hälfte der Menschheit – die männliche Hälfte. Der kleine Priester beobachtete, wie bei einem napoleonischen Feldzug, die umsichtige Präzision ihrer Taktik, alle zu vertreiben und dabei keinen zu verbannen. Bruno, der große Schauspieler, war so kindisch, dass es einfach war, ihn dazu zu bringen, beleidigt und türenschlagend den Raum zu verlassen. Cutler, der britische Offizier, war zwar schwer von Begriff, aber überkorrekt in seinem Verhalten. Er würde alle Andeutungen überhören, jedoch eher sterben, als den präzisen Auftrag einer Dame nicht auszuführen. Der alte Seymour wiederum musste ganz anders behandelt werden; er sollte als Letzter gehen. Die einzige Möglichkeit, ihn von der Stelle zu bewegen, war, ihn als alten Freund ins Vertrauen zu ziehen und in das Geheimnis dieser Vertreibung einzuweihen. Der Priester bewunderte Miss Rome ehrlich dafür, wie sie mit einem raffinierten Schachzug alle drei Ziele erreichte.

Sie ging zu Kapitän Cutler hinüber und sagte in ihrem süßesten Ton: »Wie sehr schätze ich all diese Blumen, denn es müssen

Ihre Lieblingsblumen sein. Aber wissen Sie, der Strauß wäre nicht vollständig ohne *meine* Lieblingsblumen. Gehen Sie doch bitte in den Laden an der Ecke und kaufen Sie mir ein paar Maiglöckchen, dann wird alles ganz reizend aussehen.«

Das erste Ziel ihrer Diplomatie, der Abgang des wütenden Bruno, war sofort erreicht. Er hatte dem bedauernswerten Parkinson bereits gebieterisch seinen Speer wie ein Zepter übergeben und war im Begriff, sich auf einem der gepolsterten Stühle wie auf einem Thron niederzulassen. Doch bei der offen ausgesprochenen Bitte an seinen Rivalen erglühte in seinen schillernden Augäpfeln der empfindliche Stolz des Sklaven; für einen Moment ballte er seine gewaltigen braunen Fäuste, dann stieß er die Tür auf und verschwand in seinen eigenen Räumen. Doch Miss Romes Versuch, die britische Armee zu mobilisieren, war nicht so erfolgreich verlaufen, wie man es erwartet hätte. Cutler hatte sich zwar auf der Stelle steif erhoben und war wie auf Befehl, den Hut in der Hand, auf die Tür zugegangen. Aber vielleicht war es die herausfordernde Eleganz in der trägen, an einen Spiegel gelehnten Gestalt Seymours, die ihn veranlasste, an der Tür Halt zu machen und den Kopf wie eine Bulldogge verwirrt in alle Richtungen zu drehen.

»Ich muss diesem einfältigen Menschen den Weg zeigen«, sagte Aurora im Flüsterton zu Seymour und eilte zur Tür, um den Abgang des scheidenden Gastes zu beschleunigen.

Seymour, in seiner eleganten, unbeteiligten Pose, schien zu lauschen und war offensichtlich erleichtert zu hören, wie die Lady dem Hauptmann ein paar letzte Anweisungen gab und dann auf dem Absatz kehrtmachte und lachend an das entgegengesetzte Ende der Passage lief, das Ende mit der Aussichtsterrasse oberhalb der Themse. Doch schon wenige Sekunden später verdüsterte sich Seymours Gesicht erneut. Ein Mann in seiner Position hat viele Rivalen, und er erinnerte sich, dass an jenem Ende der Passage auch die Verbindungstür zu Brunos Privatraum abging. Ohne etwas von seiner würdevollen Haltung zu verlieren, ließ er gegenüber Pater Brown ein paar höfliche Worte über die Renaissance der byzantinischen Architektur in der Kathedrale von Westminster fallen und schlenderte dann wie selbstverständlich ebenfalls hinaus an das obere Ende der Passage. Pater Brown und Parkinson blieben allein zurück, und keiner von beiden neigte zu überflüssigen Worten. Der Diener ging im Raum umher, zog Spiegel hervor und schob sie wieder zurück; sein schäbiger, dunkler Anzug wirkte umso trostloser, da er noch immer den glänzenden Zauberstab König Oberons in der Hand hielt. Jedes Mal, wenn er einen Spiegel hervorholte, erschien ein neues, schwarzes Abbild von Pater Brown; das verrückte Spiegelgemach war voller Pater-Brown-Gestalten in den unterschiedlichsten Varianten: einmal wie ein Engel kopfüber in der Luft schwebend, ein andermal Purzelbäume schießend wie ein Akrobat oder dem Betrachter auf besonders unverschämte Weise die Kehrseite zeigend.

Pater Brown schien von dieser Vielzahl von Zeugen nichts zu bemerken, sondern folgte Parkinson mit ruhigem, aufmerksamem Blick, bis dieser sich mitsamt seinem lächerlichen Speer in den angrenzenden Raum Brunos begab. Dann überließ er sich jenen abstrakten Meditationen, die ihm immer großen Spaß bereiteten: Er berechnete die Winkel der Spiegel, jeden Brechungswinkel, den Winkel, in dem jeder Spiegel zur Wand stehen musste – als er einen lauten, doch erstickten Schrei vernahm.

Er sprang auf und lauschte starr. Im gleichen Augenblick stürzte Sir Wilson Seymour, bleich wie Elfenbein, zurück in den Raum. »Wer ist dieser Mann in der Passage?«, schrie er. »Wo ist mein Dolch?«

Ehe Pater Brown sich in seinen schweren Stiefeln umdrehen konnte, durchwühlte Seymour fieberhaft den Raum auf der Suche nach der Waffe. Und noch bevor er die Chance hatte, diese oder eine andere Waffe zu finden, hörte man draußen auf dem Pflaster energische Schritte, und Cutlers eckiges Gesicht erschien im Türrahmen. Noch immer hielt er groteskerweise einen Strauß Maiglöckchen krampfhaft in der Hand. »Was ist das?«, rief er. »Was ist das für eine Kreatur da hinten in der Passage? Ist das einer Ihrer Tricks?«

»Meiner Tricks!«, zischte sein bleicher Rivale und machte einen Schritt auf ihn zu.

In dem Augenblick, in dem sich all das ereignete, betrat Pater Brown die Passage; etwas am oberen Ende zog seinen Blick an, und er ging entschlossen darauf zu.

Sofort ließen die beiden Männer von ihrem Streit ab und stürzten ihm nach, wobei Cutler ausrief: »Was machen Sie hier? Wer sind Sie?«

»Mein Name ist Brown«, sagte der Priester traurig, während er sich niederbeugte und gleich wieder aufrichtete. »Miss Rome hat nach mir geschickt, und ich kam, so schnell ich konnte. Ich bin zu spät gekommen.«

Die drei Männer blickten zu Boden, und zumindest einem von ihnen blieb in jenem späten Nachmittagslicht das Herz stehen. Es durchlief wie ein goldener Pfad die Passage und traf mit hellem Strahl Aurora Rome, die im Glanz ihres goldgrünen Gewandes dalag, das leblose Gesicht himmelwärts gerichtet. Ihr Kleid war wie im Kampf zerrissen und gab die rechte Schulter frei, doch die Wunde, aus der das Blut hervorquoll, war auf der anderen Seite. Der Bronzedolch lag matt schimmernd etwa einen Meter entfernt auf dem Boden.

Eine ganze Weile herrschte absolute Stille, so dass sie bis von Charing Cross herüber das Lachen eines Blumenmädchens vernahmen und hören konnten, wie jemand in einer Straße unweit des Themseufers ungeduldig nach einem Taxi pfiff. Dann packte der Kapitän mit einer plötzlichen Bewegung, die man ebenso gut als Leidenschaft wie als Schauspielerei hätte interpretieren können, Sir Wilson Seymour bei der Kehle.

Seymour sah ihn ruhig an mit einem Blick, der weder Kampfeslust noch Furcht verriet. »Sie brauchen mich nicht zu töten«, sagte er kühl, »das besorge ich schon selbst.«

Der Kapitän zögerte und ließ dann die Hände sinken, während der andere mit der gleichen eisigen Offenheit hinzufügte: »Falls ich nicht den Mut aufbringe, es mit einem Dolch zu tun, kann ich mich immer noch im Lauf eines Monats zu Tode trinken.«

»Trinken ist mir zu unwürdig«, erwiderte Cutler, »aber bevor ich sterbe, wird jemand dies hier mit seinem Blut büßen. Nicht Sie – aber ich denke, ich weiß schon, wer.«

Und noch ehe die anderen seine Absicht erraten hatten, ergriff er den Dolch, sprang auf die Tür am unteren Ende der Passage zu, riss sie trotz Schloss und Riegel auf und stand Bruno in dessen Garderobe gegenüber. Inzwischen trat der alte Parkinson mit seinem schlurfenden Schritt wankend aus der Tür und erblickte den Leichnam. Unsicher ging er bis zu der Stelle, warf mit bewegtem Gesicht einen flüchtigen Blick darauf, kehrte zitternd in den Ankleideraum zurück und sank plötzlich auf einen der gepolsterten Stühle. Pater Brown lief sofort zu ihm hinüber, ohne auf Cutler und den hünenhaften Schauspieler zu achten, obwohl der Raum bereits von ihren Schlägen widerhallte und sie um den Besitz des Dolches rangen. Seymour, der einen Rest praktischen Verstandes bewahrte, pfiff nach der Polizei am Ende der Passage.

Als die Polizisten eintrafen, war es ihre erste Aufgabe, den affenähnlichen Ringkampf der beiden Männer zu beenden; dann, nach einer kurzen, förmlichen Ermittlung, verhafteten sie Isidore Bruno wegen Mordverdachts, den sein wütender Widersacher gegen ihn erhoben hatte. Der Gedanke, dass der große Nationalheld mit eigenen Händen einen Übeltäter festgenommen hatte, verfehlte keineswegs seine Wirkung auf die Polizisten, denen ein gewisses journalistisches Gespür durchaus nicht abging. Sie behandelten Cutler mit einer bewusst feierlichen Aufmerksamkeit und wiesen ihn darauf hin, dass er eine leichte Schnittwunde an der Hand habe. Denn als Cutler ihn schon zwischen umgestürzte Tische und Stühle zurückgedrängt hatte, entwand Bruno den Dolch seinem Griff und verletzte ihn unterhalb des Handgelenks. Die Verwundung war tatsächlich nur geringfügig; dennoch starrte der halbwilde Gefangene unausgesetzt mit zufriedenem Lächeln auf das rinnende Blut, bis er aus dem Raum geführt wurde.

»Hat etwas von einem Kannibalen, was?«, fragte der Polizist Cutler vertraulich.

Cutler gab keine Antwort, sagte jedoch einen Augenblick später in scharfem Ton: »Wir müssen uns um die … die Tote … kümmern«, und seine Stimme versagte.

»Um die beiden Toten«, ließ sich der Priester von der anderen Seite des Raumes vernehmen. »Dieser arme Bursche war bereits tot, als ich zu ihm herüberkam.« Und er sah auf den alten Parkinson hinab, der wie ein unordentliches schwarzes Bündel auf dem prächtigen Stuhl saß. Auch er hatte der Verstorbenen seinen Tribut gezollt, und das auf sehr beredte Weise.

Cutler brach als Erster das Schweigen; er schien von einer rauen Zärtlichkeit ergriffen. »Ich wünschte, ich wäre er«, sagte er heiser. »Ich weiß noch, wie er ihr überallhin mit den Blicken folgte, mehr als – jeder andere. Sie war für ihn die Luft, die er zum Atmen brauchte; ohne sie konnte er nicht leben. Nun ist er tot.«

»Wir sind alle tot«, sagte Seymour in seltsamem Ton und blickte die Straße hinab.

Sie verabschiedeten sich an der Straßenecke von Pater Brown mit ein paar nichtssagenden Entschuldigungen für den Fall, dass er sich von ihnen unhöflich behandelt fühlte. Auf ihren Gesichtern lag ein tragischer und zugleich rätselhafter Ausdruck.

Der Kopf des kleinen Priesters war stets wie ein Kaninchengehege wilder Gedanken, die zu schnell umherhüpften, als dass er sie hätte einfangen können. Wie der weiße Schwanz eines Kaninchens blitzte bei ihm der Gedanke auf, dass er zwar an ihren Schmerz, aber nicht unbedingt an ihre Unschuld glauben konnte.

»Es wäre am besten, wenn wir alle gingen«, sagte Seymour ernst, »wir haben alles getan, was wir konnten, um zu helfen.«

»Werden Sie meine Motive verstehen«, fragte Pater Brown ruhig, »wenn ich Ihnen sage, dass Sie alles getan haben, um zu schaden?«

Beide fuhren schuldbewusst zusammen, und Cutler sagte scharf: »Wem zu schaden?«

»Sich selbst«, antwortete der Priester. »Ich würde Ihre Sorgen bestimmt nicht noch vergrößern, wenn ich es nicht für meine Pflicht hielte, Sie zu warnen. Sie haben beinahe alles getan, was Sie konnten, um sich an den Galgen zu bringen, falls dieser Schauspieler freigesprochen werden sollte. Man wird mich mit Sicherheit vorladen; ich werde mich zu der Aussage gezwungen sehen, dass Sie beide, nachdem der Schrei ertönte, in erregtem Zustand hereinstürmten und wegen eines Dolches in Streit gerieten. Soweit ich unter Eid aussagen kann, könnte jeder von Ihnen die Tat verübt haben. Sie haben sich damit geschadet; und dann muss sich Kapitän Cutler noch mit dem Dolch verletzt haben.«

»Mich verletzt!«, rief der Hauptmann verächtlich. »Eine dumme kleine Schramme.«

»Aus der Blut floss«, antwortete der Priester und nickte. »Wir wissen, dass jetzt Blut an dem Dolch klebt. Und daher werden wir nie erfahren, ob schon vorher Blut daran war.«

Ein Schweigen entstand; dann sagte Seymour mit einem Nachdruck, der seiner üblichen Sprechweise völlig fremd war: »Aber ich habe in der Passage einen Mann gesehen.«

»Ich weiß«, antwortete der Geistliche mit unbewegtem Gesicht, »und Kapitän Cutler auch. Genau das lässt es so unglaubwürdig erscheinen.«

Noch ehe einer von beiden ganz hinter den Sinn seiner Worte gekommen war und antworten konnte, hatte sich Pater Brown höflich empfohlen und stapfte mit seinem unförmigen Regenschirm die Straße entlang.

Es ist auffallend, dass heutzutage in den Zeitungen die Meldungen über Verbrechen die zuverlässigsten und wichtigsten

Nachrichten sind. Wenn es stimmt, dass man im zwanzigsten Jahrhundert Mord mehr Platz einräumt als Politik, dann einfach darum, weil Mord ein ernsteres Thema ist. Doch diese Begründung allein würde nicht ausreichen, um das enorme Aufsehen und die sich in allen Einzelheiten ergehende Berichterstattung über den »Fall Bruno« oder »Das Geheimnis in der Passage« in den Londoner Zeitungen und den Provinzblättern zu erklären. Die Aufregung war so groß, dass die Zeitungen ein paar Wochen lang tatsächlich die Wahrheit schrieben; und die Berichte über Verhöre und Kreuzverhöre waren zwar endlos, vielfach sogar unerträglich, doch zumindest glaubwürdig. Der eigentliche Grund war natürlich das Zusammentreffen der beteiligten Personen. Das Opfer war eine bekannte Schauspielerin; der Angeklagte war ein bekannter Schauspieler; und der Angeklagte war gewissermaßen von der bekanntesten militärischen Persönlichkeit der patriotischen Saison auf frischer Tat ertappt worden. Durch diese außergewöhnlichen Umstände übertrafen sich die Zeitungen gegenseitig an Redlichkeit und Genauigkeit; und so kann der Rest dieser einzigartigen Geschichte praktisch anhand von Presseberichten über Brunos Prozess erzählt werden.

Die Verhandlung wurde von Mr. Justice Monkhouse geleitet, einem jener Richter, die man gemeinhin als humorvoll verspottet, die jedoch im Allgemeinen viel ernsthafter als die ernsten Richter sind; denn ihre lockere Art entspringt einer lebhaften Antipathie gegen die feierlichen Zeremonien ihres Berufsstands; der ernste Richter hingegen ist wirklich voller Leichtfertigkeit, denn er ist voller Eitelkeit. Da alle Hauptbeteiligten bekannte und bedeutende Persönlichkeiten waren, hatte man die Anwälte nach dem Prinzip der Ausgewogenheit bestellt. Vertreter der Anklage war Sir Walter Cowdray, ein schwerfälliger, aber gewichtiger Anwalt, der es verstand, englisch und vertrauenerweckend zu wirken und sich den Anschein zu geben, dass er nur widerwillig das Wort ergriff. Verteidiger des Angeklagten war Mr. Patrick Butler, den diejenigen, die den irischen Charakter völlig verkannten – und diejenigen, die noch nicht von ihm verhört worden waren –, irrtümlich für einen bloßen Flaneur hielten. Die medizinische Untersuchung ergab keinerlei Widersprüche; der Arzt, den Seymour umgehend gerufen hatte, war zu dem gleichen Ergebnis gelangt wie die überragende Kapazität, welche die Leiche später untersucht hatte. Aurora Rome war mit einem scharfen Gegenstand, einem Messer oder Dolch, erstochen worden, einem Gegenstand, der eindeutig eine kurze Klinge hatte. Der Einstich lag direkt über dem Herzen, und der Tod war auf der Stelle eingetreten. Als der Arzt sie zuerst sah, konnte sie höchstens zwanzig Minuten tot gewesen sein. Demnach konnte sie, als Pater Brown sie fand, kaum drei Minuten tot gewesen sein.

Es schloss sich eine amtliche kriminalistische Untersuchung an, in der es hauptsächlich um das Vorliegen oder Fehlen von Beweisen für die Anzeichen eines Kampfes ging; der einzige Hinweis darauf war das an der Schulter zerrissene Gewand, und das schien nicht zu Richtung und Heftigkeit des Stoßes zu passen. Als diese Einzelheiten erörtert, wenn auch nicht geklärt worden waren, wurde der erste der Hauptzeugen aufgerufen.

Sir Wilson Seymour machte seine Zeugenaussage genau wie alles andere, was er je tat – das heißt nicht nur gut, sondern geradezu perfekt. Obwohl selbst viel eher ein Mann des öffentlichen Lebens als der Richter, legte er genau jenen Grad an Respekt vor dem Königlichen Gerichtshof an den Tag, der angebracht war; und obwohl ihn alle mit der gleichen Ehrfurcht ansahen wie den Premierminister oder den Erzbischof von Canterbury, ließ sich über sein Auftreten in dieser Sache nur sagen, dass es das eines privaten Gentlemans war, mit Betonung auf dem Substantiv. Er war auch von der gleichen erfrischenden Klarheit wie in den Sitzungen der Komitees. Er hatte Miss Rome im Theater aufgesucht; dort hatte er Kapitän Cutler vorgefunden; für kurze Zeit hatte sich der Angeklagte zu ihnen gesellt, war dann jedoch in seine eigene Garderobe zurückgegangen; dann war ein katholischer Geistlicher gekommen, der nach der Verstorbenen gefragt und sich mit dem Namen Brown vorgestellt hatte. Dann hatte Miss Rome das Theater verlassen und war zum Eingang der Passage gegangen, um Kapitän Cutler den Weg zu einem Blumenladen zu zeigen, in dem er ihr noch ein paar Blumen kaufen sollte; und der Zeuge war im Raum geblieben und hatte mit dem Priester ein paar Worte gewechselt. Er hatte genau gehört, wie sich die Verstorbene, nachdem sie dem Kapitän seinen Auftrag erteilt hatte, lachend umgedreht und die Passage zum entgegengesetzten Ende hinuntergelaufen war, wo sich der Ankleideraum des Angeklagten befand. Aus reiner Neugier über die verwunderliche Eile seiner Freunde hatte er sich selbst zum oberen Ende der Passage begeben und sie bis zur Tür des Angeklagten überblickt. Hatte er in der Passage irgendetwas gesehen? Ja, er hatte in der Passage etwas gesehen.

Sir Walter Cowdray machte eine eindrucksvolle Pause, in welcher der Zeuge zu Boden sah und trotz seiner gewohnten Fassung noch einen Ton blasser als sonst zu werden schien. Dann sagte der Anwalt mit leiser Stimme, teilnahmsvoll und einschmeichelnd zugleich: »Haben Sie es genau gesehen?«

Auch wenn Sir Wilson Seymour etwas erregt war, so arbeitete sein ausgezeichneter Verstand doch vorschriftsmäßig. »Sehr genau, was die Umrisse betrifft, doch sehr ungenau, eigentlich gar nicht, was die Einzelheiten innerhalb dieser Umrisse angeht. Die Passage ist so lang, dass jeder, der in der Mitte steht, sich gegen das Licht am anderen Ende als schwarzer Schemen abhebt.« Der Zeuge senkte erneut die Augen und fügte hinzu: »Ich hatte diese Tatsache schon bemerkt, als Kapitän Cutler eintrat.« Wieder war es still, und der Richter beugte sich vor und machte eine Notiz.

»Nun«, fragte Sir Walter geduldig, »wie sahen die Umrisse aus? Glichen sie zum Beispiel der Gestalt der ermordeten Frau?«

»Nicht im Geringsten«, antwortete Seymour ruhig.

»Wie sahen sie Ihrer Ansicht nach aus?«

»Ich hatte den Eindruck«, antwortete der Zeuge, »als wäre es ein sehr großer Mann.«

Jedermann im Gerichtssaal hielt die Augen starr auf seinen Federhalter geheftet, auf seinen Schirmgriff oder sein Buch, seine Stiefel oder das, worauf er zufällig gerade blickte. Es war, als hielten die Menschen ihren Blick mit äußerster Anstrengung von dem Angeklagten fern; doch sie spürten seine Anwesenheit in der Anklagebank, empfanden sie als die eines Riesen. So groß Bruno war, er schien größer und immer größer zu werden, als sich alle Blicke von ihm abwendeten.

Mit feierlicher Miene nahm Cowdray wieder seinen Platz ein und strich dabei seine schwarze Seidenrobe und seinen weißen Silberbart glatt. Sir Wilson war soeben im Begriff, den Zeugenstand zu verlassen – nach ein paar abschließenden Angaben, für die es noch zahlreiche andere Zeugen gab –, als der Verteidiger aufsprang und ihn zurückhielt.

»Ich werde Sie nur einen Moment aufhalten«, sagte Mr. Butler, ein derb aussehender Mann mit roten Augenbrauen und schläfrigem Gesichtsausdruck. »Würden Sie dem Hohen Gericht mitteilen, woher Sie wussten, dass es sich um einen Mann handelte?«

Ein schwaches, feines Lächeln glitt über Seymours Züge. »Ich fürchte, es lag ganz einfach an den Hosen«, sagte er. »Als ich das Tageslicht zwischen den langen Beinen sah, war ich schließlich sicher, dass es ein Mann war.«

Butlers schläfrige Augen öffneten sich so plötzlich wie bei einer lautlosen Explosion. »Schließlich!«, wiederholte er langsam. »Also dachten Sie zuerst, es wäre eine Frau?«

Seymour sah zum ersten Mal beunruhigt aus. »Das hat zwar nichts mit Tatsachen zu tun«, sagte er, »aber wenn das Hohe Gericht darauf besteht, meinen Eindruck zu erfahren, werde ich natürlich antworten. Es war etwas an dem Wesen, das weder eindeutig an eine Frau, noch eindeutig an einen Mann erinnerte; die Kurven waren irgendwie anders. Und es sah so aus, als hätte die Gestalt langes Haar.«

»Vielen Dank«, sagte Mr. Butler und setzte sich unverzüglich, als hätte er gehört, was er wollte.

Kapitän Cutler war ein weitaus weniger glaubwürdiger und gefasster Zeuge als Sir Wilson, aber seine Darstellung der Vorfälle zu Beginn entsprach genau derjenigen Seymours. Er berichtete, wie Bruno in seine Garderobe zurückgegangen und er selbst weggeschickt worden sei, um einen Strauß Maiglöckchen zu kaufen; er beschrieb seine Rückkehr zum oberen Ende der Passage, das Wesen, das er dort erblickte, seinen Verdacht gegen Seymour und seinen Kampf mit Bruno. Aber er konnte nur wenig Einfallsreiches dazu beitragen, ein klareres Bild der schwarzen Gestalt zu zeichnen, die er und Seymour gesehen hatten. Über die Umrisse befragt, sagte er, er sei schließlich kein Kunstkritiker – mit einem überdeutlichen Hohnlächeln in Seymours Richtung. Gefragt, ob es ein Mann oder eine Frau gewesen sei, antwortete er, die Gestalt hätte eher wie ein wildes Tier ausgesehen – mit einem ebenso deutlichen Knurren zu dem Angeklagten hin. Doch war der Mann ehrlich von Kummer und aufrichtigem Zorn erfüllt, und Cowdray entband ihn rasch von der Pflicht, Tatsachen zu beschwören, die ohnehin bereits ziemlich klar waren.

Der Verteidiger fasste sich auch dieses Mal kurz bei seinem Kreuzverhör, obwohl er sich, wie gewöhnlich, auch wenn er sich kurz fasste, viel Zeit zu nehmen schien. »Sie haben da einen ziemlich ungewöhnlichen Ausdruck gebraucht«, sagte er und sah Cutler schläfrig an. »Was meinten Sie mit Ihrer Aussage, die Gestalt habe eher wie ein wildes Tier als wie ein Mann oder eine Frau ausgesehen?«

Cutler schien zutiefst erregt. »Vielleicht hätte ich das nicht sagen sollen«, sagte er, »aber wenn das Untier riesige, höckerartige Schultern hat wie ein Schimpanse und Borsten, die ihm wie einem Schwein vom Kopf abstehen – «

Mr. Butler unterbrach ihn mitten in seiner aufgebrachten Rede. »Ob die Haare wie die eines Schweines aussahen, ist nicht so wichtig«, sagte er. »Die Frage ist, ob sie wie die Haare einer Frau aussahen!«

»Wie die Haare einer Frau?«, rief der Kapitän. »Großer Gott, nein!«

»Das hat der vorherige Zeuge ausgesagt«, erläuterte der Anwalt mit bedenkenloser Schnelligkeit. »Und wies die Gestalt irgendwo jene geschlängelten, weiblichen Kurven auf, die so beredt angedeutet wurden? Nein? Keine weiblichen Kurven? Wenn ich Sie recht verstehe, war die Gestalt eher schwerfällig und eckig als das Gegenteil?«

»Vielleicht hat sie sich gebückt«, sagte Cutler mit heiserer, ziemlich schwacher Stimme.

Der dritte Zeuge, den Sir Walter Cowdray aufrief, war der kleine katholische Geistliche, der im Vergleich zu den anderen so klein war, dass sein Kopf kaum über den Rand des Zeugenstandes blickte und man den Eindruck hatte, es würde ein Kind verhört. Aber unglücklicherweise hatte sich irgendwie in Sir Walters Kopf die Idee festgesetzt – hauptsächlich wohl wegen religiöser Probleme in seiner eigenen Familie –, dass Pater Brown auf der Seite des Angeklagten stand, weil der Angeklagte böse, Ausländer und sogar dunkelhäutig war. Deshalb unterbrach er Pater Brown jedes Mal scharf, wenn dieser tapfere Priester etwas zu erklären versuchte, und hieß ihn, nur mit Ja oder Nein zu antworten und nur die nackten Tatsachen zu berichten, ohne jede jesuitische Weitschweifigkeit. Als Pater Brown in aller Naivität zu erzählen begann, wer seiner Ansicht nach der Mann in der Passage gewesen sei, verwies ihm dies der Anwalt mit dem Hinweis, er lege auf seine Theorien keinen Wert.

»Es wurde eine schwarze Gestalt in der Passage gesehen. Und Sie sagen, dass Sie diese Gestalt gesehen haben. Nun, was für eine Gestalt war es?«

Pater Brown blinzelte, als sei er getadelt worden, doch er wusste seit langem, was Gehorsam eigentlich bedeutete. »Die Gestalt«, sagte er, »war kurz und dick, hatte jedoch zwei scharfe, schwarze, nach oben gebogene Vorsprünge an jeder Seite des Kopfes oder darauf, so ähnlich wie zwei Hörner, und –«

»Oh, der gehörnte Satan, ganz ohne Zweifel«, brach es aus Cowdray hervor, und er nahm mit triumphierender Heiterkeit Platz. »Es war der Teufel, der gekommen war, um Protestanten zu verspeisen.«

»Nein«, sagte der Priester nüchtern, »ich weiß, wer es war.«

Die Zuhörer im Gerichtssaal waren so gepackt, dass sie instinktiv das sichere Gefühl hatten, es ginge etwas Ungeheuerliches vor sich. Sie hatten die Gestalt im Zeugenstand vergessen und dachten nur noch an die Gestalt in der Passage. Und die Gestalt in der Passage war, nach der Beschreibung dreier tüchtiger, ehrenwerter Männer, die sie mit eigenen Augen gesehen hatten, ein wandelnder Alptraum: Der eine bezeichnete sie als Frau, der andere als wildes Tier, der dritte schließlich als Teufel ...

Der Richter sah Pater Brown mit kühlem, durchdringendem Blick an. »Sie sind ein höchst seltsamer Zeuge«, sagte er, »aber etwas an Ihnen veranlasst mich zu der Überzeugung, dass Sie sich bemühen, die Wahrheit zu berichten. Nun, wer war der Mann, den Sie in der Passage gesehen haben?«

»Ich war es selbst«, sagte Pater Brown.

Butler, der Verteidiger, sprang lautlos auf und fragte ruhig: »Gestattet das Hohe Gericht, dass ich den Zeugen verhöre?« Und ohne abzuwarten, schleuderte er Brown die scheinbar zusammenhanglose Frage entgegen: »Sie haben von diesem Dolch gehört. Sie wissen, dass das Verbrechen nach Meinung der Sachverständigen mit einer kurzen Klinge verübt wurde?«

»Mit einer kurzen Klinge«, bestätigte Brown und nickte feierlich wie eine Eule, »aber einem sehr langen Schaft.«

Noch ehe die Zuhörer sich ganz von der Vorstellung lösen konnten, der Priester habe sich selbst dabei beobachtet, wie er mit einem kurzen Dolch mit langem Schaft den Mord beging – dies schien alles noch grausiger zu machen –, beeilte sich dieser, die Sache aufzuklären.

»Ich meine, nicht nur Dolche haben kurze Klingen. Auch Speere haben kurze Klingen. Und auch ein Speer trifft mit dem Ende des Stahls, genau wie ein Dolch, wenn es die Art Zauberspeer ist, die man beim Theater verwendet; wie der Speer, mit dem der arme alte Parkinson seine Frau tötete, gerade nachdem sie nach mir geschickt hatte, um ihre familiären Schwierigkeiten zu regeln – und ich kam um ein weniges zu spät, Gott möge mir vergeben! Aber er starb als reuiger Sünder – ja, er starb aus Reue. Er konnte nicht ertragen, was er getan hatte.«

Die Menschen im Gerichtssaal hatten den Eindruck, der kleine Priester, der diese Worte herunterhaspelte, sei buchstäblich im Zeugenstand verrückt geworden. Doch der Richter sah ihn immer noch mit prüfendem, festem Blick aufmerksam an, während der Verteidiger unbeeindruckt in seiner Befragung fortfuhr.

»Wenn Parkinson die Tat mit dem Bühnenspeer beging«, sagte Butler, »muss er ihn aus einer Entfernung von etwa vier Metern geschleudert haben. Wie erklären Sie sich dann die Spuren des Kampfes, zum Beispiel das von der Schulter gerissene Kleid?« Er war dazu übergegangen, seinen Zeugen als Sachverständigen zu behandeln; doch niemand schien es zu bemerken.

»Das Kleid der armen Lady wurde zerrissen«, sagte der Zeuge, »weil es sich in einem beweglichen Teil der Holzvertäfelung verfing, die gerade hinter ihr zur Seite geschoben wurde. Sie versuchte, sich zu befreien, und in diesem Augenblick trat Parkinson aus dem Zimmer des Angeklagten und schleuderte den Speer.«

»Ein Teil der Holzvertäfelung?«, wiederholte der Anwalt mit ungläubiger Stimme.

»Auf der anderen Seite war es ein Spiegel«, erklärte Pater Brown. »Als ich mich in der Garderobe aufhielt, bemerkte ich, dass sich einige Teile offenbar zu der Passage hin drehen ließen.«

Wieder entstand ein schier endloses, verblüfftes Schweigen, und diesmal war es der Richter, der das Wort ergriff. »Sie wollen also allen Ernstes behaupten, dass der Mann, den Sie erblickten, als Sie die Passage hinuntersahen, Ihr eigenes Spiegelbild war?«

»Ja, Euer Ehren, das war es, was ich Ihnen klarzumachen versuchte«, sagte Brown, »aber man hat mich nach der Gestalt gefragt; und unsere Hüte haben ja Ecken wie Hörner, also habe ich –«

Der Richter beugte sich vor, und während seine alten Augen noch heller als zuvor funkelten, sagte er mit besonderer Betonung: »Wollen Sie damit etwa sagen, dass dieses unbeschreibliche Wesen, das Sir Wilson Seymour sah, mit den Kurven und dem Frauenhaar und den Männerhosen, Sir Wilson Seymour selbst war?«

»Ja, Euer Ehren«, sagte Pater Brown.

»Und wollen Sie sagen, dass dieser Schimpanse mit den buckligen Schultern und den Schweinsborsten, den Kapitän Cutler sah, kein anderer war als er selbst?«

»Ja, Euer Ehren.«

Der Richter lehnte sich wohlig in seinem Stuhl zurück mit einem Gesichtsausdruck, in dem sich Zynismus und Bewunderung die Waage hielten. »Und können Sie uns verraten«, fragte er, »warum gerade Sie Ihre Gestalt in einem Spiegel erkennen, wenn zwei so noble Herren nicht dazu in der Lage sind?«

Pater Brown blinzelte noch heftiger als zuvor, dann stammelte er: »Wirklich, Euer Ehren, ich weiß es nicht ... es sei denn, es liegt daran, dass ich nicht so oft in den Spiegel schaue.«

Caesars Kopf

Irgendwo in Brompton oder Kensington gibt es eine endlos lange Straße mit hohen, stattlichen, jedoch größtenteils leerstehenden Häusern, die wie eine Reihe von Mausoleen aussehen. Selbst die Treppen, die zu den dunklen Eingangstüren hinaufführen, erinnern an die steilen Aufgänge zu den Pyramiden, und man würde nur zögernd an die Tür klopfen, aus Furcht, eine Mumie könnte sie öffnen. Weitaus bedrückender jedoch ist die teleskopartige Länge der grauen Häuserreihe und ihre nicht enden wollende Gleichförmigkeit. Während man diese Straße entlangwandert, beschleicht einen mit der Zeit das Gefühl, nie mehr an eine Unterbrechung, eine Ecke zu gelangen; und doch gibt es eine Ausnahme – eine sehr kleine zwar, doch von dem Wanderer mit begeisterten Ausrufen begrüßt. Zwischen zweien der hohen Häuser befindet sich eine Lücke, nur eine Ritze eigentlich, als stünde in der langen Häuserreihe die Tür einen Spaltbreit offen; diese Lücke ist gerade groß genug für ein winziges Gasthaus, das die Reichen ihren Stallburschen in diesem Winkel immerhin zubilligen. Trotz ihrer Schäbigkeit geht etwas Fröhliches von dieser Schenke aus, und eben ihre Unscheinbarkeit bewirkt die zauberhafte, zwanglose Atmosphäre. Zu Füßen jener grauen Steinriesen erscheint sie wie ein hell erleuchtetes Zwergenhaus.

Jemand, der an einem ganz bestimmten, zauberhaften Herbstabend vorbeigegangen wäre, hätte vielleicht beobachtet, wie eine Hand den roten Vorhang beiseite schob, der – zusammen mit einer großen weißen Aufschrift auf der Scheibe – das Innere vor den neugierigen Blicken der Vorübergehenden verbarg, und ein Gesicht wie das eines einfältigen Kobolds hinausspähte. In Wirklichkeit war es das Gesicht eines Menschen mit dem unauffälligen Namen Brown, früher Priester in Cobhole, Essex, und jetzt in London tätig. Ihm gegenüber saß sein Freund Flambeau, ein halbamtlicher Detektiv, und machte sich

ein paar letzte Notizen zu einem Fall, den er in der Nachbarschaft aufgeklärt hatte. Sie saßen an einem kleinen Tisch in der
Nähe des Fensters, als der Priester den Vorhang zur Seite zog
und hinausschaute. Er wartete, bis ein Fremder draußen am
Fenster vorübergegangen war, und ließ den Vorhang wieder
zurückfallen. Dann glitten seine runden Augen zu den großen
weißen Buchstaben auf der Scheibe über ihm und schweiften
zum Nachbartisch, an dem nur ein Matrose bei Bier und Käse
und ein junges Mädchen mit rotem Haar bei einem Glas Milch
saßen. Als er sah, dass sein Freund sein Notizbuch wegsteckte,
sagte er leise:

»Wenn Sie zehn Minuten Zeit haben, möchte ich Sie bitten,
jenem Mann mit der falschen Nase zu folgen.«

Flambeau sah überrascht auf; doch auch das Mädchen mit den
roten Haaren sah auf, und ihr Gesichtsausdruck verriet mehr als
nur Erstaunen. Sie war einfach, fast nachlässig in hellbraunes
Sackleinen gekleidet; doch sie war zweifellos eine Lady, und, wie
man auf den zweiten Blick erkannte, eine unangebracht hoch-
mütige dazu. »Dem Mann mit der falschen Nase!«, wiederholte
Flambeau. »Wer soll das sein?«

»Ich habe keine Ahnung«, antwortete Pater Brown. »Das sollen Sie ja herausfinden; ich bitte Sie um diesen Gefallen. Er ist
dorthin gegangen« – und er zeigte mit einer vagen Geste über
die Schulter – »und kann noch keine drei Laternen weiter sein.
Ich will nur wissen, welche Richtung er eingeschlagen hat.«

Flambeau starrte seinen Freund eine Weile mit einem Ausdruck an, der zwischen Erstaunen und Belustigung schwankte;
dann erhob er sich vom Tisch, zwängte seine hünenhafte Gestalt durch die kleine Tür der zwergenhaften Schenke und verschwand in der Dämmerung.

Pater Brown zog ein kleines Buch aus der Tasche und vertiefte
sich darin; er schien gar nicht bemerkt zu haben, dass die rothaarige Dame ihren eigenen Tisch verlassen und ihm gegenüber
Platz genommen hatte. Schließlich beugte sie sich vor und sagte

mit leiser, aber fester Stimme: »Warum haben Sie das gesagt? Woher wissen Sie, dass sie falsch ist?«

Der Pater hob die schweren Augenlider, die in sichtlicher Verlegenheit flatterten. Dann fiel sein umherschweifender Blick erneut auf die weiße Beschriftung auf der Fensterscheibe. Der Blick der jungen Frau folgte dem seinen und blieb dort ebenfalls haften, wenngleich in blanker Verwirrung.

»Nein«, sagte Pater Brown und beantwortete damit ihre unausgesprochene Frage. »Es heißt nicht ›Sela‹, wie am Ende der Psalmen; aber das habe ich selbst in Gedanken auch erst gelesen; es heißt ›Ales‹.«

»Und?«, fragte die junge Dame, den Blick weiter auf die Schrift gerichtet. »Ist es wichtig, was da steht?«

Sein nachdenklicher Blick streifte die Ärmel ihres leichten Leinenkittels, deren Manschetten mit einem zarten, künstlerischen Spitzenmuster verziert waren; ihre Kleidung wirkte dadurch anders als die Arbeitskleidung einer einfachen Frau und erinnerte eher an den Arbeitskittel einer Kunststudentin. Das schien ihm reichlich Stoff zum Nachdenken zu liefern; und seine Antwort kam sehr langsam und zögernd. »Sehen Sie, Madame«, sagte er, »von außen sieht dieses Lokal – gewiss, es ist ein durchaus anständiges Lokal – aber Damen wie Sie sind – sind im Allgemeinen nicht dieser Ansicht. Keine Dame geht normalerweise freiwillig in ein solches Lokal, außer –«

»Außer?«, wiederholte sie.

»Außer ein paar wenigen Unglücklichen, die allerdings nicht hineingehen, um dort Milch zu trinken.«

»Sie sind ein höchst merkwürdiger Mensch«, sagte die junge Dame. »Was bezwecken Sie eigentlich mit Ihrem Verhalten?«

»Seien Sie unbesorgt«, antwortete er überaus freundlich. »Ich will nur ein wenig Bescheid wissen, damit ich Ihnen helfen kann, falls Sie mich je von sich aus um Hilfe bitten.«

»Aber warum sollte ich Hilfe benötigen?«

Er fuhr in seinem träumerischen Monolog fort. »Sie sind

nicht hereingekommen, um irgendwelche Schützlinge oder bedürftige Freunde zu treffen, dann wären Sie nämlich in das Gesellschaftszimmer gegangen; und Sie sind nicht hereingekommen, weil Sie sich plötzlich nicht wohl fühlten, sonst hätten Sie sich nämlich an die Wirtin gewandt, die einen sehr ehrenwerten Eindruck macht ... nebenbei bemerkt, sehen Sie auch gar nicht krank aus, sondern nur unglücklich ... Diese Straße ist die einzige lange Straße ohne Querstraße; und die Häuser auf beiden Seiten sind verschlossen ... Ich musste also einfach annehmen, dass Sie jemanden gesehen haben, dem Sie nicht begegnen wollten; und das Gasthaus war die einzige Zufluchtsstätte in dieser steinernen Wüste ... Ich glaube nicht, dass ich für einen Fremden zu weit gegangen bin, als ich mir den einzigen Mann ansah, der unmittelbar nach Ihrem Eintritt vorbeikam ... Und weil ich dachte, dass er nicht gerade zu den angenehmen Exemplaren der menschlichen Gattung zählt, dies bei Ihnen jedoch durchaus der Fall zu sein scheint ... hielt ich mich bereit, um Ihnen zu helfen, falls er Sie belästigen würde. Das ist alles. Was meinen Freund betrifft, er wird bald wieder hier sein; und er kann bestimmt nichts herausfinden, nur indem er eine Straße hinunterstapft ... Das habe ich übrigens auch nicht angenommen.«

»Aber warum haben Sie ihn dann hinausgeschickt?«, rief sie und beugte sich mit noch glühenderer Neugier vor. Sie hatte den stolzen, leidenschaftlichen Gesichtsausdruck, den man häufig bei Rothaarigen findet, und eine klassische Nase, die an Marie-Antoinette erinnerte.

Er sah ihr zum ersten Mal fest in die Augen und sagte: »Weil ich gehofft habe, dass Sie mit mir sprechen.«

Eine Zeit lang erwiderte sie seinen Blick mit einem erhitzten Gesicht, auf dem sich eine leichte Zornesröte ausbreitete; dann stahl sich trotz ihrer Besorgnis ein Lächeln um Augen und Mundwinkel, und sie sagte in spöttischem Ton: »Nun, wenn Sie auf meine Unterhaltung so erpicht sind, dann beantworten Sie doch meine Frage.« Und nach einer Pause setzte sie hinzu: »Ich hatte die Ehre, Sie zu fragen, warum Sie die Nase jenes Mannes für falsch hielten.«

»Bei diesem Wetter wird Wachs immer ein wenig fleckig«, antwortete Pater Brown in aller Einfachheit.

»Aber es ist doch eine solch krumme Nase«, wandte das rothaarige Mädchen ein.

Nun lächelte der Priester. »Ich behaupte nicht, dass man eine derartige Nase unbedingt nur zum Vergnügen hat«, räumte er ein. »Ich glaube, dieser Mann hat sie, weil seine echte Nase sehr viel besser aussieht.«

»Aber warum nur?«, beharrte sie.

»Wie heißt es noch in dem Kindervers?«, bemerkte Brown gedankenverloren. »Es war einmal ein krummer Mann, der ging einen krummen Weg … Ich glaube, jener Mann ist einen sehr krummen Weg gegangen – indem er seiner Nase gefolgt ist.«

»Wieso, was hat er getan?«, fragte sie mit unsicherer Stimme.

»Ich will mir keinesfalls Ihr Vertrauen erschleichen«, sagte Pater Brown sehr ruhig. »Aber ich glaube, darüber können Sie mir mehr erzählen als ich Ihnen.«

Das Mädchen sprang auf und stand mit geballten Fäusten einen Moment wortlos da, als wäre sie im Begriff, davonzulaufen; dann aber öffneten sich ihre Fäuste allmählich, und sie setzte sich wieder hin. »Sie sind ein noch größeres Geheimnis als all die anderen«, sagte sie verzweifelt, »aber ich habe das Gefühl, dass hinter Ihrem Geheimnis ein Herz steckt.«

»Was wir alle am meisten fürchten«, sagte der Priester leise, »ist ein Irrgarten ohne Mittelpunkt. Deshalb ist der Atheismus auch ein einziger Alptraum.«

»Ich werde Ihnen alles erzählen«, sagte das rothaarige Mädchen entschlossen, »nur nicht, warum ich Ihnen alles erzähle; das weiß ich nämlich selber nicht.«

Sie zupfte an der gestopften Tischdecke und fuhr fort: »Sie sehen so aus, als wüssten Sie, was Snobismus ist und was nicht; und wenn ich Ihnen sage, dass ich aus einer angesehenen, alten

Familie stamme, werden Sie sofort begreifen, dass Snobismus in meiner Geschichte eine maßgebliche Rolle spielt; tatsächlich liegt in der völlig überzogenen Ehrfurcht meines Bruders vor den Prinzipien des *noblesse oblige* die größte Bedrohung für mich. Nun, mein Name ist Christabel Carstairs, und mein Vater war jener Oberst Carstairs – Sie haben wahrscheinlich von ihm gehört –, der die berühmte Sammlung römischer Münzen angelegt hat. Ich kann Ihnen meinen Vater nicht richtig beschreiben; vielleicht kommt es der Wahrheit am nächsten, wenn ich sage, dass er selbst sehr einer römischen Münze glich. Er war ebenso schön und echt, so wertvoll, so hart, so kalt und ebenso altmodisch. Er war stolzer auf seine Sammlung als auf seine Orden – und das will schließlich etwas heißen. Am deutlichsten zeigte sich sein außergewöhnlicher Charakter in seinem Testament. Er hatte zwei Söhne und eine Tochter. Mit einem der Söhne, meinem Bruder Giles, geriet er in Streit und verbannte ihn unter Gewährung einer kleinen Rente nach Australien. Dann verfasste er ein Testament, in dem er die Carstairs-Sammlung und eine noch kleinere Rente meinem Bruder Arthur vermachte. Es war als Belohnung gedacht, als die höchste Ehre, die er zu vergeben hatte, als Anerkennung für Arthurs Treue und Redlichkeit und die Auszeichnungen, die er in Cambridge für seine Leistungen in Mathematik und Ökonomie erhalten hatte. Mir hinterließ er fast sein ganzes beträchtliches Vermögen, und ich bin sicher, es war ein Ausdruck seiner Verachtung.

Nun könnte man annehmen, dass Arthur Grund gehabt hätte, sich darüber zu beschweren, aber Arthur ist genau wie mein Vater. Zwar hatte er als Jugendlicher einige Meinungsverschiedenheiten mit meinem Vater gehabt, doch sobald er die Sammlung übernommen hatte, benahm er sich wie ein heidnischer, nur noch seinem Tempel hingegebener Priester. Er verband diese römischen Münzen auf die gleiche starre, abgöttische Weise mit der Familienehre der Carstairs wie sein Vater vor ihm. Er tat so, als müsse das römische Geld von allen römischen Tugenden bewacht werden. Er gönnte sich keinerlei Vergnügen, gab für sich kein Geld aus und lebte nur noch für die Sammlung. Oft machte er sich nicht einmal mehr die Mühe, sich für seine bescheidenen Mahlzeiten umzukleiden, sondern hantierte – angetan mit einem alten braunen Schlafrock – mit den verschnürten braunen Päckchen. Der um die Taille geschlungene Strick und die bleichen, hageren, vornehmen Züge verliehen ihm das Aussehen eines alten, asketischen Mönchs. Von Zeit zu Zeit jedoch erschien er betont nach der letzten Mode gekleidet; doch das geschah nur dann, wenn er in London Auktionen oder Antiquitätenläden aufsuchte, um der Carstairs-Sammlung ein weiteres Stück hinzuzufügen.

Nun, wenn Sie je mit jungen Leuten zu tun hatten, werden Sie wohl nicht erstaunt sein, wenn ich Ihnen sage, dass ich wegen dieser Lebensumstände in eine immer bedrücktere Gemütsverfassung geriet; irgendwann sagte ich mir, dass die alten Römer auf ihre Art ja ganz in Ordnung, für mein tägliches Leben aber eigentlich unerheblich waren. Ich bin nicht wie mein Bruder Arthur; ich habe auch gerne mal etwas Spaß und Vergnügen. Von der anderen Seite der Familie, von der auch mein rotes Haar stammt, habe ich eine Menge Romantik und ähnlich Unvernünftiges geerbt. Der arme Giles war genauso, und ich glaube, auf sein Unbehagen über diese Atmosphäre, in der nichts als die Münzen zählten, lässt sich ein großer Teil seines Verhaltens zurückführen, obwohl er wirklich unrecht tat und beinahe ins Gefängnis kam. Doch benahm er sich nicht schlechter als ich, wie Sie gleich hören werden.

Jetzt komme ich nämlich zu dem unangenehmen Teil der Geschichte. Ich glaube, ein so kluger Mensch wie Sie kann sich vorstellen, was für ein Ereignis das eintönige Leben eines widerspenstigen siebzehnjährigen Mädchens in dieser Lage durcheinanderbrachte. Doch sind seitdem so viele schreckliche Dinge auf mich eingestürmt, dass ich mir über mein Gefühl kaum mehr im Klaren bin: Soll ich es nun als bloße Liebelei abtun oder mich an den Zustand eines gebrochenen Herzens gewöhnen? Wir lebten damals in einem kleinen Badeort in Südwales. Ein paar Häuser weiter wohnte ein pensionierter Kapitän mit seinem Sohn, der etwa fünf Jahre älter war als ich; er war mit Giles befreundet gewesen, bevor dieser in die Kolonien ging. Sein Name ist für diese Geschichte nicht von Belang; aber weil ich Ihnen ja alles erzählen will, sage ich Ihnen, dass er Philip Hawker hieß. Wir gingen häufig zusammen auf Garnelenfang und glaubten fest daran, ineinander verliebt zu sein; wenigstens sagte er es, und ich glaubte es selber auch. Wenn ich Ihnen nun noch erzähle, dass er lockiges braunes Haar hatte und sein seeluftgebräuntes Gesicht einem Falken glich, geschieht das nicht aus Bewunderung, sondern weil es für die Geschichte wichtig ist; denn sein Aussehen war der Grund für ein recht seltsames Zusammentreffen.

Eines Nachmittags im Sommer – ich hatte Philip versprochen, mit ihm auf Garnelenfang zu gehen – wartete ich voll Ungeduld im vorderen Salon und beobachtete, wie Arthur sich an ein paar soeben erworbenen Münzpäckchen zu schaffen machte und sie sorgfältig eines nach dem anderen in sein Arbeitszimmer und Museum brachte, das im hinteren Teil des Hauses lag. Sobald ich die schwere Tür hinter ihm ins Schloss fallen hörte, ergriff ich eiligst mein Fangnetz und meine Mütze und wollte eben zur Tür hinausschlüpfen, als ich bemerkte, dass mein Bruder eine Münze vergessen hatte, die glitzernd auf der langen Fensterbank lag. Es war eine Bronzemünze mit dem Kopf Caesars, und der Farbton wie auch die strenge Linie der römischen Nase und die Haltung des langen, sehnigen Nackens ließen den Kopf auf der Münze fast wie ein getreues Abbild Philip Hawkers aussehen. Dann erinnerte ich mich plötzlich, dass Giles einmal Philip von einer Münze erzählt hatte, die ihm ähnlich sei, und dass Philip sie gern besitzen wollte. Vielleicht können Sie sich die stürmischen, verrückten Gedanken vorstellen, die in meinem Kopf kreisten; ich hatte das Gefühl, eine Fee hätte mir ein

Geschenk gemacht. Ich brauchte nur die Münze zu nehmen und sie Philip als eine Art Verlobungsring zu schenken, so kam es mir vor, und sie würde ein Zeichen unserer ewigen Liebe sein; tausend Dinge auf einmal schossen mir durch den Kopf. Dann sah ich mich plötzlich vor einem höllischen Abgrund, als mir das Ungeheuerliche meines Tuns bewusst wurde; wie glühendes Eisen durchfuhr mich der Gedanke, wie Arthur darüber denken würde. Ein Carstairs ein Dieb; und ein Dieb am Schatz der Carstairs! Ich bin überzeugt, mein Bruder hätte mich für diesen Diebstahl wie eine Hexe verbrennen lassen. Doch eben der Gedanke an solch fanatische Grausamkeit verstärkte meinen alten Hass auf seine schäbige Gier nach den alten Münzen und mein Verlangen nach Jugend und Freiheit, die mich vom Meer her lockten und riefen. Draußen schien eine kräftige Sonne, und ein Windstoß erfasste den gelben Kopf eines Ginsterbuschs und schlug ihn leicht gegen die Fensterscheibe. Ich dachte an das lebendige, wachsende Gold, das mir aus allen Gärten der Welt zuwinkte – und dann dachte ich an Gold, Bronze und Messing, die toten, stumpfen Münzen meines Bruders, die mit jedem Tag immer mehr verblassten. Die Natur und die Carstairs-Sammlung waren schließlich miteinander in Konflikt geraten.

Doch die Natur ist älter als die Carstairs-Sammlung. Als ich die Straßen zum Meer hinablief, die Münze fest in der geschlossenen Faust, fühlte ich sowohl das gesamte Römische Reich wie den Stammbaum der Carstairs auf mir lasten. Nicht nur der alte Silberlöwe unseres Wappens brüllte mir ins Ohr, auch alle Adler römischer Caesaren schienen mich flügelschlagend und kreischend zu verfolgen. Und dennoch stieg mein Herz höher und höher wie ein Drachen im Wind, bis ich über die losen, trockenen Dünen den flachen, nassen Strand erreichte, wo Philip einige hundert Meter weit draußen bereits bis zu den Knöcheln in dem seichten, glitzernden Wasser stand. Der Himmel war von dem roten Feuer des Sonnenuntergangs gerötet, und die weite Fläche des kaum fußtiefen Wassers glich einem rubinroten

Flammensee. Ich zog Schuhe und Strümpfe aus und watete zu der Stelle hinaus, wo Philip in großer Entfernung vom Ufer stand; erst dann blieb ich stehen und blickte mich um. Wir waren vollkommen allein, um uns nur Meer und Sand; und hier gab ich ihm Caesars Kopf.

Im gleichen Augenblick durchzuckte mich die schreckliche Vorstellung, dass mich von den Dünen her ein Mann scharf beobachtete. Sofort machte ich mir jedoch klar, dass dies nur eine Sinnestäuschung meiner überreizten Nerven sein konnte; denn auf die Entfernung war der Mann nur ein schwarzer Punkt, und ich konnte nur erkennen, dass er bewegungslos dastand und mit schräggelegtem Kopf umherblickte. Es gab nicht den geringsten Beweis dafür, dass er mich ansah; vielleicht betrachtete er ein Schiff, den Sonnenuntergang, die Möwen oder einen der Menschen, die noch hier und da am Ufer entlangspazierten. Trotzdem erwies sich meine prophetische Unruhe als begründet, wie sich herausstellte: denn noch während ich ihn anstarrte, setzte er sich in Bewegung und kam mit forschem Schritt schnurstracks über den breiten, nassen Strand auf uns zu. Als er näher kam, sah ich, dass er dunkel und bärtig war und seine Augen hinter einer dunklen Brille verbarg. Er war ärmlich, aber korrekt ganz in Schwarz gekleidet, von dem alten Zylinder bis zu den festen Stiefeln. Ohne Rücksicht auf seine Schuhe ging er ohne zu zögern ins Wasser und kam mit der Zielstrebigkeit einer abgefeuerten Pistolenkugel direkt auf mich zu.

Ich hatte das unbeschreibliche Gefühl, vor meinen Augen würde sich ein Wunder ereignen, als er so seelenruhig die Grenze zwischen Land und Wasser überschritt. Es war, als käme er direkt von einer Klippe und würde einfach in der Luft weitergehen. Es war so unglaublich, als wäre ein Haus in den Himmel geflogen oder einem Menschen der Kopf abgefallen. Er tat nichts, als mit seinen Stiefeln ins Wasser zu gehen, doch in meinen Augen glich er einem Dämon, der ein Naturgesetz aufhob. Hätte er auch nur einen Augenblick am Rand des Wassers gezögert, alles wäre wieder im Lot gewesen. So aber schien er nur mich anzusehen und den Ozean überhaupt nicht wahrzunehmen. Philip stand einige Meter entfernt mit dem Rücken zu mir und beugte sich über sein Netz. Der Fremde kam bis auf einige Meter heran, wobei das Wasser ihm fast bis zu den Knien reichte. Dann fragte er mit klarer, leicht gezierter Betonung: ›Würde es Ihnen etwas ausmachen, eine Münze mit einer anderen Aufschrift anderenorts zu vergeben?‹

Mit einer Ausnahme hatte er nichts besonders Ungewöhnliches an sich. Seine dunklen Brillengläser waren nicht wirklich undurchsichtig, sondern aus ganz normalem blauem Glas, und auch die Augen dahinter waren keineswegs unstet, sondern fest auf mich gerichtet. Sein dunkler Bart war nicht eigentlich lang oder besonders wild; doch wirkte das Gesicht wie zugewachsen, weil der Bart ziemlich weit oben, genau unter den Wangenknochen, ansetzte. Seine Gesichtsfarbe war weder fahl noch grau, sondern eher frisch und jugendlich; doch verlieh ihm dies das Aussehen einer rosaweißen Wachspuppe, was auf unerklärliche Weise meinen Schrecken noch erhöhte. Das einzig Merkwürdige an ihm war seine Nase, die, ansonsten wohlgeformt, an der Spitze etwas zur Seite gebogen war, als hätte man ihr in weichem Zustand mit einem Spielzeughammer einen leichten Schlag versetzt. Man konnte sie kaum eine Missbildung nennen, und doch stellte sie für mich einen regelrechten Alptraum dar. Wie er da in dem vom Sonnenuntergang rot gefärbten Wasser stand, erschien er mir wie ein höllisches Seeungeheuer, das soeben brüllend aus einem Meer von Blut aufgetaucht war. Ich weiß auch nicht, warum eine leicht deformierte Nase meine Phantasie so erregte. Ich glaube, ich hatte den Eindruck, er könne seine Nase wie einen Finger bewegen. Und als hätte er sie in diesem Moment bewegt.

›Nur eine kleine Unterstützung‹, fuhr er in dem gleichen seltsamen, affektierten Ton fort, ›die mich der Notwendigkeit enthebt, Ihre Familie zu informieren.‹

Da erst ging mir auf, dass er mich wegen des Diebstahls des Bronzegeldstücks erpressen wollte; und all meine abergläubischen Ängste und Zweifel traten hinter der alles entscheidenden, praktischen Frage zurück: Wie konnte er ihn entdeckt haben? Ich hatte die Münze aus einem plötzlichen Impuls heraus gestohlen; ich war mit Sicherheit allein gewesen, denn ich vergewisserte mich immer, ob mich auch niemand sah, wenn ich das Haus verließ, um mich mit Philip zu treffen. Auch war mir allem Anschein nach niemand auf der Straße gefolgt; und selbst wenn – man hätte schon Röntgenaugen haben müssen, um die Münze durch meine geschlossene Faust hindurch zu erkennen. Und von der Düne aus konnte der Mann nicht gesehen haben, was ich Philip überreichte.

›Philip‹, rief ich hilfeflehend, ›frag diesen Mann hier, was er will.‹

Als Philip schließlich den Kopf hob, war sein Gesicht rot angelaufen; war es vor Ärger oder vor Scham? Sicher kam es von der Anstrengung des Bückens oder vom Schein des Abendrots, und ich hatte nur wieder eine jener krankhaften Phantasien, die mich derzeit zum Narren hielten. Er sagte nur barsch zu dem Mann: ›Sehen Sie zu, dass Sie hier verschwinden.‹ Dann bedeutete er mir, ihm zu folgen, und watete auf das Ufer zu, ohne dem Mann weiter Beachtung zu schenken. Er kletterte auf einen steinernen Wellenbrecher, der bis zu den Dünen führte, und schlug den Heimweg ein, vielleicht weil er glaubte, unserem lästigen Verfolger fiele der Marsch über die rauen, grünen, mit schlüpfrigen Algen bedeckten Steine schwerer als uns Jungen, die wir daran gewöhnt waren. Doch mein Peiniger setzte seine Füße ebenso graziös wie seine Worte und blieb mir auf den Fersen. Ich vernahm seine sanfte, abscheuliche Stimme hinter mir, die unaufhörlich auf mich einredete, bis schließlich, als wir die Dünen erklommen hatten, Philip der Geduldsfaden riss – lange genug hatte es gedauert! Er wandte sich plötzlich um und sagte: ›Gehen Sie. Ich kann jetzt nicht mit Ihnen sprechen.‹ Als der

Mann zögerte und gerade den Mund öffnete, um etwas zu erwidern, versetzte Philip ihm einen Schlag, der ihn vom höchsten Punkt der Dünen hinab bis auf den Strand schleuderte. Ich sah, wie er sich, über und über mit Sand bedeckt, mühsam wieder aufrappelte.

Dieser Schlag tröstete mich irgendwie, obwohl er die Gefahr für mich möglicherweise erhöhte; doch Philip zeigte – im Gegensatz zu sonst – keinen Stolz auf seine Heldentat. Obwohl er so liebevoll war wie gewohnt, schien er noch immer bedrückt; und bevor ich ihn näher zu dem Vorfall befragen konnte, verabschiedete er sich von mir an seiner Haustür mit zwei Bemerkungen, die mir höchst merkwürdig vorkamen. Er sagte, wenn man es recht überlege, müsste ich die Münze in die Sammlung zurückbringen; aber ›für den Augenblick‹ wolle er sie selbst aufbewahren. Und dann fügte er plötzlich und scheinbar ohne Zusammenhang hinzu: ›Weißt du, dass Giles aus Australien zurück ist?‹«

Die Tür des Gasthauses öffnete sich, und der riesige Schatten Flambeaus fiel auf den Tisch. Pater Brown stellte ihn der Dame auf seine leichte, gewinnende Art vor und wies auf Erfahrung und Einfühlungsvermögen seines Freundes in derartigen Fällen hin; und fast ohne es zu merken, wiederholte das Mädchen ihre Geschichte nochmals vor zwei Zuhörern. Doch während Flambeau sich verbeugte und Platz nahm, steckte er dem Priester unbemerkt einen kleinen Zettel zu. Brown nahm ihn überrascht entgegen und las: »Taxi nach Wagga Wagga, 379 Mafeking Avenue, Putney.« Das Mädchen setzte seine Erzählung fort.

»Während ich die steile Straße zu unserem Haus hinaufstieg, überstürzten sich in meinem Kopf die Gedanken; ich war noch immer durcheinander, als ich auf der Türschwelle eine Milchkanne entdeckte – und den Mann mit der krummen Nase. Die Milchkanne war ein Zeichen dafür, dass niemand von der Dienerschaft im Hause war; und Arthur, der vermutlich in seinem braunen Schlafrock im Arbeitszimmer herumwerkelte, würde weder mein Läuten hören noch die Tür öffnen. Also war niemand zu Hause, der mir hätte helfen können, bis auf meinen Bruder, und dessen Hilfe hätte meinen Untergang bedeutet. In meiner Verzweiflung warf ich dem abscheulichen Menschen zwei Shilling hin und hieß ihn, in ein paar Tagen wiederzukommen, wenn ich über alles nachgedacht hätte. Er trollte sich zwar grollend, aber bereitwilliger, als ich erwartet hatte – vielleicht war er noch verwirrt von seinem Sturz –, und mit einem wahrhaft rachsüchtigen Vergnügen sah ich seinen Rücken mit dem Sandfleck etwa sechs Häuser weiter um die Ecke verschwinden.

Dann ging ich ins Haus, bereitete mir eine Tasse Tee und versuchte, in Ruhe nachzudenken. Ich saß am Wohnzimmerfenster und schaute in den Garten, der noch im letzten, vollen Abendlicht erglühte. Doch ich war zu zerstreut und abwesend, um den Rasen, die Blumentöpfe und die Blumenbeete bewusst wahrzunehmen. Der Schock traf mich daher umso stärker, weil er so langsam in mein Bewusstsein drang.

Der scheußliche Mensch, den ich weggeschickt hatte, stand regungslos mitten im Garten. Oh, wir alle haben eine Menge über bleiche Phantome in der Dunkelheit gelesen, diese Erscheinung aber war viel schrecklicher als alles Vergleichbare. Denn obwohl der Mensch einen langen Schatten warf, stand er noch im warmen Licht der Abendsonne; und sein Gesicht war nicht bleich, sondern hatte noch immer die rosige Frische einer Frisierpuppe. Er stand ganz still und wandte mir das Gesicht zu; und ich kann kaum beschreiben, wie entsetzlich er inmitten der Tulpen und all jener hohen, bunten, fast tropisch anmutenden Blumen wirkte. Es sah so aus, als hätten wir anstelle einer Statue eine Wachspuppe im Garten aufgestellt.

Doch im gleichen Moment, als er sah, dass ich mich hinter der Scheibe bewegte, drehte er sich um und verließ den Garten eiligst durch die offenstehende Hintertür, durch die er zweifellos auch hereingekommen war. Dieser erneute Beweis seiner Ängstlichkeit passte so gar nicht zu der Unverfrorenheit, mit der er ins Meer hinausgeschritten war, so dass ich mich irgendwie beruhigt fühlte. Vielleicht, dachte ich, hat er mehr Angst, Arthur zu begegnen, als ich ahne. Jedenfalls setzte ich mich schließlich zu einem einsamen Mahl nieder – denn es war gegen die Regel, Arthur zu stören, wenn er sein Museum neu ordnete –, und erleichtert eilten meine Gedanken zu Philip, wo sie sich vermutlich in Träumen verloren. So saß ich in Gedanken versunken, aber ganz zufrieden da und blickte auf ein anderes Fenster, das, von keinem Vorhang bedeckt, in der hereinbrechenden Nacht einer schwarzen Schiefertafel glich. Mit einem Mal schien mir, als klebte eine Schnecke an der Außenseite der Fensterscheibe. Doch als ich genauer hinsah, kam mir die gekrümmte Form eher wie ein menschlicher Daumen vor, der gegen die Scheibe gepresst wurde. Angst und Mut erwachten gleichzeitig in mir; ich stürzte zum Fenster und fuhr mit einem erstickten Schrei zurück, den jedermann außer Arthur gehört haben müsste.

Denn es war kein Daumen und auch keine Schnecke. Es war die Spitze einer krummen Nase, die sich gegen das Glas presste und aufgrund des Drucks ganz weiß aussah; das dazugehörige Gesicht war zunächst nicht zu erkennen, dann starrte es mir in geisterhaftem Grau entgegen. Es gelang mir irgendwie, die Läden zuzuschlagen; ich flüchtete in mein Zimmer und schloss mich ein. Doch noch im Vorübereilen glaubte ich, an einem anderen schwarzen Fenster ein schneckenähnliches Gebilde zu erkennen.

Vielleicht wäre es doch das Beste gewesen, zu Arthur zu gehen. Wenn dieser Mensch wie eine Katze um das Haus herumschlich, hatte er womöglich Schlimmeres im Sinn als Erpressung. Mein Bruder würde mich vielleicht hinauswerfen und für immer zum Teufel wünschen, aber er war ein Gentleman und würde sicher keinen Augenblick zögern, mich zu verteidigen. Nachdem ich zehn Minuten hin und her überlegt hatte, ging ich hinunter, klopfte an die Tür und trat ein: Der Anblick, der sich mir bot, übertraf alle meine bisherigen Schrecken.

Der Stuhl meines Bruders war leer und er anscheinend ausgegangen. Stattdessen saß der Mann mit der krummen Nase da und wartete auf seine Rückkehr; frech hatte er noch immer seinen Hut auf dem Kopf und las beim Schein der Lampe in einem der Bücher meines Bruders. Sein Gesichtsausdruck war ruhig und konzentriert, doch noch immer schien seine Nasenspitze der beweglichste Teil seines Gesichts; denn soeben hatte sie sich wie ein Elefantenrüssel von links nach rechts gedreht. Als der Mensch mich verfolgt und bespitzelt hatte, war er mir schon schlimm genug vorgekommen; aber dass er meine Anwesenheit überhaupt nicht wahrzunehmen schien, empfand ich als noch viel schrecklicher.

Ich glaube, ich schrie lang und anhaltend, aber das ist wohl nicht von Bedeutung. Wichtiger ist, was ich als Nächstes tat: Ich gab ihm alles Geld, das ich besaß, samt einer größeren Menge Wertpapiere, die zwar mir gehörten, die anzurühren ich allerdings nicht befugt war. Schließlich ging er, wobei er mir wortreich und auf widerliche Weise taktvoll sein Bedauern ausdrückte. Ich aber ließ mich auf einen Stuhl sinken mit dem Gefühl, in jeder Hinsicht ruiniert zu sein. Und doch wurde ich noch in jener Nacht durch einen reinen Zufall gerettet. Arthur war, wie er es oft wegen seiner Geschäfte tat, plötzlich nach London gefahren; er kehrte spät, aber in glänzender Laune zurück, da es ihm nach eigenen Angaben so gut wie sicher gelungen war, eine Kostbarkeit zu erwerben, die selbst für die Carstairs-Sammlung eine wertvolle Bereicherung darstellte. Er strahlte so, dass ich mir beinahe ein Herz gefasst und den Diebstahl der weniger wertvollen Münze gestanden hätte; doch er war so mit seinen hochfliegenden Plänen beschäftigt, dass es unmöglich war, ein anderes Thema anzuschneiden. Da die Gefahr bestand, dass sich der Kauf noch im letzten Moment zerschlug, bestand er darauf, dass ich sofort meine Sachen packte und mit ihm nach Fulham übersiedelte, wo er zuvor eine Wohnung gemietet hatte, um in der Nähe des betreffenden Antiquitätenladens zu sein. So entfloh ich unversehens mitten in der Nacht meinem Feind – und Philip ... Mein Bruder hielt sich oft im South Kensington Museum auf, und um mich irgendwie zu beschäftigen, belegte ich ein paar Stunden an der Kunstakademie. Heute Abend kam ich gerade von einer Unterrichtsstunde, als ich den Gegenstand meines Abscheus die lange, gerade Straße herabkommen sah; den Rest hat dieser Herr hier schon erzählt.

Nur noch eines bleibt mir zu sagen. Ich habe keine Hilfe verdient und beklage mich auch nicht, wenn mich meine Strafe ereilt; sie ist zweifellos gerecht, und ich muss für mein Vergehen büßen. Aber es ist mir noch immer ein Rätsel, und darüber zerbreche ich mir unaufhörlich den Kopf, wie alles geschehen konnte. Erfolgte meine Bestrafung durch ein Wunder? Oder woher konnte jemand außer Philip und mir wissen, dass ich ihm mitten im Meer eine winzige Münze gab?«

»Ein außergewöhnliches Problem«, stimmte Flambeau zu.

»Nicht so außergewöhnlich wie die Lösung«, bemerkte Pater Brown düster. »Miss Carstairs, werden Sie zu Hause sein, wenn wir Sie in eineinhalb Stunden in Ihrer Wohnung in Fulham aufsuchen?«

Die junge Dame sah ihn an, erhob sich und streifte ihre Handschuhe über.

»Ja«, sagte sie, »ich werde da sein«, und verließ im nächsten Augenblick das Lokal.

Der Detektiv und der Priester sprachen noch immer über die Angelegenheit, als sie sich am Abend dem Haus in Fulham näherten – einem seltsam schäbigen Domizil, selbst wenn die Carstairs es nur vorübergehend bezogen hatten.

»Wenn man den Fall nur oberflächlich betrachtet«, sagte Flambeau, »denkt man natürlich zuerst an diesen australischen Bruder, der ja schon früher in Schwierigkeiten war, der plötzlich zurückgekommen ist und dem man auch die entsprechenden Komplizen zutrauen könnte. Aber ich komme beim besten Willen nicht dahinter, wie er von der Sache hätte wissen können, es sei denn –«

»Nun?«, fragte sein Gefährte geduldig.

Flambeau senkte die Stimme. »Es sei denn, der Freund des Mädchens wäre auch in die Sache verwickelt, und dann wäre er der größere Schurke. Der australische Bursche wusste schließlich, dass Hawker auf die Münze scharf war. Aber wie in aller Welt hätte er wissen sollen, dass Hawker sie wirklich bekommen hatte, wenn nicht Hawker ihm oder seinem Komplizen am Ufer ein Zeichen gegeben hätte?«

»Das ist wahr«, sagte der Priester anerkennend.

»Ist Ihnen noch etwas anderes aufgefallen?«, fuhr Flambeau eifrig fort. »Dieser Hawker hört, dass man seine Liebste belästigt, schlägt aber erst zu, nachdem er die weichen Sanddünen erreicht hat, wo er ihn in einem bloßen Scheingefecht besiegen kann. Hätte er ihn im Meer, zwischen den Felsen niedergeschlagen, wäre sein Verbündeter vielleicht ernsthaft verletzt worden.«

»Auch das ist wahr«, sagte Pater Brown und nickte.

»Und jetzt gehen wir alles noch einmal von Anfang an durch. Es kommen nur wenige Menschen in Betracht, mindestens jedoch drei. Zum Selbstmord ist nur ein Mensch nötig, für Mord braucht man schon zwei, zu einer Erpressung gehören mindestens drei.«

»Wieso?«, fragte der Priester leise.

»Nun, das ist doch einleuchtend«, rief sein Freund, »es muss einen Menschen geben, den man bloßstellen kann, einen, der mit der Bloßstellung droht, und mindestens einen dritten, der über die Bloßstellung entsetzt ist.«

Nach einer langen, nachdenklichen Pause sagte der Priester: »Sie machen einen Denkfehler. Theoretisch braucht man zwar drei Personen. Für die praktische Ausführung genügen jedoch zwei.«

»Wie meinen Sie das?«, fragte der andere.

»Warum sollte ein Erpresser«, sagte Brown mit leiser Stimme, »seinem Opfer nicht mit der eigenen Person drohen? Angenommen, eine Frau wurde zur strikten Abstinenzlerin, um ihren Mann so einzuschüchtern, dass er nur noch heimlich ein

Wirtshaus aufsucht; dann schreibt sie ihm in verstellter Handschrift Erpresserbriefe mit der Drohung, es seiner Frau zu erzählen! Warum sollte das nicht gehen? Angenommen, ein Vater verbietet seinem Sohn zu spielen und folgt ihm dann in einer geschickten Verkleidung, um ihm hinterher scheinheilig mit seiner väterlichen Strenge zu drohen! Angenommen – aber wir sind da, mein Freund.«

»Guter Gott!«, rief Flambeau, »Sie wollen doch nicht etwa sagen –«

Eine Gestalt lief flink die Treppe vor dem Haus herunter, und im goldenen Schein der Laterne erkannten sie den jungen Mann mit dem unverwechselbaren Profil, das so sehr der römischen Münze glich. »Miss Carstairs wollte das Haus erst betreten, wenn Sie hier wären«, sagte Hawker ohne Umschweife.

»Nun«, bemerkte Brown vertraulich, »meinen Sie nicht, dass es das Beste war, was sie tun konnte, draußen zu bleiben – da Sie doch auf sie aufpassten? Ich nehme an, Sie haben die Zusammenhänge schon erraten.«

»Ja«, sagte der junge Mann mit gedämpfter Stimme. »Ich habe es bereits am Strand vermutet, deshalb ließ ich ihn so weich fallen. Und jetzt weiß ich es bestimmt.«

Flambeau ließ sich von dem Mädchen einen Schlüssel und von Hawker die Münze aushändigen; dann betrat er mit seinem Freund das leere Haus und ging durch den Flur bis ins Wohnzimmer. Drinnen befand sich nur ein einziger Mensch: der Mann, den Pater Brown an der Schenke hatte vorbeigehen sehen. Er stand da, als fühle er sich in die Enge getrieben, mit dem Rücken zur Wand; er war unverändert, nur trug er anstelle des schwarzen Mantels einen braunen Schlafrock.

»Wir sind gekommen«, sagte Pater Brown höflich, »um diese Münze ihrem Besitzer zurückzugeben.« Und er reichte sie dem Mann mit der krummen Nase.

Flambeau rollte erstaunt mit den Augen. »Ist dieser Mann ein Münzensammler?«, fragte er.

»Dieser Mann ist Mr. Arthur Carstairs«, sagte der Priester mit Nachdruck, »und er ist ein Münzensammler ganz besonderer Art.«

Der Mann wurde so schreckensbleich, dass seine krumme Nase nun wie eine rote Karnevalsnase aus seinem Gesicht hervorstach. Trotzdem sprach er mit einer gewissen verzweifelten Würde. »Sie sollen sehen«, sagte er, »dass ich noch nicht alle Tugenden meiner Familie eingebüßt habe.« Und er drehte sich plötzlich um, lief in ein angrenzendes Zimmer und schlug die Tür zu.

»Halten Sie ihn auf!«, rief Pater Brown, sprang vorwärts und stolperte über einen Stuhl; Flambeau warf sich gegen die Tür, und sie sprang auf. Doch es war zu spät. Ohne ein Wort schritt Flambeau zum Telefon und rief einen Arzt und die Polizei.

Auf dem Boden lag eine leere Arzneiflasche. Der leblose Körper des Mannes im braunen Schlafrock lag quer über dem Tisch inmitten aufgerissener brauner Papierpäckchen, aus denen keine römischen, sondern derzeit gültige englische Münzen hervorquollen.

Der Priester hielt die Bronzemünze mit dem Kopf Caesars in die Höhe. »Das ist alles«, sagte er, »was von der Carstairs-Sammlung noch übrig ist.«

Nach einem kurzen Schweigen fuhr er mit noch größerer Milde fort: »Es war ein grausames Testament, das sein böser Vater machte, und wie Sie sehen, war ihr Bruder ein wenig ärgerlich darüber. Er hasste das römische Geld, das ihm gehörte, und sein Verlangen nach wirklichem Geld, das ihm versagt worden war, wuchs immer mehr. Er verkaufte nicht nur die Sammlung Stück für Stück, sondern wandte auch von Mal zu Mal schäbigere Methoden an, um zu Geld zu kommen – schließlich versuchte er sogar, in einer Verkleidung von seiner eigenen Familie Geld zu erpressen. Er erpresste seinen aus Australien zurückgekehrten Bruder wegen seines längst vergessenen Vergehens – deshalb hatte er das Taxi nach Wagga Wagga in Putney genommen – und erpresste seine Schwester wegen des Diebstahls, den nur er allein beobachtet haben konnte. Das ist nebenbei der Grund, dass sie diese übernatürliche Eingebung hatte, als er auf der Düne stand. Umriss und Haltung erinnern uns auch in großer Entfernung eher an eine bestimmte Person als ein noch so gut geschminktes Gesicht aus der Nähe.«

Wieder entstand ein Schweigen. »Also«, brummte der Detektiv, »war dieser große Numismatiker und Münzensammler nichts anderes als ein ganz gewöhnlicher Geizhals.«

»Besteht da ein so großer Unterschied?«, fragte Pater Brown in dem gleichen seltsamen, nachsichtigen Ton. »Hat ein Sammler nicht häufig die gleichen schlechten Eigenschaften wie ein Geizhals? Was ist schlecht daran, außer ... Du sollst dir kein Bildnis noch irgendein Gleichnis machen, weder des, das oben im Himmel, noch des, das unten auf Erden, oder des, das im Wasser unter der Erde ist. Bete sie nicht an und diene ihnen nicht! Denn ich, der Herr, dein Gott ... Aber wir sollten einmal nachsehen, wie es den armen jungen Leuten geht.«

»Ich könnte mir vorstellen«, sagte Flambeau, »dass es ihnen trotz der schrecklichen Ereignisse sehr gut geht.«

Der Salat des Oberst Cray

An einem weißen, verschleierten Morgen, als sich die Nebel langsam verzogen, war Pater Brown auf dem Heimweg von der Frühmesse – es war einer jener Morgen, an denen man das Element des Lichts als geheimnisvoll und neu empfindet. Die Konturen einzelner Bäume traten immer deutlicher aus dem Dunst hervor, als wären sie erst mit grauer Kreide skizziert und dann mit einem Kohlestift nachgezogen worden. In größeren Abständen tauchten die ersten Häuser am Rand des Vororts auf; ihre Umrisse wurden immer schärfer, bis der Priester einige Häuser erkannte, in denen flüchtige Bekannte von ihm wohnten, und etliche mehr, deren Besitzer er mit Namen kannte. Aber alle Fenster und Türen waren verschlossen; keiner der Bewohner pflegte um diese Tageszeit schon auf den Beinen zu sein, schon gar nicht zu einem solch frühen Kirchgang. Aber als er an einer hübschen Villa mit zahlreichen Veranden und großen Blumengärten vorbeiging, hörte er plötzlich ein Geräusch, das ihn unwillkürlich stehen bleiben ließ. Es war unverkennbar der Schuss aus einer Pistole, einem Karabiner oder einer anderen leichten Feuerwaffe; doch war es nicht der Schuss, der ihn am meisten irritierte. Dem ersten lauten Geräusch folgte unmittelbar eine Serie schwächerer Laute – er zählte etwa sechs hintereinander. Vermutlich war es das Echo; das Merkwürdige war nur, dass es dem Originalton nicht im Geringsten glich. Es wollte ihm nicht einfallen, was es sein könnte; an drei Dinge erinnerte ihn das Geräusch noch am meisten: an das Zischen beim Öffnen einer Sodawasserflasche, an einen Tierlaut und an das Geräusch mühsam unterdrückten Gelächters. Nichts davon schien einen Sinn zu ergeben.

Pater Brown setzte sich aus zwei verschiedenen Menschen zusammen. Einmal war da der Mann der Tat, bescheiden wie eine Primel und pünktlich wie eine Uhr, der seine Pflichten peinlich genau erledigte und nicht im Traum daran dachte, etwas daran zu ändern. Und dann gab es den Mann der Überlegung, der noch unauffälliger, aber auch energischer war und den man nicht so leicht aufhalten konnte; dessen Gedanken immer – im einzig echten Sinn des Wortes – freie Gedanken waren. Er konnte einfach nicht umhin, selbst unbewusst, sich die Fragen zu stellen, die gestellt werden mussten, und so viele davon zu beantworten, wie er konnte. Das war bei ihm so selbstverständlich wie seine Atmung oder sein Kreislauf. Aber er überschritt bei seinen Handlungen nie bewusst die Grenzen seines Pflichtbereichs; im folgenden Fall aber wurden die beiden Seiten seines Wesens ernstlich auf die Probe gestellt. Er war schon entschlossen, seinen Marsch durch die Morgendämmerung fortzusetzen, weil ihn die Sache ja schließlich nichts anging, ersann und verwarf jedoch instinktiv zwanzig Theorien, worum es sich bei dem Geräusch handeln könnte. Da verwandelte sich die graue Silhouette der Stadt in ein klares Silber, und in der zunehmenden Helligkeit erkannte er, dass er vor dem Haus eines angloindischen Majors namens Putnam stand; und dieser Major hatte einen aus Malta stammenden Koch, der zu seiner Gemeinde gehörte. Dann erinnerte er sich auch, dass Pistolenschüsse manchmal eine ernste Angelegenheit sind mit Folgen, die durchaus in seinen Zuständigkeitsbereich fielen. Er kehrte um und ging durch das Gartentor auf den Hauseingang zu.

Auf der einen Seite des Hauses war ein kleiner Vorbau, eine Art niedriger Schuppen; wie er später entdeckte, war es ein großer Müllbehälter. Dort bog, erst nur ein Schatten im Nebel, eine Gestalt um die Ecke, die sich offensichtlich bückte und nach etwas suchte. Beim Näherkommen verdichtete sich der Schatten zu einem ungewöhnlich massigen Menschen. Major Putnam war ein kahlköpfiger, stiernackiger Mann, kurz und breit, mit einem jener hochroten Gesichter, die man durch den ausgedehnten Versuch bekommt, das orientalische Klima mit abendländischen Genüssen zu verbinden. Aber das Gesicht war gutmütig, und obwohl es im Moment verwirrt und wissbegierig schien, lag noch ein unschuldiges Lächeln darauf. Auf dem Hinterkopf saß ihm ein breiter Hut aus Palmblättern – wie ein Heiligenschein, der jedoch absolut nicht zu seinem Gesicht passte; ansonsten war er nur mit einem auffallend scharlachrot und gelb gestreiften Schlafanzug bekleidet, der zwar feurig anzusehen, für einen so frischen Morgen aber ziemlich dünn war. Offensichtlich war er in großer Eile aus dem Haus gerannt, und der Priester war keineswegs überrascht, als er ohne Umschweife ausrief: »Haben Sie dieses Geräusch gehört?«

»Ja«, antwortete Pater Brown, »ich wollte deshalb eben hereinschauen, falls irgendetwas passiert sein sollte.«

Der Major warf ihm mit seinen gutmütigen Stachelbeeraugen einen seltsamen Blick zu. »Was, glauben Sie, war das für ein Geräusch?«, fragte er.

»Es hörte sich an wie ein Gewehr oder so etwas Ähnliches«, antwortete der andere zögernd, »aber es hatte ein so eigenartiges Echo.«

Der Major stierte ihn noch immer mit seinen hervorquellenden Augen an, als die Vordertür aufgestoßen wurde und sich ein breiter Lichtstrahl in den steigenden Nebel ergoss; und eine zweite Gestalt im Schlafanzug sprang oder taumelte in den Garten hinaus. Sie war größer, schlanker und athletischer; der Schlafanzug, zwar ebenfalls tropischer Herkunft, war verhältnismäßig geschmackvoll, denn er war weiß mit einem hellen, zitronengelben Streifen. Der Mann war hager, aber eine angenehme Erscheinung und sonnengebräunter als der andere; er hatte ein Adlerprofil und ziemlich tiefliegende Augen; der Kontrast zwischen dem kohlrabenschwarzen Haar und dem viel helleren Schnurrbart machte einen leicht befremdlichen Eindruck. All diese Einzelheiten nahm Pater Brown eher zufällig auf, denn im Augenblick zog nur eines an dem Mann seinen Blick magisch an: der Revolver in seiner Hand.

»Cray!«, rief der Major und starrte ihn an, »hast du diesen Schuss abgegeben?«

»Ja, das habe ich«, antwortete der schwarzhaarige Herr hitzig, »und das hättest du an meiner Stelle auch getan. Wenn du überall von Teufeln gejagt würdest und beinahe ...«

Der Major fiel ihm ziemlich unsanft ins Wort. »Dies ist mein Freund Pater Brown«, sagte er. Und zu Pater Brown gewandt: »Ich weiß nicht, ob Sie Oberst Cray von der Königlichen Artillerie kennen.«

»Ich habe natürlich von ihm gehört«, sagte der Priester unschuldig. »Haben Sie – haben Sie etwas getroffen?«

»Ich hatte den Eindruck«, antwortete Cray würdevoll.

»Ist er gefallen?«, fragte Major Putnam mit gedämpfter Stimme. »Oder hat er geschrien oder etwas dergleichen?«

Oberst Cray sah seinen Gastgeber mit einem seltsamen, festen Blick an. »Ich will dir genau sagen, was er tat«, sagte er. »Er nieste.«

Pater Brown fuhr sich mit der Hand an den Kopf, wie jemand, der sich an einen Namen erinnert, der ihm entfallen war. Das war die Erklärung für das Geräusch, das weder das Zischen einer Sodawasserflasche noch das Schnauben eines Hundes war.

»Oh«, stieß der Major mit starrem Blick hervor, »ich habe noch nie gehört, dass eine Armeepistole jemanden zum Niesen bringt.«

»Ich auch nicht«, sagte Pater Brown leise. »Welch ein Glück, dass Sie nicht gleich Ihre ganze Artillerie gegen ihn eingesetzt haben, sonst hätte er sich vielleicht ernstlich erkältet.« Dann sagte er nach einem Augenblick der Verblüffung: »War es ein Einbrecher?«

»Lassen Sie uns hineingehen«, sagte Major Putnam ziemlich scharf und ging ihnen ins Haus voran.

Im Innern bot sich ihnen ein irritierender Anblick, der jedoch in solch frühen Morgenstunden nicht selten ist: Die Räume wirkten heller als der Himmel draußen, auch nachdem der Major das einzige Gaslicht in der Halle gelöscht hatte. Pater Brown stellte überrascht fest, dass der Esstisch wie für ein festliches

Mahl gedeckt war; die Servietten steckten in Ringen, und neben jedem Teller standen Gläser in mindestens sechs unterschiedlichen Größen. Normalerweise wäre es üblich gewesen, zu so früher Stunde auf die Reste eines Banketts vom Vorabend zu treffen; einen frisch gedeckten Tisch vorzufinden war gewiss ungewöhnlich.

Als er nachdenklich in der Halle stand, stürzte Major Putnam herbei und warf einen prüfenden Blick über das lange Rechteck des gedeckten Tisches. Schließlich brachte er schwer atmend die Worte heraus: »Das ganze Silber ist weg! Das Fischbesteck ist weg. Der alte Gewürzständer ist weg. Sogar das alte silberne Sahnekännchen ist weg. Und nun, Pater Brown, bin ich bereit, Ihre Frage, ob es ein Einbrecher war, zu beantworten.«

»Das ist nur eine Täuschung«, sagte Cray störrisch. »Ich weiß besser als du, warum man dieses Haus heimsucht. Ich weiß besser als du, warum –«

Der Major klopfte ihm begütigend auf die Schulter, so wie man ein krankes Kind beruhigt, und sagte: »Es war ein Einbrecher. Ganz offensichtlich war es ein Einbrecher.«

»Ein Einbrecher mit einer schlimmen Erkältung«, bemerkte Pater Brown, »das wird Ihnen helfen, seine Spur hier in der Nachbarschaft zu verfolgen.«

Der Major schüttelte düster den Kopf. »Ich fürchte, er ist mittlerweile über alle Berge«, sagte er.

Dann, als sich der nervöse Mann mit dem Revolver erneut der Tür zum Garten zuwandte, fügte er halblaut mit vertraulicher Stimme hinzu: »Ich glaube, ich sollte besser nicht die Polizei holen, denn mein Freund war wohl ein wenig schnell bei der Hand mit seiner Pistole und hat sich dadurch strafbar gemacht. Er hat lange in der Wildnis gelebt und, offen gestanden, ich glaube, er bildet sich manchmal irgendwelche Dinge ein.«

»Sie haben mir einmal erzählt, er sei der Ansicht, von einem indischen Geheimbund verfolgt zu werden«, sagte Brown.

Major Putnam nickte und zuckte mit den Achseln. »Ich glaube, wir folgen ihm besser«, sagte er. »Ich möchte vermeiden, dass es noch mehr – sagen wir – Niesen gibt.«

Sie traten in den Morgen hinaus, der jetzt vom Schein der Sonne gefärbt wurde, und sahen Oberst Crays lange, gebeugte Gestalt, die den Zustand von Kiesweg und Rasen aufs genaueste untersuchte. Während der Major unauffällig zu ihm hinschlenderte, schlug der Priester ebenso zufällig einen Haken um die nächste Hausecke und näherte sich dem großen Müllbehälter.

Ein, zwei Minuten stand er da und betrachtete dieses hässliche Objekt; dann ging er darauf zu, hob den Deckel und steckte seinen Kopf hinein. Staub und verrotteter Abfall wirbelten ihm entgegen; doch was auch immer Pater Brown untersuchte, auf sein Äußeres achtete er nie. So verharrte er beträchtliche Zeit, als wäre er in irgendwelche geheimnisvollen Gebete versunken. Dann tauchte er, Asche auf dem Haupt, wieder auf und ging unbeteiligt seines Weges.

Als er wieder beim Gartentor anlangte, traf er dort auf eine Gruppe, die ganz dazu angetan schien, alle düsteren Gedanken zu vertreiben, wie zuvor die Sonne den Nebel. Sie wirkte jedoch nicht beruhigend, sondern einfach ungeheuer komisch, wie ein Ensemble von Dickens-Figuren. Major Putnam hatte es geschafft, sich in ein ordentliches Hemd und eine Hose mit karmesinrotem Kummerbund zu zwängen und sich eine leichte, passende Jacke überzuziehen; aus dieser normalen Gewandung strahlte sein rotes, fröhliches Gesicht mit überströmender Herzlichkeit hervor. Er war wirklich überschwenglich, aber dann sprach er mit seinem Koch – dem dunklen Sohn Maltas, dessen schmales, gelbes, vergrämtes Gesicht in einem seltsamen Kontrast zu seiner schneeweißen Kochmütze und Arbeitskleidung stand. Der Koch mochte allen Grund haben, vergrämt zu sein, denn Kochen war das Steckenpferd des Majors. Er gehörte zu jenen Amateuren, die immer alles besser können als der Fachmann. Der einzige andere Mensch, dem er ein Urteil über die Güte eines Omelettes zugestand, war sein Freund Cray – und als sich Brown daran erinnerte, wandte er sich suchend nach dem anderen Soldaten um. Im hellen Tageslicht, unter all den anderen Leuten, die jetzt angekleidet und in normaler Verfassung waren, war sein Anblick geradezu ein Schock. Der große und weitaus vornehmere Mann kroch noch immer im Nachtgewand und mit zerzaustem Haar auf Händen und Knien durch den Garten und suchte weiter nach Spuren des Einbrechers; von Zeit zu Zeit schlug er, offensichtlich darüber verärgert, dass er ihn nicht entdecken konnte, mit der Hand auf den Boden. Als er ihn so auf allen vieren im Gras sah, zog der Priester ziemlich betrübt die Augenbrauen hoch; und zum ersten Mal dachte er, dass der Ausdruck »bildet sich Dinge ein« eine Beschönigung sein könnte.

Die dritte Person in der Gruppe neben Koch und Epikureer war Pater Brown ebenfalls bekannt: Es war Audrey Watson, Mündel und Haushälterin des Majors; ihrer Schürze, den aufgekrempelten Ärmeln und ihrem entschlossenen Auftreten nach zu urteilen, im Augenblick wohl eher die Haushälterin als das Mündel.

»Es geschieht dir recht«, sagte sie. »Ich habe dir immer gesagt, du sollst diesen altmodischen Gewürzständer nicht benutzen.«

»Er gefällt mir eben«, sagte Putnam versöhnlich. »Ich bin selber altmodisch, und altmodische Sachen passen zusammen.«

»Und verschwinden zusammen, wie man sieht«, gab sie zurück. »Nun, wenn du dich nicht über den Einbrecher aufregst, brauche ich mir auch keine Sorgen wegen des Mittagessens zu machen. Es ist Sonntag, und wir können keinen Essig oder anderes Notwendige aus der Stadt kommen lassen; und ihr indischen Herren könnt ja kein Essen ohne eine Menge scharfer Zutaten genießen. Ich wünschte bei Gott, du hättest meinen Vetter Oliver nicht gebeten, mich in den Gottesdienst mitzunehmen. Er ist erst um halb zwölf zu Ende, und so lange kann der Oberst nicht bleiben. Ich glaube kaum, dass ihr Männer allein zurechtkommt.«

»Aber natürlich, Liebe«, sagte der Major und sah sie mit zärtlichem Blick an. »Marco hat alle Saucen, und wir haben uns schon in viel unwirtlicheren Gegenden bestens selbst versorgt, wie du mittlerweile wissen solltest. Außerdem ist es Zeit, dass du mal wieder eine Abwechslung hast, Audrey; du musst nicht von morgens bis abends die Haushälterin spielen, und ich weiß, dass du die Musik gern hören möchtest.«

»Ich möchte in die Kirche gehen«, sagte sie mit einigermaßen strengem Blick.

Sie war eine jener schönen Frauen, die immer schön bleiben, weil Schönheit keine Frage von modischem Stil oder Farbe ist, sondern in der Haltung des Kopfes und dem Schnitt der Gesichtszüge liegt. Aber obwohl sie noch nicht einmal im mittleren Alter war und Fülle und Farbe ihrer kastanienbraunen Haare an die Gemälde Tizians erinnerten, ließ ein bestimmter Zug um Mund und Augen ahnen, dass ein geheimer Kummer an ihr zehrte, so wie die Winde mit der Zeit die Konturen eines griechischen Tempels zerstören. Denn das kleine häusliche Problem, von dem sie gerade mit solcher Bestimmtheit sprach, war doch eher komischer als tragischer Natur. Was Pater Brown von der Unterhaltung mitbekam, war, dass Cray, der andere Gourmet, vor der üblichen Essenszeit gehen musste; damit Putnam, sein Gastgeber, aber nicht auf das abschließende Festessen mit seinem alten Kumpan verzichten musste, hatte er ein besonderes *déjeuner* vorbereiten lassen, das im Laufe des Vormittags serviert und verspeist werden sollte, während Audrey und andere ernsthafte Menschen im Gottesdienst waren. Dorthin begleiten wollte sie ein Verwandter und langjähriger Freund, Dr. Oliver Oman, der zwar ein nüchterner Naturwissenschaftler war, sich aber so für Musik begeisterte, dass er sogar in die Kirche ging, um sie zu hören. Es war kaum vorstellbar, dass irgendetwas davon mit der Trauer auf Miss Watsons Gesicht zu tun haben sollte; und einer unbewussten Eingebung folgend, wandte sich Pater Brown erneut dem scheinbar Wahnsinnigen zu, der draußen im Gras herumstöberte.

Als er zu ihm hinüberschlenderte, hob der Oberst jäh den

schwarzen, ungekämmten Kopf, als wäre er überrascht, dass Pater Brown noch immer anwesend war. Und in der Tat hatte sich dieser aus Gründen, die nur ihm bekannt waren, viel länger aufgehalten, als es die Höflichkeit erforderte oder unter normalen Umständen eigentlich erlaubte.

»Ah!«, rief Cray mit wildem Blick. »Sie halten mich wohl auch für verrückt wie alle anderen?«

»Ich habe diese Möglichkeit erwogen«, antwortete der kleine Mann gelassen. »Und ich neige zu der Ansicht, dass Sie es nicht sind.«

»Wie meinen Sie das?«, schnauzte Cray wütend.

»Wirklich Verrückte«, erklärte Pater Brown, »betonen stets ihre Krankheit. Sie wehren sich niemals dagegen. Sie aber versuchen, Spuren eines Einbrechers zu finden, selbst wenn es gar keine gibt. Sie wehren sich. Sie wollen etwas, was ein Verrückter niemals will.«

»Und was wäre das?«

»Sie wollen widerlegt werden«, sagte Brown.

Bei den letzten Worten war Cray taumelnd aufgesprungen und sah den Geistlichen mit erregtem Blick an. »Zum Henker, das trifft den Nagel auf den Kopf!«, rief er. »Alle wollen mir weismachen, dass der Kerl nur hinter dem Silber her war – als würde ich das nicht nur zu gern selbst annehmen! *Sie*«, sagte er und wies mit seinem zerzausten schwarzen Kopf in Audreys Richtung, aber der andere wusste auch so, wen er meinte, »sie hat mir heute Vorhaltungen gemacht, wie grausam es war, auf einen armen, harmlosen Einbrecher zu schießen, und dass wohl der Teufel in mich gefahren sei, die armen, harmlosen Anwohner zu verfolgen. Aber ich war früher ein gutmütiger Mensch – genau wie Putnam.«

Nach einer Pause sagte er: »Schauen Sie, ich bin Ihnen nie zuvor begegnet; aber Sie sollen sich ein Urteil über die ganze Geschichte bilden. Der alte Putnam und ich sind seit unserer militärischen Ausbildungszeit befreundet; doch aufgrund einiger

Zwischenfälle an der afghanischen Grenze erhielt ich früher als die meisten anderen mein eigenes Regiment; bald darauf wurden wir beide auf Krankenurlaub nach Hause geschickt. Ich verlobte mich dort unten mit Audrey, und wir traten alle zusammen die Heimreise an. Aber auf der Rückreise gab es einige Vorfälle. Merkwürdige Vorfälle. Die Folge davon war, dass Putnam die Auflösung des Verlöbnisses forderte, und selbst Audrey zeigt überhaupt keine Eile mehr – und ich weiß auch, warum. Ich weiß, was sie von mir denken. Und Sie wissen es auch.

Nun, hier sind die Tatsachen. An unserem letzten Tag in einer indischen Stadt fragte ich Putnam, ob man dort wohl eine bestimmte Zigarrensorte bekäme; er schickte mich in einen kleinen Laden, der direkt gegenüber seiner Unterkunft lag. Ich habe später festgestellt, dass er Recht hatte; aber ›gegenüber‹ ist ein gefährliches Wort, wenn ein anständiges Haus fünf oder sechs verwahrlosten gegenübersteht; jedenfalls muss ich mich in der Tür geirrt haben. Sie ließ sich nur mit Mühe öffnen und führte in völlige Finsternis; als ich mich jedoch umwandte, fiel die Tür hinter mir zu und wurde, dem Geräusch nach zu urteilen, mehrfach verriegelt. Es blieb mir nichts anderes übrig, als vorwärts zu gehen, und ich tastete mich durch einen stockdunklen Gang nach dem anderen vorwärts. Dann kam ich über eine Treppe zu einer verborgenen Tür, die, wie ich durch bloßes Tasten feststellte, mit einem Schloss aus kunstvoll gearbeitetem orientalischem Schmiedeeisen gesichert war, das zu öffnen mir schließlich gelang. Wieder trat ich in die Dunkelheit, die jedoch durch eine Vielzahl kleiner, ruhig brennender Lampen in ein grünliches Zwielicht verwandelt wurde. Sie erhellten nichts als den Boden eines riesigen, leeren Raumes. Unmittelbar vor mir befand sich etwas, das einem Berg glich. Ich muss gestehen, ich stürzte beinahe vor dem großen steinernen Sockel, der vor mir aufragte, zu Boden, als ich merkte, dass es sich um eine Götzenstatue handelte. Und das Schlimmste war, dass sie mir den Rücken zukehrte.

Sie hatte kaum Ähnlichkeit mit einem Menschen, wie mir schien; das zeigte sich an dem kleinen, eingezogenen Kopf und noch deutlicher an dem schwanzähnlichen Anhängsel, das an seiner Rückseite in die Höhe stand und wie ein riesiger, abscheulicher Finger auf ein eingraviertes Symbol in der Mitte des gewaltigen Steinrückens zeigte. Ich hatte voller Entsetzen begonnen, in dem schwachen Licht die Hieroglyphen zu entziffern, als etwas noch Schrecklicheres geschah. Geräuschlos öffnete sich hinter mir eine Tür in der Wand des Tempels, und ein Mann mit einem braunen Gesicht und einem schwarzen Mantel trat herein. Ein starres Lächeln lag auf dem kupferbraunen Gesicht mit den elfenbeinfarbenen Zähnen; das Grässlichste an ihm aber war, dass er europäische Kleidung trug. Ich war, so nehme ich an, auf verschleierte Priester und nackte Fakire gefasst. Dies schien jedoch ein Anzeichen dafür, dass die Teufelskunst auf der ganzen Erde verbreitet war. Was sich später bewahrheiten sollte.

›Wenn du nur die Füße des Affen gesehen hättest‹, sagte der Mann mit starrem Lächeln und ohne Vorankündigung, ›wären wir ganz sanft mit dir umgegangen – du würdest nur gefoltert und sterben. Hättest du das Gesicht des Affen gesehen, hätten wir uns immer noch sehr gemäßigt und tolerant gezeigt – du würdest nur gefoltert und bliebst am Leben. Da du jedoch den Schwanz des Affen gesehen hast, müssen wir das härteste Urteil fällen. Es lautet: Du bist frei.‹

Während er diese Worte sprach, hörte ich, wie sich das schmiedeeiserne Schloss, mit dem ich so viel Mühe gehabt hatte, automatisch öffnete: und dann vernahm ich, dass sich am fernen Ende der dunklen Gänge, durch die ich mich getastet hatte, die Riegel des schweren Eingangstores von selbst zurückschoben.

›Es ist vergebens, um Gnade zu flehen. Du bist frei‹, sagte der Mann mit maskenhaftem Lächeln. ›Von nun an soll dich ein Haar töten wie ein Schwert und ein Atemhauch dich beißen wie eine

Natter; Waffen sollen sich aus dem Nichts gegen dich richten, und du sollst viele Tode sterben.‹ Und damit verschwand er wieder in der Wand, und ich ging auf die Straße hinaus.«

Cray hielt inne, und Pater Brown ließ sich unbekümmert auf dem Rasen nieder und begann, Gänseblümchen zu pflücken.

Dann setzte der Oberst seine Erzählung fort: »Putnam mit seinem stets fröhlichen Naturell machte sich natürlich über meine Ängste lustig, und aus dieser Zeit rühren seine Zweifel an meinem geistigen Gleichgewicht. Nun, ich will Ihnen in knappen Worten berichten, welche drei Vorfälle sich seitdem ereignet haben; und Sie sollen urteilen, wer von uns Recht hat.

Der erste Vorfall geschah in einem indischen Dorf am Rande des Dschungels, meilenweit von dem Tempel, der Stadt oder jenen Stämmen und Gebräuchen entfernt, wo der Fluch über mich verhängt worden war. Ich erwachte mitten in dunkler Nacht und dachte an nichts Konkretes, als ich plötzlich ein leichtes Kitzeln wie von einem Faden oder Haar an meiner Kehle spürte. Ich schrak entsetzt zurück und musste an die Worte im Tempel denken. Als ich jedoch aufstand, Licht machte und in einen Spiegel blickte, erkannte ich, dass die Linie an meinem Hals eine Blutspur war.

Der zweite Vorfall ereignete sich in einer Unterkunft in Port Said, wenig später auf unserer Heimreise. Es war eine Mischung aus Schenke und Raritätenladen; und obwohl nichts auch nur im Entferntesten an den Kult des Affen erinnerte, ist es natürlich möglich, dass sich an einem solchen Ort seine Bilder oder Talismane befanden. Sein Fluch jedenfalls war dort. Wieder erwachte ich in der Dunkelheit mit einem Gefühl, das sich mit nichts so nüchtern oder genau vergleichen lässt wie mit dem gehauchten Biss einer Natter. Ich fühlte mein Leben verlöschen; ich schlug mit dem Kopf gegen die Wand und schließlich gegen ein Fenster und fiel mehr, als ich sprang, in den darunterliegenden Garten. Putnam, der arme Kerl, der die andere Verwundung als harmlosen Kratzer abgetan hatte, musste diesmal den Umstand ernst nehmen, dass er mich im Morgengrauen halb bewusstlos im Gras fand. Aber ich fürchte, er nahm nur meinen Geisteszustand ernst und nicht meine Geschichte.

Der dritte Zwischenfall begab sich in Malta. Wir befanden uns in einer Festung; unsere Schlafräume gingen zufällig aufs offene Meer hinaus, das fast bis zu den Fensterbänken hinaufbrandete, wäre es nicht von einer flachen, weißen Außenmauer, blank wie die See, aufgehalten worden. Wieder wachte ich nachts auf, doch es war nicht dunkel. Als ich zum Fenster ging, bemerkte ich, dass Vollmond war; man hätte einen Vogel auf den nackten Zinnen oder ein Segel am fernen Horizont erkennen können. Was ich jedoch sah, war eine Art Stock oder Zweig, der ohne fremde Hilfe am leeren Himmel einen Bogen beschrieb. Er flog geradewegs durch mein Fenster herein und zertrümmerte die Nachttischlampe an meinem Bett, das ich soeben verlassen hatte. Es war eines jener Wurfhölzer, die einige fernöstliche Stämme im Krieg verwenden. Doch keine menschliche Hand hatte es geschleudert.«

Pater Brown warf den Kranz aus Gänseblümchen weg, den er geflochten hatte, und erhob sich mit nachdenklichem Blick. »Besitzt Major Putnam«, fragte er, »irgendwelche asiatischen Raritäten, Götzenbilder, Waffen oder dergleichen, die einem einen Hinweis geben könnten?«

»Jede Menge, aber ich fürchte, sie sind keine große Hilfe«, antwortete Cray, »aber werfen Sie auf alle Fälle einen Blick in sein Arbeitszimmer.«

Als sie das Zimmer betraten, begegneten sie Miss Watson, die gerade ihre Handschuhe für den Kirchgang zuknöpfte, und hörten, wie Putnam unten dem Koch noch immer einen Vortrag über das Kochen hielt. Im Arbeitszimmer und Raritätenkabinett des Majors stießen sie auf eine dritte Person, einen Mann mit Zylinder und in Straßenkleidung, der in ein Buch vertieft war, das aufgeklappt auf dem Rauchtisch lag und das er schuldbewusst fallen ließ, als er sich zu ihnen umwandte.

Cray stellte ihn zwar höflich als Dr. Oman vor, aber in seinem Gesicht spiegelte sich ein solches Missfallen, dass Brown vermutete, die beiden wären Rivalen – ob mit Wissen Audreys oder nicht. Auch teilte er ein wenig Crays Abneigung. Dr. Oman war in der Tat ein sehr elegant gekleideter Herr; er hatte ein gut geschnittenes Gesicht, wenn es auch fast so dunkel war wie das eines Asiaten. Doch Pater Brown musste sich strikt ermahnen, dass man Milde auch jenen Menschen gegenüber walten lassen solle, die ihre Spitzbärte pomadisieren, die zierlichen Finger in Handschuhe stecken und in singendem Tonfall sprechen.

Cray schien sich besonders über das kleine Gebetbuch in Omans dunkel behandschuhter Hand zu ärgern. »Ich wusste gar nicht, dass Sie sich dafür interessieren«, sagte er ziemlich grob.

Oman lächelte, ohne beleidigt zu sein. »Dies liegt schon mehr auf meiner Linie, ich weiß«, sagte er und legte die Hand auf das dicke Buch, das er weggelegt hatte, »ein Nachschlagewerk über Drogen und dergleichen. Aber es ist etwas zu groß, um es mit in die Kirche zu nehmen.« Damit schloss er das größere Buch und zeigte erneut eine gewisse Eile und Verlegenheit.

»Ich nehme an«, sagte der Priester, darauf bedacht, das Thema zu wechseln, »all diese Speere und die anderen Dinge stammen aus Indien?«

»Von überallher«, antwortete der Arzt. »Putnam ist ein alter Militär, und er war in Mexiko, Australien und, soviel ich weiß, auch auf den Kannibalen-Inseln.«

»Ich hoffe, er hat seine Kochkünste nicht ausgerechnet auf den Kannibalen-Inseln gelernt«, sagte Brown und ließ seinen Blick über die großen Töpfe und andere merkwürdige Gegenstände an der Wand schweifen.

In diesem Augenblick steckte das fröhliche Objekt ihrer Gespräche sein lachendes, krebsrotes Gesicht durch die Tür. »Komm, Cray«, rief er. »Dein Essen wird gerade aufgetragen. Und die Glocken läuten für diejenigen, die in die Kirche gehen wollen.«

Cray eilte nach oben, um sich umzukleiden; Dr. Oman und Miss Watson schritten mit einer Reihe anderer Kirchgänger feierlich die Straße hinab; doch Pater Brown bemerkte, dass der Arzt sich zweimal umdrehte und das Haus mit forschendem Blick betrachtete und dass er, obwohl er schon um die Ecke gebogen war, noch einmal zurückkam und das Haus fixierte.

Der Priester sah verwirrt aus. »*Er* kann nicht an dem Müllbehälter gewesen sein«, murmelte er. »Nicht in diesen Kleidern. Oder war er schon früher am Tage dort?«

Pater Brown war im Umgang mit anderen Menschen normalerweise so feinfühlig wie ein Barometer; heute jedoch benahm er sich wie ein rechter Dickhäuter. Mit keiner gesellschaftlichen Regel, strikt oder großzügig angewendet, ließ sich seine weitere Anwesenheit während des Mahls der angloindischen Freunde rechtfertigen; dennoch blieb er und versuchte, sein ungebührliches Benehmen hinter einer Flut amüsanter, jedoch völlig unsinniger Geschichten zu verbergen. Er war umso rätselhafter, da er absolut nicht dazu zu bewegen war, etwas zu essen. Als die hervorragend gewürzten Reis- und Currygerichte, begleitet von den jeweils darauf abgestimmten Weinen, nacheinander vor den beiden aufgetragen wurden, wiederholte er nur immer wieder, heute sei einer seiner Fastentage, kaute an einem Stück Brot und nippte kurz an einem Glas kalten Wassers, das er dann jedoch unberührt stehen ließ. Dagegen sprühte er geradezu vor Erzählfreude.

»Wissen Sie was«, rief er, »ich werde Ihnen einen Salat kredenzen! Ich selbst darf zwar keinen essen, aber ich kann ihn phantastisch anmachen! Dort drüben haben Sie ja einen Kopf Salat.«

»Leider ist das auch das Einzige, was wir haben«, antwortete der Major gutgelaunt. »Sie wissen ja, Senf, Essig, Öl und alles andere sind mit dem Gewürzständer und dem Einbrecher verschwunden.«

»Ich weiß«, erwiderte Brown mit ausdruckslosem Gesicht.

»Ich habe immer befürchtet, dass das eines Tages passiert. Darum habe ich immer ein paar Gewürze bei mir. Ich esse so furchtbar gern Salat.«

Und zum großen Erstaunen der beiden Männer holte er einen Pfefferstreuer aus seiner Westentasche und stellte ihn auf den Tisch.

»Ich frage mich, wieso der Einbrecher auch noch den Senf mitnehmen musste«, fuhr er fort und holte aus einer anderen Tasche einen Senftopf. »Wahrscheinlich für ein Senfpflaster. Essig« – und er zog auch ein Fläschchen dieser Essenz hervor – »habe ich nicht gerade etwas über Essig und Packpapier gehört? Das Öl habe ich, glaube ich, hier links –«

Für einen Augenblick versiegte seine Redseligkeit, denn als er den Blick hob, sah er etwas, was keiner außer ihm bemerkte – die schwarze Gestalt Dr. Omans, der auf dem sonnenbeschienenen Rasen stand und unverwandt ins Zimmer starrte. Bevor er sich wieder gefasst hatte, ergriff Cray das Wort.

»Sie sind ein richtiger Spaßvogel«, sagte er, ihn anstarrend. »Ich werde mir mal Ihre Predigten anhören, wenn die genauso lustig sind wie Ihre Manieren.«

Seine Stimme schwankte ein wenig, und er lehnte sich in seinem Stuhl zurück.

»Oh, selbst ein Gewürzständer kann Stoff für eine Predigt liefern«, sagte Pater Brown mit ernster Stimme. »Haben Sie noch nie etwas von dem Glauben gehört, der da ist wie ein Senfkorn, oder von der Barmherzigkeit, die mit Öl salbt? Und was den Essig betrifft, kann ein Soldat je den einsamen Soldaten vergessen, der, als die Sonne sich verfinsterte –«

Oberst Cray beugte sich ein wenig vor und packte krampfhaft das Tischtuch.

Pater Brown, der dabei war, den Salat anzumachen, gab zwei Löffel Senf in das Wasserglas neben seinem Teller; dann stand er auf und sagte mit völlig veränderter Stimme plötzlich: »Trinken Sie das!«

Im selben Moment lief der Arzt, der bis dahin bewegungslos im Garten gestanden hatte, auf das Haus zu, stieß ein Fenster auf und rief: »Werde ich gebraucht? Ist er vergiftet worden?«

»Beinahe«, sagte Brown mit dem Anflug eines Lächelns; denn das Brechmittel hatte ganz plötzlich seine Wirkung gezeigt. Und Cray lag, nach Luft ringend, aber lebendig, in einem Liegestuhl.

Major Putnam war mit hektisch gerötetem Gesicht aufgesprungen. »Ein Verbrechen!«, rief er heiser. »Ich werde die Polizei holen!«

Der Priester hörte, wie er seinen Palmblätterhut vom Haken nahm und zur Eingangstür hinausstürzte; dann fiel das Gartentor ins Schloss. Doch er stand gelassen da und sah Cray an; nach einer Weile sagte er ruhig:

»Ich will Ihnen nicht viel erzählen, nur das, was Sie wissen möchten. Es liegt kein Fluch auf Ihnen. Der Tempel des Affen war entweder ein Zufall oder ein Teil der Täuschung. Die Täuschung war die eines Weißen. Es gibt nur eine einzige Waffe, die bei einer federleichten Berührung eine Blutspur hinterlässt: das Rasiermesser eines Weißen. Es gibt nur eine Methode, einen normalen Raum mit unsichtbarem, betäubendem Gift zu füllen: das Aufdrehen des Gashahns – das Verbrechen eines Weißen. Und es gibt nur eine Art von Stock, der, wenn man ihn aus dem Fenster wirft, sich mitten in der Luft drehen und in das Fenster des Nebenzimmers zurückfliegen kann: den australischen Bumerang. Im Arbeitszimmer des Majors können Sie ein paar Exemplare sehen.«

Mit diesen Worten verließ er das Zimmer und sprach einen Moment mit dem Arzt. Im nächsten Augenblick stürzte Audrey Watson ins Haus und fiel neben Crays Stuhl auf die Knie. Er konnte nicht verstehen, was sie zueinander sagten, aber ihre Gesichter sahen überrascht und keineswegs unglücklich aus. Der Arzt und der Priester schlenderten langsam auf das Gartentor zu.

»Ich nehme an, auch der Major war in sie verliebt«, sagte der Geistliche mit einem Seufzer; und als der andere nickte, bemerkte er: »Sie haben wahre Großmut bewiesen, Doktor. Das war sehr anständig von Ihnen. Aber weshalb haben Sie Verdacht geschöpft?«

»Aufgrund einer Kleinigkeit«, sagte Oman, »aber sie ließ mir keine Ruhe in der Kirche, bis ich zurückging, um mich davon zu überzeugen, dass alles in Ordnung war. Jenes Buch auf dem Tisch war ein Werk über Gifte, und es war an einer Stelle aufgeschlagen, die sich mit einem bestimmten indischen Gift befasste, das zwar tödlich und schwer nachzuweisen ist, das man aber unter Verwendung eines ganz gewöhnlichen Brechmittels unwirksam machen kann. Ich nehme an, dass er das im letzten Moment gelesen hat –«

»Und er erinnerte sich, dass in dem Gewürzständer Brechmittel standen«, sagte Pater Brown. »Genau. Er warf den Gewürzständer in den Müllbehälter – wo ich ihn mit dem übrigen Silber fand –, um einen Einbruch vorzutäuschen. Aber wenn Sie sich den Pfefferstreuer, den ich auf den Tisch gestellt habe, genau ansehen, werden Sie ein kleines Loch entdecken. Dorthin traf Crays Schuss, wirbelte den Pfeffer auf und brachte den Verbrecher zum Niesen.«

Ein Schweigen entstand. Dann sagte Oman grimmig: »Der Major braucht lange, um die Polizei zu holen.«

»Oder die Polizei, um den Major zu suchen«, sagte der Priester. »Leben Sie wohl.«

Das Hundeorakel

»Doch«, sagte Pater Brown, »ich mag Hunde, solange man in ihnen nicht mehr als ein Tier sieht.«

Menschen, die gut reden können, sind nicht immer auch aufmerksame Zuhörer. Manchmal verstellt ihnen gerade ihr glänzender Verstand den Blick für gewisse Einsichten. Pater Browns Freund und Gast war ein junger Mann, der vor Ideen und Geschichten nur so übersprudelte, ein enthusiastischer junger Mann namens Fiennes mit hellwachen blauen Augen und zurückgebürsteten blonden Haaren, die den Eindruck machten, als sei nicht nur eine Haarbürste, sondern auch der Wind des Lebens hindurchgefegt. Er stockte einen Moment verblüfft in seinem Redefluss, ehe er den schlichten Sinn von Pater Browns Worten erkannte.

»Sie glauben, die Leute sehen zu viel in ihnen?«, fragte er. »Ach, ich weiß nicht. Es sind herrliche Geschöpfe. Manchmal denke ich, sie verstehen eine ganze Menge mehr als wir.«

Pater Brown antwortete nicht, sondern fuhr fort, dem großen Retriever geistesabwesend den Kopf zu streicheln, was dieser sich offenbar gern gefallen ließ.

»Nun«, sagte Fiennes, seinen Monolog wiederaufnehmend, »in dem Fall, dessentwegen ich Sie aufgesucht habe, dem sogenannten ›Fall des unsichtbaren Mörders‹, spielt auch ein Hund eine Rolle. Es ist eine merkwürdige Geschichte, aber meines Erachtens ist der Hund das Merkwürdigste daran. Natürlich, das Verbrechen selbst ist geheimnisvoll genug und wie der alte Druce getötet werden konnte, während er sich allein in seinem Gartenhaus aufhielt –«

Die Hand, die den Hund streichelte, hielt einen Augenblick in ihrer gleichmäßigen Bewegung inne, und Pater Brown fragte ruhig: »Ach, es war also ein Gartenhaus?«

»Ich dachte, Sie hätten alles darüber in den Zeitungen gelesen«, antwortete Fiennes. »Warten Sie, ich glaube, ich habe einen Ausschnitt, der alle Einzelheiten enthält.« Er zog einen schmalen Zeitungsstreifen aus der Tasche und reichte ihn dem Priester; dieser begann zu lesen, während er ihn mit einer Hand dicht vor die blinzelnden Augen hielt und mit der anderen zerstreut fortfuhr, den Hund zu liebkosen. Er wirkte wie das personifizierte Gleichnis des Mannes, dessen rechte Hand nicht weiß, was die linke tut.

»Viele Kriminalgeschichten über Menschen, die hinter verschlossenen Türen und Fenstern ermordet wurden, und Mörder, die aus einem Raum entkamen, der weder Ein- noch Ausgang hatte, wurden während der außergewöhnlichen Ereignisse in Cranston an der Küste von Yorkshire Wirklichkeit. Oberst Druce wurde dort hinterrücks erstochen aufgefunden; die Tatwaffe, ein Dolch, wurde weder am Tatort noch in der umliegenden Gegend gefunden.

Das Gartenhaus, in dem Druce starb, hatte tatsächlich nur einen Eingang, eine normale Tür, die auf den zum Haus führenden Hauptweg des Gartens hinausging. Doch wie der Zufall es wollte, wurden Weg und Eingang anscheinend während der fraglichen Zeit beobachtet, und es gibt eine Reihe von Zeugen, die sich gegenseitig die Richtigkeit ihrer Aussage bestätigen. Die Laube steht am äußersten Ende des Gartens, wo es keinerlei Ein- oder Ausgang gibt. Der Hauptweg ist ein Gartenpfad zwischen zwei Reihen riesiger Rittersspornstauden, die so dicht gepflanzt sind, dass jeder Schritt vom Weg Spuren hinterlassen würde; und Pfad und Stauden verlaufen so genau auf den Eingang des Gartenhauses zu, dass ein Verlassen des kerzengeraden Weges einfach nicht unbemerkt bleiben würde, und eine andere Art des Zugangs ist ausgeschlossen.

Patrick Floyd, der Sekretär des Ermordeten, sagte aus, er habe sich von der Zeit, als Oberst Druce zum letzten Mal in der Tür erschien, bis zu der Zeit, als er tot aufgefunden wurde, in einer Position befunden, von der aus er den ganzen Garten überblicken konnte: Er habe nämlich auf der obersten Sprosse einer

Trittleiter gestanden und die Gartenhecke geschnitten. Janet Druce, die Tochter des Toten, bestätigte diese Aussage und gab an, sie habe die ganze Zeit über auf der Terrasse des Hauses gesessen und Floyd bei der Arbeit gesehen. Für einen Teil der Zeit wird die Aussage wiederum von Donald Druce, ihrem Bruder, gestützt, der im Morgenrock am Schlafzimmerfenster stand – er war spät aufgestanden – und in den Garten blickte. Und schließlich deckten sich die Angaben mit der Aussage Dr. Valentines, eines Nachbarn, der vorbeigekommen war, um eine Weile mit Miss Druce auf der Terrasse zu plaudern, und mit der Aussage von Mr. Aubrey Traill, des Rechtsanwalts des Obersten, der wahrscheinlich als Letzter den Ermordeten lebend gesehen hat – mit Ausnahme des Mörders vermutlich.

Alle stimmten darin überein, dass sich die Ereignisse folgendermaßen zugetragen hatten: Etwa um halb vier Uhr nachmittags ging Miss Druce den Gartenweg hinab, um ihren Vater zu fragen, wann er seinen Tee wünsche; doch er sagte, er wolle an diesem Tag auf Tee verzichten, da er auf Traill, seinen Anwalt, warte, den man direkt zu ihm ins Gartenhaus schicken solle. Auf dem Rückweg traf das Mädchen Traill, der den Gartenpfad entlangkam; sie schickte ihn zu ihrem Vater, und er ging weisungsgemäß hinein. Etwa eine halbe Stunde später kam er wieder heraus; der Oberst begleitete ihn zur Tür, allem Anschein nach gesund und glänzend gelaunt. Er hatte sich früher am Tag über das unstete Leben seines Sohnes aufgeregt, schien aber wieder in völlig normaler Verfassung zu sein, denn er hatte andere Gäste ausgesprochen freundlich empfangen, so auch seine beiden Neffen, die an diesem Tag zu Besuch gekommen waren. Da diese jedoch während der ganzen Zeit, in der die Tragödie sich ereignete, zu einem Spaziergang unterwegs waren, konnten sie keinerlei Aussagen machen. Das Verhältnis des Obersten zu Dr. Valentine soll zwar nicht besonders gut gewesen sein, doch dieser Herr hatte nur eine kurze Unterredung mit der Tochter des Hauses, der er angeblich ernstlich den Hof macht.

Rechtsanwalt Traill gibt an, den Oberst allein in der Laube zurückgelassen zu haben, und dies wird von Floyd bestätigt, der aus seiner Vogelperspektive sehen konnte, dass niemand sonst den Eingang benutzte. Zehn Minuten später ging Miss Druce erneut durch den Garten, und sie hatte das Ende des Pfades noch nicht erreicht, als sie ihren Vater, deutlich zu erkennen an seiner weißen Leinenjacke, auf dem Boden liegen sah. Sie stieß einen Schrei aus, der die anderen herbeieilen ließ, und sie fanden den Oberst tot neben seinem ebenfalls umgestürzten Korbsessel. Dr. Valentine, der sich noch in der Nähe aufhielt, stellte fest, dass die Wunde von einer Art Stilett herrührte, das unterhalb des Schulterblattes eingedrungen war und genau das Herz getroffen hatte. Die Polizei hat die ganze Gegend nach einer derartigen Waffe durchsucht, aber bis jetzt noch keine Spur davon entdeckt.«

»Oberst Druce trug also eine weiße Jacke?«, fragte Pater Brown, als er den Zeitungsausschnitt sinken ließ.

»Das hat er sich in den Tropen angewöhnt«, antwortete Fiennes erstaunt. »Er hat dort, wie er selbst erzählte, ein paar abenteuerliche Dinge erlebt; und ich glaube, seine Abneigung gegen Valentine hatte damit zu tun, dass auch der Arzt aus den Tropen kam. Aber das Ganze ist ein verteufeltes Rätsel. Der Zeitungsbericht trifft ziemlich genau zu; ich habe die Tragödie nicht miterlebt, was die Entdeckung der Leiche angeht; ich machte einen Spaziergang mit den beiden Neffen und dem Hund – ebendem Hund, von dem ich Ihnen erzählen wollte. Aber ich habe die Szenerie so gesehen, wie sie hier beschrieben ist: den schnurgeraden Weg zwischen den blauen Blumen bis hin zu der dunklen Türöffnung; den Rechtsanwalt, schwarzgekleidet und mit Zylinder, der ihn entlangging; und den roten Schopf des Sekretärs hoch über der grünen Hecke, die er mit seiner Gartenschere bearbeitete. Diesen roten Schopf hätte jeder auch aus der größten Entfernung erkannt, und wenn jemand aussagt, er habe ihn die ganze Zeit über dort gesehen, so kann man ihm zweifellos glauben. Dieser rothaarige Sekretär Floyd ist schon ein komischer Kerl, ein hektischer, umtriebiger Bursche, der ständig die Arbeit anderer Leute erledigt, wie in diesem Fall die des Gärtners. Ich glaube, er ist Amerikaner; jedenfalls hat er die amerikanische Lebensauffassung – den Standpunkt, wie man drüben sagt.«

»Was ist mit dem Rechtsanwalt?«, fragte Pater Brown.

Fiennes schwieg einen Augenblick, dann sagte er für seine Verhältnisse ausgesprochen langsam: »Traill kam mir recht eigenartig vor. In seiner vornehmen schwarzen Kleidung wirkte er fast ein wenig geckenhaft, aber nicht gerade sehr zeitgemäß. Denn er hatte einen langen, üppigen schwarzen Backenbart, wie man ihn seit der viktorianischen Zeit nicht mehr trägt. Er hatte einen gemessenen, ernsten Gesichtsausdruck und ein gemessenes, ernstes Benehmen, aber von Zeit zu Zeit fiel es ihm ein zu lächeln. Wenn er seine weißen Zähne zeigte, schien er etwas an Würde zu verlieren und bekam etwas Kriecherisches. Vielleicht war es aber auch nur Verlegenheit, denn er spielte nervös mit seiner Krawatte und der Krawattennadel, die hübsch und ungewöhnlich zugleich waren, genau wie er selbst. Wenn jemand in Frage kommt – aber wozu herumrätseln, wenn das Ganze unmöglich ist? Niemand weiß, wer die Tat begangen hat. Niemand weiß, wie sie verübt werden konnte. Eine Ausnahme würde ich allerdings machen, und aus diesem Grund bespreche ich eigentlich die Sache mit Ihnen. Der Hund weiß es.«

Pater Brown seufzte und sagte dann abwesend: »Sie waren dort, weil Sie mit dem jungen Donald befreundet sind, nicht wahr? Er war aber bei Ihrem Spaziergang nicht dabei, oder?«

»Nein«, erwiderte Fiennes lächelnd. »Der Herumtreiber war erst morgens zu Bett gegangen und nachmittags aufgestanden. Ich begleitete seine beiden Vettern, zwei junge Offiziere aus Indien, und entsprechend oberflächlich war unsere Unterhaltung. Ich erinnere mich, dass der ältere, Herbert Druce, ein Experte auf dem Gebiet der Pferdezucht, soviel ich weiß, ausschließlich über eine Stute sprach, die er gekauft, und den Gauner, der sie verkauft hatte; und sein Bruder Harry schien nur seine Verluste in Monte Carlo im Kopf zu haben. Ich erwähne das nur, um Ihnen, in Anbetracht der Dinge, die sich auf unserem Spaziergang ereigneten, zu beweisen, dass keiner von uns etwas Übersinnliches an sich hatte. Der einzig Geheimnisvolle in unserer Gruppe war der Hund.«

»Was für ein Hund war es denn?«, fragte der Priester.

»Die gleiche Rasse wie dieser«, antwortete Fiennes. »Das hat mich ja erst auf die Geschichte gebracht, dass Sie sagten, man solle in Hunden nicht mehr sehen, als sie sind. Es ist ein großer, schwarzer Retriever und hört auf den beziehungsreichen Namen Nox, denn mir scheint sein Verhalten ein dunkleres Geheimnis als der Mord. Sie wissen, dass Druces Haus und Garten unmittelbar am Meer liegen; wir machten einen Marsch von etwa einer Meile und kehrten dann am Strand entlang zurück. Wir kamen an einem merkwürdigen Felsen, dem sogenannten ›Schicksalsfelsen‹, vorüber, der in der Gegend berühmt ist, weil er nur mit der Spitze auf einem anderen balanciert, so dass er bei der leichtesten Berührung herabstürzen würde. Er ist nicht wirklich hoch, aber seine überhängende Stellung verleiht ihm etwas Wildes und Bedrohliches; jedenfalls in meinen Augen, denn ich glaube nicht, dass meine unbekümmerten jungen Begleiter viel Sinn fürs Pittoreske hatten. Aber vielleicht spürte ich auch nur, dass eine bestimmte Stimmung in der Luft lag; denn in diesem Augenblick wurde die Frage aufgeworfen, ob es an der Zeit sei, zur Teestunde zurückzukehren, und plötzlich hatte ich irgendwie eine Vorahnung, dass die Zeit in dieser ganzen Angelegenheit eine große Rolle spielte. Weder Herbert Druce noch ich hatten eine Uhr; also riefen wir seinen Bruder, der ein paar Schritte hinter uns zurückgeblieben war, um im Schutz der Hecke seine Pfeife anzuzünden. So kam es, dass er mit seiner lauten Stimme die Uhrzeit – zwanzig Minuten nach vier – in der zunehmenden Dämmerung zu uns herüberschrie, und auf seltsame Weise bewirkte die Lautstärke, dass es wie die Verkündung eines schrecklichen Unheils klang. Seine Ahnungslosigkeit unterstrich diesen Eindruck noch; aber das ist bei Vorzeichen ja meistens der Fall, und bestimmte Uhrzeiten waren an diesem Nachmittag von ganz entscheidender Bedeutung. Nach Dr. Valentines Aussage war der arme Druce wirklich gegen halb fünf Uhr gestorben.

Nun, die Brüder meinten, wir hätten noch zehn Minuten Zeit, und wir gingen noch ein wenig weiter am Strand entlang, ohne etwas Besonderes zu tun – wir warfen Steine für den Hund oder schleuderten Stöcke ins Meer, die er herausholen sollte. Aber mir kam die Dämmerung immer bedrückender vor, und der bloße Schatten des bedrohlich geneigten Schicksalsfelsens lag wie eine Last auf mir. Und dann geschah das Unbegreifliche. Nox hatte soeben Herberts Spazierstock aus dem Meer geholt, und sein Bruder hatte seinen Stock ebenfalls hineingeworfen. Wieder schwamm der Hund hinaus, aber mit einem Mal – es musste gerade halb fünf geschlagen haben – hielt er still. Er kam ans Ufer zurück und blieb vor uns stehen. Dann warf er plötzlich den Kopf zurück und stieß ein so jämmerliches, klagendes Geheul aus, wie ich es nie in meinem Leben gehört habe.

›Was zum Teufel ist mit dem Hund los?‹, fragte Herbert, aber keiner von uns wusste eine Antwort. Nachdem das Heulen und Winseln des Tieres an der einsamen Küste verstummt war, herrschte ein langes Schweigen: Und dann wurde dieses Schweigen von einem schwachen, fernen Schrei unterbrochen, dem Schrei einer Frau, der vom Land her, von jenseits der Hecken, zu kommen schien. Damals wussten wir noch nicht, was es war; doch später erfuhren wir es. Es war der Schrei, den das Mädchen ausstieß, als es den Leichnam seines Vaters entdeckte.«

»Sie gingen zurück, nehme ich an«, sagte Pater Brown geduldig. »Was geschah dann?«

»Ich will Ihnen sagen, was dann geschah«, sagte Fiennes mit grimmigem Unterton. »Als wir in den Garten zurückkamen, sahen wir als Erstes Rechtsanwalt Traill; ich sehe noch heute, wie sich sein schwarzer Hut und der schwarze Backenbart vor dem

Hintergrund der bis zur Laube reichenden blauen Blumen abhoben, dahinter den Sonnenuntergang und den bizarren Umriss des Schicksalsfelsens. Sein Gesicht und seine Gestalt waren im Schatten, doch ich könnte beschwören, dass er die weißen Zähne zeigte und lächelte.

In dem Augenblick, als Nox diesen Mann sah, sprang er auf ihn zu, blieb mitten auf dem Weg stehen und bellte ihn, völlig außer sich, wie wahnsinnig an; es war ein mörderisches Gebell, als würde er Flüche und schreckliche Hasstiraden gegen den Mann ausstoßen. Und der Mann duckte sich und flüchtete den blumenbestandenen Gartenweg entlang.«

Pater Brown sprang mit überraschender Ungeduld auf. »Der Hund hat ihn also angezeigt, ja?«, rief er. »Das Hundeorakel hat ihn verurteilt. Haben Sie gesehen, welche Vögel in der Luft waren, und können Sie genau angeben, ob sie auf der rechten oder der linken Seite vorbeiflogen? Haben Sie auch die Auguren wegen der Opfer zu Rate gezogen? Sicher haben Sie auch nicht versäumt, den Hund aufzuschneiden und seine Eingeweide zu untersuchen. Das ist die Art von wissenschaftlicher Prüfung, auf die ihr heidnischen Menschenfreunde euch anscheinend verlasst, wenn ihr vorhabt, einen Menschen um sein Leben und seine Ehre zu bringen.«

Fiennes saß einen Moment mit offenem Mund da; dann schöpfte er Atem und sagte: »Aber was haben Sie denn? Was habe ich denn angestellt?«

Eine leichte Besorgnis erschien in den Augen des Priesters – die Besorgnis eines Mannes, der im Dunkeln gegen einen Pfosten gelaufen ist und sich einen Augenblick lang fragt, ob er ihn beschädigt hat.

»Es tut mir schrecklich leid«, sagte er aufrichtig betrübt. »Ich bitte Sie für meine Grobheit um Entschuldigung; bitte verzeihen Sie mir.«

Fiennes sah ihn neugierig an. »Manchmal denke ich, Sie sind das größte Rätsel von allen«, sagte er. »Aber wenn Sie schon nicht an das Geheimnis des Hundes glauben, an dem Geheimnis des Mannes kommen Sie nicht vorbei. Sie können nicht leugnen, dass in genau dem Moment, als das Tier aus dem Meer zurückkam, sein Herr seine Seele aushauchte – durch das Walten einer unsichtbaren Macht, die kein Sterblicher erkennen, geschweige sich vorstellen kann. Und was den Anwalt betrifft: Ich nehme nicht nur den Hund zum Beweis, es gibt noch andere merkwürdige Einzelheiten. Er kam mir wie ein glatter, lächelnder und doppelzüngiger Mensch vor, und eine seiner Gewohnheiten schien mir ein Hinweis zu sein. Sie wissen, dass der Arzt und die Polizei sehr schnell zur Stelle waren; Valentine wurde zurückgeholt, als er sich gerade vom Haus entfernte, und er telefonierte sofort. Dieser Umstand, die Abgeschiedenheit des Hauses, die geringe Anzahl von Personen und das eingezäunte Grundstück erlaubten es, jeden zu durchsuchen, der in der Nähe war; und jeder wurde genauestens durchsucht – nach einer Waffe. Haus, Garten und Strand wurden systematisch nach einer Waffe durchkämmt. Das Verschwinden des Dolches ist beinahe ebenso verrückt wie das Verschwinden des Täters.«

»Das Verschwinden des Dolches«, nickte Pater Brown. Er schien plötzlich aufmerksam geworden zu sein.

»Nun«, fuhr Fiennes fort, »ich habe Ihnen doch erzählt, dass Traill die Gewohnheit besaß, an seiner Krawatte und der Krawattennadel zu zupfen – vor allem an der Nadel. Sie war, genau wie er, auffallend und altmodisch. Sie bestand aus einem jener Steine mit konzentrischen, bunten Ringen, die wie ein Auge aussehen; und seine eigene Konzentration darauf ging mir auf die Nerven, als wäre er ein Zyklop mit einem einzigen Auge in der Körpermitte. Doch die Nadel war nicht nur groß, sondern auch lang; und mir kam plötzlich der Gedanke, dass seine Sorge um ihren richtigen Sitz dem Umstand galt, dass sie noch länger war, als sie aussah; genau genommen so lang wie ein Stilett.«

Pater Brown nickte nachdenklich. »Hat man überhaupt ein anderes Instrument in Betracht gezogen?«, fragte er.

»Es gab noch einen anderen Hinweis«, antwortete Fiennes, »von einem der jungen Druces – ich meine die Vettern. Weder von Herbert noch von Harry hätte man auf Anhieb vermutet, dass sie bei einer wissenschaftlichen Untersuchung von Nutzen sein könnten; aber während Herbert wirklich genau dem traditionellen Typ des schweren Dragoners entsprach, der sich nur für Pferde interessierte und eine Zierde der Gardekavallerie war, hatte sein jüngerer Bruder Harry der indischen Polizei angehört und kannte sich mit derlei Dingen aus. Auf seine Art war er in der Tat recht schlau; und ich glaube sogar, dass er ein bisschen zu schlau war. Denn er musste, soviel ich weiß, aus dem Polizeidienst ausscheiden, weil er sich über bürokratische Regeln hinweggesetzt und eigenmächtig und auf eigene Verantwortung gehandelt hatte. Jedenfalls war er in gewissem Sinne ein arbeitsloser Detektiv, und er stürzte sich mit mehr als der Begeisterung eines Amateurs auf die Sache. Mit ihm hatte ich eine Debatte über die Waffe – eine Debatte, die uns auf eine neue Fährte brachte. Es begann damit, dass er meiner Darstellung der Szene widersprach, als der Hund Traill angebellt hatte; er sagte, dass ein Hund, wenn er am aggressivsten sei, nicht belle, sondern knurre.«

»Damit hatte er Recht«, bemerkte der Priester.

»Der junge Bursche fuhr fort, wenn es darum ginge: Nox hätte zuvor auch schon andere Leute angeknurrt, das habe er selbst gehört, zum Beispiel Floyd, den Sekretär. Ich erwiderte, damit widerlege sich sein Argument von selbst; denn zwei oder drei Personen konnte das Verbrechen keinesfalls angelastet werden, am wenigsten Floyd, der so unschuldig war wie ein naseweiser Schuljunge und die ganze Zeit über von jedermann gesehen worden war, wie er sich mit seinem roten Haarschopf, so auffallend wie ein scharlachroter Kakadu, über die Gartenhecke gebeugt hatte. ›Ich weiß, die Sache ist nicht einfach‹, sagte mein Gesprächspartner, ›aber bitte kommen Sie für eine Minute mit in den Garten. Ich möchte Ihnen etwas zeigen, was meiner Meinung nach noch niemand gesehen hat.‹ Das war an dem Tag, an dem der Mord entdeckt worden war, und im Garten war noch alles unverändert. Die Trittleiter stand noch neben der Hecke, und genau an dieser Stelle blieb mein Begleiter stehen und hob etwas aus dem tiefen Gras auf. Es war die Schere, die zum Schneiden der Hecke benutzt worden war, und an einer der Spitzen befanden sich Blutspuren.«

Nach kurzem Schweigen fragte Pater Brown plötzlich: »Weshalb war der Anwalt da?«

»Er erzählte uns, der Oberst habe ihn kommen lassen, weil er sein Testament ändern wollte«, antwortete Fiennes. »Übrigens gab es noch etwas Merkwürdiges im Zusammenhang mit dem Testament, das ich vielleicht erwähnen sollte. Das Testament wurde nämlich nicht an jenem Nachmittag im Gartenhaus unterzeichnet, wissen Sie.«

»Vermutlich nicht«, sagte Pater Brown, »sonst hätten ja zwei Zeugen anwesend sein müssen.«

»Der Anwalt war bereits am Tag zuvor da gewesen, und das Testament war unterzeichnet worden; aber am nächsten Tag wurde er nochmals hergebeten, weil dem alten Mann Zweifel an einem der Zeugen gekommen waren, die er beseitigt wissen wollte.«

»Wer waren die Zeugen?«, fragte Pater Brown.

»Das ist der springende Punkt«, antwortete sein Informant eifrig, »die Zeugen waren der Sekretär Floyd und dieser Dr. Valentine, dieser ausländische Chirurg oder was immer er ist; und die beiden hatten einen Streit. Nun muss ich der Ehrlichkeit halber sagen, dass der Sekretär ein quecksilbriger, rastloser Mensch ist. Er gehört zu jenen unbesonnenen und ungestümen Leuten, die aufgrund ihres hitzigen Temperaments leider zu Streitsucht und schlimmem Argwohn neigen und eher allen Leuten misstrauen, als ihnen zu vertrauen. Diese rothaarigen Heißsporne sind immer entweder zu vertrauensselig oder durch und durch argwöhnisch; manchmal allerdings auch beides. Floyd war nicht nur ein Hansdampf in allen Gassen, er wusste auch auf jedem Gebiet besser Bescheid als alle Experten. Er wusste nicht nur alles, er streute auch gegen jedermann Verdacht aus. All das muss man bedenken, wenn man seinen Verdacht gegen Valentine erwähnt; aber in diesem speziellen Fall schien wirklich etwas dahinterzustecken. Er sagte, Valentines Name sei gar nicht Valentine; er sei ihm an einem anderen Ort begegnet, wo er unter dem Namen De Villon bekannt gewesen sei. Er sagte, dies mache das Testament ungültig; natürlich besaß er die Freundlichkeit, den Anwalt über die Rechtslage in diesem Fall aufzuklären. Sie waren beide furchtbar wütend.«

Pater Brown lachte. »Das sind die Leute oft, wenn sie ein Testament unterschreiben sollen«, sagte er, »das liegt zum Teil daran, dass sie selber leer ausgehen. Aber was hat Dr. Valentine gesagt? Zweifellos wusste der allwissende Sekretär mehr über den Namen des Arztes als dieser selbst. Doch vielleicht konnte der Arzt doch noch ein paar Informationen in Bezug auf seinen eigenen Namen beisteuern.«

Fiennes wartete einen Augenblick, bevor er antwortete.

»Dr. Valentine reagierte sehr merkwürdig auf die Sache. Dr. Valentine ist überhaupt ein merkwürdiger Mensch. Er ist eine bemerkenswerte Erscheinung, wenn auch sehr ausländisch. Er ist jung, trägt jedoch einen quadratisch gestutzten Bart; und sein Gesicht ist sehr bleich, schrecklich bleich und schrecklich ernst. In seinen Augen liegt ein gewisser Schmerz, als ob er besser eine Brille trüge oder vom vielen Nachdenken Kopfschmerzen hätte; aber er sieht sehr gut aus und ist immer korrekt gekleidet, mit Zylinder und schwarzem Rock, dessen Knopfloch eine kleine rote Rose ziert. Sein Verhalten wirkt etwas kühl und hochmütig, und seine Art, einen anzustarren, bringt einen manchmal aus der Fassung. Als man ihn nun beschuldigte, er habe seinen Namen geändert, sagte er nur mit dem Blick einer Sphinx und einem kleinen Lächeln, er nehme an, Amerikaner hätten keinen Namen, den sie ändern könnten. Daraufhin wurde auch der Oberst wütend und warf dem Arzt alle möglichen

Worte an den Kopf, die umso zorniger waren, da der Arzt sich ja Hoffnungen auf einen Platz in der Familie des alten Mannes machte. Aber ich hätte mir bei der ganzen Sache nicht viel gedacht, wenn ich nicht etwas später, früh am Nachmittag der Tragödie, zufällig ein paar Worte aufgeschnappt hätte. Ich will die Sache nicht aufbauschen, denn es war eine Art von Gespräch, bei dem man normalerweise nur ungern den Lauscher spielt. Als ich mit meinen beiden Begleitern und dem Hund auf das vordere Tor zuging, vernahm ich die Stimmen von Dr. Valentine und Miss Druce, die sich für einen Augenblick in den Schatten des Hauses zurückgezogen hatten, in eine von blühenden Pflanzen verborgene Ecke, und mit leidenschaftlichem Flüstern, fast einem Zischen, miteinander sprachen; denn es war wohl so etwas wie ein Stelldichein und ein Zwist unter Liebenden. Niemand würde den größten Teil eines solchen Gesprächs wiederholen wollen, aber in einer so tragischen Angelegenheit wie dieser fühle ich mich verpflichtet zu erzählen, dass es darin mehrfach um das Töten eines Menschen ging. Tatsächlich flehte das Mädchen ihn an, jemanden nicht zu töten, oder sie sagte, dass keine noch so große Provokation den Mord an einem Menschen rechtfertige; eine recht ungewöhnliche Art der Unterhaltung mit einem Herrn, der mal eben zum Tee herübergekommen ist.«

»Wissen Sie«, fragte der Priester, »ob Dr. Valentine nach dem Auftritt mit dem Sekretär und dem Oberst verärgert war – ich meine wegen der Unterzeichnung des Testaments?«

»Jedenfalls war er nicht halb so verärgert wie der Sekretär«, erwiderte der andere. »Es war der Sekretär, der nach der Unterzeichnung wutschnaubend davonging.«

»Und nun«, bat Pater Brown, »sagen Sie mir etwas zum Inhalt des Testaments.«

»Der Oberst war ein sehr reicher Mann, und sein Testament hatte einiges Gewicht. Traill wollte uns zum damaligen Zeitpunkt nichts über die Änderung sagen, aber ich habe inzwischen – erst heute Morgen, um genau zu sein – erfahren, dass der größte Teil des Vermögens vom Sohn auf die Tochter übertragen wurde. Ich habe Ihnen ja gesagt, dass Druce wütend war über das ausschweifende Leben meines Freundes Donald.«

»Die Frage nach der Methode hat die Frage nach dem Motiv ziemlich in den Hintergrund gedrängt«, bemerkte Pater Brown nachdenklich. »So wie es aussieht, ist Miss Druce offensichtlich die große Nutznießerin beim Tod ihres Vaters.«

»Mein Gott! Welch kaltblütige Art zu reden«, rief Fiennes und starrte ihn an. »Sie wollen doch nicht etwa andeuten, dass sie –«

»Wird sie diesen Dr. Valentine heiraten?«, fragte der andere.

»Einige Leute sind dagegen«, antwortete sein Freund. »Aber er ist beliebt und angesehen hier in der Gegend und hängt mit Leib und Seele an seinem Beruf.«

»So sehr«, sagte Pater Brown, »dass er sein Operationsbesteck bei sich hatte, als er die junge Lady zum Tee besuchte. Denn er muss eine Lanzette oder etwas dergleichen benutzt haben, und er war in der Zwischenzeit anscheinend nicht zu Hause.«

Fiennes sprang ungestüm auf und sah ihn mit brennender Neugier an. »Sie meinen, er hat vielleicht dieselbe Lanzette benutzt –«

Pater Brown schüttelte den Kopf. »All diese Vermutungen sind noch Hirngespinste«, sagte er. »Das Problem ist nicht, wer den Mord beging und womit, sondern wie er verübt wurde. Wir könnten auf viele mögliche Personen und manches Werkzeug stoßen – Nadeln, Scheren und Lanzetten. Aber auf welche Weise konnte ein Mensch in den Raum gelangen? Wie konnte auch nur eine Nadel hineingelangen?«

Während er sprach, starrte er nachdenklich zur Decke, aber bei seinen letzten Worten nahm sein Blick einen alarmierten Ausdruck an, so als hätte er plötzlich eine seltene Fliege erspäht.

»Nun, wie würden Sie sich jetzt verhalten?«, fragte der junge Mann. »Sie haben doch so viel Erfahrung; was würden Sie mir raten?«

»Ich fürchte, ich bin Ihnen keine große Hilfe«, sagte Pater Brown mit einem Seufzer. »Ich kann Ihnen keinen Rat geben, da ich weder die Örtlichkeiten noch die Personen näher kenne. Im Augenblick können Sie nur Ihre Nachforschungen vor Ort fortsetzen. Wenn ich Sie recht verstanden habe, hat Ihr Freund von der indischen Polizei mehr oder weniger die Leitung der Untersuchung übernommen. An Ihrer Stelle würde ich hingehen und sehen, wie er vorwärtskommt und wie erfolgreich er als Amateurdetektiv ist. Vielleicht gibt es schon etwas Neues.«

Als seine Gäste, der Zweibeiner und der Vierbeiner, sich entfernt hatten, nahm Pater Brown seinen Federhalter und wandte sich wieder der Beschäftigung zu, bei der er unterbrochen worden war, der Vorbereitung einer Vorlesungsreihe über die Enzyklika *Rerum Novarum*. Das Thema war umfangreich, und er musste seine Ausführungen mehrere Male umarbeiten, so dass er immer noch damit befasst war, als zwei Tage später der große schwarze Hund erneut ins Zimmer gesprungen kam und ihn vor Begeisterung und Aufregung fast umwarf. Sein Herr, der ihm folgte, teilte zwar seine Aufregung, nicht aber seine Begeisterung. Seine Erregung schien einen weniger angenehmen Grund zu haben, denn seine blauen Augen stachen aus seinem Kopf hervor, und sein sonst so frisches Gesicht war sogar ein wenig blass.

»Sie gaben mir den Rat«, sagte er brüsk und ohne Einleitung, »herauszufinden, was Harry Druce macht. Wissen Sie, was er getan hat?«

Der Priester gab keine Antwort, und der junge Mann stieß aufgebracht hervor:

»Ich will es Ihnen sagen. Er hat sich umgebracht.«

Pater Browns Lippen bewegten sich schwach, und die Worte, die er murmelte, betrafen weder diese Geschichte noch andere irdische Belange.

»Manchmal lehren Sie mich das Fürchten«, sagte Fiennes. »Haben Sie – haben Sie das etwa erwartet?«

»Ich habe es für möglich gehalten«, sagte Pater Brown. »Deshalb habe ich Sie gebeten nachzusehen, was er tut. Ich habe gehofft, Sie kämen noch rechtzeitig.«

»Ich habe ihn gefunden«, sagte Fiennes rau. »Es war das hässlichste und unheimlichste Erlebnis, das ich je hatte. Ich ging wieder durch den alten Garten und spürte, dass, abgesehen von dem Mord, noch etwas Neues, Unnatürliches über ihm lag. Noch immer umwogte die Fülle der blauen Blumen die Tür des alten, grauen Gartenhauses, mir aber kamen die blauen Blumen wie blaue Teufel vor, die vor einer dunklen Höhle der Unterwelt tanzten. Ich sah mich um, alles schien an seinem gewohnten Platz. Aber mich beschlich die seltsame Vorstellung, der Himmel selbst habe nicht seine gewohnte Gestalt. Und dann erkannte ich, was es war. Man sah sonst immer den Schicksalsfelsen im Hintergrund vor dem Meer über die Gartenhecke ragen. Der Schicksalsfelsen war verschwunden.«

Pater Brown hatte den Kopf gehoben und lauschte gebannt.

»Es war, als wäre ein Berg aus einer Landschaft herausspaziert oder der Mond vom Himmel gefallen, obwohl ich natürlich wusste, dass der leichteste Stoß den Felsen jederzeit hätte umkippen können. Von Panik erfasst, rannte ich wie ein Pfeil den Gartenpfad hinab und durchbrach einfach die Hecke, als wäre sie ein Spinnennetz. Es war eine recht dünne Hecke, doch aufgrund ihres ungestörten Wuchses erfüllte sie den gleichen Zweck wie eine Mauer. Am Ufer stellte ich fest, dass der lose Felsen von seinem Podest gefallen war, und darunter lag zerschmettert der arme Harry Druce. Den einen Arm hatte er um den Felsen geschlungen, als hätte er ihn selbst zu sich herabgezogen; und in den braunen Sand neben sich hatte er in großen, wirren Buchstaben die Worte gekritzelt: ›Der Schicksalsfelsen fällt auf den Narren.‹«

»Daran war das Testament des Obersts schuld«, bemerkte Pater Brown. »Der junge Mann hatte fest darauf gesetzt, dass er selbst von Donalds Enterbung profitieren würde, vor allem da sein Onkel ihn am gleichen Tag herkommen ließ wie den Rechtsanwalt und ihn so herzlich empfing. Andernfalls war er erledigt; er hatte seine Stelle bei der Polizei verloren und in Monte Carlo seine letzten Groschen verspielt. Und als er feststellen musste, dass er seinen Onkel umsonst getötet hatte, brachte er sich um.«

»Halt, warten Sie einen Augenblick!«, rief Fiennes und starrte ihn an. »Das geht mir zu schnell.«

»Da wir gerade von dem Testament sprechen«, fuhr Pater Brown ruhig fort, »will ich noch eines sagen, ehe ich es vergesse oder wir uns wichtigeren Dingen zuwenden: Für das Rätsel um den Namen des Arztes gibt es eine ganz simple Erklärung. Ich meine, ich hätte beide Namen schon irgendwo gehört. Der Arzt ist in Wirklichkeit ein französischer Adliger und trägt den Titel eines Marquis de Villon. Aber er ist zugleich ein glühender Republikaner, hat auf seinen Titel verzichtet und wieder den vergessenen Familiennamen angenommen. ›Mit Eurem Bürger Riqueti habt Ihr zehn Tage lang ganz Europa irregeführt.‹«

»Was bedeutet das?«, fragte der junge Mann verständnislos.

»Kümmern Sie sich nicht darum«, sagte der Priester. »Meistens hat es nichts Gutes zu bedeuten, wenn jemand seinen Namen wechselt; aber in diesem Fall war es ein Ausdruck von edlem Fanatismus. In diese Richtung zielte übrigens seine sarkastische Bemerkung, Amerikaner hätten keinen Namen – er meinte damit, keinen Titel. Nun würde man in England den Marquis of Hartington niemals mit Mister Hartington anreden; in Frankreich dagegen nennt man den Marquis de Villon einfach Monsieur de Villon. Daher kann es ganz wie eine Namensänderung aussehen. Was das Gespräch über das Töten angeht, so hat dies wohl auch mit französischer Etikette zu tun. Der Arzt sprach davon, Floyd zum Duell zu fordern, und das Mädchen versuchte, ihm das auszureden.«

»Oh, jetzt *verstehe* ich«, sagte Fiennes langsam. »Jetzt verstehe ich, was sie meinte.«

»Und worum ging es?«, fragte der Priester lächelnd.

»Nun«, sagte der junge Mann, »es war etwas, das sich zutrug, bevor ich den Leichnam des armen Kerls fand; nur hat die Katastrophe es aus meinen Gedanken verdrängt. Es fällt ja auch schwer, sich an eine kleine, romantische Idylle zu erinnern, wenn man gerade eine Tragödie erlebt hat. Als ich den Weg zum Haus des Obersts entlangging, traf ich seine Tochter bei einem Spaziergang mit Dr. Valentine. Sie trug natürlich Trauer, und er sah in seinem schwarzen Rock ja immer aus, als ginge er zu einer Beerdigung. Aber man kann nicht behaupten, ihre Gesichter hätten zu einem Begräbnis gepasst. Nie habe ich zwei Menschen gesehen, die auf ihre Weise strahlender und fröhlicher ausgesehen hätten als die beiden. Sie blieben stehen und begrüßten mich, und dann erzählten sie mir, sie hätten geheiratet und lebten in einem kleinen Haus am Rande der Stadt, wo der Arzt seine Praxis fortführte. Das überraschte mich, da ich doch wusste, dass ihr aufgrund des Testaments der ganze Besitz ihres Vaters zugefallen war; und ich machte eine dezente Anspielung, indem ich sagte, ich sei auf dem Weg zum ehemaligen Haus ihres Vaters und hätte gehofft, sie vielleicht dort anzutreffen. Aber sie lachte nur und sagte: ›Ach, das haben wir alles abgegeben. Mein Mann macht sich nichts aus Erbinnen.‹ Und zu meinem Erstaunen stellte ich fest, dass sie wirklich darauf bestanden hatten, den Besitz an den armen Donald zurückzugeben; ich hoffe nur, dass das Ganze ein heilsamer Schock für ihn war und er vernünftig mit seinem Erbe umgehen wird. So ein richtig übler Kerl war er nie, er war eben noch sehr jung und sein Vater nicht sehr tolerant. Aber im Zusammenhang damit sagte sie etwas, was ich damals nicht verstand; aber jetzt bin ich sicher, dass es so ist, wie Sie sagen. Sie sagte nämlich plötzlich mit einem Anflug von Hochmut, der jedoch völlig altruistisch war:

›Ich hoffe, das wird es diesem rothaarigen Narren verleiden, weiteren Ärger wegen des Testaments zu machen. Glaubt er etwa, mein Mann, der wegen seiner Prinzipien auf ein Familien-wappen und eine Adelskrone aus der Zeit der Kreuzzüge ver-zichtet hat, würde wegen einer Erbschaft wie dieser einen alten Mann in einer Gartenlaube umbringen?‹ Dann lachte sie wieder und sagte: ›Mein Mann bringt überhaupt niemanden um, es sei denn in Ausübung seines Berufs. Er hat noch nicht einmal seine Freunde mit einer Forderung zu dem Sekretär geschickt.‹ Jetzt ist mir natürlich klar, was sie meinte.«

»Einen Teil davon verstehe ich natürlich auch«, sagte Pater Brown. »Aber was meinte sie genau mit ihrer Äußerung, der Se-kretär mache Ärger wegen des Testaments?«

Lächelnd antwortete Fiennes: »Ich wünschte, Sie hätten den Sekretär einmal kennen gelernt, Pater Brown. Es würde Ihnen bestimmt Spaß machen, ihn dabei zu beobachten, wie er ›den Laden in Schwung bringt‹, wie er es nennt. Er brachte das ganze Trauerhaus in Schwung. Er brachte so viel Schwung und Schmiss in das Begräbnis, als handelte es sich um ein sportliches Ereignis. Wenn wirklich etwas geschehen war, gab es für ihn kein Halten mehr. Ich habe Ihnen ja erzählt, dass er den Gärtner bei der Gar-tenarbeit beaufsichtigte und den Rechtsanwalt in der Gesetz-gebung unterwies. Überflüssig zu betonen, dass er auch den Chirurgen über chirurgische Behandlungsmethoden belehrte; und da es sich bei dem Chirurgen um Dr. Valentine handelte, können Sie davon ausgehen, dass er ihm letztlich etwas Schlim-meres unterstellte als mangelnde ärztliche Fachkenntnisse. Der Sekretär hatte es sich in seinen roten Kopf gesetzt, dass der Arzt das Verbrechen begangen hätte, und als die Polizei eintraf, lief er zu wahrer Größe auf. Muss ich erwähnen, dass er sich auf der Stelle in den größten aller Amateurdetektive verwandelte? Nie-mals hat sich Sherlock Holmes mit solch titanischem, intellek-tuellem Hochmut und Spott über Scotland Yard erhoben wie Oberst Druces Privatsekretär über die Polizeibeamten, die den Tod des Obersts untersuchten. Ich sage Ihnen, es war die reinste Freude, ihm zuzusehen. Er stolzierte mit abwesender Miene umher, warf seinen scharlachroten Schopf in den Nacken und gab knappe, ungeduldige Antworten. Es war vor allem sein Benehmen während dieser Zeit, das Druces Tochter so gegen ihn aufbrachte. Natürlich hatte er auch eine Theorie. Und zwar genau die Art Theorie, die in einen Kriminalroman passen würde; überhaupt ist Floyd der Typ, der eigentlich in einem Buch vorkommen sollte. In einem Buch wäre er komischer und würde einen weniger stören.«

»Wie lautete seine Theorie?«, fragte der andere.

»Oh, sie hatte es in sich«, antwortete Fiennes düster. »Man hätte wirklich etwas daraus machen können, wenn sie auch nur zehn Minuten länger aufrechtzuerhalten gewesen wäre. Floyd meinte, der Oberst habe noch gelebt, als man ihn in der Laube gefunden hätte, und der Arzt habe ihn mit seinem Chirurgenbesteck getötet unter dem Vorwand, seine Kleider aufzuschneiden.«

»Ich verstehe«, sagte der Priester. »Ich nehme an, er lag flach mit dem Gesicht auf dem schmutzigen Boden, um in dieser Stellung ein kleines Nickerchen zu machen.«

»Es ist schon toll, was man erreichen kann, wenn man genug Wirbel macht«, fuhr sein Informant fort. »Ich bin überzeugt, Floyd hätte es auf jeden Fall geschafft, seine großartige Theorie in die Zeitung und vielleicht auch noch den Arzt vor Gericht zu bringen, wenn seine Unterstellungen durch die Entdeckung der Leiche unter dem Schicksalsfelsen nicht schlagartig ad absurdum geführt worden wären. Und damit schließt sich der Kreis. Ich denke, der Selbstmord kommt einem Geständnis gleich. Doch niemand wird die Geschichte je ganz erfahren.«

Ein Schweigen entstand, dann sagte der Priester bescheiden: »Ich denke schon, dass ich die ganze Geschichte kenne.«

Fiennes starrte ihn entgeistert an. »Nun kommen Sie aber«, rief er, »woher sollten Sie die ganze Geschichte kennen oder wissen, dass es die Wahrheit ist? Sie haben hier hundert Meilen vom Tatort entfernt gesessen und eine Predigt verfasst; wollen Sie mir wirklich weismachen, Sie wüssten schon, was geschehen ist? Wenn Sie wirklich zu einem Schluss gekommen sind, wo um alles in der Welt haben Sie angefangen? Was hat Sie zuerst auf die Fährte gebracht?«

Pater Brown sprang ungewöhnlich erregt auf, und seine ersten Worte glichen einer Explosion.

»Der Hund!«, rief er. »Der Hund natürlich! Das Verhalten des Hundes am Strand hätte Ihnen alles verraten müssen, wenn Sie ihn nur genau beobachtet hätten.«

Fiennes' Verblüffung wurde immer größer. »Aber Sie haben mir doch gesagt, mein Eindruck vom Verhalten des Hundes sei Unsinn, und er habe mit der Sache nichts zu tun.«

»Der Hund hatte sehr viel damit zu tun«, sagte Pater Brown, »was Ihnen selbst bald aufgegangen wäre, wenn Sie den Hund als Hund gesehen hätten und nicht als Gott, den Allmächtigen, der über die Seelen der Menschen richtet.«

Einen Augenblick schwieg er verlegen, dann sagte er zerknirscht, als wolle er Abbitte tun: »Ich mag Hunde nämlich schrecklich gern, wissen Sie. Und ich hatte den Eindruck, dass bei dieser ganzen abergläubischen Glorifizierung des Hundes niemand wirklich an das arme Tier dachte. Nehmen wir zum Beispiel die unbedeutende Tatsache, dass er den Rechtsanwalt anbellte oder den Sekretär anknurrte. Sie haben mich gefragt, wieso ich alles aus hundert Meilen Entfernung erraten konnte; das ist, ehrlich gesagt, größtenteils Ihr Verdienst, denn Sie haben die Leute so trefflich beschrieben, dass ich mir die einzelnen Typen gut vorstellen konnte. Ein Mensch wie Traill, der für gewöhnlich griesgrämig dreinblickt und plötzlich lächelt, ein Mensch, der stets mit irgendwelchen Dingen herumspielt, vor allem in der Halsgegend, ist ein nervöser, leicht aus dem Gleichgewicht zu bringender Mensch. Es würde mich nicht wundern, wenn auch Floyd, der tüchtige Sekretär, nervös und schreckhaft wäre; das sind diese hektischen Yankees oft. Sonst hätte er sich nicht mit der Schere in den Finger geschnitten und sie fallen lassen, als er Janet Druce schreien hörte.

Nun ist es ja bekannt, dass Hunde nervöse Leute nicht mögen. Ich weiß nicht, ob sie auch den Hund nervös machen, ob er sie – schließlich ist er ein Tier – ein wenig einschüchtern will oder sich ganz einfach in seiner hündischen Eitelkeit, die beträchtlich ist, verletzt fühlt, weil man ihn nicht mag. Aber wie dem auch sei, Nox bellte oder knurrte diese Leute jedenfalls aus keinem anderen Grund an, als dass er sie nicht mochte, weil sie Angst vor ihm hatten. Nun weiß ich ja, dass Sie schrecklich klug sind, und kein vernünftiger Mensch macht sich über Klugheit lustig. Aber manchmal glaube ich, dass Sie zu klug sind, um Tiere richtig zu verstehen. Manchmal sind Sie auch zu klug, um Menschen zu verstehen, besonders wenn sie ähnlich einfach handeln wie Tiere. Tiere nehmen alles wörtlich; sie leben in einer Welt fester Gewohnheiten. Nehmen wir diesen Fall: Ein Hund bellt einen Mann an, und der Mann läuft vor dem Hund davon. Und jetzt denken Sie anscheinend zu kompliziert, um die Tatsachen zu sehen: nämlich, dass der Hund bellte, weil er den Mann nicht mochte, und dass der Mann flüchtete, weil er vor dem Hund Angst hatte. Mann und Hund hatten kein anderes Motiv und brauchten auch keines; Sie aber müssen psychologische Rätsel hineingeheimnissen und vermuten, dass der Hund über seherische Kräfte verfügt und ein geheimnisvolles Sprachrohr des Schicksals ist. Sie müssen vermuten, dass der Mann nicht eigentlich vor dem Hund, sondern vor dem Henker davonlief. Wenn Sie aber einmal richtig darüber nachdenken, so ist diese Tiefenpsychologie äußerst unwahrscheinlich. Wäre der Hund imstande, den Mörder seines Herrn wirklich eindeutig und bewusst zu identifizieren, dann würde er nicht dastehen und ihn ankläffen wie einen Pfarrer auf einer Teegesellschaft; nein, er würde dem Mörder an die Kehle springen. Und glauben Sie andererseits wirklich, dass ein Mensch, der das Herz hat, einen alten Freund zu ermorden, und sich dann lächelnd unter die Familie dieses alten Freundes mischt, unter den Augen der Tochter und des Arztes, der die Obduktion vorgenommen hat – glauben Sie wirklich, dass solch ein Mensch Reue empfinden würde, nur weil ein Hund ihn anbellt? Vielleicht spürt er die tragische Ironie; vielleicht berührt es seine Seele wie jedes andere alltägliche tragische Ereignis. Aber er würde nie wie verrückt durch den Garten rennen, um vor dem einzigen Zeugen zu flüchten, von dem er genau weiß, dass er nicht reden kann. In solch eine Panik geraten Leute, wenn sie nicht vor tragischer Ironie, sondern vor den Zähnen des Hundes Angst haben. Die ganze Angelegenheit ist einfacher, als Sie glauben.

Wenn wir uns das Geschehen am Strand vor Augen halten, wird die Sache schon interessanter. So wie Sie sie darstellten, war sie viel rätselhafter. Ich verstand diese Geschichte mit dem Hund nicht, der ins Wasser ging und ohne ersichtlichen Grund wieder herauskam; das schien mir kein typisches Hundeverhalten zu sein. Hätte Nox sich über etwas anderes aufgeregt, wäre er vermutlich erst gar nicht hinter dem Stock hergesprungen. Er wäre wahrscheinlich in die Richtung gelaufen, in der er das Unheil witterte. Aber wenn ein Hund erst einmal hinter etwas her ist – Stein, Stock oder Kaninchen –, lässt er sich nach meiner Erfahrung nur noch durch einen entschiedenen Befehl davon abbringen, und selbst dann nicht immer. Dass er nur aus einer Laune heraus umkehrte, erscheint mir undenkbar.«

»Aber er kehrte um«, beharrte Fiennes, »und kam ohne den Stock zurück.«

»Er kam aus dem einleuchtendsten aller Gründe ohne den Stock zurück«, antwortete der Priester. »Er kam zurück, weil er ihn nicht finden konnte. Er winselte, weil er ihn nicht finden konnte. Deshalb nämlich winselt ein Hund. Ein Hund hält sich streng an Rituale. Er nimmt es mit dem präzisen Ablauf eines Spiels so genau wie ein Kind mit der getreulichen Wiedergabe eines Märchens. In diesem Fall entsprach das Spiel nicht den Spielregeln. Er kam zurück und beschwerte sich ernstlich über das Verhalten des Stocks. Nie zuvor hatte es das gegeben. Noch nie war ein bedeutender, hervorragender Hund von einem faulen, alten Spazierstock so behandelt worden.«

»Wieso, was hatte der Spazierstock denn getan?«, fragte der junge Mann.

»Er war untergegangen«, sagte Pater Brown.

Fiennes schwieg und sah den Priester weiter mit ungläubigem Staunen an. Dieser fuhr fort:

»Er war untergegangen, weil es nicht wirklich ein Stock, sondern eine stählerne Klinge mit einer sehr dünnen Bambushülle und einer scharfen Spitze war. Mit anderen Worten, es war ein Stockdegen. Vermutlich kann sich ein Mörder selten auf so merkwürdige und doch natürliche Weise einer blutigen Waffe entledigen, indem er sie einem Retriever zum Apportieren ins Meer wirft.«

»So langsam begreife ich, worauf Sie hinauswollen«, räumte Fiennes ein, »aber selbst wenn der Mörder einen Stockdegen benutzte, habe ich keine Ahnung, wie.«

»Ich hatte gleich zu Anfang eine Ahnung«, sagte Pater Brown, »als Sie etwas von einem Gartenhaus sagten. Und eine weitere, als Sie erwähnten, Druce trage einen weißen Rock. Solange alle nach einem kurzen Dolch suchten, dachte niemand daran; wenn wir aber von einer ziemlich langen Klinge wie bei einem Rapier ausgehen, ist es nicht mehr so unmöglich.«

Er lehnte sich zurück, blickte zur Decke und begann, den ganzen Fall noch einmal von Anfang an zu entwickeln.

»Das ganze Gerede über Detektivgeschichten wie das gelbe Zimmer, über Tote, die man in versiegelten Räumen ohne Zugang findet, lässt sich auf diesen Fall nicht übertragen, weil es sich um eine Laube handelt. Wenn wir von einem gelben Zimmer oder einem anderen Raum sprechen, so gehen wir von wirklich homogenen, undurchdringlichen Wänden aus. Aber so ist ein Gartenhaus nicht gebaut; es besteht häufig, wie auch in diesem Fall, aus eng verflochtenen, jedoch einzelnen Ästen und Holzlatten, zwischen denen hier und da ein Spalt ist. Genau solch ein Spalt befand sich hinter Druces Rücken, als er in seinem Sessel vor der Wand saß. Und so wie das Zimmer eine Laube war, war der Sessel ein Korbsessel, also ebenfalls ein durchlässiges Gitterwerk. Schließlich stand das Gartenhaus dicht vor der Hecke, und Sie selbst haben mir gesagt, es sei eine sehr dünne Hecke. Jemand, der draußen stand, hätte durch dieses Netzwerk aus Zweigen, Ästen und Rohr den weißen Rock des Obersts ebenso gut erkennen können wie das Weiß einer Zielscheibe.

Zwar haben Sie die geographischen Gegebenheiten etwas ungenau beschrieben, aber ich konnte schließlich zwei und zwei zusammenzählen. Sie sagten, der Schicksalsfelsen sei nicht wirklich hoch gewesen, auf der anderen Seite sagten Sie, man habe ihn am Ende des Gartens wie einen Berggipfel aufragen sehen. Mit anderen Worten, er befand sich in der Nähe des Gartens, obwohl Sie einen langen Spaziergang machten, um zu ihm zu gelangen. Zudem schrie die junge Dame wohl kaum so laut, dass man es eine halbe Meile weit hören konnte. Sie gab unwillkürlich einen ganz normalen Schrei von sich, und trotzdem vernahm man ihn am Strand. Und abgesehen von anderen interessanten Dingen, die Sie mir erzählten – darf ich Sie daran erinnern, dass Sie sagten, Harry Druce sei zurückgeblieben, um im Schutz der Hecke seine Pfeife anzuzünden?«

Fiennes erschauerte leicht. »Sie meinen, er zog stattdessen den Stockdegen und stach damit durch die Hecke auf den weißen Fleck ein? Aber das war ein höchst unwahrscheinlicher Zufall und ein recht plötzlicher Entschluss. Außerdem konnte er doch gar nicht sicher sein, ob der alte Mann ihm wirklich sein Vermögen hinterlassen hatte, was ja auch tatsächlich nicht der Fall war.«

Pater Browns Gesicht belebte sich.

»Sie verstehen den Charakter des Mannes nicht«, sagte er, als hätte er selbst ihn ein Leben lang gekannt. »Ein sonderbarer, aber nicht ganz seltener Typus. Hätte er genau *gewusst*, dass ihm das Geld zufallen würde, hätte er die Tat meiner Meinung nach nicht begangen. Er hätte sie als die gemeine Tat eingeschätzt, die sie ist.«

»Ist das nicht irgendwie paradox?«, fragte der andere.

»Dieser Mann war ein Spieler«, sagte der Priester, »und er war in Ungnade gefallen, weil er sich auf Risiken eingelassen und auf eigene Faust Befehle erteilt hatte. Wahrscheinlich ging es um eine skrupellose Sache, denn jede imperialistische Polizei ähnelt dem russischen Geheimdienst mehr, als wir wahrhaben wollen. Aber er war zu weit gegangen und gescheitert. Für einen solchen Mann ist die Versuchung, eine verrückte Tat zu begehen, deshalb so groß, weil das Risiko in der Rückschau so bewundernswert wirkt. Er möchte sagen können: ›Niemand außer mir hätte diese Chance ergriffen oder erkannt: jetzt oder nie. Welch kühne und geschickte Kunst des Kombinierens; ich brauchte nur die einzelnen Umstände wie ein Puzzle zusammenzusetzen: Donald in Ungnade gefallen; man schickt nach dem Rechtsanwalt und gleichzeitig nach Herbert und mir – da fehlte nur noch die herzliche Art, mit der der alte Mann mich anlächelte und mir die Hand schüttelte. Jeder würde sagen, ich sei verrückt gewesen, es zu riskieren, aber nur auf diese Weise macht man sein Glück, wenn man nämlich verrückt genug ist, ein wenig Weitblick zu haben.‹ Kurzum, es ist die Eitelkeit des Glücksritters, der Größenwahn des Spielers. Je unwahrscheinlicher das Zusammentreffen, je spontaner die Entscheidung ist, umso sicherer wird er die Chance ergreifen. Dieser Zufall, die Banalität des weißen Flecks und des Loches in der Hecke berauschten ihn wie eine Vision der Erfüllung all seiner Wünsche. Jemand, der klug genug war, solch ein Zusammenspiel von Zufällen zu erkennen, konnte einfach nicht so feige sein, sie nicht zu nutzen! Das flüstert der Teufel dem Spieler ein. Doch selbst der Teufel hätte diesen Unglücklichen wohl kaum dazu verleitet, hinzugehen und einen alten Erbonkel auf langweilige, vorsätzliche Weise zu töten. Das wäre ihm zu bieder gewesen.«

Er hielt einen Augenblick inne und fuhr dann mit einem gewissen ruhigen Nachdruck fort.

»Und nun versuchen Sie einmal, sich an die Szene zu erinnern, wie Sie selbst sie gesehen haben. Als er so dastand, wie trunken von seiner teuflischen Chance, blickte er auf und sah die bizarre Silhouette, die ein Abbild seiner eigenen schwankenden Seele hätte sein können, den einen großen Felsen, der bedrohlich über dem anderen schwebte wie eine auf die Spitze gestellte Pyramide, und er erinnerte sich daran, dass man ihn den Schicksalsfelsen nannte. Können Sie sich vorstellen, welche Wirkung ein solches Signal in diesem Augenblick auf diesen Mann haben musste? Ich glaube, es bewog ihn zum Handeln und gleichzeitig zur Vorsicht. Wer ein Turm sein will, darf nicht fürchten, ins Wanken zu geraten. Jedenfalls handelte er. Das nächste Problem bestand darin, seine Spuren zu verwischen. Bei der Durchsuchung, die mit Sicherheit folgen würde, mit einem Stockdegen, noch dazu einem blutbefleckten Stockdegen, erwischt zu werden, wäre verhängnisvoll. Wenn er ihn irgendwo versteckte, würde er bestimmt entdeckt, und man käme ihm wahrscheinlich auf die Spur. Selbst wenn er ihn ins Meer schleuderte, könnte dies jemand bemerken und vielleicht sonderbar finden – es sei denn, er hätte eine Idee, wie er dem Vorgang einen ganz normalen Anstrich geben könnte. Wie Sie wissen, hatte er eine Idee, und eine sehr gute dazu. Da er der Einzige war, der eine Uhr hatte, sagte er Ihnen, es sei noch zu früh zurückzukehren, schlenderte ein wenig weiter und begann damit, Stöcke für den Hund zu werfen. Doch wie finster muss sein Blick den einsamen Strand abgesucht haben, ehe er erleichtert auf den Hund fiel!«

Fiennes nickte und starrte nachdenklich ins Leere. Seine Gedanken waren anscheinend wieder bei dem weniger fasslichen Teil der Geschichte angelangt.

»Es ist schon seltsam«, sagte er, »dass der Hund schließlich doch etwas mit der Sache zu tun hatte.«

»Der Hund hätte Ihnen die ganze Geschichte erzählen können, wenn er sprechen könnte«, sagte der Priester. »Ich beklage mich nur darüber, dass Sie, weil er nicht sprechen kann, eine Geschichte für ihn erfunden haben und ihn mit Menschen- und Engelszungen reden ließen. Ich beobachte das immer häufiger in der heutigen Zeit, es taucht in allen möglichen unseriösen Zeitungsberichten auf und zählt zum gesellschaftlichen Gesprächsstoff; man glaubt etwas unbedenklich, ohne dass es sich bestätigen ließe. Die Leute schlucken bereitwillig jede unbewiesene Behauptung über diesen oder jenen Sachverhalt. Wie eine Meereswoge wird jeder Rationalismus oder Skeptizismus hinweggeschwemmt; und der Name dieses Phänomens ist Aberglaube.« Er erhob sich plötzlich und fuhr mit gerunzelter Stirn fort, als spräche er zu sich selbst. »Wenn man nicht an Gott glaubt, büßt man als Erstes seinen gesunden Menschenverstand ein und sieht die Dinge nicht mehr so, wie sie wirklich sind. Eine Sache, von der jemand sagt, da könne etwas dahinterstecken, nimmt bald so enorme Ausmaße an wie ein endloser Gang in einem Alptraum. Und dann ist ein Hund ein Omen und eine Katze ein Mysterium und ein Schwein ein Talisman und ein Käfer ein Skarabäus, und die ganze Menagerie der ägyptischen und altindischen Vielgötterei wird beschworen: der Hund Anubis und der große grünäugige Pasht und alle heiligen, brüllenden Stiere von Bashan; man taumelt zurück zu den Tiergöttern der frühen Menschheit und flüchtet sich in die Gestalt von Elefanten und Schlangen und Krokodilen – und alles nur, weil man die vier Wörter fürchtet: ›ER ist Mensch geworden.‹«

Der junge Mann stand leicht verlegen auf, als hätte er ein Selbstgespräch belauscht. Er rief den Hund und verabschiedete sich mit etwas unbestimmten, aber freundlichen Worten. Doch er musste zweimal rufen, denn der Hund war einen Augenblick lang völlig reglos stehen geblieben und sah ruhig zu Pater Brown auf, wie der Wolf zum heiligen Franziskus.

Vaudreys Verschwinden

Sir Arthur Vaudrey, im hellgrauen Sommeranzug, einen weißen Hut verwegen auf dem Hinterkopf, verließ sein Haus und ging munteren Schrittes die Straße am Fluss entlang auf die kleine Gruppe von Häusern zu, die fast wie Nebengebäude seines Besitzes wirkten, betrat den kleinen Weiler – und war wie vom Erdboden verschluckt, als hätte ihn eine Fee hinweggezaubert.

Dieses plötzliche Verschwinden schien umso unerklärlicher, da der Ort überschaubar und die äußeren Umstände ungewöhnlich simpel waren. Den Weiler konnte man kaum als Dorf bezeichnen; eigentlich bestand er nur aus einer einzigen kleinen, verlassenen Straße inmitten ausgedehnter, freier Felder und Ebenen; in den vier oder fünf aneinandergereihten Läden deckten die Bewohner der Gegend, das heißt ein paar Bauern und die Familie in dem großen Haus, ihren dringendsten Bedarf. An der Ecke war ein Metzgerladen, vor dem Sir Arthur anscheinend zuletzt gesehen worden war. Zwei junge Männer, die bei ihm im Hause lebten, hatten ihn dort bemerkt – Evan Smith, der als Sekretär bei ihm tätig war, und John Dalmon, von dem allgemein angenommen wurde, dass er sich demnächst mit Sir Arthurs Mündel verloben würde. Neben dem Metzger befand sich ein kleiner Laden, der viele Funktionen in sich vereinte, wie man das häufig in Dörfern findet; eine kleine alte Frau verkaufte dort Süßigkeiten, Spazierstöcke, Golfbälle, Klebstoff, Bindfaden und verblasstes Briefpapier. Daneben war der Tabakwarenhändler; die beiden jungen Männer waren auf dem Weg dorthin, als sie Sir Arthur zum letzten Mal vor dem Metzgerladen hatten stehen sehen. Es schloss sich eine von zwei Damen betriebene armselige, kleine Schneiderei an. Ein schmuddeliger, schäbiger Laden, der den Vorübergehenden zum Genuss einer sehr dünnen, grünen Limonade aus großen Gläsern einlud, vervollständigte die »Geschäftsstraße« der kleinen Gemeinde. Denn das einzige richtige und anständige Wirtshaus der Umgebung lag außerhalb, ein Stück die Hauptstraße hinunter. Zwischen Wirtshaus und Ort war eine Kreuzung, die von einem Polizisten und dem uniformierten Beamten eines Motorsportclubs bewacht wurde; beide sagten übereinstimmend aus, dass Sir Arthur an dieser Stelle nicht vorbeigekommen sei.

Es war sehr früh an einem strahlenden Sommertag, als der alte Herr, seinen Spazierstock und die gelben Handschuhe schwenkend, fröhlich die Straße hinabgeschritten war. Er hatte etwas von einem Dandy, wirkte jedoch, vor allem in Anbetracht seines Alters, sehr vital und männlich. Seine Körperkraft und seine Beweglichkeit waren noch immer beachtlich, und beim Anblick seines lockigen Haars war man im Zweifel, ob es nun von einem blassen Blond war, das weiß wirkte, oder von einem Weiß, das hellblond aussah. Er hatte ein gut geschnittenes, bartloses Gesicht mit einer markanten Nase, die der des Herzogs von Wellington glich; am hervorstechendsten aber waren seine Augen. Dies nicht nur im bildlichen Sinne; sie standen, ja quollen geradezu aus dem Kopf und beeinträchtigten als Einziges die Harmonie seiner Züge; seine Lippen aber waren sinnlich und wie durch einen Willensakt leicht zusammengepresst. Er war der Herr über alle Ländereien ringsum und auch Besitzer des kleinen Weilers. In diesen kleinen Orten kennt nicht nur jeder jeden, sondern jeder weiß im Allgemeinen auch, wo sich jemand in einem bestimmten Augenblick aufhält. Wenn alles wie immer gewesen wäre, hätte sich Sir Arthur ins Dorf begeben, beim Metzger oder anderenorts seine Wünsche geäußert und wäre innerhalb einer halben Stunde nach Hause zurückgekehrt: so wie die jungen Männer, nachdem sie ihre Zigaretten gekauft hatten. Aber sie trafen niemanden auf ihrem Nachhauseweg; der Einzige, dessen sie ansichtig wurden, war der andere Hausgast, ein gewisser Dr. Abbott, der, ihnen den Rücken zuwendend, am Ufer saß und geduldig angelte.

Als sich alle drei Gäste nach ihrer Rückkehr zum Frühstück versammelten, machten sie sich offenbar noch kaum Gedanken über die lange Abwesenheit des Hausherrn; doch als der Tag verging und er eine Mahlzeit nach der anderen versäumte, begannen sie natürlich über seinen Verbleib zu rätseln, und Sybil Rye, die den Haushalt führte, fing an, sich ernstlich Sorgen zu machen. Man stellte wiederholt im Dorf Nachforschungen an, ohne jedoch eine Spur zu entdecken, und als es dunkel wurde, machte sich im Haus offen Angst breit. Sybil hatte nach Pater Brown geschickt, einem alten Freund, der ihr in der Vergangenheit schon einmal in einer schwierigen Situation geholfen hatte; und angesichts der offenkundigen Gefahr hatte er eingewilligt, bis zur Klärung der Angelegenheit zu bleiben.

Als es bei Tagesanbruch noch immer keine neuen Nachrichten gab, machte sich Pater Brown zeitig auf und begab sich selbst auf die Suche; man sah die schwarze, untersetzte Gestalt des Priesters auf dem Gartenpfad, der dicht an der Uferböschung verlief; dort ließ er seine kurzsichtigen, verschleierten Augen rundum in die Gegend schweifen.

Dabei bemerkte er, dass eine andere Gestalt noch ruheloser am Ufer entlangging, und er begrüßte Evan Smith, den Sekretär, mit seinem Namen.

Evan Smith war ein hochgewachsener, blonder junger Mann, der ziemlich gequält dreinblickte, was in dieser schwierigen Stunde vielleicht nur natürlich war. Aber eigentlich sah er immer so aus. Vielleicht fiel es mehr auf, weil er den athletischen Körperbau und die Haltung, die blonde Löwenmähne und den Schnurrbart besaß, die – in der Literatur immer und manchmal auch in Wirklichkeit – in Verbindung mit einem freimütigen, freundlichen Benehmen das Markenzeichen des »englischen Jünglings« sind. Doch seine tiefliegenden Augen und sein besorgter Blick bildeten einen düsteren Kontrast zu der hochgewachsenen, blonden Gestalt des romantischen Helden. Pater Brown aber lächelte ihn freundlich an und sagte dann in ernsterem Ton:

»Das ist eine schlimme Angelegenheit.«

»Sehr schlimm für Miss Rye«, antwortete der junge Mann düster, »und ich wüsste nicht, warum ich verheimlichen sollte, dass dies für mich das Schlimmste an der Sache ist, auch wenn sie mit Dalmon verlobt ist. Jetzt sind Sie schockiert, oder?«

Pater Brown sah nicht sehr schockiert aus, doch von seinem Gesicht konnte man oft nicht ablesen, was in ihm vorging; er sagte nur sanft:

»Natürlich nehmen wir alle Anteil an Ihrer Besorgnis. Sie haben nicht zufällig Neuigkeiten oder eine bestimmte Ansicht über die Angelegenheit?«

»Neuigkeiten habe ich nicht gerade«, antwortete Smith, »zumindest habe ich nichts erfahren. Was meine Ansichten betrifft …« Und er verfiel wieder in brütendes Schweigen.

»Ich würde sehr gern Ihre Meinung über das Ganze hören«, sagte der kleine Priester freundlich. »Nehmen Sie es mir nicht übel, aber ich habe den Eindruck, Sie haben etwas auf dem Herzen.«

Der junge Mann fuhr regelrecht zusammen und stierte den Priester an, wobei er die Stirn auf eine Weise furchte, dass sich seine tiefliegenden Augen düster umschatteten.

»Nun, Sie haben Recht«, sagte er schließlich. »Ich glaube, ich muss es einmal jemandem erzählen. Und bei Ihnen scheint es mir gut aufgehoben.«

»Wissen Sie, was Sir Arthur zugestoßen ist?«, fragte Pater Brown gelassen, als ginge es um die größte Nebensächlichkeit der Welt.

»Ja«, sagte der Sekretär knapp. »Ich glaube, ich weiß, was Sir Arthur zugestoßen ist.«

»Ein wundervoller Morgen«, sagte eine sanfte Stimme nahe an seinem Ohr, »ein wundervoller Morgen in Anbetracht eines so traurigen Ereignisses.«

Wie von der Tarantel gestochen, fuhr der Sekretär auf, als der lange Schatten Dr. Abbotts in der jetzt schon kräftigen Sonne auf den Weg fiel. Dr. Abbott war noch immer im Schlafrock – einem prächtigen, orientalischen Schlafrock, der mit seinem bunten Blumen- und Drachenmuster den üppigsten Blumenbeeten glich, die unter der strahlenden Sonne gediehen. Außerdem trug er riesige, flache Pantoffeln, die wohl der Grund dafür waren, dass er sich den anderen so geräuschlos hatte nähern können. Eigentlich war er durchaus nicht der Typ, dem man einen derart behänden, leichtfüßigen Gang zugetraut hätte, denn er war ein sehr großer, breiter und schwerer Mann mit einem dicken, gutmütigen, sonnenverbrannten Gesicht; es wurde von einem altmodischen grauen Bart um Wangen und Kinn umrahmt, der ebenso üppig wucherte wie die langen grauen Locken auf seinem ehrwürdigen Haupt. Seine zu Schlitzen verengten Augen blickten verschlafen, und für einen älteren Herrn war er in der Tat sehr früh auf den Beinen; aber mit seinem robusten, wettergegerbten Aussehen glich er einem alten Bauern oder Kapitän, der Wind und Wetter nie gescheut hatte. Er war der einzige Freund und Altersgenosse des Hausherrn unter den anwesenden Gästen.

»Es ist einfach unglaublich«, sagte er kopfschüttelnd. »Diese kleinen Häuser sind wie Puppenstuben, vorn und hinten offen und kaum Platz, um jemanden zu verstecken, selbst wenn man es wollte. Und wer sollte ihn verstecken? Dalmon und ich haben sie gestern genau befragt; meist sind es kleine alte Frauen, die keiner Fliege etwas zuleide tun könnten. Die Männer sind fast alle bei der Ernte, außer dem Metzger; und aus dem Metzgerladen hat man Arthur herauskommen sehen. Und an diesem Abschnitt des Flusses kann ihm nichts geschehen sein, denn dort habe ich den ganzen Tag geangelt.«

Dann sah er Smith an, und einen Moment lang schien sein Blick nicht nur schläfrig, sondern fast ein wenig hinterhältig.

»Ich nehme an, Sie und Dalmon können bezeugen, dass Sie mich auf Ihrem Hin- und Rückweg hier haben sitzen sehen.«

»Ja«, sagte Evan Smith kurz angebunden und ziemlich ungehalten über die lange Unterbrechung.

»Das Einzige, was ich mir vorstellen kann«, fuhr Dr. Abbott langsam fort, doch dann wurde er selbst in seinem Einwurf unterbrochen. Eine schlanke und doch kräftige Gestalt überquerte mit schnellen Schritten den grünen Rasen zwischen den fröhlichen Blumenbeeten, und John Dalmon, ein Blatt Papier in der Hand, trat zu ihnen. Er war gepflegt gekleidet und hatte ein dunkelhäutiges, hübsches, kantiges, an Napoleon erinnerndes Gesicht mit traurigen Augen – so traurig, dass sie wie erloschen wirkten. Er schien noch jung zu sein, aber sein schwarzes Haar war an den Schläfen vorzeitig ergraut.

»Ich habe soeben dieses Telegramm von der Polizei erhalten«, sagte er. »Ich habe ihr gestern Abend telegrafiert, und sie teilt mir mit, dass sie umgehend einen Beamten herschickt. Dr. Abbott, wissen Sie sonst noch jemanden, den wir benachrichtigen sollten? Ich meine Verwandte oder Bekannte?«

»Seinen Neffen, Vernon Vaudrey, natürlich«, sagte der alte Mann. »Wenn Sie mit mir kommen wollen, kann ich Ihnen seine Anschrift geben und – Ihnen etwas recht Merkwürdiges über ihn erzählen.«

Dr. Abbott und Dalmon gingen in Richtung Haus davon, und als sie weit genug entfernt waren, sagte Pater Brown schlicht, als hätte es nie eine Unterbrechung gegeben:

»Was wollten Sie gerade sagen?«

»Sie haben Nerven wie Drahtseile«, sagte der Sekretär. »Ich nehme an, das kommt von den vielen Beichten, die Sie anhören müssen. Ich komme mir auch so vor, als würde ich eine Beichte ablegen. Manchen Leuten wäre vielleicht die Lust auf ein Geständnis vergangen, als der seltsame alte Elefant da wie eine Schlange herangekrochen kam. Aber ich glaube, ich bleibe bei meinem Vorsatz, obwohl es nicht um meine eigene Beichte, sondern um die eines anderen geht.« Er hielt einen Moment inne, runzelte die Stirn und zupfte an seinem Schnurrbart; dann sagte er unvermittelt: »Ich glaube, Sir Arthur hat sich aus dem Staub gemacht, und ich glaube, ich weiß auch, warum.«

Einen Augenblick war es still, dann brach es erneut aus ihm hervor.

»Ich bin in einer abscheulichen Situation, und die meisten Menschen würden sagen, dass ich etwas Verwerfliches tue. Ich schlüpfe in die Rolle eines Kriechers und gemeinen Denunzianten und glaube trotzdem, dass ich nur meine Pflicht tue.«

»Das müssen Sie selbst beurteilen«, sagte Pater Brown ernst. »Was ist also mit Ihrer Pflicht?«

»Ich befinde mich in der äußerst üblen Lage, einen Rivalen, dazu noch einen erfolgreichen Rivalen, anschwärzen zu müssen«, sagte der junge Mann bitter, »und ich sehe keinen Weg, es zu vermeiden. Sie fragten nach der Erklärung für Vaudreys Verschwinden. Ich bin davon überzeugt, dass Dalmon die Erklärung ist.«

»Sie glauben«, fragte der Priester gefasst, »Dalmon hat Sir Arthur umgebracht?«

»Nein!«, entfuhr es Smith mit erschreckender Heftigkeit. »Nein und hundertmal nein! Das hat er nicht, was er auch sonst getan haben mag. Er ist kein Mörder, was er auch sonst sein mag. Er hat das beste aller möglichen Alibis: die Aussage eines Mannes, der ihn hasst. Ich würde bestimmt nicht aus Liebe zu Dalmon einen Meineid schwören; und ich könnte vor jedem Gerichtshof der Welt beschwören, dass er dem alten Mann gestern nichts angetan hat. Dalmon und ich waren den ganzen Tag zusammen, jedenfalls in der Zeit, auf die es ankommt, und er hat im Dorf nur Zigaretten gekauft; und hier im Haus hat er sie geraucht und in der Bibliothek gelesen. Das war alles. Nein, ich glaube zwar, dass er ein Verbrecher ist, aber er hat Vaudrey nicht umgebracht. Ich könnte sogar sagen: *Weil* er ein Verbrecher ist, hat er Vaudrey nicht umgebracht.«

»Gut«, sagte sein Zuhörer geduldig, »und was bedeutet das?«

»Es bedeutet«, erwiderte der Sekretär, »dass er ein Verbrecher ist, der ein anderes Verbrechen begeht: eines, das voraussetzt, dass Vaudrey am Leben bleibt.«

»Oh, ich verstehe«, sagte Pater Brown.

»Ich kenne Sybil Rye recht gut, und ihr Charakter spielt in dieser Geschichte eine entscheidende Rolle. Sie ist ein feiner Mensch, in des Wortes doppelter Bedeutung, das heißt, sie ist vornehm und überaus empfindsam. Sie gehört zu den schrecklich gewissenhaften Menschen, ohne jedoch jenen Panzer aus Gewohnheit und praktischem Verstand zu besitzen, den sich viele gewissenhafte Menschen zulegen. Sie ist überempfindlich und zugleich völlig selbstlos. Ihre Lebensgeschichte ist merkwürdig: Sie blieb nahezu mittellos als Waise zurück, und Sir Arthur nahm sie bei sich auf und behandelte sie sehr zuvorkommend, was viele Leute erstaunte; denn, ohne dem alten Mann zu nahe treten zu wollen, das war sonst nicht seine Art. Aber als sie etwa siebzehn war, kam die Erklärung und traf sie wie ein Schock: Ihr Vormund hielt um ihre Hand an. Nun komme ich zu dem mysteriösen Teil der Geschichte. Irgendwie hatte Sybil von jemandem – ich vermute, vom alten Abbott – erfahren, dass Sir Arthur Vaudrey in seinen stürmischen Jugendjahren an einem Menschen ein Verbrechen, zumindest ein großes Unrecht begangen hatte, wodurch er in ernste Schwierigkeiten geraten war. Ich weiß nicht, worum es ging. Jedenfalls war es wie ein Alptraum für das gerade heranreifende, empfindsame Mädchen und ließ ihn in ihren Augen wie ein Ungeheuer erscheinen, also denkbar ungeeignet für eine so enge Beziehung wie eine Ehe. Was sie tat, war ausgesprochen typisch für sie. In hilflosem Schrecken, aber heldenhaften Mutes sagte sie ihm mit zitternden Lippen die Wahrheit. Sie räumte ein, ihre Abneigung sei vielleicht krankhaft; sie bekannte sich dazu wie zu einer geheimen Geisteskrankheit. Zu ihrer Erleichterung und Überraschung nahm er ihre Antwort ruhig und höflich auf und berührte das Thema offenbar nicht mehr; und der Eindruck seiner Großzügigkeit vertiefte sich noch bei ihr im weiteren Verlauf der Geschichte. In ihr einsames Leben trat ein ebenso einsamer Mann. Er hauste wie eine Art Einsiedler auf einer Insel im Fluss, und vermutlich machte ihn das Rätsel um seine Person besonders anziehend, obwohl ich zugeben muss, dass er auch so anziehend genug ist; ein Gentleman eben, geistreich, wenn auch sehr melancholisch – was das Romantische der Geschichte meines Erachtens noch erhöhte. Es war natürlich dieser Dalmon, und bis heute weiß ich nicht, wie sehr sie ihm zugetan ist; immerhin aber erhielt er die Erlaubnis, bei ihrem Vormund vorzusprechen. Ich kann mir die Höllenqualen ausmalen, mit denen sie der Unterredung entgegensah und sich fragte, wie er wohl das Auftauchen eines Rivalen aufnehmen würde. Aber wieder musste sie feststellen, dass sie ihm offensichtlich unrecht getan hatte. Er empfing den jüngeren Mann mit herzlicher Gastfreundschaft und schien über die gemeinsame Zukunft des jungen Paares hoch erfreut zu sein. Er und Dalmon gingen zusammen auf die Jagd und zum Angeln und erwiesen sich als die besten Freunde, da traf Sybil eines Tages ein weiterer Schock. Dalmon entschlüpfte im Verlauf einer Unterhaltung zufällig der Satz, der alte Mann habe ›sich in den vergangenen dreißig Jahren nicht sehr verändert‹, und ihr ging schlagartig die Wahrheit über die merkwürdige Vertrautheit der beiden auf. Die Einführung Dalmons und die herzliche Aufnahme des Fremden waren lediglich Verstellung gewesen; die Männer hatten sich offensichtlich bereits gekannt. Deshalb also war der jüngere Mann heimlich in diese Gegend gekommen. Deshalb also hatte sich der ältere Mann so ins Zeug gelegt und die Verbindung gefördert. Ich wüsste gern, was Sie über die Sache denken.«

»Ich weiß, was Sie denken«, sagte Pater Brown mit einem Lächeln, »und es erscheint vollkommen logisch. Auf der einen Seite Vaudrey mit einem dunklen Punkt in seiner Vergangenheit – auf der anderen ein geheimnisvoller Fremder, der ihn verfolgt und von ihm bekommt, was er will. Mit anderen Worten, Sie halten Dalmon für einen Erpresser.«

»Ja«, sagte der andere, »und das ist keine angenehme Vorstellung.«

Pater Brown dachte einen Augenblick nach und sagte dann: »Ich denke, ich gehe jetzt ins Haus und unterhalte mich mal mit Dr. Abbott.«

Als er nach ein paar Stunden wieder herauskam, mochte er vielleicht mit Dr. Abbott gesprochen haben; er erschien jedoch in Begleitung von Sybil Rye, einem zierlichen, blassen Mädchen mit rotem Haar und zartem Profil; bei ihrem Anblick verstand man auf der Stelle, was der Sekretär mit der Beschreibung ihrer Wehrlosigkeit und freimütigen Offenheit gemeint hatte. Sie erinnerte an die sagenhafte Lady Godiva und an die Geschichten von jungfräulichen Märtyrerinnen; nur schüchterne Menschen können so ihre Scham ablegen, wenn ihr Gewissen sie dazu zwingt. Smith ging auf sie zu, und eine Weile standen sie miteinander plaudernd auf dem Rasen. Die Sonne, die seit dem frühen Morgen schien, brannte nun grell und stechend auf sie hernieder; Pater Brown jedoch hatte seinen schwarzen Regenschirm bei sich und trug seinen schwarzen, schattenspendenden Hut; er schien dafür gerüstet, dem Gewitter die Stirn zu bieten. Aber vielleicht drückte sich dies nur unbewusst in seiner Haltung aus, und vielleicht war das Gewitter auch kein Gewitter im eigentlichen Sinn.

»Was ich so schlimm finde«, sagte Sybil leise, »ist, dass bereits das Gerede beginnt; jeder wird verdächtigt. John und Evan können sich wohl gegenseitig entlasten; aber Dr. Abbott hatte einen bösen Wortwechsel mit dem Metzger, der glaubt, dass man ihn beschuldigt und nun seinerseits Verdächtigungen ausstreut.«

Evan Smith sah ziemlich unbehaglich drein, dann stieß er hervor: »Schau, Sybil, ich kann nicht viel sagen, aber wir halten das alles für überflüssig. Das Ganze ist scheußlich, aber wir glauben nicht, dass es eine – Gewalttat gegeben hat.«

»Haben Sie denn eine Theorie?«, fragte das Mädchen und sah den Priester eindringlich an.

»Ich hab eine Theorie gehört«, antwortete er, »die mir sehr überzeugend vorkommt.«

Er stand und blickte nachdenklich über den Fluss, und Smith und Sybil begannen rasch und leise miteinander zu reden. Der Priester ging vor sich hin sinnend am Ufer entlang und verschwand in einer Schonung aus schmalen Bäumen, die auf einem Vorsprung in den Fluss hinausragte. Die kräftige Sonne ließ den dünnen Schleier aus tanzenden Blättern wie kleine, grüne Flammen aufblitzen, und alle Vögel zwitscherten, als sängen die Bäume mit hundert Zungen. Ein paar Minuten später hörte Evan Smith, wie jemand aus der grünen Tiefe des Dickichts halblaut, jedoch deutlich verständlich seinen Namen rief. Schnell lief er in die Richtung, aus welcher der Ruf gekommen war, da eilte ihm Pater Brown schon entgegen. Mit einem Flüstern sagte der Priester zu ihm:

»Verhindern Sie, dass die Dame hierher kommt. Können Sie sie nicht unter einem Vorwand loswerden? Bitten Sie sie zu telefonieren oder etwas dergleichen; und kommen Sie dann wieder her.«

Mit demonstrativ zur Schau getragener Sorglosigkeit näherte sich Evan Smith dem Mädchen; aber sie gehörte zu den Menschen, die man leicht dazu bringen kann, Gefälligkeiten für andere zu erledigen. Binnen kurzem war sie im Haus verschwunden; Smith lief zurück und stellte fest, dass Pater Brown wieder ins Dickicht getaucht war. Gleich jenseits der Baumgruppe befand sich eine schmale Schlucht, deren grasbewachsene Hänge bis zum Fluss abfielen. Pater Brown stand am Rand dieser Erdspalte und blickte hinab; aber – war es Zufall oder Absicht? – er hielt seinen Hut in der Hand, obwohl ihm die glühende Sonne aufs Haupt schien.

»Sie sollten sich das besser auch ansehen«, sagte er düster, »aus Beweisgründen. Aber machen Sie sich auf etwas Furchtbares gefasst.«

»Worauf?«, fragte der andere.

»Auf das Schrecklichste, das ich je in meinem Leben gesehen habe«, sagte Pater Brown.

Evan Smith trat rasch an den Rand des grasbewachsenen Abhangs und konnte nur mit Mühe einen Aufschrei unterdrücken.

Sir Arthur Vaudrey starrte grinsend zu ihm herauf; das Gesicht war nach oben gerichtet, so dass er seinen Fuß hätte darauf stellen können; der Kopf war zurückgeworfen, und die gelblich-weiße Mähne kam ihm entgegen, so dass er das Gesicht verkehrt herum sah. Das machte alles noch grässlicher: es schien, als habe man einem Mann den Kopf falsch aufgesetzt. Was tat er da? War es möglich, dass Vaudrey dort umherkroch, sich in der Uferspalte verbarg und in dieser unnatürlichen Stellung zu ihnen heraufspähte? Der Körper schien zusammengekauert und gekrümmt, als wäre er verkrüppelt. Doch bei näherem Hinsehen erkannte man, dass es nur die perspektivisch verkürzten Glieder waren, die diesen Eindruck hervorriefen. War Vaudrey vielleicht verrückt? Je länger Smith ihn betrachtete, um so starrer erschien ihm die Haltung des Körpers.

»Sie können es von hier aus nicht richtig sehen«, sagte Pater Brown, »aber seine Kehle ist durchgetrennt.«

Smith erschauerte plötzlich. »Ich glaube Ihnen aufs Wort, dass es das Schrecklichste ist, was Sie je gesehen haben«, sagte er. »Ich glaube, das liegt daran, dass man das Gesicht verkehrt herum sieht. Seit zehn Jahren sehe ich dieses Gesicht täglich mehrmals bei den Mahlzeiten; und immer sah es freundlich und höflich aus. Nun sieht man es verkehrt herum, und es hat etwas Teuflisches.«

»Das Gesicht lächelt«, stellte Pater Brown nüchtern fest, »was kein unerheblicher Teil des Rätsels ist. Es gibt nicht viele Menschen, die lächeln, während man ihnen die Kehle durchschneidet, selbst wenn sie es selbst tun. Dieses Lächeln und die Stachelbeeraugen, die ihm schon immer fast aus dem Kopf traten, machen allein schon einen schauderhaften Eindruck. Aber es ist wahr, die Dinge sehen völlig anders aus, wenn man sie auf den Kopf stellt. Maler stellen ihre Bilder oft auf den Kopf, um sie auf Fehler zu überprüfen. Manchmal, wenn es schwierig ist, das

Objekt selbst umzudrehen – das Matterhorn zum Beispiel –, machen sie auch einen Kopfstand oder schauen zwischen den Beinen hindurch.«

Der Priester, der dies alles so munter hervorsprudelte, um die Nerven des anderen Mannes zu beruhigen, schloss mit den ernsten Worten: »Ich kann gut verstehen, dass der Anblick Sie umgeworfen hat. Leider hat er auch noch etwas anderes umgeworfen.«

»Wovon sprechen Sie?«

»Er hat unsere schöne Theorie damit ganz und gar über den Haufen geworfen«, antwortete der andere und machte sich daran, die Böschung bis zu dem schmalen Sandstreifen am Fluss hinabzuklettern.

»Vielleicht hat er es selbst getan«, sagte Smith plötzlich. »Schließlich ist dies die naheliegendste Form, sich einer Verfolgung zu entziehen, und es passt sehr gut in unsere Theorie. Er suchte einen verschwiegenen Ort, kam her und schnitt sich die Kehle durch.«

»Er kam überhaupt nicht hierher«, sagte Pater Brown. »Jedenfalls nicht lebend und nicht auf dem Landweg. Er wurde nicht hier umgebracht, dafür gibt es zu wenig Blutspuren. Die warme Sonne hat sein Haar und seine Kleider inzwischen fast getrocknet; aber im Sand sieht man noch die Spuren zweier Rinnsale. Ungefähr bis hier steigt die Flut und bildet einen Strudel, der den Leichnam in die Spalte schwemmte; dort blieb er liegen, als die Flut zurückging. Aber der Körper muss vorher den Fluss heruntergetrieben sein, wahrscheinlich vom Dorf her, denn er fließt genau hinter der Häuser- und Ladenzeile vorbei. Der arme Vaudrey starb auf irgendeine Weise im Ort; und ich glaube auch nicht, dass er Selbstmord beging. Die Frage ist nur: Wer in diesem Nest sollte oder könnte ihn getötet haben?«

Er begann, mit der Spitze seines plumpen Regenschirms eine grobe Skizze in den Sand zu zeichnen.

»Überlegen wir mal; in welcher Reihenfolge sind die Läden

angeordnet? Zuerst kommt die Metzgerei; ein Metzger mit seinem langen Schlächtermesser wäre natürlich der ideale Täter. Aber Sie selbst sahen Vaudrey herauskommen, und es ist auch nicht sehr wahrscheinlich, dass er im Laden stand und der Metzger zu ihm sagte: ›Guten Morgen! Gestatten Sie, dass ich Ihnen die Kehle durchschneide? Vielen Dank. Darf es noch etwas sein?‹ Ich halte Sir Arthur nicht gerade für den Mann, der dies mit einem freundlichen Lächeln hätte geschehen lassen. Er war sehr stark und kräftig und besaß ein heftiges Temperament. Und wer, außer dem Metzger, hätte es mit ihm aufnehmen können? Der Laden daneben wird von einer alten Frau unterhalten. Dann folgt der Tabakwarenhändler, der zwar ein Mann, aber, wie ich hörte, ein recht schüchterner Mann ist. Dann die von zwei alten Jungfern betriebene Schneiderei und die kleine Trinkstube, die einem Mann gehört, der zurzeit im Krankenhaus liegt und von seiner Frau vertreten wird. Es gibt zwei, drei Dorfburschen, Gehilfen oder Laufjungen, die jedoch alle mit speziellen Aufträgen unterwegs waren. Hinter der Trinkstube hört die Straße auf; etwas weiter entfernt befindet sich nur noch das Wirtshaus, und auf dem Weg dorthin steht der Polizist.«

Mit der eisernen Spitze seines Schirms bohrte Brown ein Loch in den Sand, um den Polizisten zu markieren, und starrte weiter grüblerisch den Fluss hinauf. Dann machte er eine leichte Bewegung mit der Hand, ging eilig zu dem Leichnam und beugte sich darüber.

»Natürlich«, sagte er, während er sich aufrichtete und einen erleichterten Seufzer ausstieß. »Der Tabakhändler! Warum nur ist mir das nicht gleich eingefallen?«

»Was ist los mit Ihnen?«, fragte Smith erstaunt, denn Pater Brown verdrehte die Augen und murmelte vor sich hin; und das Wort »Tabakhändler« hatte er so düster ausgesprochen, als wäre es ein wahrhaft verhängnisvolles Wort.

»Ist Ihnen«, fragte der Priester nach einer Pause, »nicht etwas Merkwürdiges an seinem Gesicht aufgefallen?«

»Merkwürdig, guter Gott!«, sagte Evan, und die Erinnerung ließ ihn erschauern. »Immerhin war seine Kehle ...«

»Ich sprach von seinem Gesicht«, sagte der Geistliche ruhig. »Haben Sie übrigens bemerkt, dass er sich an der Hand verletzt hat und einen kleinen Verband trägt?«

»Oh, das hat nichts mit der Sache zu tun«, sagte Evan hastig. »Das ist schon vorher passiert und war ein Unfall. Er schnitt sich die Hand an einem zerbrochenen Tintenfass auf, während wir zusammen arbeiteten.«

»Es hat sehr wohl etwas damit zu tun«, antwortete Pater Brown.

Es entstand ein langes Schweigen, und der Priester ging nachdenklich das sandige Ufer entlang, wobei er seinen Regenschirm hinter sich herschleifte und von Zeit zu Zeit das Wort »Tabakhändler« murmelte, bis schon das Wort allein genügte, um seinem Begleiter nackte Angst einzuflößen. Dann hob der Priester mit einem Mal den Schirm und zeigte auf ein Bootshaus, das zwischen den Dünen auftauchte.

»Ist das Vaudreys Boot?«, fragte er. »Wären Sie so freundlich, mich den Fluss hinaufzurudern? Ich möchte mir gern einmal die Rückseite dieser Häuser ansehen. Wir haben keine Zeit zu verlieren. Man könnte inzwischen den Leichnam entdecken; aber das müssen wir riskieren.«

Smith ruderte das kleine Boot bereits stromauf in Richtung auf das Dorf, als Pater Brown wieder sprach. Er sagte:

»Übrigens habe ich vom alten Abbott die Wahrheit über das Vergehen des armen Vaudrey erfahren. Es handelt sich um eine ziemlich seltsame Geschichte über einen ägyptischen Beamten, der ihn mit den Worten beleidigt hatte, ein guter Moslem meide Schweine und Engländer, wenn er sich jedoch entscheiden müsse, würde er Schweine vorziehen; so oder ähnlich lautete seine taktvolle Bemerkung. Was immer danach vorgefallen war, der Streit wurde jedenfalls Jahre später fortgesetzt, als der ägyptische Beamte England besuchte; in seiner leidenschaftlichen

Wut zerrte Vaudrey den Mann zu einem Schweinestall des zum Gut gehörenden Gehöfts und warf ihn hinein, brach ihm dabei einen Arm und ein Bein und ließ ihn bis zum nächsten Morgen hilflos liegen. Der Fall erregte natürlich ziemliches Aufsehen, doch viele Leute entschuldigten Vaudreys Verhalten damit, dass er aus glühendem Patriotismus gehandelt habe. Wie dem auch sei, die Sache erscheint mir jedoch kaum so gravierend, dass sich ein Mensch jahrzehntelang deshalb erpressen lassen würde.«

»Dann sind Sie also nicht der Meinung, dass sie etwas mit unserer Vorstellung von der Geschichte zu tun hat?«, fragte der Sekretär nachdenklich.

»Ich glaube, sie hat mit meiner jetzigen Vorstellung vom Tathergang ungeheuer viel zu tun«, sagte Pater Brown.

Sie glitten jetzt an der niedrigen Mauer am Ende der steil abfallenden, schmalen Gärten vorüber, die von den Hintertüren zum Fluss verliefen. Pater Brown zählte sie sorgfältig unter Zuhilfenahme seines Schirms, und als er bei der dritten angelangt war, sagte er erneut:

»Der Tabakhändler! Ist der Tabakhändler vielleicht zufällig …? Aber ich denke, ich verlasse mich auf meine Ahnung, bis ich es genau weiß. Ich will Ihnen nur sagen, was mir an Sir Arthurs Gesicht so seltsam vorkam.«

»Und was war das?«, fragte sein Begleiter und hielt für einen Augenblick die Ruder still.

»Er war ein eitler Dandy«, sagte Pater Brown, »und doch war sein Gesicht nur halb rasiert … Könnten Sie hier einen Moment anhalten? Vielleicht machen wir das Boot an dem Pfahl fest.«

Ein paar Minuten später waren sie über die niedrige Mauer geklettert und stiegen die steilen, gepflasterten Wege durch den kleinen Garten mit seinen rechteckigen Gemüse- und Blumenbeeten hinauf.

»Aha, der Tabakhändler baut also *wirklich* Kartoffeln an«, sagte Pater Brown. »Assoziationen an Sir Walter Raleigh, zweifellos. Und wo es reichlich Kartoffeln gibt, gibt es auch reichlich Kartoffelsäcke. Diese kleinen Leute auf dem Land haben noch nicht all ihre bäuerlichen Gewohnheiten aufgegeben; sie üben noch immer zwei oder drei Berufe gleichzeitig aus. Aber die Tabakhändler auf dem Land haben eine besonders seltsame Nebenbeschäftigung, an die ich erst gedacht habe, als ich Vaudreys Kinn sah. Man spricht zwar im Allgemeinen vom Tabakwarenladen, aber man kann sich dort auch rasieren lassen. Vaudrey hatte sich in die Hand geschnitten und konnte sich nicht selbst rasieren; deshalb kam er hierher. Fällt Ihnen dazu etwas ein?«

»Dazu fällt mir schon einiges ein«, antwortete Smith, »aber ich vermute, Ihnen fällt noch eine ganze Menge mehr ein.«

»Fällt Ihnen dabei zum Beispiel die einzige Situation ein, in der ein kräftiger und ziemlich gewalttätiger Gentleman freundlich lächeln könnte, wenn man ihm die Kehle durchschneidet?«, fragte Pater Brown.

Im nächsten Augenblick durchquerten sie ein paar dunkle Gänge im rückwärtigen Teil des Hauses und gelangten in das Hinterzimmer des Ladens, das nur schwach erhellt wurde von dem Licht, das von draußen hereinsickerte und sich in einem blinden, gesprungenen Spiegel brach. Man kam sich wie im grünen Zwielicht einer Zelle vor; aber es war hell genug, um die groben Umrisse der Einrichtung eines Friseurladens und das bleiche, angstverzerrte Gesicht des Barbiers zu erkennen.

Pater Browns Blick schweifte durch den Raum, der den Eindruck machte, als wäre er erst vor kurzem geputzt und aufgeräumt worden, bis seine Augen einen Gegenstand in einer staubigen Ecke hinter der Tür erspähten. Es war ein Hut, der dort am Haken hing. Der Hut war weiß und im ganzen Dorf nur allzu gut bekannt. Doch sosehr er auf der Straße immer aufgefallen war – jetzt schien er nur ein beliebiges Beispiel für die Kleinigkeit zu sein, die manche Verbrecher oft übersehen, nachdem sie äußerst sorgsam die Böden aufgewischt oder blutbefleckte Kleidungsstücke vernichtet haben.

»Ich glaube, Sir Arthur Vaudrey ist gestern Morgen hier rasiert worden«, stellte Pater Brown sachlich fest.

Dem Barbier, einem kleinen, kahlköpfigen, bebrillten Mann mit dem Namen Wicks, war beim plötzlichen Auftauchen der zwei Gestalten aus seinem eigenen Hinterzimmer, als seien zwei Geister einem Grab entstiegen. Aber es war ihm sofort anzumerken, dass er etwas anderes viel mehr fürchtete als übernatürliche Erscheinungen. Er zog sich, förmlich zusammenschrumpfend, in eine Ecke des dunklen Raumes zurück, ja alles an ihm schien sich zu verkleinern, bis auf seine großen Brillengläser, die den Augen eines Kobolds glichen.

»Sagen Sie mir eines«, fuhr der Priester ruhig fort. »Hatten Sie einen Grund, Sir Arthur zu hassen?«

Der Mann in der Ecke stammelte etwas, was Smith nicht verstehen konnte; doch der Priester nickte.

»Ich wusste es«, sagte er. »Sie haben ihn gehasst. Und daher weiß ich, dass Sie ihn nicht umgebracht haben. Wollen Sie uns erzählen, was geschehen ist, oder soll ich es sagen?«

In der darauf folgenden Stille hörte man nur das schwache Ticken einer Uhr aus der Küche; dann fuhr Pater Brown fort.

»Folgendes ist geschehen: Als Mr. Dalmon Ihren Laden betrat, fragte er nach bestimmten Zigaretten in der Auslage. Sie liefen einen Augenblick nach draußen, wie es Verkäufer oft tun, um festzustellen, welche Sorte er meinte; und in genau diesem Moment entdeckte er drinnen das Rasiermesser, das Sie gerade weggelegt hatten, und die gelblich weiße Mähne Sir Arthurs im Rasierstuhl; wahrscheinlich schimmerten beide im Licht des gegenüberliegenden Fensters. Er brauchte nur einen Moment, um das Rasiermesser zu nehmen, Vaudrey die Kehle durchzuschneiden und zum Ladentisch zurückzukehren. Das Opfer wäre nicht einmal über das Rasiermesser und die Hand, die es führte, beunruhigt gewesen. Er starb mit einem Lächeln über seine eigenen Gedanken. Und was für Gedanken! Ich glaube auch nicht, dass Dalmon beunruhigt war. Er hatte die Tat so schnell und lautlos begangen, dass Mr. Smith vor Gericht hätte schwören können, die ganze Zeit über mit ihm zusammen gewesen zu sein. Aber es gab jemanden, der beunruhigt war, und zwar zu Recht, und das waren Sie. Sie hatten sich mit Ihrem Gutsherrn über noch ausstehende Mieten oder Ähnliches gestritten; nun kamen Sie zurück in Ihren Laden und fanden Ihren Feind ausgerechnet in Ihrem Rasierstuhl und mit Ihrem Rasiermesser ermordet vor. Es war nur zu natürlich, dass Sie verzweifelt versuchten, jeden Verdacht von sich zu lenken, und es vorzogen, die Spuren zu beseitigen, den Boden zu wischen und die Leiche in einem locker zugebundenen Kartoffelsack nachts in den Fluss zu werfen. Zum Glück gibt es feste Zeiten, zu denen Ihr Laden geschlossen ist; also blieb Ihnen genügend Zeit. Sie scheinen an alles gedacht zu haben, bis auf den Hut ... Oh, haben Sie keine Angst. Ich werde alles vergessen, auch den Hut.«

Und er ging, gefolgt von dem staunenden Smith, seelenruhig durch den Laden auf die Straße und ließ den Barbier betäubt und mit starrem Blick zurück.

»Verstehen Sie«, sagte Pater Brown zu seinem Begleiter, »dies ist einer jener Fälle, in denen das Motiv nicht ausreicht, einen Mann zu überführen, sondern eher dazu dient, ihn zu entlasten. Ein kleiner, nervöser Kerl wie der Barbier wäre der Letzte, der so weit ginge, einen großen, kräftigen Mann wegen einer Geldstreitigkeit umzubringen. Aber er wäre der Erste, der fürchten würde, dass man ihn der Tat verdächtigt ... Ach, welch ein Riesenunterschied zu dem Motiv des Mannes, der den Mord beging.« Und er verfiel wieder ins Grübeln, wobei er ins Leere starrte.

»Es ist einfach entsetzlich«, stöhnte Evan Smith. »Vor ein paar Stunden habe ich Dalmon zwar als Lump und Erpresser beschimpft, trotzdem quält mich jetzt der Gedanke, dass er diesen Mord verübt hat.«

Der Priester schien noch immer in einer Art Trancezustand zu sein wie ein Mensch, der in einen Abgrund blickt. Schließlich bewegte er die Lippen und murmelte etwas, das eher einem Gebet als einem Schwur ähnelte: »Barmherziger Gott, welch fürchterliche Rache!«

Sein Begleiter sah ihn fragend an, aber Brown fuhr wie im Selbstgespräch fort.

»Welch ein entsetzlicher Hass! Welch fürchterliche Rache eines Sterblichen an einem anderen! Werden wir je in die Abgründe des menschlichen Herzens dringen, in denen solch abscheuliche Gedanken reifen? Gott bewahre uns alle vor Hochmut; aber ich kann mir von einem solchen Hass und einer solchen Rache noch immer kein rechtes Bild machen.«

»Ja«, sagte Smith, »und ich kann mir einfach nicht vorstellen, warum er Vaudrey überhaupt töten sollte. Wenn Dalmon ein Erpresser war, dann hätte doch Vaudrey einen triftigeren Grund gehabt, ihn umzubringen. Wie Sie sagen, einem Menschen die Kehle durchzuschneiden ist eine schreckliche Sache, aber –«

Pater Brown fuhr zusammen und blinzelte wie jemand, den man gerade aus dem Schlaf gerissen hat.

»Ach, *das* meinen Sie!«, fiel er hastig ein. »Daran habe ich nicht gedacht. Ich meinte nicht den Mord in dem Tabakwarenladen, als – als ich von einer entsetzlichen Rache sprach. Ich dachte an etwas viel Entsetzlicheres, obwohl diese Tat natürlich schon schrecklich genug war. Aber sie war viel eher noch verständlich; nahezu jeder hätte sie begehen können. Tatsächlich war sie fast eine Art Notwehr.«

»Was?«, rief der Sekretär und sah ihn fassungslos an. »Ein Mann schleicht sich von hinten an einen anderen heran und schneidet ihm die Kehle durch, während dieser im Rasierstuhl sitzt und vergnügt zur Decke hinauflächelt – und Sie behaupten, es sei Notwehr!«

»Ich sage nicht, dass es berechtigte Notwehr war«, sagte der andere. »Ich sage nur, dass sich viele Menschen dazu hätten hinreißen lassen, sich gegen ein schreckliches Unglück zu wehren, das gleichzeitig ein schreckliches Verbrechen war. An dieses andere Verbrechen dachte ich. Um mit der Frage zu beginnen, die Sie gerade gestellt haben – warum sollte der Erpresser den Mord begehen? Nun, über Probleme dieser Art besteht eine Menge falscher Vorstellungen und Irrtümer.« Er machte eine Pause, als wolle er nach seinem jüngsten Einblick in die Schrecken menschlicher Absichten erst wieder seine Gedanken ordnen, und fuhr dann in gewohntem Ton fort.

»Sie beobachten, dass zwei Männer, ein älterer und ein jüngerer, oft zusammen sind und sich auf ein Eheprojekt einigen; doch der Ursprung ihrer Bekanntschaft liegt lange zurück und bleibt im Dunkeln. Der eine ist reich und der andere arm, und Sie vermuten Erpressung. So weit haben Sie Recht. Aber Sie täuschen sich in der Person des Erpressers. Sie nehmen an, dass der arme Mann den reichen erpresste. In Wirklichkeit aber erpresste der Reiche den Armen.«

»Aber das erscheint mir unsinnig«, wandte der Sekretär ein.

»Es ist schlimmer als unsinnig, aber absolut nicht ungewöhnlich«, antwortete der andere. »Die Hälfte der aktuellen Politik besteht darin, dass die Reichen die Armen erpressen. Ihre Ansicht, dies sei Unsinn, beruht auf zwei Illusionen, die beide unsinnig sind. Die eine besteht darin, zu glauben, Reiche wollten niemals reicher werden, die andere, anzunehmen, man könne einen Menschen nur um Geld erpressen. Um den letzten Punkt geht es hier. Sir Arthur Vaudrey hat nicht aus Habgier gehandelt, sondern aus Rache. Und er plante die abscheulichste Rache, von der ich je gehört habe.«

»Aber warum hätte er sich an John Dalmon rächen sollen?«, fragte Smith.

»Nicht an John Dalmon wollte er sich rächen«, erwiderte der Priester ernst.

Ein Schweigen entstand; als der Geistliche wieder sprach, schien er ein neues Thema anzuschlagen. »Sie erinnern sich, als wir den Leichnam fanden, sahen wir das Gesicht verkehrt herum, und Sie meinten, das Gesicht habe etwas Teuflisches. Ist

Ihnen schon der Gedanke gekommen, dass auch der Mörder, als er hinter den Rasierstuhl trat, das Gesicht in dieser Stellung sah?«

»Aber das ist alles krankhafte Phantasterei«, protestierte sein Gesprächspartner. »Ich war an das Gesicht gewöhnt, wenn ich es normal vor mir sah.«

»Vielleicht haben Sie es nie richtig gesehen«, sagte Pater Brown. »Ich habe Ihnen ja gesagt, dass Maler ihre Bilder oft auf den Kopf stellen, um zu überprüfen, ob sie richtig sind. Vielleicht haben Sie sich im Verlauf all jener Mahlzeiten an das Gesicht eines Teufels gewöhnt.«

»Worauf wollen Sie hinaus, um alles in der Welt?«, fragte Smith ungeduldig.

»Ich spreche in Gleichnissen«, antwortete der andere in düsterem Ton. »Natürlich war Sir Arthur nicht wirklich ein Teufel; die Beschaffenheit seines Charakters war dergestalt, dass sie sich auch zum Guten hin hätte auswirken können. Aber diese aufgerissenen, argwöhnischen Augen, diese zusammengepressten und doch bebenden Lippen hätten Ihnen einiges sagen müssen, wenn Sie nicht so daran gewöhnt gewesen wären. Sie wissen, dass es Wunden am Körper gibt, die nie mehr heilen. Ganz so verhielt es sich mit Sir Arthurs Seelenzustand. Es war, als besäße seine Seele keine Haut; er war geradezu besessen vor Eitelkeit, und seine starren Augen wurden von einem nimmermüden Egoismus offen gehalten. Empfindlichkeit muss nicht gleichbedeutend mit Selbstsucht sein. Sybil Rye zum Beispiel besitzt die gleiche dünne Haut, und doch gelingt es ihr, wie eine Heilige zu sein. Bei Vaudrey hatte sich alles in einen unguten Stolz gewandelt, einen Stolz, der ihn nicht einmal zufrieden und selbstsicher machte. Der kleinste Kratzer an der Oberfläche seiner Seele fraß unaufhörlich an ihm weiter. Und *das* ist die eigentliche Bedeutung jener alten Geschichte, als er den Mann in den Schweinestall warf. Hätte er ihn gleich damals hineingeworfen, nachdem er als Schwein bezeichnet worden war, wäre es vielleicht als

Wutausbruch zu entschuldigen gewesen. Aber es gab keinen Schweinestall, und genau das ist der Punkt. Vaudrey nährte die Erinnerung an die dumme Beleidigung Jahr für Jahr in seinem Herzen, bis es ihm schließlich gelang, den Ägypter in die Nähe eines Schweinestalls zu locken; und dann nahm er die Rache, die er für einzig angemessen und stilgerecht hielt ... Gütiger Gott! Er legte stets Wert darauf, dass seine Rache angemessen und stilgerecht war.«

Smith sah ihn neugierig an. »Sie denken nicht an die Schweinestallgeschichte«, sagte er.

»Nein«, sagte Pater Brown, »an die andere Geschichte.« Er wartete, bis seine zitternde Stimme sich wieder gefestigt hatte, und fuhr fort:

»An diese phantastische Geschichte, in der Vaudrey geduldig abwartete, bis seine Rache genau dem begangenen Verbrechen entsprach, sollten wir denken, wenn wir über den jetzigen Vorfall sprechen. Hat Ihrer Kenntnis nach noch jemand Vaudrey je beleidigt oder ihm eine seiner Meinung nach tödliche Beleidigung zugefügt? O ja, eine Frau hatte ihn beleidigt.«

Ein Ausdruck des Schreckens erschien auf Evans Zügen; er lauschte gebannt.

»Ein Mädchen, fast noch ein Kind, weigerte sich, ihn zu heiraten, weil er eine Art Verbrecher war; tatsächlich hatte er wegen des Vergehens gegen den Ägypter kurze Zeit im Gefängnis verbracht. Und in seiner tiefen Gekränktheit stieß dieser Besessene die Verwünschung aus: ›Sie soll einst einen Mörder heiraten.‹«

Sie schlugen den Weg zum Gut ein und gingen eine Weile schweigend den Fluss entlang, bis der Pater fortfuhr:

»Vaudrey war in der Lage, Dalmon zu erpressen, der vor langer Zeit einen Mord begangen hatte; wahrscheinlich wusste er von mehreren Verbrechen, die in Dalmons nicht eben zimperlichem Freundeskreis verübt worden waren. Wahrscheinlich war es ein Verbrechen aus dem Affekt heraus, wofür man ihm mildernde Umstände zugebilligt hätte; denn die leidenschaftlichsten Mörder sind nicht die schlimmsten. Und Dalmon macht mir durchaus den Eindruck eines Menschen, der Reue kennt, auch im Falle der Ermordung Vaudreys. Aber er befand sich in Vaudreys Gewalt; gemeinsam gelang es ihnen, das Mädchen zu einer Verlobung zu bewegen; vermutlich versuchte zuerst der Liebhaber sein Glück, und dann unterstützte der andere ihn großmütig bei seiner Werbung. Aber selbst Dalmon wusste nicht, was der alte Mann wirklich vorhatte. Das wusste allein der Teufel.

Dann machte Dalmon vor ein paar Tagen eine schreckliche Entdeckung. Er hatte gehorcht, und nicht einmal ungern; er war ein Werkzeug gewesen, und nun kam er plötzlich dahinter, wie dieses Werkzeug zerbrochen und weggeworfen werden sollte. Er stieß in der Bibliothek auf bestimmte Aufzeichnungen Vaudreys, die zwar verschlüsselt waren, denen er jedoch entnehmen konnte, dass Sir Arthur die Polizei informieren wollte. Er begriff mit einem Mal den ganzen Plan und war ebenso entsetzt darüber wie ich. Sobald Braut und Bräutigam den Bund der Ehe geschlossen hatten, würde der Bräutigam verhaftet und gehängt werden. Die wählerische Dame, die keinen Ehemann haben wollte, der im Gefängnis gesessen hatte, sollte nur einen Ehemann bekommen, der am Galgen baumeln würde. Das war es, was Sir Arthur Vaudrey für den stilgerechten, krönenden Abschluss der Geschichte hielt.«

Evan Smith war leichenblass geworden; er schwieg. In der Ferne, unten auf der Straße, sahen sie die vierschrötige Gestalt Dr. Abbotts mit seinem breitrandigen Hut auf sich zukommen; allein seine Haltung verriet eine gewisse Erregung. Aber sie waren noch von ihren eigenen schrecklichen Erlebnissen erschüttert.

»Sie haben Recht, Hass ist etwas Entsetzliches«, sagte Evan schließlich, »und wissen Sie, es erleichtert mich ein wenig, dass mein ganzer Hass auf den armen Dalmon verschwunden ist – jetzt, da ich weiß, dass er ein zweifacher Mörder ist.«

Schweigend legten sie den Rest des Weges zurück, bis sie auf den dicken Arzt trafen; er streckte ihnen die großen, behandschuhten Hände in einer verzweifelten Geste entgegen, und sein grauer Bart flatterte im Wind.

»Es gibt eine schreckliche Neuigkeit«, sagte er. »Man hat Arthurs Leiche gefunden. Er scheint in seinem Garten gestorben zu sein.«

»Du meine Güte«, sagte Pater Brown mechanisch. »Wie schrecklich!«

»Und noch etwas«, rief der Doktor außer Atem. »John Dalmon ist weggefahren, um Vernon Vaudrey, den Neffen, aufzusuchen, aber Vernon Vaudrey hat nichts von ihm gehört, und Dalmon ist anscheinend spurlos verschwunden.«

»Du meine Güte«, sagte Pater Brown. »Wie seltsam!«

Anhang

Anmerkungen

36,18 *Feenland Watteaus*: Jean-Antoine Watteau (1684–1721), französischer Maler, der als Hintergrund seiner Sujets häufig Parklandschaften wählte.

52,10 *Thomas von Aquin*: 1225–1274, Theologe und Philosoph.

57,14 *Cato*: Marcus Porcius Cato (95–46 v. Chr.), römischer Staatsmann, der nach dem Sieg Caesars bei Thapsus Selbstmord beging.

68,19 f. *»Ich will ... nicht verlöscht.«*: Mk 9,44–46.

69,19 *Gladstone-Kragen*: Nach William Ewart Gladstone (1809–1898), britischer Staatsmann.

84,23 *Millets*: Jean-François Millet (1814–1875), französischer Maler, der auf seinen späteren Bildern meist bäuerliche Szenen und melancholische Landschaften darstellte.

84,27 *Charles Dickens*: 1812–1870, englischer Schriftsteller.

87,9 *Clarion; New Age*: Englische sozialistische Zeitschriften.

95,12 f. *Piraten von Penzance*: The Pirates of Penzance (1879), Operette von Arthur Seymour Sullivan (1842–1900), in Zusammenarbeit mit William Schwenck Gilbert (1836–1911).

108,23 *Wilkie-Collins-Geschichte*: Wilkie Collins (1824–1889), englischer Erzähler, der in seinen Romanen Elemente des Schauerromans mit der zeitgenössischen Wirklichkeit verband.

114,22 *»Genauso wenig ... wir überlebt.«*: Vgl. Chesterton, *The Wrong Shape*.

155,3 *Nelson-Säule*: Riesiges Denkmal auf dem Trafalgar Square in London; vgl. auch Anm. 19.

157,18 f. *Gott aber ... die Frommen*: Spr 2,7.

163,6 *Sanherib*: 704–681 v. Chr., König von Assyrien, der durch Mord endete.

171,34 *Admirälen von Velazquez*: Diego de Silva y Velazquez (1599–1660), spanischer Maler.

172,10 *Chaucer*: Vgl. Geoffrey Chaucer (um 1340 – 1400), *Canterbury Tales*, Prolog.

172,17 *Max Beerbohm*: 1872–1956, englischer Schriftsteller und Karikaturist.

172,19 *Euklid*: um 365 – um 300 v. Chr., griechischer Mathematiker; im Vierten Buch seiner *Elemente* behandelt er die regelmäßigen Vielecke.

172,32 *Nelson*: Horatio Nelson (1758–1805), britischer Admiral und berühmter Kriegsheld, schlug in den Napoleonischen Kriegen die französisch-spanische Flotte in der entscheidenden Schlacht bei Trafalgar (1805).

212,13 ff. *Du sollst dir … dein Gott …*: 2 Mose 20,4–5.

220,13 *Gemälde Tizians*: Tizian, eig. Tiziano Vecellio (um 1476/77 oder 1489/90 – 1576), italienischer Maler.

228,25 *der da ist … Öl salbt*: Mt 13,31–32; Ps 23,5–6.

231,19 *Retriever*: Britischer Jagdhund, der besonders für das Apportieren gezüchtet wurde.

236,12 *Nox*: (lat.) Nacht.

238,16 *Auguren*: Römisches Priesterkollegium, das durch Zeichendeutung den Willen der Götter erkunden sollte und bei wichtigen Staatshandlungen hinzugezogen wurde.

247,17 f. *Bürger Riqueti*: Anspielung auf Honoré-Gabriel de Riqueti, Graf von Mirabeau (1749–1791), französischer Publizist und Politiker. Als Vertreter des dritten Standes war er in der Nationalversammlung seit 1789 dank seines Rednertalents eine beherrschende Persönlichkeit.

258,21 *Hund Anubis*: Ägyptischer Gott in Gestalt eines Hundes oder eines Menschen mit Hundekopf.

258,32 *heiligen Franziskus*: Franz von Assisi (1181/82–1226).

268,10 *Lady Godiva*: Englische Sagengestalt; Gattin des Grafen Leofric (11. Jh.), die, um die Bürger von einer harten Steuer ihres Mannes zu befreien, nackt, nur in ihre Haare gehüllt, durch die Stadt geritten sein soll.

274,33 *Sir Walter Raleigh*: 1552–1618, englischer Seefahrer, der angeblich den Tabak nach Westeuropa brachte.

Nachwort

The door opened inwards and there shambled into the room a shapeless little figure, which seemed to find its own hat and umbrella as unmanageable as a mass of luggage. The umbrella was a black and prosaic bundle long past repair; the hat was a broadcurved black hat, clerical but not common in England; the man was the very embodiment of all that is homely and helpless.[1]

Das unbeholfene Wesen, dem diese Beschreibung zuteil wird, ist der katholische Geistliche Pater Brown, und sein Erfinder, Gilbert Keith Chesterton, schuf mit ihm eine der unvergesslichen Gestalten der Detektivliteratur. Die erste der Geschichten, in denen der unauffällige kleine Priester seine Fälle mit Intuition, Verstand und psychologischem Einfühlungsvermögen löst, erschien 1911, die letzte 1935, ein Jahr vor Chestertons Tod. Zu diesem Zeitpunkt belief sich die Zahl seiner Veröffentlichungen (Biographien, theologische Studien, Romane, Essaysammlungen, Kurzgeschichten, Gedichte) auf rund hundert Titel. Doch keines dieser Werke brachte ihm so viel Popularität ein wie die Detektivgeschichten um den pfiffigen kleinen Pater, seine Idealvorstellung von optimistischer Weltsicht und tätigem Christentum.

---

1 G. K. Chesterton, »The Absence of Mr. Glass«, in: G. K. Ch., *The Wisdom of Father Brown*, Harmondsworth 1974, S. 10; dt.: »Die Tür tat sich nach innen auf, und herein ins Zimmer schlurfte eine unförmige kleine Gestalt, die mit ihrem eigenen Hut und Regenschirm so wenig fertig zu werden schien wie mit einem Haufen Gepäck. Der Schirm war ein schwarzes, unansehnliches Bündel und längst nicht mehr zu reparieren; der Hut war der breitkrempige schwarze Hut eines Kirchenmannes, aber in England nicht üblich; der Mann war der Inbegriff alles Unscheinbaren und Hilflosen.«

Gilbert Keith Chesterton, geboren 1874 in London, gestorben 1936 in Beaconsfield, wuchs in einem wohlhabenden, politisch liberal gesinnten Elternhaus auf. Nach der Schulzeit entschloss er sich zunächst, Maler zu werden, wandte sich nach dem dreijährigen Besuch einer Kunstakademie jedoch seiner eigentlichen Neigung, dem Schreiben, zu. Nach Buchbesprechungen im Bookman und der Veröffentlichung einzelner Gedichte waren es seine ersten Essays im *Speaker*, dem Organ des linken Flügels der Liberalen, die ihn als Verfasser kämpferischer Pamphlete einführten und die Initialen G. K. C. zu einem Begriff werden ließen. Seine beiden ersten, im Jahre 1900 erschienenen Bücher, *Greybeards at Play* und das nie aufgeführte Versdrama *The Wild Knight*, waren zwar ein finanzieller Misserfolg, machten ihn jedoch in Fleet-Street-Kreisen bekannt und verhalfen ihm zu weiteren Aufträgen diverser Zeitungen (z. B. den *Daily News*) und erstmals zu einem akzeptablen Einkommen. Damit begann seine Tätigkeit als freier Journalist und Schriftsteller, der er sich bis zu seinem Lebensende geradezu mit Besessenheit widmete.

An Themen fehlte es dem engagierten konservativen Streiter nicht. Seine Essays und Kolumnen waren erfüllt von Empörung über den herrschenden Zeitgeist. Er verabscheute die Dekadenz der modernen Gesellschaft, ihre materialistische und rationalistische Geisteshaltung, ihren Skeptizismus, den Egoismus und das Fehlen von Idealen; er attackierte in Kunst und Literatur utopistische Tendenzen ebenso wie den Kult des Ästhetischen oder den Mangel an Phantasie. Sein Zorn galt Atheisten wie religiösen Fanatikern, rigiden Puritanern wie Anhängern exotischer Sekten. Für Chesterton, der zu der Erkenntnis gelangt war, der Mensch habe für die bloße Tatsache seiner Existenz dankbar zu sein, kam der zeitgenössische Pessimismus einer Art Blasphemie gleich. Ein orthodoxes Christentum, das Dogma eines persönlichen Gottes, erschien ihm als das einzige philosophische System, das in dieser geistig und moralisch instabilen Welt einen Sinn ergeben konnte. 1922 konvertierte er zum Katholizismus; in seinem Eintreten für den christlichen Glauben sah er sich unterstützt durch den konservativen katholischen Publizisten und Historiker Hilaire Belloc, der seine Ansichten über Politik, Soziologie und Geschichte stark beeinflusste und mit dem er die Liebe zum Mittelalter teilte.

Chesterton, der nicht müde wurde, in seinen Artikeln Kapitalismus und Sozialismus gleichermaßen zu kritisieren, hatte auch keinerlei Bedenken, in das aktuelle politische Geschehen publizistisch einzugreifen. So bezog er gegen den Imperialismus und Englands Krieg gegen die Buren Stellung und deckte in der Marconi-Affäre die Verstrickung von Finanz und Politik auf.

Seine scharfen, brillant geführten Attacken machten ihn berühmt, zumal sie keineswegs ungeteilten Beifall fanden und oft heftigen Widerspruch hervorriefen. Einen seiner geistigen Widersacher fand Chesterton in George Bernard Shaw, dem Verfechter des Fortschritts, den er privat sehr schätzte und sogar einer eigenen Studie für wert befand. Die sich über dreißig Jahre hinziehende, in Presse, öffentlichen Debatten und schließlich im Rundfunk ausgetragene Kontroverse über Literatur, Politik und Religion zwischen Shaw und H. G. Wells auf der einen, Belloc und Chesterton – von Shaw kurz als Chesterbelloc bezeichnet – auf der anderen Seite erhöhte noch den Bekanntheitsgrad des streitbaren Publizisten.

In den literarischen und intellektuellen Kreisen Londons war Chesterton eine Institution. Seine ständige Anwesenheit in den Pubs des Presseviertels, die endlosen Diskussionsrunden, in denen der unermüdliche Rhetoriker die übrigen Anwesenden gewöhnlich an Eloquenz übertraf – schon während seiner Schulzeit war er Mitbegründer eines literarischen Debattierclubs –, seine ausgeprägte Neigung zu Geselligkeit und fröhlichen Zechgelagen machten ihn zu einer legendären Figur. Dazu trug auch sein pittoreskes Äußeres bei. Die riesige, voluminöse Gestalt, die »Falstaffian figure in a brigand's hat and a cloak«[2], ergänzt durch Stockdegen und Bierkrug, war ein beliebtes Motiv der Karikaturisten. Er selbst kultivierte von sich ein Image der Gegensätzlichkeiten: brillanter Geist und körperliche Schwerfälligkeit; scharfes Denkvermögen und ewige Zerstreutheit.

1903 erschien seine erste größere Abhandlung, eine Studie über Robert Browning. Sie war der Auftakt zu einer Reihe von Biographien, literaturkritischen und theologischen Schriften, die einen Schwerpunkt seines umfangreichen Werkes bilden, darunter *Charles Dickens* (1906), *Orthodoxy* (1908), *George Bernard Shaw* (1909), *St. Francis of Assisi* (1923), *Robert Louis Stevenson* (1927), *Chaucer* (1932) und *St. Thomas Aquinas* (1933). Schon die Browning-Biographie offenbart die Vorzüge und Schwächen aller seiner späteren Arbeiten: sein Gespür für das Wesentliche im Werk eines Dichters, die Gabe, es auf eigenwillige, glänzend formulierte Weise darzustellen, und eine ausgesprochene Unlust an genauer Recherche. Sein sorgloser Umgang mit Fakten, Daten und Zitaten – die Browning-Biographie enthält zum Ärger seines Verlegers neben zahlreichen falschen Zitaten auch eine Textzeile, die gar nicht von Browning stammt – gibt immer wieder Anlass zu Kritik. Chesterton jedoch erklärt das ungenaue Zitieren zum Bestandteil seiner dichterischen Arbeitsweise: »I quote from memory both for temper and on principle. That is what literature is for; it ought to be a part of a man.«[3] Daneben wird deutlich, dass ihm jedes Thema auch zur Darstellung seiner lebensphilosophischen Anschauungen dient. Für die Browning-Biographie räumt er dies rückblickend mit einem Augenzwinkern ein:

2 Gilbert Keith Chesterton, *Autobiography*, London 1937, S. 137; dt.: »Falstaffsche Figur mit Schlapphut und Umhang«.

3 Zit. nach: Dudley Barker, *G. K. Chesterton*, London 1973, S. 128; dt.: »Ich zitiere aus dem Gedächtnis, und zwar weil mir das liegt und aus Prinzip. Dafür ist die Literatur da; sie sollte Teil eines Menschen sein.«

I will not say that I wrote a book on Browning; but I wrote a book on love, liberty, poetry, my own views on God and religion (highly undeveloped), and various theories of my own about optimism and pessimism and the hope of the world; a book in which the name of Browning was introduced from time to time.[4]

Im Jahre 1904 erschien *The Napoleon of Notting Hill*, wie seine anderen Romane, *The Man Who Was Thursday* (1908), *The Ball and the Cross* (1910), *Manalive* (1912), *The Flying Inn* (1914) und *The Return of Don Quixote* (1927), treffender als Romanphantasie oder Romanze mit realistischem Hintergrund zu bezeichnen. Sie stehen eher in der Tradition Sir Walter Scotts als in der des modernen Romans seit Jane Austen; es fehlt ihnen der bürgerliche Rahmen wie auch die psychologische Charakterdarstellung. Trotz der Verlagerung der Handlung ins Irreale, Phantastische spiegeln die Romane Chestertons Kulturkritik, sind Absagen an die materielle Sichtweise und den Fortschrittsglauben seiner Epoche und gezielte Gegenentwürfe zu den utopischen Visionen von H. G. Wells und G. B. Shaw. Chesterton verlagert die Themen seiner journalistischen und schriftstellerischen Arbeit auf eine andere literarische Ebene und verleiht ihr wechselnde Akzente: Er betont das Bedürfnis des Menschen nach Phantasie und Abenteuer, das Recht auf Tradition und die Würde des Individuums gegenüber der Allmacht des Staates; er glorifiziert die Vergangenheit, vor allem das heroische Mittelalter, fordert Idealismus anstelle von Materialismus und wirbt für das Christen-

---

4 Chesterton, *Autobiography*, S. 99; dt.: »Ich will nicht behaupten, ein Buch über Browning geschrieben zu haben; sondern ich schrieb ein Buch über Liebe, Freiheit, Poesie, meine eigenen (noch äußerst schwach entwickelten) Ansichten über Gott und Religion und verschiedene Theorien über Optimismus und Pessimismus und die Hoffnung der Welt; ein Buch, in dem von Zeit zu Zeit auch der Name Browning vorkommt.«

tum als Antwort auf den sich ausbreitenden Agnostizismus und Nihilismus.

Aus seiner didaktischen Absicht macht Chesterton keinen Hehl. Dafür opfert er leider auch die Lebendigkeit seiner Figuren, die häufig nur Träger seiner Ideen sind. Dazu bekennt er sich. Auch dazu, dass der Journalismus sein eigentliches Metier ist:

> I could not be a novelist; because I really like to see ideas or notions wrestling naked, as it were, and not dressed up in a masquerade as men and women.[5]

Mit der Detektivliteratur setzte Chesterton sich bereits vor den Pater-Brown-Geschichten auseinander. In der Essaysammlung *The Defendant* (1901, dt.: *Verteidigung des Unsinns, der Demut, des Schundromans und anderer missachteter Dinge*) findet sich unter den Aufsätzen des Querdenkers auch »A Defence of Detective Stories«. Hier erklärt er den Kriminalroman als vollkommen berechtigte Form der Kunst und schreibt ihm das Verdienst zu, »die früheste und einzige Form volkstümlicher Literatur zu sein, in der sich etwas Sinn für die Poesie des modernen Lebens geltend macht«.[6] Chesterton sieht den Kriminalroman als modernes Märchen; die Großstadt erscheint als ein mit phantastischen Zügen ausgestattetes Gebilde, in dem sich der Mensch in den Abenteuern und Geheimnissen des Alltäglichen zurechtfinden muss. Auf beispielhafte Weise verwirklicht fand er diese Beschwörung des Romantischen im Prosaischen bei Robert Louis Stevenson, vor allem dessen *New Arabian Nights*.

5 Ebd., S. 289; dt.: »Ich konnte kein Romanschriftsteller sein; denn mir ist es ehrlich lieber, wenn Ideen und Vorstellungen sich gewissermaßen nackt entwickeln und nicht als Männer und Frauen verkleidet daherkommen.«

6 G. K. Chesterton, »Verteidigung von Kriminalromanen«, in: *Der Detektiverzählung auf der Spur*, hrsg. von Paul G. Buchloh und Jens Peter Becker, Darmstadt 1977, S. 34 f.

Den ersten praktischen Versuch in diesem Genre unternahm Chesterton mit den phantastisch-philosophischen Erzählungen *The Club of Queer Trades* (1905). Im Jahre 1911 erschienen mit *The Innocence of Father Brown* die ersten zwölf Geschichten um den mit beiden Beinen im Leben stehenden katholischen Priester. Es folgten *The Wisdom of Father Brown* (1914), *The Incredulity of Father Brown* (1926), *The Secret of Father Brown* (1927) und *The Scandal of Father Brown* (1933). Alle Erzählungen waren zuvor in Zeitschriften wie *Storyteller, Cassell's Magazine* und *Pall Mall Magazine* veröffentlicht worden.

Als Chesterton sich den Pater-Brown-Geschichten zuwandte, war er bereits als unermüdlicher Propagandist der katholischen Kirche bekannt. »He made it his business to represent Catholic teaching as sane, commonplace, cheerful, colourful and above all English, to a readership the majority of which still thought of it as dark, contorted, forbidding, drab and above all foreign.«[7] So nimmt es nicht wunder, dass er auch mit der Technik der Detektivgeschichte den Versuch unternahm, zumindest gewisse Aspekte seiner moraltheologischen Vorstellungen zu vermitteln. Insbesondere war ihm daran gelegen, das Vorurteil auszuräumen, Religion sei etwas Lebensfernes, die esoterische Beschäftigung weltabgewandter Frömmler; stattdessen betont er ihren Wert als selbstverständliches Element des täglichen Lebens ganz »normaler« Menschen. Zum Repräsentanten dieser Einsichten macht er einen ganz außergewöhnlich normalen katholischen Priester mit dem alltäglichen Namen Brown, dessen detektivisches Geschick zu einem großen Teil auf der genauen Kenntnis des menschlichen Herzens und seiner Abgründe beruht.

7 Erik Routley, *The Puritan Pleasures of the Detective Story*, London 1972, S. 92; dt.: »Er machte es sich zur Aufgabe, einer Leserschaft den Katholizismus als vernünftig, alltäglich, fröhlich, farbenfreudig und vor allem englisch zu schildern, die ihn zum größten Teil noch immer für düster, verzerrt, abschreckend, freudlos und vor allem fremd hielt.«

Die fiktive Gestalt des Pater Brown geht auf ein reales Vorbild zurück, den irischen Pater John O'Connor, Beichtvater in einem Londoner Armenviertel. In seiner Autobiographie schildert Chesterton die Situation, die ihn auf den Gedanken brachte, den Pater zu einer literarischen Figur zu machen. Auf einem ihrer gemeinsamen Spaziergänge in Yorkshire überraschte O'Connor Chesterton mit seinem Wissen über die menschliche Verderbtheit in all ihren Schattierungen, das auf eigenen Erfahrungen in seiner Gemeinde basierte. Unmittelbar darauf hörte er mit an, wie sich zwei Studenten über die Weltfremdheit katholischer Geistlicher und deren Unerfahrenheit im Umgang mit menschlichen Verfehlungen mokierten; der Kontrast zwischen dieser Naivität und den tatsächlichen Erlebnissen des Priesters amüsierte ihn derart, dass er den Plan fasste, an einem Vertreter des geistlichen Standes den Widerspruch von Sein und Schein zu demonstrieren:

> And there sprang up in my mind the vague idea of making some artistic use of this comic yet tragic crosspurposes; and constructing a comedy in which a priest should appear to know nothing and in fact know more about crime than the criminals.[8]

Er verwirklichte das Konzept in der ersten der Pater-Brown-Geschichten, »Das blaue Kreuz«.

Natürlich ist Pater Brown nicht das Spiegelbild Father O'Connors, sondern eine Zusammensetzung aus realistischen Eigenschaften und bewusst gewählten fiktiven Zügen. Chesterton beließ ihm zwar seine intellektuellen und moralischen Qualitä-

---

8 Chesterton, *Autobiography,* S. 327; dt: »Und da kam mir plötzlich der Gedanke, dieses komische und doch tragische Mißverständnis künstlerisch zu verarbeiten und eine Komödie zu verfassen, in der ein Priester anscheinend nichts, in Wahrheit jedoch mehr über das Verbrechen weiß als die Verbrecher.«

ten, veränderte jedoch die äußere Erscheinung seines Modells. Mit Ausnahme des billigen schwarzen Regenschirms hatte O'Connor mit seiner literarischen Umsetzung nichts gemein: Er war weder rundlich noch schäbig, noch tollpatschig und blickte schon gar nicht mit der simplen Einfalt eines Mondkalbs in die Welt. Doch ebendie scheinbare Unbeholfenheit in der Figur des Paters war Chestertons Kunstgriff, den Kontrast zu seinem scharfen Blick für alles Menschliche und die Vertrautheit mit den dunklen Seiten des Daseins zu verstärken.

Geht die Pater-Brown-Figur auf ein reales Vorbild zurück und stellt Chestertons ureigenes Mittel dar, zum ersten Mal geistliche Belange zum Thema von Detektivgeschichten zu machen, so ist die Konzeption dieser Figur nicht denkbar ohne ihre Vorläufer auf literarischer Ebene: Edgar Allan Poes Dupin, den ersten »Kriminalisten« der englischsprachigen Literatur, und Arthur Conan Doyles allwissenden »Great Detective« Sherlock Holmes.

Poes Detektiv, besser Analytiker, C. Auguste Dupin löst seinen ersten Fall 1841 in der Erzählung *The Murders in the Rue Morgue*, die gemeinsam mit *The Mystery of Marie Rogêt* (1842) und *The Purloined Letter* (1845) am Anfang der modernen Kriminalliteratur steht. Dupin ist die Verkörperung von analytischem Denkvermögen, Scharfsinn und kühlem Intellekt. Seine Methode ist die der Deduktion; er löst seine Fälle, indem er Schlussfolgerungen aus der Kenntnis und genauen Beobachtung von Fakten zieht. Die Entschlüsselung von Zusammenhängen gelingt ihm jedoch nicht nur durch den Einsatz seines mathematisch geschulten Verstandes, sondern auch durch eine dem reinen Intellekt überlegene, besondere Fähigkeit zur Analyse, eine intuitive, auf schöpferischer Imagination beruhende Erkenntniskraft. Er wird als Einzelgänger mit bizarren Lebensgewohnheiten, als aristokratischer Exzentriker eingeführt, der in völliger Abgeschiedenheit lebt, das Haus nur nachts verlässt, um Beobachtungen anzustellen, und sich in seine auch tagsüber verdunkelten Räume zurückzieht, um sich aus der Distanz zum Leben mit voller Konzentration seiner Denkarbeit hingeben zu können. Er ist gelehrt, kultiviert und ausgewiesener Literaturkenner. Jede Beschreibung seines Äußeren fehlt, um den Leser durch nichts von der Brillanz seines »analytical mind« abzulenken. Die Verbrechen, deren Aufklärung er betreibt, sind für ihn nicht mehr als intellektuelle Rätsel, Exempel, an denen er die Analysierbarkeit des Lebens demonstrieren kann. Mit der Lösung des Rätsels erlischt sein Interesse; die menschlichen Aspekte, die rechtlichen und moralischen Implikationen des Verbrechens haben für ihn kaum Bedeutung.

Um die überlegene Intelligenz der Ausnahmeerscheinung Dupin noch zu unterstreichen, stellt Poe ihm einen geistig bescheideneren, namenlosen Freund an die Seite, der seinen Ausführungen bewundernd lauschen und sie – gemäß seiner erzähltechnischen Funktion – dem Leser als wichtige Informationen vermitteln darf. Neben der Kombination »intelligenter Detektiv / naiver Begleiter«, die unzählige Nachahmer findet und ihre berühmteste Ausformung in Doyles Paar Sherlock Holmes / Dr. Watson erfährt, führt Poe in seinen Kriminalerzählungen zahlreiche Elemente ein, die später zu Standards der Gattung werden, zum Beispiel den Außenseiter als zentrale Gestalt, die Überlegenheit des Detektivs gegenüber der professionellen Polizei, die Benutzung von Dokumenten, das Geheimnis des verschlossenen Raumes oder das Prinzip des offensichtlichen Ortes.

Die Figur des scharfsinnigen Analytikers Dupin, der bereits Züge des »Great Detective« anhaften, findet ihre konsequente Fortführung erst über vierzig Jahre später in Arthur Conan Doyles Interpretation des allwissenden Detektivs: Sherlock Holmes. Wie sein Vorgänger ist Holmes von überragender Intelligenz und analytischer Begabung und betreibt die Aufklärung von Fällen, um sich und anderen zu beweisen, zu welch außergewöhnlichen Leistungen sein Gehirn fähig ist. Auch er ist ein Außenseiter mit exzentrischem Gebaren – seine Vorliebe gilt dem Geigenspiel, dem Genuss von Opium und Kokain, spätem Aufstehen und stundenlanger Meditation, um nur einige seiner Eigenheiten zu nennen – und führt ein zurückgezogenes Junggesellendasein, das er nur mit einem Freund teilt. Dieser jedoch unterscheidet sich erheblich von Dupins farblosem anonymem Freund. Zwar fällt auch dem Arzt Dr. Watson in seiner Eigenschaft als schlichtem Zuhörer, Fragesteller und Chronist in erster Linie die Aufgabe zu, den Gang der Ereignisse für den Leser durchsichtiger zu gestalten und als Folie für die grenzenlose Überlegenheit der strahlenden Detektivfigur zu dienen, doch wird Watson als eigenständige Persönlichkeit mit einem Beruf und einer festen Position in der Gesellschaft dargestellt, als beruhigend normaler Vertreter des »common sense«. So mischt sich denn bei seinen Fallbeschreibungen in die Bewunderung über die detektivischen Fähigkeiten seines Idols auch manche Kritik an dem unterkühlten, emotionslos operierenden Holmes, die durchaus den Sinn hat, dessen Exzentrik etwas humanere Züge zu verleihen und ihn für das Lesepublikum akzeptabler zu machen; wobei das Vertrauenerweckende in Watsons Person nicht zuletzt auch daraus resultiert, dass er wie Holmes das positivistische Weltverständnis seiner Zeit repräsentiert (es ist wohl kaum ein Zufall, dass sich beide das erste Mal in einem Labor begegnen).

Die Aufklärung eines Verbrechens ist für Holmes ein wissenschaftlicher Prozess. Bereits bei seinem ersten Auftreten (*A Study in Scarlet*, 1887) erklärt er die Logik der Deduktion zur Wissenschaft und die Ermittlung der Wahrheit aufgrund der genauen Beobachtung von Fakten und der daraus gewonnenen Schlussfolgerungen zum einzig tauglichen Arbeitsprinzip. Bei der Lösung seiner Fälle verlässt er sich auf seinen Verstand und profunde Kenntnisse auf den verschiedensten Wissensgebieten und bedient sich exakter naturwissenschaftlicher Methoden und Hilfsmittel, wie etwa der chemischen Analyse oder des Mikroskops.

Die praktische Anwendung seiner Wissenschaft – Holmes macht im Gegensatz zu Dupin aus seiner Fähigkeit, kriminalistische Rätsel zu lösen, eine Profession, was ihm den Ruf des Experten, gesellschaftliche Anerkennung und sogar internationales Renommee einbringt – zeigt ihn im Einklang mit dem Nützlichkeitsdenken der viktorianischen Ära. Allerdings stellt sich, wie schon bei Dupin, zu keinem Zeitpunkt der detektivischen Tätigkeit die Frage nach den Ursachen, nach den Zusammenhängen zwischen Verbrechen und Gesellschaft; auch bei Holmes endet mit der gefundenen Lösung die Wissbegierde.

Hatte Poe den Prototyp der Detektiverzählung eingeführt, so blieb es Doyle vorbehalten, mit seinen Sherlock-Holmes-Erzählungen den Standard für die moderne Detektivgeschichte zu setzen.[9] Dieses Verdienst ist insbesondere der Gestalt des »Großen Detektivs« Sherlock Holmes zuzuschreiben, der zum Wegbereiter aller Detektivhelden des 20. Jahrhunderts wurde. Nach seinem überaus erfolgreichen Erscheinen konzentrierten sich in der Folgezeit die Autoren von Detektivliteratur vor allem darauf, ihren Helden dem Vorbild aus der Baker Street so unähnlich wie möglich zu machen, ihn jedoch ebenfalls mit außergewöhnlichen bis übernatürlichen, in jedem Fall unverwechselbaren Kennzeichen auszustatten. Keinem dieser Nachfolger gelang es jedoch, Holmes' Sonderstellung zu gefährden, bis ihm in Chestertons Pater Brown eine echte Konkurrenz erwuchs.

Die Pater-Brown-Figur stellt ohne Zweifel Chestertons Antwort auf die Gestalt des »Great Detective« dar, einen bewussten Gegenentwurf zu Doyles Supermann. Der Kontrast beginnt be-

9 Ulrich Suerbaum, *Krimi. Eine Analyse der Gattung*, Stuttgart 1984, S. 50.

reits beim Äußeren: hier Pater Brown, klein, rundlich, kurzsichtig, eine unscheinbare, ein wenig nachlässige Person, die den Anschein von Naivität und Harmlosigkeit erweckt und eine Aura von Freundlichkeit und Wärme um sich verbreitet; auf der anderen Seite die lange, hagere Gestalt, das unübersehbare Adlerprofil und der scharfe, wachsame Blick des allzeit gepflegt gekleideten Sherlock Holmes, eine kühle, einschüchternd wirkende Erscheinung. Doch nicht nur äußerlich dokumentiert sich Pater Browns Widerspruch zu Holmes und anderen seiner Detektivkollegen; auch seine Lebensphilosophie und die daraus abgeleiteten Methoden weichen von der Denk- und Arbeitsweise seiner Vorgänger ab. Seine detektivischen Aktivitäten finden im Rahmen seines Priesterberufs statt, das heißt, eine Welt, in der das Interesse am Mitmenschen im Vordergrund steht, löst die Welt der exakten Naturwissenschaften ab. Durch die Wahl eines Seelsorgers zum Detektiv eröffnet sich die Möglichkeit, das Augenmerk mehr auf die menschlich-psychologischen Aspekte des Verbrechens zu richten, und an die Stelle der rein rationalen Aufklärung bei Poe und Doyle tritt bei Chesterton die Aufklärung eines Falles durch Einfühlungsvermögen und Intuition. Das bedeutet keineswegs, dass Pater Brown auf den Einsatz seines Verstandes verzichtete; nur ist es bei ihm ein praktischer Verstand, der durch den Glauben an die Existenz einer höheren Vernunft ergänzt wird. In der Erzählung »Das blaue Kreuz« entlarvt er den Täter, weil dieser als vermeintlicher Priester in einem Gespräch über Theologie die Vernunft in Zweifel zieht: »›Sie zweifelten die Vernunft an‹, sagte Pater Brown. ›Das ist schlechte Theologie.‹«[10]

Die Frage nach der Psyche des Täters, nach dem Motiv, das zu einem Verbrechen führte, drängt die Frage nach dem Tathergang in den Hintergrund. Begibt Pater Brown sich an die Aufklärung eines Falles, geschieht dies nicht aus Neugier auf die Lösung eines

10 Hier S. 30.

kniffligen Rätsels, sondern entspringt einer moralischen Haltung. In seinen Augen ist ein Verbrechen vor allem eine Sünde, der Bruch der häufig fragwürdigen gesellschaftlichen Regeln und Verhaltensnormen erst sekundär. Nach dieser Auffassung, in der sich Chestertons unerschütterlicher Glaube an das fundamental Gute im Menschen spiegelt, handelt es sich auch bei einem Verbrecher um einen guten Menschen, der nur vom rechten Weg abgekommen ist. Daher ist nicht die Verurteilung des Verbrechers sein Ziel, sondern die Rettung seiner Seele; das heißt, es gilt den Täter ausfindig zu machen, damit er Gelegenheit erhält, seine Sünde zu gestehen und zu bereuen. Ist der Täter überführt, tut sich Pater Brown oft schwer, ihn der irdischen Gerechtigkeit zu überantworten; ihm würde es genügen, ihn nach der Beichte der göttlichen Barmherzigkeit anheimzugeben. So überrascht es nicht, wenn er den Schauplatz schon häufig vor der Untersuchung durch die Behörden oder die Festnahme des Missetäters verlässt und es vorzieht, wieder seinen Pflichten nachzugehen:

> »The Coroner has arrived. The inquiry is just going to begin.«
> »I've got to get back to the Deaf School«, said Father Brown.
> »I'm sorry I can't stop for the inquiry.«[11]

Bei der Aufklärung seiner Fälle verzichtet Brown auf eine materielle Ausrüstung wie Mikroskop und Labor ebenso wie auf die genaue Überprüfung von Alibis oder die Auswertung von Fußspuren; er verlässt sich auf Augen und Ohren und seine Einsicht in die menschliche Natur, die ihm aufgrund seines Berufs erwachsen ist. Aus der Beobachtung des menschlichen Verhaltens, dem Umgang der Menschen miteinander, zieht er seine

11 G. K. Chesterton, »The Three Tools of Death«, in: G. K. Ch., *The Innocence of Father Brown*, Harmondsworth 1987, S. 248; dt.: »›Der Leichenbeschauer ist da. Die Untersuchung wird gleich beginnen.‹ ›Ich muß zurück in die Taubstummenschule‹, erwiderte Pater Brown. ›Ich kann mich leider nicht länger aufhalten.‹«

Schlüsse. »I go by a man's eyes and voice, don't you know, and whether his family seems happy, and by what subjects he chooses – and avoids.«[12] Es sind keine übernatürlichen Fähigkeiten, die ihm zur Lösung der Fälle verhelfen, sondern Bereitwilligkeit und Talent, sich in den Täter hineinzuversetzen. Wie weit seine Identifikation mit dem Sünder geht, zeigt seine Antwort auf die Frage, worin das Geheimnis seines Erfolges bei der Aufklärung von Verbrechen bestehe:

> »It was I who killed all those people. … I had planned out each of the crimes very carefully. … I had thought out exactly how a thing like that could be done, and in what style or state of mind a man could really do it. And when I was quite sure that I felt exactly like the murderer myself, of course I knew who he was.«[13]

Die Ansicht, jeder Mensch verfüge über ein gewisses Potential an Bösem und könne unter bestimmten Umständen zum Verbrecher werden, vertritt Pater Brown auch in der Erzählung »Der Hammer Gottes«. Der von Brown überführte Täter ist über dessen Wissen um sein Motiv und den Tatverlauf so überrascht,

---

12 G. K. Chesterton, »The Duel of Dr Hirsch«, in: Chesterton, *The Wisdom of Father Brown*, Harmondsworth 1974, S. 50; dt.: »Ich beurteile einen Menschen nach seinen Augen und seiner Stimme, wissen Sie, danach, ob seine Familie glücklich ist und nach den Dingen, mit denen er sich befaßt – oder die er meidet.«

13 G. K. Chesterton, »The Secret of Father Brown«, in: G. K. Ch., *The Secret of Father Brown*, Harmondsworth 1988, S. 11; dt.: »Ich selbst habe all diese Menschen umgebracht. […] Ich habe jedes einzelne Verbrechen sorgfältig geplant. […] Ich habe genau überlegt, wie man so eine Tat ausführen könnte und in welcher Gemütsverfassung ein Mensch sein müßte, um diese Tat wirklich begehen zu können. Und wenn ich ganz sicher war, genau so wie der Mörder zu empfinden, wußte ich natürlich, wer er war.«

dass er ihn für den Teufel hält. Doch der kleine Priester, der nicht nur die seelischen Abgründe seiner Mitmenschen kennt, sondern sich selbst als Wesen mit guten und schlechten Eigenschaften einstuft, holt ihn mit seiner Antwort in den Bereich des Irdischen zurück: »Ich bin ein Mensch ... und deshalb habe ich alle Teufel im Herzen.«[14] Die demütige Haltung Pater Browns, sich mit dem Täter auf eine Stufe zu stellen, scheidet ihn vom Muster seiner literarischen Vorgänger, die in unüberbrückbarer Distanz zu der Person des Verbrechers stehen, und ist Teil von Chestertons Kritik an der Figur des überlebensgroßen detektivischen Supermanns.

Die Kritik an kalter Vernunft, Überheblichkeit und Unglauben ist Thema der ersten Pater-Brown-Geschichte, »Das blaue Kreuz«, in der sich der kleine, tölpelhafte Priester in aller Bescheidenheit zwei übermächtig erscheinenden Gegnern als überlegen erweist. Als unerschrockener Verteidiger des Kreuzes, welcher der Demut zum Sieg über die Anmaßung des Intellekts und der Gottlosigkeit verhilft, wird der sympathische Priester zum Verkünder von Chestertons moralischen und religiösen Überzeugungen.

Dem unscheinbaren Pater aus Essex gelingt es, eine wertvolle Reliquie, ein mit Saphiren besetztes Kreuz, wohlbehalten zum Eucharistischen Kongress nach London zu bringen, obwohl der international gesuchte, als Verkleidungskünstler berühmte und bisher nie dingfest gemachte, hünenhafte Verbrecher Flambeau Wind von der Sache bekommen hat. Das Auftauchen des Verbrechers in England ist auch der Grund für die Anwesenheit der zweiten überdimensionalen Persönlichkeit der Erzählung: der Pariser Polizeichef Valentin, »der berühmteste Detektiv der Welt«[15], hat sich eigens nach London begeben, um Flambeau end-

14 Hier S. 168.
15 Hier S. 5.

lich zu verhaften. Mit List und ohne jede Tücke bringt es der einfallsreiche Geistliche zuwege, sowohl dem »colossus of crime« als auch dem personifizierten Intellekt die Grenzen aufzuzeigen.

Flambeau, in Priesterkleidung, heftet sich an die Fersen des echten Priesters, der es jedoch versteht, an allen möglichen Orten eine Reihe höchst seltsamer Spuren zu hinterlassen, um Valentin auf die Fährte zu locken. Dieser ist zwar in der Lage, Pater Browns Hinweise zu enträtseln und den beiden quer durch London bis in die Heide von Hampstead zu folgen, doch hier muss er erkennen, dass es allein dem Geschick des Geistlichen zu verdanken ist, wenn der Dieb überführt werden kann. Während Valentin ernsthaft der Meinung ist, einem Gespräch zweier Geistlicher über theologische Inhalte zu lauschen, in dem der kleinere der beiden immer wieder auf ein sinnvolles Walten der göttlichen Vernunft verweist, ist diese Unterhaltung für Pater Brown der Schlüssel, um Flambeau als getarnten Verbrecher zu entlarven. In der Schlusssequenz enthüllt der Pater vor Flambeau und dem auf der Lauer liegenden Valentin Schritt für Schritt, auf welche Weise es ihm gelang, die Tat zu vereiteln und Flambeau vor einem weiteren Verbrechen zu bewahren, wobei er den Dieb vor allem durch seine Erfahrung mit kriminellen Tricks verblüfft.[16]

Der Skeptiker Valentin, der für die Spezies Priester allenfalls Mitleid empfindet und den ungeschickten kleinen Pater Brown anfangs milde belächelte, und der berühmte Verbrecher, der glaubte, einen weltfremden Geistlichen leicht übertölpeln zu können, müssen ihre Fehleinschätzung eingestehen und seine Überlegenheit anerkennen.

Beide, Valentin und Flambeau, gehen auf traditionelle Figuren der französischen Detektivliteratur zurück. In der Person Valentins lässt sich als Vorbild der Chef der Pariser Geheimpolizei, Vidocq, erkennen, der in seinen *Mémoires* von sich das Bild

16 Vgl. hier S. 30.

des selbstbewussten, stets erfolgreichen Detektivs entwarf. Bereits in der zweiten Geschichte, »Der geheimnisvolle Garten«, verschwindet Valentin allerdings für immer aus den Pater-Brown-Geschichten, möglicherweise weil er seinem Autor als zu große, eigenständige Figur erschien, um auf die Dauer einen Dr. Watson abzugeben. Nach der Verübung eines Kapitalverbrechens und heftigen antiklerikalen Attacken entzieht er sich durch Selbstmord seiner irdischen Strafe.

Flambeau, der Typus des *rogue hero*, des liebenswerten Schurken, knüpft an die französischen Verbrecherkönige des 19. Jahrhunderts an (z. B. Maurice Leblancs Meisterdieb Arsène Lupin); seine Qualitäten erinnern jedoch auch an die mittelalterliche Robin-Hood-Tradition und die Helden des pikarischen Romans. Wie seine Vorgänger verfügt Flambeau über außergewöhnlichen Mut und immense Körperkraft, ist wendig und geschickt und besitzt Sinn für Humor.

Die sympathische Darstellungsweise seiner Person deutet darauf hin, dass ihm die Rolle des Bösewichts in den Pater-Brown-Geschichten nicht für immer zugemutet wird. In der vierten Geschichte, »Die Sternschnuppen«, wird seine Wandlung vorbereitet. Pater Brown führt ihm vor Augen, dass auch ein »ehrenwerter Gesetzesbrecher« eines Tages untergehen muss, und entlässt ihn in die Freiheit. Dies bewegt ihn zur Umkehr; und von da an fungiert ein geläuterter Flambeau als Privatdetektiv und unterstützt seinen geistlichen Förderer immer wieder bei der Lösung komplizierter Fälle – und sei es nur durch das Erfragen gedanklicher Inhalte. Wie Dr. Watson ist er nicht ohne Scharfsinn, doch ist auch ihm häufig die richtige Sichtweise verstellt, so dass er, genau wie die sporadisch auftretenden Vertreter des Gesetzes, unbedingt der Intuition und ordnenden Übersicht Pater Browns bedarf, um zur Erkenntnis der Wahrheit zu gelangen.

Der in »Das blaue Kreuz« dargestellte Triumph des religiösen Philanthropen über unchristliches Denken, des Guten über das

Böse, erweist sich als programmatische Grundlage aller Pater-Brown-Geschichten. Was Chesterton der Gesellschaft seiner Zeit – sei es der müßiggängerischen Aristokratie, sei es der rücksichtslosen, brutalen Geschäftswelt – besonders zum Vorwurf machte, war ihr völliger Mangel an Nächstenliebe. So zeichnet er in »Die seltsamen Schritte« das Bild einer englischen Oberschicht, welche die Existenz der unteren sozialen Schichten einfach übersieht, und karikiert ihre Neigung zu leeren, pompösen Ritualen.

Der Diebstahl des kostbaren, nur ein einziges Mal im Jahr bei einem zeremoniellen Dinner des Clubs der »Zwölf wahren Fischer« verwendeten Fischbestecks gelingt Flambeau, weil er einen schwarzen Abendanzug trägt und damit weder von den feinen Herren noch von den Kellnern zu unterscheiden ist und weil er seine Gangart je nach Bedarf dem lässigen Schlendern eines Gentlemans und dem eiligen Hin-und-her-Hasten eines Kellners anzupassen vermag. Entscheidend jedoch ist, dass er sich auf den Snobismus der vornehmen Gesellschaft verlassen kann, die einen Bediensteten gar nicht als menschliches Wesen registriert. Entsprechend wird auch der Tod des Kellners, der Pater Browns Anwesenheit am illustren Schauplatz begründet, lediglich als peinliches, den reibungslosen Ablauf des Festmahls störendes Ereignis empfunden. Die Geschichte gipfelt in dem Vorschlag eines der Clubmitglieder, künftig grüne Anzüge zu tragen, um nicht Gefahr zu laufen, mit einem Kellner verwechselt zu werden.

»Ach, zum Henker!«, empörte sich der junge Mann, »ein Gentleman sieht niemals wie ein Kellner aus.«
»Und kein Kellner wie ein Gentleman, vermutlich«, sagte Oberst Pound mit dem gleichen herablassenden Lächeln. »Hochwürden, Ihr Freund muss schon sehr elegant gewesen sein, um den Gentleman spielen zu können.«
Pater Brown knöpfte seinen Allerweltsmantel bis zum Hals

zu, denn es war eine stürmische Nacht, und nahm seinen Allerweltsschirm aus dem Ständer.

»Ja«, erwiderte er, »es muss eine harte Arbeit sein, als Gentleman zu leben; aber wissen Sie, ich habe manchmal gedacht, dass es vielleicht genauso anstrengend ist, ein Kellner zu sein.«[17]

Um den richtigen Blickwinkel geht es auch in der Erzählung »Der Hammer Gottes«. Der Geistliche Wilfred Bohun, der nur seiner Religion lebt und seine Liebe zur gotischen Architektur mit der Liebe zu Gott verwechselt, zieht es vor, in asketischer Einsamkeit an immer ausgefalleneren, hochgelegenen Plätzen, sogar auf dem Glockenturm zu beten, um Distanz zwischen sich und die menschliche Schändlichkeit zu legen. Diese schwindelerregende Perspektive, aus der die Welt wie eine Landkarte und die Menschen nur noch wie umherkrabbelndes Ungeziefer erscheinen, weckt ein berauschendes Gefühl der Macht in ihm und verführt ihn schließlich dazu, ein Verbrechen zu begehen. Er kann der Versuchung nicht widerstehen, sich die Rolle des Richters über die Menschen anzumaßen: Wie einen göttlichen Blitzstrahl schleudert er einen Hammer vom Turm herab, der infolge der Schwerkraft seinen niederträchtigen Bruder tötet. Chesterton lässt Pater Brown und Bohun gemeinsam vom Kirchturm hinab in die Tiefe blicken:

Unmittelbar unter und neben ihnen stürzten die Linien des gotischen Baus mit der entsetzlichen Geschwindigkeit des Selbstmörders überall ins Leere. Den Bauwerken des Mittelalters wohnt jenes Element titanischer Kraft inne, das, aus welcher Perspektive man es auch betrachtet, den Eindruck hervorruft, es würde davoneilen wie der starke Rücken eines rasenden Pferdes. Diese Kirche war aus uraltem, stillem Stein

17 Hier S. 82 f.

gehauen, von jahrhundertealten Flechten überwuchert und mit Vogelnestern gesprenkelt. Und dennoch, von unten gesehen, sprang sie wie eine Fontäne zu den Sternen; und jetzt, von oben gesehen, stürzte sie wie ein Wasserfall in einen stummen Abgrund. Die beiden Männer auf dem Turm waren dem schrecklichsten Aspekt der Gotik ausgeliefert: der unnatürlichen Verkürzung und Verzerrung, den schwindelerregenden Perspektiven, der Täuschung, die Großes klein und Kleines groß aussehen ließ, einem steinernen Chaos inmitten der Luft.[18]

Mit der Schilderung von bedrohlicher Architektur und verzerrter Perspektive wird die Gefahr beschworen, in die sich der Geistliche durch seine Gebete in der Höhe begibt und die schließlich zu seiner geistigen Verirrung führt. Ständig von einem Kirchturm hinabzusehen, anstatt zu ihm aufzublicken, verrät das Fehlen von Demut und heißt, die natürliche Ordnung der Dinge auf den Kopf zu stellen.

Die eingehende Beschreibung der gotischen Kathedrale mit ihren grotesken Details, einer steinernen Dingwelt, die sich zu beleben und verselbständigen scheint, offenbart eine andere Stärke der Pater-Brown-Geschichten: ihre literarische Qualität. Die üppigen Schilderungen von Landschaften, Interieurs oder Naturereignissen dienen vor allem der Einstimmung auf die besondere Situation, in der die jeweilige Geschichte ihren Lauf nimmt. Auch Flambeau rühmt sich des gleichen künstlerischen Vorgehens während seiner kriminellen Laufbahn:

»Als Künstler habe ich stets versucht, die Verbrechen, die ich beging, auf die jeweilige Jahreszeit oder die Landschaft, in der ich mich gerade befand, abzustimmen; ich wählte also als Schauplatz einer Tat bald diese Terrasse, bald jenen Gar-

18 Hier S. 165 f.

ten, so wie man auch für Statuen den rechten Standort sucht.«[19]

Selbst wenn die malerischen Szenerien mit ihrer überquellenden Fülle minuziös gezeichneter Einzelheiten nicht immer in unmittelbarem Zusammenhang mit dem eigentlichen Geschehen, dem Fall und seiner Aufklärung stehen – mitunter dienen sie auch nur der Ablenkung –, geben sie doch ein phantastisches Bühnenbild ab, vor dem Pater Brown und seine Nebenfiguren agieren können. Der poetischen Sprache Chestertons gelingt es, der dargestellten Alltagswelt märchenhafte, spielerische Akzente zu verleihen und eine Atmosphäre der Unwirklichkeit zu schaffen, wie sie nach seiner Auffassung dem Genre angemessen ist. Dabei spielt auch die Beschaffenheit des Lichts eine maßgebliche Rolle, die Beschreibung von Morgen- oder Abenddämmerung, der Zeit des Zwielichts, in dem sich die Konturen verwischen und das Vertraute bizarre Züge annimmt. So fühlen sich Pater Brown und Flambeau auf ihrer Bootsfahrt zur geheimnisvollen Riedinsel im Morgengrauen unversehens in ihre Kindheit zurückversetzt:

denn eben versank ein großer, zitronengelber Mond in dem hohen Gräserwald über ihren Köpfen, und der Himmel war von einem intensiven Veilchenblau, nächtlich, aber leuchtend hell. Beide Männer fühlten sich gleichzeitig an ihre Kindheit erinnert, an die Zeit der Kobolde und Abenteuer, wo sich das hohe Gras wie ein Wald über uns schließt. Vor der Kulisse des großen, tiefstehenden Mondes sahen die Gänseblümchen wirklich wie Riesengänseblümchen, der Löwenzahn wie Riesenlöwenzahn aus. Irgendwie fühlten sie sich an das Muster einer Kinderzimmertapete erinnert.[20]

19 Hier S. 84.
20 Hier S. 125.

Doch Chestertons Imaginationskraft, seine Kunst, in den Erzählungen mit stimmungsvollen Bildern eine bald zauberhafte, bald schaurige Atmosphäre zu gestalten, ist nur ein Aspekt ihrer sprachlichen Wirkungsweise; zusätzlichen Reiz beziehen sie aus dem unerschöpflichen Humor des Autors, den geistreichen Dialogen und seiner Vorliebe für ausgefallene, groteske Vergleiche und paradoxe Formulierungen. Pater Browns Schlagfertigkeit, sein gutmütiger, niemals verletzender Witz und ein gehöriges Maß an Situationskomik sorgen für einen optimistischen Grundton immer dann, wenn das Geschehen eine zu düstere Färbung anzunehmen droht.

Seine eigenen Weisheiten und moralischen Fingerzeige legt Chesterton seinem Priester gern in Form paradoxer Wortspiele in den Mund. Die unerwartete Wendung zum Gegensätzlichen, auch Ausdruck von Chestertons Widerspruchsgeist, unterstreicht seine Auffassung vom »topsyturvydom« der Dinge, von der Welt als einem Gebilde, das auf dem Kopf steht. Das Paradox scheint ihm das geeignete sprachliche Mittel, sie wieder in die richtige Lage zu bringen, das heißt, die Menschen auf ihre eigenen Verdrehtheiten hinzuweisen und ihnen die Augen für die eigentlichen Wahrheiten zu öffnen.

Dieser Vorstellung entspricht die Konzeption der Detektivgestalt als wandelndes Paradox. Das linkische Verhalten, die blinzelnde Kurzsichtigkeit, die Unscheinbarkeit Pater Browns haben den Sinn, offensichtliche Weltfremdheit zu suggerieren, den Gegner irrezuführen und ihn in Sicherheit zu wiegen. So kann sich die vermeintliche Schwäche des kleinen Priesters in Stärke kehren. Die Opposition in der Figur des Paters, die erst am Ende einer Geschichte aufgedeckt wird, erweist sich als wesentliches, die Spannung erhöhendes Moment der Handlungsstruktur.

Die vom Aufbau her einfachen Pater-Brown-Geschichten mit ihrem linearen Handlungsverlauf folgen in wesentlichen Punkten dem Muster der Sherlock-Holmes-Erzählungen. Wie bei Doyle steht im Mittelpunkt der in sich abgeschlossenen Geschichten eine ständig wiederkehrende Hauptfigur, die hier allerdings stets aufs Neue vorgestellt wird. Die Aufklärung gelingt dem geistlichen Detektiv ebenso durch die genaue Beobachtung von Details und die daraus gezogenen Schlüsse wie seinem Vorgänger, auch wenn sie als Erfolg des »common sense« erscheint. Eine Reihe anderer Konventionen der Kriminalliteratur lassen sich in den Pater-Brown-Geschichten erkennen, etwa die Überlegenheit des Detektivs und die Zuordnung eines Assistenten; die Unfähigkeit der professionellen Polizei; der eingeschränkte Personenkreis und die damit limitierte Zahl der Tatverdächtigen oder die Unwahrscheinlichkeit der dargestellten Ereignisse einschließlich der zufälligen Anwesenheit des Detektivs am Tatort. Auch bei Chesterton ist nur die Hauptfigur von Gewicht, tritt die Charakterdarstellung zugunsten der Aufdeckung der Wahrheit durch den Detektiv zurück.

Die Geschichten enthalten häufig Ablenkungen und Irreführungen, so dass der Leser kaum eine Chance hat, mitzudenken, selbst Schlüsse zu ziehen und dem richtigen Sachverhalt auf die Spur zu kommen. Ursache hierfür ist weniger ein bewusstes Vorenthalten von Informationen als die verwirrende Fülle von Details und der Umstand, dass Chesterton sich nicht immer die Mühe macht, konkrete, genau nachprüfbare Fakten und Anhaltspunkte zu liefern; hinzu kommt, dass er seinen Detektiv oft aufgrund metaphysischer Erkenntnisse zur Lösung gelangen lässt, die kaum aus dem Handlungsverlauf abzuleiten sind. Verfechter des »fair play«, der Chancengleichheit zwischen Detektiv und Leser, werden sich denn auch schwer tun mit einer Lösung, die ihnen gläubiges Staunen abverlangt; umso mehr kommen die Leser auf ihre Kosten, die bereit sind, das Nebeneinander von konkretem Geschehen und irrationalen Erklärungen zu akzeptieren, dem Geheimnis und dem Wunder einen festen Platz im Alltäglichen einzuräumen.

Das stets gleiche Bauschema und die damit zwangsläufig verbundenen Wiederholungen lassen die Erzählungen mit der Zeit etwas schablonenhaft wirken, was durch Chestertons Schwäche, ausnahmslos Vertreter von seines Erachtens verwerflichen Überzeugungen als Schurken zu präsentieren, noch betont wird. Auch die in den frühen Geschichten noch weitgehend in den Gang der Handlung integrierten weltanschaulichen Botschaften nehmen mehr und mehr die Form religiöser Belehrungen an und drängen in den späteren Erzählungen den eigentlichen Kriminalfall sogar häufig in den Hintergrund.

Was jedoch alle Geschichten letztlich vom Vorwurf der Leblosigkeit und Monotonie befreit, ist – neben ihrem unvergleichlichen Einfallsreichtum – die sympathische Gestalt des Detektivs mit dem kindhaften Gemüt, der unangefochten und mit Humor den Kampf mit dem Übel aufnimmt. Assoziationen an Don Quijote und Mr. Pickwick sind erlaubt. Der Geistliche, der mit christlicher Einfalt und detektivischer Intuition einem psychologischen oder geistig-moralischen Problem zu Leibe rückt und der Gerechtigkeit zum Sieg verhilft, sorgt auch für eine in der Kriminalliteratur eher ungewöhnliche Atmosphäre: Selten fließt dort so wenig Blut wie in den Pater-Brown-Geschichten, von denen rund ein Drittel ganz ohne Leiche auskommt.

Pater Brown, Vertreter des gesunden Menschenverstandes und christlicher Tugend, Inkarnation des Appells an Toleranz und Humanität, ist Chestertons origineller Beitrag zur Galerie der berühmten literarischen Detektive. Der Autor, der ja schon früh sein Interesse an der Kriminalliteratur bekundet hatte – 1929 wurde er übrigens zum ersten Präsidenten des »Detection Club of London« gewählt, dem so berühmte Kriminalschriftsteller wie E. C. Bentley, Agatha Christie und Dorothy Sayers angehörten –, nutzte die Detektivgeschichte wie jedes andere literarische Genre dazu, seine religiösen und weltanschaulichen Theorien zu vermitteln. Ohne sie wie Arthur Conan Doyle als »lower stratum of literary achievement« einzustufen und sich davon zu distanzieren, räumte Chesterton den Geschichten allerdings keinen herausragenden Platz in seinem künstlerischen Schaffen ein und beurteilte sie ein wenig von oben herab:

> My name achieved a certain notoriety as that of a writer of these murderous short stories, commonly called detective stories; certain publishers and magazines have come to count on me for such trifles.[21]

Doch während der größte Teil seines Werkes kaum noch Beachtung findet, sind es gerade die Pater-Brown-Geschichten und ihre anhaltende Popularität, die für Chestertons literarischen Nachruhm sorgen.

Stefanie Kuhn-Werner

---

21 Chesterton, *Autobiography*, S. 321; dt.: »Ich habe eine gewisse Berühmtheit erlangt als Verfasser dieser mörderischen Kurzgeschichten, gemeinhin Detektivgeschichten genannt; einige Verleger von Büchern und Zeitschriften rechnen inzwischen damit, regelmäßig von mir mit diesen Belanglosigkeiten versorgt zu werden.«

Zeittafel

1874	Am 29. Mai wird Gilbert Keith Chesterton als Sohn eines protestantischen Häusermaklers in Campden Hill in London geboren.
1880er	Nach dem Besuch der St. Paul's School wechselt Chesterton an die Slade School of Art, um Illustrator zu werden. Diese Ausbildung bleibt genauso unabgeschlossen wie ein späteres Studium der Literaturwissenschaften am University College London.
1896	Chesterton nimmt einen Job beim Verlag Redway, and T. Fisher Unwin an. Erste journalistische Arbeiten als Kunst- und Literaturkritiker.
1900	Der Lyrikband *The Wild Knight and Other Poems* ist eine von Chestertons ersten literarischen Veröffentlichungen. Neben Biographien, Kurzgeschichten und Romanen, für die er berühmt wird, gehören zu seinem umfangreichen Œuvre auch Lyrik, Essays und Theaterstücke.
1901	Hochzeit mit Frances Blogg. *The Defendant* (dt.: *Verteidigung des Unsinns, der Demut, des Schundromans und anderer missachteter Dinge*, Essaysammlung). In den zahlreichen Essays, die Chesterton in den folgenden Jahrzehnten verfasst, verteidigt er immer wieder seine Weltanschauung, die durch Kritik an damals populären Theorien und Strömungen, etwa in Bezug auf Euthanasie, Eugenik oder Rassenkunde, geprägt ist. Neben Kritik am Kapitalismus entwickelt er später auch einen ausgeprägten Antisemitismus.
1902	In den *Daily News* erscheint eine wöchentliche Kolumne von Chesterton, die ihn landesweit bekannt macht. *Thomas Carlyle* (Biographie).
1903	*Charles Dickens*, *Robert Browning* (Biographien).

1904   *The Napoleon of Notting Hill* (dt.: *Der Held von Notting Hill*), seine erste Romanveröffentlichung. Nun beginnt seine enorm produktive literarische Phase: In den nächsten 30 Jahren veröffentlicht er eine Unzahl an Erzählungen, Kurzgeschichten, Romanen, etc.

1905   *Heretics* (dt.: *Ketzer: Eine Verteidigung der Orthodoxie gegen ihre Verächter*, Essay).

1908   *The Man Who Was Thursday* (dt.: *Der Mann, der Donnerstag war*, Roman).

1909   *The Ball and the Cross* (dt.: *Kugel und Kreuz*, Roman).

1910   In der *Saturday Evening Post* erfolgt der Erstdruck der Erzählung *The Blue Cross* (dt.: *Das blaue Kreuz*) – die erste Pater-Brown-Geschichte. Innerhalb eines Jahres erscheinen so zwölf Geschichten, die 1911 im ersten Pater-Brown-Sammelband zusammengefasst werden: *The Innocence of Father Brown* (dt.: *Father Brown's Einfalt*).

1914   *The Wisdom of Father Brown* (dt.: *Father Brown's Weisheit*, Erzählungen), wie alle anderen Brown-Geschichten auch nach Erstabdrucken in Zeitungen als Sammelband erschienen.

1922   Eintritt in die römisch-katholische Kirche.

1923   *St. Francis of Assisi* (Biographie).

1926   *The Incredulity of Father Brown* (dt.: *Father Brown's Ungläubigkeit*).

1927   *The Secret of Father Brown* (dt.: *Father Brown's Geheimnis*).

1930   Chesterton wird Präsident des Detection Club, eine Position, die er bis zu seinem Tod 1936 innehat.

1935   *The Scandal of Father Brown* (dt.: *Father Brown's Skandal*).

1936   Am 14. Juni stirbt Chesterton in seinem Haus in Beaconsfield. Seine Totenmesse findet in der Westminster Cathedral statt, bestattet wird er auf dem katholischen Friedhof in Beaconsfield.

1937   *The Paradoxes of Mr Pond* (dt.: *Die Paradoxe des Mr. Pond und andere Überspanntheiten*), seine letzte Sammlung von Erzählungen, erscheint postum.

2013   In Chestertons Heimatbistum wird ein offizieller Seligsprechungsprozess eröffnet, 2019 jedoch abgebrochen.

Inhalt

Das blaue Kreuz | *The Blue Cross* 5
Der geheimnisvolle Garten | *The Secret Garden* 31
Die seltsamen Schritte | *The Queer Feet* 58
Die Sternschnuppen | *The Flying Stars* 84
Die Ehre des Israel Gow | *The Honour of Israel Gow* 103
Die Sünden des Prinzen Saradin | *The Sins of Prince Saradine* 123
Der Hammer Gottes | *The Hammer of God* 148
Der Mann in der Passage | *The Man in the Passage* 170
Caesars Kopf | *The Head of Caesar* 192
Der Salat des Oberst Cray | *The Salad of Colonel Cray* 213
Das Hundeorakel | *The Oracle of the Dog* 231
Vaudreys Verschwinden | *The Vanishing of Vaudrey* 259

Anhang

Anmerkungen 287
Nachwort 289
Zeittafel 315

RECLAM TASCHENBUCH Nr. 20652
1993, 2009, 2021 Philipp Reclam jun. Verlag GmbH,
Siemensstraße 32, 71254 Ditzingen
Umschlaggestaltung: Anja Grimm Gestaltung
Umschlagabbildung: © Gutentag-Hamburg
Umschlagmaterial: PEYVIDA puro 270 g/m², peyer graphic gmbh
Druck und Bindung: GGP Media GmbH,
Karl-Marx-Straße 24, 07381 Pößneck
Printed in Germany 2021
RECLAM ist eine eingetragene Marke
der Philipp Reclam jun. GmbH & Co. KG, Stuttgart
ISBN 978-3-15-020652-2

Auch als E-Book erhältlich

www.reclam.de